永樂君臣

霧籠金殿〈上〉

梁史◎著

内容簡介

永樂皇帝朱棣從侄子建文皇帝手中奪得了皇位。但他本身也陷入了儲位之爭的矛盾當中。

朱棣長子朱高熾懦弱，不爲他所喜愛。次子朱高煦在「靖難」時英勇過人，多次立下戰功，爲衆武將所愛戴。永樂皇帝想傳位與他，但被群臣所阻，不得已只得立長子爲太子。朱棣此時才省悟當年父皇的苦心。令他稍感欣慰的是，皇太孫朱瞻基有勇有謀，可以託付重責大任。

不料朱瞻基卻發現自己的身世之謎，因而痛恨永樂皇帝，暗地裡展開一連串的報復行動。他離間朱棣與朱高煦之間的父子親情，使朱高煦失去皇帝的寵愛。他甚至還在永樂皇帝親征蒙古時，暗下毒手，使其暴斃於榆木川。

當時隨行的大臣楊榮等人假造遺詔，使皇太子得以繼承皇位。

朱高熾繼位不久，就發現朱瞻基與永樂皇帝的暴斃脫不了關係，另外有關於朱瞻基身世的傳聞紛紛擾擾，也使朱高熾內心憂悶不已，即位不到一年即駕崩。

心中滿懷怨恨的朱瞻基終於如願的當上了皇帝，但漢王朱高煦卻不肯罷休，在樂安州起兵造反，明朝第二度發生了叔侄交兵的悲劇……。

《霧籠金殿》一書，描寫了明朝宮廷中，層出不窮的醜聞穢史。

1

闔朝上下喜氣洋洋，上自皇帝，下至未入流的驛丞、大使、通司之類，都在興高采烈準備接待一位貴賓。貴賓來自中華的千年通好鄰邦，大明朝的海外藩封之國——朝鮮李王的世子入貢蒞臨。

朝鮮李朝不承於高麗國，李朝太祖李成桂又名李旦，生於高麗國世宦之家，其父李春在高麗國恭愍王時官至戶部尙書，李成桂本人亦是恭愍王重臣。洪武二十五年，李成桂建立了自己的王朝，向大明朝入貢稱臣，太祖皇帝沿舊制，敕封其朝鮮國王，頒國王印信。李朝與該國歷代王朝一樣，親近中國，爲中華第一通好鄰邦。到永樂時，李成桂的第五子李芳遠從其兄恭靖王手上接了王位，是爲朝鮮國王，也即後來李朝的太宗。他後來逝世時，朝鮮國上的諡號曰聖德神功文武光孝大王，廟號太宗。大明朝的賜諡是「恭定」。世子李禔即恭定大王的長子，他的來訪、入貢受到皇帝的極大重視，命錦衣衛指揮使率千餘儀仗甲士與內廷司禮太監黃儼一道迎於江渚，禮部尙書鄭賜率一干官員迎於藩國館驛。

世子李禔今年方十四歲，生得極爲文靜。皇帝在文華殿召見他。李禔在入貢正、副使的陪同下上殿朝見大明君王。賜座後，通司便說：「皇帝陛下問世子好，問你家國王可安好？還問你國中接到搜捕建文逃人諭旨後的情況，請世子一一回奏。」

原來，當初皇帝逮治建文諸臣時，很有些人逃往了朝鮮，朝廷於永樂二年派內官黃儼等齎詔赴朝鮮，要李朝搜捕逃去的黨人。那諭旨說：「外邦雖多哩，你朝鮮可不比別處了也，與朝廷最是親近些哩！那建文手裡逃散的人，有些走在你那裡，你一個個都替朝廷捉了回來，可是一個也休得隱瞞著哩！」

世子一番奏對，也不知皇帝是否滿意。但皇帝最爲關心的不在此，他關心另一個重要的大事，就是世子此次攜來的入貢女子是否能令他滿意。朝鮮歷代都要向中華貢女子，李朝也不例外，凡值入貢之年要令全王國未婚女子停婚嫁，等選完貢女之後才能辦嫁娶。永樂三年入貢的女子就令皇帝大爲不滿，今年又值入貢之期，皇帝特在去年派司禮太監黃儼赴朝鮮說這件事，要李王盡心辦理。

根據朝鮮李氏王朝所修實錄的記載，黃儼是這樣向李王傳達皇帝詔旨的。聖旨說：「去年你這裡進將去的女子們，胖的胖，瘦的瘦，矮的矮，麻的麻，都不甚好哩！只看你國王敬心重的上頭，封妃的封妃，封美人的封美人，封昭容的封昭容，都封了也。王如今有尋下的女子，多便兩個，少只一個，便將她們送來！」

皇帝所言不虛，後宮有封號的朝鮮貢女便有那任順妃、李昭儀、崔美人、呂婕妤四人。但除任順妃容貌甚好，偶得皇帝一些寵愛外，餘者大約就是詔旨中所說的胖的矮的麻的了，使皇帝極爲掃興。這一回皇帝要龍心大悅了。世子這次攜來一名女子入貢，此女姓權，年方十八，生得冰雪肌膚，容貌出衆，端的是有閉月羞花、沈魚落雁的儀態、芳質，更兼一手絕技，就是善吹洞簫。皇帝一見，三魂便去脫兩魂，再聽權氏一曲玉簫，抑揚流暢，宛轉嬌回，當即爆發出幾十年未有過的狀同少年般興奮的笑聲，大讚其好。當夜權氏就蒙召幸，翌日御口親封爲賢妃。一時，自仁孝皇后歿後就冷落的後宮，重新又明朗、歡快起來。

從來以不貪女色自詡的皇帝以從未有過的熱情愛憐、眷戀於權賢妃，竟然親製一詩賜與權妃。那詩中關切之意溢於言表，直賽得多情的少年郎。詩云：

平明翠羽臨瑤台，華鳳稱身別樣裁。
盪罷秋千著意否？莫將香汗濕羅懷。

權賢妃的入宮給一向冷落的宮廷帶來春天般的歡快氣息，然宮闈深深，明爭暗鬥，隨之而來的麻煩接踵而至，竟至釀成朝廷的大不和諧，使皇帝恚恨太子之心臻於極點，從此便動了廢儲之念。

☆

後宮有位掌管內廷綾羅錦緞的女官，閨名王霜珠，廣東海南瓊山人，永樂二年以才女召入內掖，因其乃司彩之官，宮中俱呼爲王司彩。王司彩出身名門，通文墨，能詩賦，頗得皇帝青睞，權妃入宮後，皇帝便命王司彩相伴權妃，教授她些漢文漢書，等於是個師傅。

權妃聰慧好學，短短半年不到，不但華語講得流暢，連漢文的詩詞也能讀懂，而且十分喜愛讀詩。她對王司彩說：「我在國中時，便知華夏乃詩文禮儀之邦，知道你們中華出了許多才女，什麼班昭、蔡琰、薛濤、李淸照等，她們的詩文我在國中就已拜讀不少，今讀漢文原著，更增嚮慕之情。司彩姊姊要多教我呵！」

王霜珠很是喜歡這位來自異國他鄉的妃子，不光相貌超群，人品也好，待人溫和有禮，又有個虛心求學不恥下問的好德性，故爾從心裡拿她當個妹妹看待。聽權妃這一說，王司彩道：「以娘娘的聰慧悟性，只怕再過幾月，我都難勝任呢！娘娘喜歡詩，奴婢這裡才作得一首，請賜教斧削！」

權妃聽說王司彩才作的詩，遂捧來讀道：

璚花移入大明宮，一樹凝香倚晚風。
贏得君王留步輦，玉簫吹徹月明中。

吟誦方罷，滿臉已是緋紅。她讀懂了內容，知道這是王司彩讚譽她色藝雙絕，贏得天子無比恩寵。便故做嗔怪之狀，嚷道：「司彩姊姊，你拿我逗樂，我可不依呵，我便去奏明皇上，請他給我做主哩！司彩姊姊，你才是宮中的可人，天子的才女，我聽人講，皇上有意加恩於你，卻被你謝絕，人家還說，你當時把皇上搞得那麼難堪，大家都替你捏把冷汗呢！有這事嗎？」

王司彩默默點頭，算是承認。

確實有那麼一回事。也就在前年王霜珠剛進宮後不久，皇帝聽說宮中來了個天涯海角出生的才女，當即親往那處宮殿探視，故意裝出副漫不經意的樣子，實則專在留意那新來之人。一眼瞟見，心中也曾一動，王宮人雖非傾國傾城之貌，但那得益於知書達禮的儒雅氣質，頗有些仁孝皇后當年的風采，皇帝當時未做任何表示。及至一些日子後，王宮人的才華逐漸顯示出來，便引起了皇帝的加倍注意。那天皇帝在乾清宮看一份大臣的章奏，那位大臣奏中一句話把皇帝難住，聯繫全奏皇帝當然明白它的意思，不過勸諫朝廷重農桑一類的語言。但皇帝是個較勁的人，偏生要把這句話的出處想個明白，愈是要弄個明白，頭腦愈是一片混亂，愈是記不起它出自何處。身上一陣燥熱，乾脆把奏章放下自語起來，反來覆去就念叨這句：「百室盈止，婦子寧止？百室盈止，婦子寧止……這東西竟拿它來難朕麼？百室盈止……」

念叨一陣，猛一掉頭，見隨駕的宮女中有一個正抿嘴笑哩！見皇帝一注視，趕緊咬緊嘴唇垂頭弄衣揉裙掩飾。皇帝本想發氣，突然想起這不就是那來自天南的王霜珠嗎？宮人們都在傳言，說她才學好得很，她居然敢竊笑朕，倒要看看她有啥能耐！

「王霜珠，汝過來！朕確被此句所難，汝既敢竊笑於朕，想必知悉。汝為朕奏來！」

好個王霜珠，根本不加辯解，趨前一步，大方、從容地回奏道：「萬歲爺，此句出自《詩經．周頌》良耜之什。其詩以『畟畟良耜，俶載南畝』起，終於『以似以續，續古之人』。全詩言先王率督百姓勤於稼禾，秋穫大豐收後祭祀社稷之事。室者，儲穀之倉房也，言百室，喻其衆多矣。婦子寧止，言妻孥喜於豐收，安寧相慶也。奴婢才淺，妄做此釋，萬歲爺開恩！」

還說才淺，那朕豈非就是白氓矣！皇帝心頭這樣想，臉上卻是抑制不住的笑意，細細看了王霜珠一眼，溫和地說：「汝其實都做得朕的老師，還謙虛啥！不料汝一介女流，竟如此博聞強記，好，今後朕有不解之處，便來問汝。取幾匹好錦緞來與她，算是朕酬她的勞謝。」

有此一番際遇，皇帝愈看霜珠就愈覺順眼，那日伺候萬機下來，皇帝把正欲交班離去的霜珠叫住，略帶期盼地說：「霜珠呵，汝……汝今夜來伴朕好嗎？」

這話要放在其他任何一個宮女頭上，不啻是天大的喜訊，多少有封號的什麼美人、夫人、昭儀、婉容之類，一輩子老死宮中還未承過雨露之恩哩！豈料王霜珠不但沒有歡欣鼓舞謝主隆恩，反而一理鬢髮，從容辭道：「皇上若是強令奴婢，奴婢不敢不奉詔。然奴婢自思一介凡婦，何敢爛充下陳，請皇上三思，收回成命！」

皇帝一愣，三十六宮，七十二院，哪個宮女敢這樣拿天子恩寵不當回事，當著諸多宮人面給聖天子一個難堪。但王霜珠的潛台詞皇帝是聽得懂的，她不能就這樣以一個普通宮女身分來侍寢，她沒有名號，不算天子的妻妾，這樣糊裡糊塗去伴駕算哪回事？皇帝偏就敬重這種剛烈之人，破天荒認了這個軟釘子，一揮手，低沈沈道：「朕不強汝，汝去吧！」

翌日，闔宮之人都知道了這件事。有悄悄向她伸大拇指的，也有拿個眼像瞧尊神似打量她的；當然，也有不少暗中譏諷王霜珠傻氣的。如那個姓呂的朝鮮婕好，因臉上有幾顆白麻痣，入宮近二年，連天子的照面也未打過幾回，便搖頭說：「這王霜珠太傻氣，放著通天梯不知爬！我等女人，入了這禁掖，還有個什麼盼頭圖頭？這封號一賞，就好似你們中華所說的緊箍兇上了身，一輩子當個活寡婦罷了！那黃太監還給天子造謠說我麻，見他的鬼，我在我們國中說媒下帖的也上好幾百，哪個鬼才想到你們中華來！嗚……這個王霜珠好傻喲！」

王霜珠才不傻，藉了皇帝的好感，她不但挑了個司彩的閒職來做，免了隨侍天子左右的苦差累，並且親蒙天子承諾，答應明年就放她出宮。

權賢妃心中存了個作詩的念頭，便抱本唐詩宋詞之類往僻靜處逍遙。剛走到西長街一座宮門前，無意一瞥，不禁緋紅了臉，原來那呂婕妤正不知攔住皇太子在說些啥，但見拉拉扯扯，皇太子一副尷尬之相，似乎是在竭力擺脫。呂氏乍然瞟見同胞權氏，不由自主鬆了手。皇太子狼狽而逃，與權妃相遇時還連連搖頭，做無可奈何的苦狀，口中自語說：「夷國女人，太可怕也！」

同胞相見，應該親熱一番才是，權妃正欲招呼，呂婕妤嘴一癟，回身就走。權妃不解何故，只好與隨侍宮女自去了。

☆

皇太子今日由東宮出來，只說是繞西長街往武英殿外的御書局去翻檢點東西，剛走到那座宮門，便聞一聲嬌呼：「太子殿下，請過來一下，妾有一事相求！」

皇太子一看是父皇的朝鮮宮嬙呂氏，本想不過去，但一想到別人乃外邦女子，或者不講究男女有別、名分所在這些忌諱，便應承道：「婕妤有何事？」

呂氏今年二十不到，而且並非如黃儼向天子描述的一般可憎，還是正當錦繡年華的雙十佳麗，臉上多了那幾顆隱約可見的淺窩也即民間俗呼的白麻痣，反而更添別樣風韻。只可嘆遇了當代的毛延壽黃儼，一番胡謅瞎奏，把皇帝搞得十分緊張，還人情似的封了個婕妤，弄到這形同冷宮的地方孑處，長門哀怨，春愁幾許？去國離鄉，幽思何盡？正如她所說活寡婦一個！

皇太子三十二三的年紀，談不上英俊，若實在要從他臉上認出幾個字，那就只有兩個字：忠厚。但宮中是個陰氣重陽氣少的地方，闔宮上下一二千人，除了皇帝、皇太子、皇長孫三個男人，再要尋個男人就只有拿不是男人的太監充數了。所以呂婕妤一眼瞟到皇太子，這個二三年來大約是第十次還是第十一次見到的異性，使她喜不自禁，根本不用腦子想，嘴裡自動就編出句話來，且笑得山花燦爛一般：「哎呀太子爺，人家是番國女子，認不到你們許多中華字，讀本什麼書解解悶，消消遣都讀不走。求太子爺幫我認幾個字，好還是不好？」說完便拿眼斜乜著皇太子，那笑的模樣令皇太子以後夢中常常見到。

皇太子並不是柳下惠，而且是個頗好女色的人，但他人老實忠厚，所以好色之法與登徒子輩有別，他是老老實實，本本分分，中規中矩的好色，是他的跑不脫，不是他的絕不想。呂婕妤就不是他敢想的，年歲雖然比他還小一長截，但名分上是他的諸多庶母之一，是皇帝的宮妾。所以皇太子趕緊把眼光掉一邊，臉上微微發紅，口裡直說：「本宮還有要事須辦，婕妤哪幾個字不識，請快拿書來！」

皇太子此時大呼麻煩，心中暗暗後悔不該過來，這番國夷邦女子太火辣，拿眼睛瞧人無個遮攔，笑得倒還好聽，只可惜放肆了一些。

呂婕妤卻並不急，口裡訕訕道：「太子爺敢莫是討厭妾喲，你把手拿過來，我在你手心上劃出這個字來，可使得？」

「使得個屁，哪沒得個禮法還成何體統！」太子哭笑不得說：「婕妤，此乃中華宮廷，男女、上下、名分有講究，怎似你國中一概不分！你若不急，本宮就告辭了。」

太子以爲呂氏不諳中華禮節，其實朝鮮受中華影響甚鉅，其國中也有這些講究。婕妤是春愁難耐，故意來尋這段溫馨的，便「噗哧」一聲笑說：「太子爺，你與妾還有個啥名分講究嘛，你倒說來我聽聽！」

「這個……婕妤乃父皇的人，名分上乃是……乃是本宮長輩，這個……」

太子吞吞吐吐，婕妤便得寸進尺了，往前走一步，冷不丁伸手抓住太子手，「哧哧」笑說：「你知我是你長輩呀，那長輩親熱一下晚輩又有何不妥呢？嘻嘻，你說我是你父皇的人，按我們國中說法，妾便是太子爺的小娘囉！那你叫我一聲小娘！嘻……」

「胡鬧！婕妤休得胡鬧，本宮恕不奉陪！」太子又羞、又惱、又怒，一摔手掙脫，漲紅了臉就要走。

呂婕妤哪能讓他輕易走掉，這一走脫，再見個男人只怕得明年了。於是，不但不藉此罷休，反而整個人都撲過來，抓了太子衣衫，口吻幾近乞求說：「太子爺休要惱怒，剛才都算妾的錯，我給你賠罪還不行麼？你是儲君，將來是天子，我等實是你的臣妾，你就不肯發仁慈之心，可憐可憐我們這些爲奴婢的人嗎？嗚嗚，我等名義上是天子之妾，進宮二年多，與你父皇見過三次面，還隔得老遠，連天子啥長相還未看清楚哩！嗚嗚，求太子爺可憐見愛！」

太子本是個菩薩心腸，口氣便軟些道：「那你快鬆手，讓宮人瞧見成何體統？待本宮瞅機會爲婕妤奏明衷情則是。」他完全理解成婕妤是爲得不到寵幸而傷悲，所以求他轉奏天子。

太子口氣一軟，對方希望倍增，衣衫倒是放脫，卻又抓住胳膊，無限柔媚地說：「太子爺眞是仁君呵！走嘛，進屋去，妾來侍候你！」

一刹那間皇太子眞差點把持不住，那順勢欲倒向他懷中的人鬢髮觸到了他的臉鼻，一股醉人的馨香撲鼻而入，那柔似無骨的身體、富有彈性的胸脯觸到他，使他如遭電擊般顫動一下。

其實，宮中的一切皇太子十分清楚，哪像他說的那麼清白——眾皆不逾雷池一步。皇帝有名號的宮妾不下百人，如洪武朝更多，幾達二三百，天子縱有金剛不壞身也絕難斬關奪隘，個個體貼，那些形同處冷宮的美人、夫人、才人、婕妤之類便在皇子身上打主意。只要不正大光明生下孩子，連皇帝都是睜隻眼閉隻眼。故而，今日呂婕妤若是福星高照，換了是在黃昏遇著皇太子，她這一番苦口婆心的挑逗決然奏功，兩年苦旱逢霖雨，一夕顛鸞倒鳳情，好事必定成就。

只可惜是在白天，皇太子又是個懦弱、膽怯之人，要他在太陽底下幹月黑之事，要求太高，難爲了他。所以，皇太子面紅筋脹，邊掙扎邊說：「我白日忙著哩……再說……

你鬆手，快鬆手，有人來哩！」

來者正是權妃，這下呂婕好不得不鬆手，心痛萬分看著即將到手的獵物跟跟蹌蹌溜之乎也，一腔怨懥全移到同胞身上，故而給權妃一個面色後，傷心欲絕地回屋去。

婕妤宮中有個太監姓方名忠，是司禮太監馬宣的乾兒子之類，早躲在廊下看得一清二楚。太監是宮中最熟悉這類名堂的，而且最感興趣，最願爲之投入精力，哪個太監肚子裡都可以翻出一大堆這類艷事逸聞來。所以，宮中鼠竊狗盜之事既瞞不過他們，有一大半還得力於他們的牽線搭橋。太監樂於此道，白幹倒貼錢在所不惜，只爲了滿足在他們而言一輩子也無法滿足的那種事。婕好氣噓噓飽噙珠淚一進屋，方忠後面腳跟腳撈簾子就進來，一臉諂笑道：「奴婢好替婕妤抱屈，唉……」他故意做出個無限委屈的樣子，彷彿失意的人兒不是婕妤是他。婕妤沒好氣扔出一句：「你嘆啥氣？關你屁事！你咋能懂得這種事噢！」

「奴婢懂，不但懂，而且懂得許多。婕好容奴婢說句放肆話，你來自外邦，這宮中的好多事你不清楚。」

唔，咦？呂婕好不由來精神了，換個笑臉說：「你坐下說話，給我講，哪些事我不清楚？你爲啥不早對我說哩！」

方太監笑盈盈盤個腿在婕好面前坐下，輕快、放鬆地言道：「奴婢以往不知主人想法咋敢亂說，今日知曉便敢進言了。婕好呵，你找錯人也，他是個深更半夜亂想，白日青光規矩的軟麵糊，奴婢說句笑話婕好莫放心上，你若敢夜裡翻房去他宮中，他或者敢給你搭架梯子。其餘麼，哼……」

「你這猴頭，說話莫輕重。快說，我找錯了人，那要……？」

太監這才亮出底牌，伸出個大拇指一搖一晃道：「漢王爺，只有漢王爺才是敢做敢爲之人！奴婢再斗膽給婕妤透一句，今日那人的位置還不知坐不坐得穩哩！萬歲爺最喜愛的就是漢王爺。平常疼疼趙王不過是看在先皇后的分上，眞要論皇上的看待，還數不上他！」

呂婕妤心頭如遭鹿撞，漢王她見過一次，那是個百裡挑一的英氣王子莫用說，與天子一般個頭，威嚴少得幾分，英武甚或過之，呂婕妤連做夢都未敢想過。她聽說過，漢、趙二王俱未之國，原先也住在宮裡，後來專爲他們在京師修有府邸，便搬出去住，然宮中還留有寢殿，只是一年中難得進來住幾回。這奴才好會撩撥人，連那個一團麵似的胖大哥還嫌待奴家一陣，咋敢指望這奴才所說的那輪水中月噢！一是不可能有機會遇到他，就萬幸遇上，他還瞧得上奴家？挨千刀的黃太監又造過奴家那些謠，漢王爺他必然也聽說過。唉，不得好死的閹人！

婕妤在心頭暗暗罵人，嘴上卻還存個希望，訕訕言道：「你這狗才好沒良心，見我這樣還拿我來尋開心逗樂，那漢王爺咋是我想得到的嘛？只怕他做夢也未留心到有我這樣一個人哩！」

方忠猛然半撐起來道：「婕妤放心，奴婢無這把握敢給你舉薦？敢給你說這話？只要你肯應承爲漢王爺做事，他過些日子從北邊回來，奴婢就把人給你領來。嘿嘿，婕妤吔，他，可是把好手喲，奴婢親眼見過，只怕你伺候不下來咧！嘻嘻……」

呂婕妤的心花怒放無法形容，直想抱了方太監親兩口。各種恣意遐想瞬間充填腦海，半閉了眼說：「我原說宮中的奴婢都壞，不想竟有你這種好人！他好英俊喲……嘻嘻，腿上癢癢，給我撓撓！」

2

北京附近的歷代帝王陵寢其實不少，當然其中也有些屬訛傳，比如北京東邊的平谷縣魚子山，當地把山上一座封冢呼爲軒轅台，世代相傳爲黃帝之陵，還建有廟廊祭祀哩！然而歷代俱以關陝橋山爲黃帝陵寢所在，冀境的黃帝陵自然就是訛傳了。確實可考的倒不乏，京西清河畔有燕昭王墳冢；京東三河縣境內有遼章宗陵；房山境內有金太祖、太宗、宣宗、章宗諸陵；京北近口外的密雲境內還有一些特殊的帝王葬所，即故元諸帝的園寢。蒙古人乃馬背上民族，葬式與中原有別，雖是帝王亦從其俗，元代君主殁後，殮以皮製帽、襖、褲袍等，置入只容其體大小的棺木，然後送至園寢之地，挖深穴埋之，用萬馬奔蹴將葬處踏爲平地，俟青草一生，雜蔓四爬，與尋常無異，誰人還知此處係臥龍之地？故元代無陵。

漢王高煦帶上公孫龍與公孫龍的一位朋友，也是當代堪輿高手的廖先生，在北京四周轉了一兩個月，最後，兩名大師在昌平以東的山巒中堪定一處吉所，認定此處便是北幹龍脈旺氣結聚處。高煦見此山巒錯落，山勢青秀，而且山體岩石少土質多，鬱鬱葱葱，果有蒼龍之象，心中自是滿意。便命二人於北京等候，他帶上繪好的山勢圖形赴京師，請天子過目並命駕北京親自臨幸審視定奪。

☆

呂婕妤果然沒有空歡喜，英武瀟灑的高煦在方太監的引導下，大白天就上她這兒來了。

高煦伸手扶住那笑成一團蜜、千柔萬媚一聲「萬福」的異國女子，呶個嘴吩咐方忠：「去外面望著，睜大眼留個神！」

咦，黃儼這雜種是狗嘴了，這番女哪是什麼一團糟的麻花，俊俏著哩！高煦是此道的老手，他根本不著急，昂起個脖子大模大樣直走進婕妤的內室，一屁股坐在太師椅內，那神情彷彿他是皇帝。

婕妤還眞給他鎮住了，心頭的邪火竟然熄了一半，不敢拿出那天對皇太子的纏勁，反倒小心翼翼膽怯地說：「王爺可要喝點什麼？妾好侍候著弄。」

高煦做個招手狀，婕妤又驚又喜挪動身子。英俊王子幹事跟打仗一樣嫌她太磨蹭，一把拖過到懷裡，按坐在膝蓋上問：「你是飢不擇食？咋找他！好好聽我的，爲我辦事，我來心疼你！」

已經有了二分怕意的婕妤臊紅臉溫順貼向高煦身上，顫聲說：「我聽王爺的，從今後王爺叫我死我不敢活，只求王爺……」

條件一談妥，高煦就來做這筆生意，三下五去二把個盼春的人兒解衣卸帶脫得精光，扔到榻上……

☆

皇帝也有醋勁兒，只看是在誰身上。聽漢王一說，他半含疑慮道：「汝……汝所言實否？太子他、他有此膽？朕、朕要召他來問。」

「父皇，孩兒才從北邊回來，如何便能知曉，此乃宮中奴婢所見吶！父皇此時召他來問，他必不敢承認，豈非弄巧成拙。孩兒還聽宮中奴婢說，連賢妃的同胞呂婕妤處，他都去輕浮過，被婕妤一頓申斥才悻悻而去哩！」

皇帝臉色由白變青了，牙齒快咬出響聲，隔了好一陣，揮手道：「汝去吧！朕自有計較，汝勿漏一絲風聲。哼，逆子！」

是夕，突如一夜春風來，御駕破天荒幸臨呂婕妤宮中，把後者喜得如獲至寶，忙得屁滾尿流，呈湯奉水不亦樂乎。皇帝可以說是頭一次認真打量這個外邦貢妾，嗯，那王昭君當年是受了冤屈，朕當眞以爲李王拿些嫁不出去的人來搪塞朕哩！這呂氏比朕賢妃要差一些，然也非那黃儼所形容一般。皇帝哪裡知道十餘次出使朝鮮的黃儼自有一套標準，凡朝鮮貢女交他手後，他在朝京等兩天不動身，候這些貢女的親屬拿表示。包袱送得重，他便放在名錄前面奏聞，平常也要說成神奇，若送少了或是未送，豐腴的就要說成是胖，苗條者便以瘦奏聞。呂氏那一批四名貢女大約就是包袱未送夠，便被他以胖、瘦、矮、麻加以詆毀，皇帝後宮像養牝馬似養得上千女色，何暇一一驗看，只聽太監一說，一揮手趕進廄圈了事。

呂婕妤戰戰兢兢一旁伺候，皇帝突然呼她：「呂氏！」

「臣妾在。」她看皇帝一臉肅容，心知肚明，漢王教她的話要用上了，便故意做出個誠恐誠惶的模樣，垂了頭半挨過去，拿眼角悄悄瞟皇帝。

「朕問汝一事，汝要老實回奏，不得妄說一字。朕問汝，太子那日來過汝這裡嗎？」

「給皇上回，太……子他來過。」

皇帝眼也不眨看著呂氏的神情，沈聲再問：「來了都幹過些啥？快說！」

翠袖一攏，婕妤半掩面囁嚅回奏：「這……臣妾不敢奏聞。皇上開恩！」

「胡鬧！朕要汝言，汝有何不敢言？汝不必顧忌，有朕爲汝做主嘛！」

婕妤確實有些猶豫，她從那天的情形已知悉皇太子算是個好人，更從漢王及方太監得知太子儲位未穩，今日自己口中話一出，只怕太子今後便無好日子過。但轉而一想，如若不按漢王吩咐說，得到的一切全將失去，從此又要過那寡貓思春般的針尖日子，終日靠與半陰半陽的太監鬼混，聽下流逸聞打發捱不盡的日光，眞是不寒而慄。況乎那連腳尖都透股陽剛之氣的王子太令她銷魂，那傢伙說話乾脆，辦事利落，巫山動篙，高峽行船，竟毫不留意沿岸風光如辦公事般一絲不苟，到點完事少了些生疼人。偏就是這點更撩撥顆芳心，猶如喝了罌粟殼燒的湯，有了頭回便是個死也在盼二回。我只顧得我自己，我管他中華的太子繼不繼得位，呂婕妤把心一定，便一五一十把高煦教她的故事擺給皇帝聽。據她說，皇太子嘻皮笑臉來問她，朝鮮國的女人是否特別多情，然後還動手動腳，被她正色拒辭。太子還不死心，又向她打聽賢妃的情況，還讚譽說，賢妃眞是個美人胎子，本宮何以無福消受這種尤物呵！

呂婕妤已經講得收不了嘴，在高煦的故事以外又即興發揮了一些，眼見得皇帝的胸膛一起一伏愈來愈劇烈，她才趕快收拾章節完事。

皇帝不氣太子來呂氏處生事，太子眞就是垂涎於呂婕妤，皇帝開個恩拿來賞給他也無啥了不起，前朝後代這類事多得很，不足爲奇。他生氣且不止於生氣的是，太子竟然敢打賢妃的主意！且不說賢妃現在是皇帝的心頭肉，不容任何人動非分之心，這封了妃與婕妤、昭儀等有天壤之別，太子敢動邪念，爲名分所不容，禮教所不齒。封了妃就是宗廟認可的儲君的庶母之一，太子即了位儲君變天子，就要給諸母妃上太妃的尊號，是絲毫不容更改的母子關係。

婕妤、昭儀這類低等宮嬖則不同，嗣君可以名正言順將之收爲內陳，她們永遠是天子的臣妾，不管這天子是老子還是兒子。只有一種例外，除非這女人給前任天子生有子嗣，既生子嗣必然進妃號，不會仍居下陳之位哩！所以皇帝又氣又傷心，暗罵這禽獸太可惡。反倒是婕妤見皇帝氣得哆嗦的模樣，進言道：「皇上息怒，興許太子不過問問罷了，並無其他計較哩！」

皇帝點點頭，只有權且相信呂氏的判斷。回到賢妃宮中，便叫她過來要問。賢妃得寵恩逾六宮，對威嚴果毅的皇帝幾乎無一絲怕意，她正在燈下捧讀一冊《漱玉詞》，聽到皇帝的召喚居然敢不奉詔，嘴一嘟道：「皇上，我看完這幾頁過來成不成？」

皇帝無可奈何笑了，起身過去將就她，如哄小孩似地替她合上書頁，說：「妃子，朕來問你一件事，你要乖乖回答朕喲！」

權賢妃同樣無可奈何一垂眼瞼，懶懶應一句「你問嘛」。皇帝把她的手拿來揑在掌中，這才看著她的眼睛問她：「你遇見過太子？他給你說些啥？」

權妃抬眼，發覺皇帝的眼神與平時不一樣，是一種不安與焦急。頗爲不解地嘟囔說：

「皇上問這個幹啥？太子住在宮中，咋能不遇上，遇見又如何了嘛！」

「你看你，又耍這小孩脾氣。你從那老遠的地方到朕身邊來，這宮中有好多事你不知曉，朕不保護你誰保護你？遇見太子並不稀奇，朕是想問，太子他對你說些啥？你好好憶憶，莫漏了話，好嗎？」

權妃喜歡皇帝保護她，她畢竟只有十八歲，皇帝的年齡比她國中的爹還大，但她一點不覺得皇帝老，四十九歲的人看去至多也只四十出頭嘛，那渾身的威武勁兒比二十歲的人還神氣，闔宮之人都怕他，說他冷臉秋霜威嚴無比。權妃卻無半點這種感受，只覺皇帝是個最溫順的人，像護個寶似呵護她，坐在朝堂上可以令兩個太監上氣不接下氣地跑來傳旨，說那秋千架的繩繫緊否，莫要盪得太高等等。她聽宮人常議論漢王，心中卻想，如果讓她在皇帝與漢王中選一個，她準選皇帝。便抿了嘴惡作劇似的笑一陣，倚了皇帝的肩頭說：「皇上你是一國之君吶，管得太寬囉！那天王司彩有事，我讀一句詩不懂，見太子路過，便去請教他，他只給我講了詩，啥也沒說就走了。皇上，你們中華的聖人說要不恥下問嘛，我該不該問？」

吁，皇帝心上一塊大石落地，這個小妃子刁鑽得很，還倒將他一軍。不過她人小，心眼少，焉知那太子不是故意在那裡走動，引她去上鈎？太子不是也常捧本什麼三百篇之類的在宮中悠晃嗎，他知道賢妃喜詩。

御手一攬，將可人兒抱坐身上，輕言細語開導她：「以後少讀些詩呀賦的，那裡面都是些無病呻吟，要不就是聖人之徒不齒的艷語麗句。朕給你推薦兩本書，你無事好好捧讀，一本是朕的皇妣孝慈高皇后親製的《女誡》，再有一本是仁孝皇后親製的《女箴》。這兩本書呵，好得不得了，是高皇后、仁孝皇后專為你們這種女人製的，你要用心領會體察，方能仰體她們的慈範於萬一哩！」

十八歲的朝鮮女子哪能對這種滿篇三從四德奉侍君王的婦箴感興趣，把皇帝塞到她手中的書翻了一頁就皺眉，然後扔到一邊說：「臣妾漢文有限哩，哪能看懂二聖這些高深道理！」

皇帝不高興了，頗有些生氣地起身去拾了那兩冊書，像護個寶貝似放嘴邊呵幾口氣，將扔出的縐紋理平，鄭重放回原處，轉身說：「你呀，竟敢這樣對待皇妣她們的慈訓，要放在太祖皇帝那個時候，就你這一下，起碼打入冷宮三年面壁思過。朕問你，你怕打入冷宮嗎？」

皇帝有意要唬唬這個不知天高地厚的小妃子，賢妃偏頭做沈思狀，癡癡而言：「冷宮？冷宮是啥？皇上為何要將臣妾打入冷宮？不過，只要有皇上與臣妾在一道，打入冷宮臣妾也不怕哩！」

嘻嘻，這小妃子好招人疼，她依賴朕如此，朕何苦還捉弄她。上前去重新攬入懷中，捧了她臉道：「朕的乖乖妃呀，朕如何會讓你受委屈呢！你看朕老嗎？」

賢妃故意裝出個仔細琢磨樣，纖纖玉指在皇帝臉上、額頭、鬢角一陣觸摸、梳理，才極為認眞地貼住皇帝臉頰說：「不老，臣妾看皇上比太子、漢王他們還年輕、還瀟灑哩！」

「哈哈，知朕者，妃也。嗬嗬嗬——」

一陣發自內心的舒心大笑破空而出，唬得歇窗外殿檐前的幾隻寒鴉振翅而逃，「呱、呱」直叫，與皇帝的笑聲摻雜一起，在紫禁城中久久迴盪不散。

☆

東宮，皇太子妃張氏正惴惴不安向太子言說：「殿下喲，你還是要多長幾個心眼才是咧。聽宮人說，那位王爺這些日子沒少在父皇跟前溜轉，你還是那無所謂滿不在乎的味道，只怕有一天讓你搬出這東宮你還蒙在鼓裡喲！妾告你一件事，人家都在北邊去辦了一件大事回來，你這東宮太子還置身事外，仁孝皇后的大事，父皇的萬年之計，殿下咋會袖手旁觀無動於衷呢？你……」

皇太子聽不得婆婆媽媽的絮叨，不容她再說，不耐煩揮手道：「你不要再說了！搬出去就搬出去嘛，有啥大不了？搬出去還更清靜些。高煦他為父皇立下豐功，這儲位讓給他來繼承，我看也沒啥不好，汝一介婦道，少操心為妙。嗯，這個……仁孝皇后的大事我倒是應該與聞一些，給母后盡分孝心呵！然……他們諸事不讓我知道我又有啥法？父皇不交與我辦，不要我插手，煦弟他也不知照我一聲，你讓我咋辦，不袖手旁觀還能何為？唉……」

遇事灑脫、諸事不著急的皇太子終於也忍不住噓了口長氣。儲位固否他不在乎，從他的本願來講他都覺得漢王比他更合適做太子，畢竟人家是刀山火海上拚了幾年的命，不但立下赫赫戰功，據說父皇數次遭危難俱有賴於高煦捨死救護方轉危爲安。自己寸功未建，雖有個留守北平的重任，但那居中籌謀，調撥支應，一大半是依賴於母后的睿智、膽略哩！皇太子感慨甚至心中隱隱發痛的是，父皇把他當個外人，竟不讓他與聞母后陵葬的大事，作爲人子而且是承祧宗社的元子，這未免太令人寒心與難堪。就說是煦弟能幹，辦事有魄力、果斷，讓煦弟負責實際提調、支應，至低也要給作爲元子的自己掛個虛銜呀！比如欽命皇太子偕漢王總成山陵事宜，由漢王主一切具體事務，做個這種安排，爲人子的皇太子心才能稍安哩！朱高熾眼角沁淚，一陣搖頭嘆氣。

張妃看在眼裡，又是心疼又是爲他抱屈，也舉袖拭拭眼睛道：「殿下，容妾放肆一句，正是殿下平素過於超脫，把諸大事看得紙樣輕，皇上他才不敢委殿下重任哩！妾願殿下以後自珍才是，殿下不爲他人著想，總……應爲基兒著想呵！」

太子妃一眼看到半人高的皇長孫走進來，遂發此感慨。皇太子尚未應承，那雖只十一二歲，卻宛如諳事大人的少年居然一旁接腔說：「母妃是說漢叔吧！不礙事，將來有我哩，我曉得爲父宮辦事體，漢叔討不了便宜！」

皇太子妃驚詫得合不攏嘴，這個一天天出脫得英俊、瀟灑的兒子說出如此懂事幾近老氣橫秋的大丈夫語言，把個張妃歡喜得差點淌出淚來，伸手拉過少年郎，又是親又是愛，吹灰擦汗嗔怪道：「我的兒，你又去跑馬射箭了？出這身汗！回頭讓宮人伺候洗洗。大人的事你插啥嘴，當心你漢叔聽見他記恨你哩！」

皇太子也略感吃驚，這個自小到大不咋親近他的兒子這番豪言壯語令他感到溫馨，頭一次帶著驚喜交加的目光認眞地打量這個外貌不咋肖己的兒子來。十二歲的長孫長個十五歲的個頭，束髮紫金冠兩襲飄帶繫攏顎下，把張小臉襯得更英氣，一對黑不溜秋大如杏仁的眸子咕嚕亂轉，透出股一望而知的聰慧勁兒，用他皇伯祖母已故懿文太子妃呂氏的話說，這兩眼珠會說話，鼻粱秀直，嘴唇方正適中，照這尺碼放大，活脫脫是個戲台上戰三英的小溫侯。

皇太子稍感欣慰的同時，腦海中不由自主浮現出前幾天發生的一件事來，一絲常人難覺的笑意襲向皇太子嘴角，吐出幾個剛好是他自已才能聽淸的字來：「這孩子，咋跟他叔天生過不去呢？」

☆

那一日，皇帝說，高煦從北邊回來，過些日子又要去，汝等幾兄弟難得聚在一起，朕今命高熾帶領高煦、高燧還有長孫，一道上孝陵恭謁皇祖考皇祖妣，盡孝思敍親情。皇太子領命遂率漢、趙二王及長孫往鍾山謁陵。一路上海闊天空無所不談，倒也相安無事，只是漢王那裡外可聞的大嗓門及他那旁若無人高談闊論的氣勢，彷彿他是這謁陵的主角，太子等俱是陪襯。皇太子不計較這些，默默聽著甘當配角。趙王素來敬仰乃兄的武略，正想聽他那些永遠扯不完的戰場逸聞，更是洗耳恭聽。唯有那十二歲的皇長孫，騎匹矮人一頭的小馬駒硬擠在大人堆中不說，還時不時跟漢王較著勁兒鬥嘴、頂牛、找岔。

漢王說：「哼，那次要不是我，父皇就落入敵手嘍，哪還有今天喲！好嚇人囉，方圓百十里內，盡是敵軍，我衝過去硬把父皇救出，請他安然撤退，說這區區十萬敵軍算啥，一切有我抵擋……」

這令衆人咋舌的故事還未完，冷不丁小馬駒上的皇長孫插言了，說：「照漢叔說來，百十里盡是敵軍，皇祖又咋走得了呢？漢叔一個人就可抵十萬敵軍，那靖難咋還要用四年時間呢？漢叔一年出戰四次，就可抵南軍四十萬，四年漢叔要戰敵軍一百六十萬，那還何須皇祖親自上陣呢？」

高煦的話卡了殼，不由睜圓一雙豹眼狠狠盯了齊他手肘的長孫，後者卻毫無懼意，反而爲自己能把叔父問住而高興，嘻嘻直樂。兩旁簇擁的衆多太監、武士們忍住不敢笑，紛紛掉頭，做出觀山景的模樣掩飾。

高煦翻個白眼，朝馬前噴出口唾液，大袖在嘴上抹一把繼續眉飛色舞地講說：「打仗靠個什麼？靠天分，靠悟性，生來是個領兵作戰的人，你給他把砍柴刀他也能克敵制勝，不是那個料，你就給他十萬銃子他也是一敗塗地。什麼太公兵法、孫子兵法、留侯將略、武侯祕籍、李衛公問對，全他娘扯淡，老子一本沒讀過，照樣打勝仗。爲何哩，只因我有這天分，有這悟性，生來是個將才，讀不懂它那些勞什子也無大礙。爾等言是否？」

他故意撇開擠在他馬側的皇長孫，掉了頭去問一幫太監、武士。哪還有什麼話說，太監、武士們齊聲應承：「大王所言極是，大王乃百年難遇的奇才呵！奴婢們、小的們欽佩之至啊！」

漢王高興得仰頭大笑，把一群喜鵲嚇得「撲、撲」亂飛。

然而他又高興早了，還是那個小人又開腔了，聲音不緊不慢，甚是心平氣和，甚是認眞：「漢叔，你這話小侄不敢苟同哩！漢叔天生英武，熟諳戰事，然爲皇祖效命，不過衝鋒陷陣，斬關奪隘罷了，只是皇祖麾下的將才，當然不用看那些前賢的兵韜武略囉！那些兵書是帥才看的，皇祖就看就懂，所以他是大元帥之才，漢叔若能看懂，漢叔豈非成帥才了。」

這小人實則只是童口無忌，直抒己見罷了，然在衆人聽來，無異辭鋒言利的一席搶白，而且銳利得很，把漢王搞了個大紅臉，竟還不出一句價錢來。他說他是天生的將才，不用知書也能統兵作戰是個常勝將軍，那小人不反對他是個將才，卻抬出個帥才來壓他，笑他不知書只能是個將才而做不得帥才。皇太子一邊聽了心裡雖感一絲快意，這兒子口舌鋒利，令一向目中無人的煦弟吃了兩次啞巴虧，還不出個子曰來。然煦弟自來驕傲，容不得別人說他句不是，且報復之心特強，今日當著衆多下人受此難堪，將來必定記恨於瞻基。皇太子遂正色作聲道：「瞻基，汝豈能這般沒大沒小！汝叔說話汝怎能隨意詰難？汝快向汝叔……」

下面「賠個不是」的話還未及說出，瞻基噘著小嘴辯道：「哪是詰難嘛，人家是在跟漢叔探討哩！」

趙王高燧忙打圓場說：「長孫是說皇兄的才能只在皇上之下，皇兄雖然是百年不遇的將才，比皇上肯定還要差一截。皇兄，小弟這話對嗎？」

虧了他這一排解，不然長孫硬頂著不認錯，漢王的臉面就無處擱，要搞僵了。漢王氣色稍微緩過來了一些，剛才他真要與小人較勁兒辯個沒完哩！他容不得別人說他「不過爾爾」，管他是大人說還是小人說，在他聽來都是一樣。趙王這麼一說，他才無話。皇上的才能他咋敢比，他自認只是下皇上一等的第二人。還是燧弟知我，說出的話就不一樣。遂打開些臉色說：

「那是自然嘍！要論這百年以來的用兵大人才，皇祖是第一，中山王第二，皇上第三，愚兄麼，嘿嘿，占得第四。小人你別不服，你要早生個二十年，投身到建文那邊做個將領，就可以跟你漢叔較量一番了。可惜你生得晚，只能與叔紙上談兵，管個毬用！」

皇長孫在馬背上伸下舌頭，做個鬼臉，小聲嘟囔一句：「那還不知誰勝誰呢？」

他這話還眞不假，十七年後，叔侄倆就眞刀眞槍地上演了一場全武行，結果將才朱高煦敗在帥才朱瞻基手下，才使大明朝免了第二次叔侄交兵皇位易主的鬧劇。

一行到了鍾山，騎馬來到森嚴、肅穆的孝陵前，遠遠望見神道以南的紅門，太子領頭，衆皆下馬，就是皇帝到了這神道前也要下馬。一路步行過去，入了紅門，越過祭殿，才是明樓，明樓以南就是太祖弓箭所在的寶城。這一路去，要上幾道近百節台階，皇太子體胖肥碩，平常走個平地稍遠尚感吃力，況乎這長長的石階。但是恭謁陵寢，絕無車輦轎馬代步的可能，就是天子謁陵，也得一步步上去，所以塊頭一個頂倆的皇太子就被好幾名專選出來的身強力健的青年太監變著法弄上去，一邊一名伸出胳膊從腋下架持，還有兩名跟在一旁等待換班，背後兩名太監用肩頂著皇太子，歇氣時供他腰靠，行進時在後面推，這光景較弄塊巨石上去還費勁。皇太子是主謁人，他如此艱難緩慢，一左一右稍在他後面一些的漢、趙二王乃至再後面的長孫，就得隨時駐足將就他，要等他喘完粗氣重新邁步後方能踽行，否則超過他上去就是僭越失儀。趙王、長孫自是無話可說，老老實實跟著，太子停他們停，太子行他們行，可謂亦步亦趨。從來行事火爆，講究個雷厲風行的漢王可就受不了囉，按他的身體及步履，可以一口氣在這石道上跑兩個來回不叫累，如今卻不得不像裹足媳婦似的時走時停，他竟然額頭沁汗了，不是累的是急的，不耐煩哩！

漢王眼見太子又停下，嘴裡憋不住說話了：「唉，咱們這是謁陵還是觀風景呵？高皇帝后可還等著咱們去叩頭吶！」

他這一句牢騷比明催還管用，皇太子趕忙起步，嘴裡還上氣不接下氣歉然言道：「我……拖……累大……家了，走！哎喲！」

太子心中一急，本來就猶同踩在棉花上的腳更無個準頭，一腳踏虛，一個趔趄。恰巧腋扶的太監也累得忘了留神，太子一個閃失，他倆架持不住，跟著帶倒，幸虧後面推的人及時煞車並急中生智轉爲攔腰抱住，更兼腋扶者奮不顧身搶先著地，皇太子才算半摔在太監的身上，要不準會跌個鼻青臉腫，牙落唇破。在一片驚呼聲中，安然無事的皇太子尷尬地笑了笑，寬厚地朝幾名嚇得面無人色的太監們擺擺手，示意再走。

漢王高煦卻不依不饒地開起玩笑來了：

「皇兄呵，你步子如此不穩當，讓人不放心哪！將來接了父皇的位，可來不得閃失喲！嘿嘿，不過也不要緊，後面還有我嘛，我的步子穩當著哩！」

他正爲自己這句別有深意的玩笑得意，冷不防背後有人發了言，又是那與他一個釘子一個眼的少年人，聽得出那話語中帶絲氣憤：「漢叔你別太高興，還有我呢！」

長孫確實有些氣，別人不小心有個閃失你幸災樂禍幹啥？不說句寬慰的話還來趁火打劫，算個哪樣叔父？少年人，上了氣控制不了，想到哪裡說哪裡，便斜刺裡横著來了這麼一句。漢王當時還眞給嚇了一跳，因爲他只顧揶揄兄長，完全忘了背後還跟了個小人，被他這麼冷不丁來一句，一時竟想不出句回話。算來今天是第三次，漢王都栽在這個小不點侄子手上，氣得他臉上一陣青一陣白，狠狠踹了旁邊一名太監一腳，說後者鬼花樣多，走個路一會兒手在前面，一會兒放後面，難看死了，惹他心煩。

☆

皇太子想到此，不由覺得一向不太順眼的兒子今天看去順眼多了，以從未有過的關切語調對瞻基說：

「聽你母妃的，快去洗洗，一身汗塞了毛孔會生病的。」

☆

呂婕妤宮中，漢王高煦與婕妤共沐一浴桶中，方太監與兩名宮女不時往裡邊加熱水，這浴殿下面有溝道散水，那浴桶水中有個塞，沐浴者可以隨時放些水而不致溢出。熱氣騰騰，雲遮霧罩，漢王伸腿擱婕妤肩上，口裡說：「方忠呵，待會兒你去把馬宣給我叫來，我有事要他辦。」

方太監殷勤地加了半桶熱水才接了話頭應承：「王爺，待奴婢伺候完再去傳吧！」

他實際是不想離開，起碼此時不願走，看這兩人光了身子擠一個大木桶裡戲水多帶勁兒呵，那漢王爺花樣又多，把個婕妤搞得吃吃笑個不停，而且方太監還想等著看押場戲，那漢王若一時性起就會命兩名添水的宮娥也擠進去。那桶大，能容五個人，看兩名宮娥脖子上的筋都紅了，不正等這一聲嗎？然而今天漢王沒有這份逸興，一鳳三凰的把戲今天演不成，他在方太監極度失望宮娥們有些失望的眼神中翻身出了浴桶，宮女趕緊捧巾擦拭。

方太監便想溜了，去傳喚他的乾爹馬宣來。才走兩步，身後一聲嬌叱喝止：「鬼奴才你跑啥？給我擦了身子再去！」

怪得很，宮中太監人人能講出一部二十一史部頭的艷情桃聞，穢言褻語在他們口中更是每日一變推陳出新，在一旁津津有味地觀看、品嚼更是樂不可支的美事，唯獨有樁事太監都不願幹，那就是嬪妃們出浴後讓他們一絲不苟擦身子。然而，偌大一個後宮，失意、冷落的宮嬙們唯有靠貌似男人的太監打發日子，這差事便非太監莫屬，方太監就幹了兩年。無趣得很，除了頭兩次還可以與別宮的同類們交換些情況算得小樂，日子一長就猶同熬刑，太監們在背後有個惡毒的術語，叫「整光豬」，形容擦拭、修理那些溝溝壑壑猶如整頭去毛豬般噁心。究其心理，大約是難堪於無能的自卑作祟。

馬宣乃司禮監諸秉筆之一，宮中太監上千，能爬到他這種內官從四品的不過幾十人，所以他算得太監中的一名人物。像他這種大太監，手下的徒子徒孫、乾兒義子少說也有百十名，都是自願投靠在他門下，求其庇護的。太監也有幫，也有派，馬宣正是蘇北幫的首領，投靠他的都是蘇北籍的太監，此外還有淮幫、河間幫等等。馬宣乃漢王的心腹之一，可以說是他派在宮中的眼線，舉凡宮中大事小事，如皇上今天笑了幾次，發了幾次怒，喜怒爲何；哪個失意的嬪妃耐不住春閨與太監胡鬧幾次，哪個宮人的肚子大了，等等、等等，馬宣俱會一五一十如實報與漢王知悉。當然，太子、趙王各有他們自己的親信、眼線。連皇帝都有，而且是宮中勢力最大的一派：河間幫，太監全是燕人，首領便是司禮監掌印太監黃儼，說呂婕妤乃麻面的那位。

漢王發問了：「馬宣，皇上咋無動靜了？」

馬宣像個蝦米似哈腰回答：「給王爺回吔，皇上那日問了賢妃，據奴婢手下那名御前婢子回報，說賢妃替太子說了好話，皇爺就、就消了氣。」

漢王失望得搖搖頭，就在此時，馬宣趨前一步，諂笑道：「王爺哪，奴婢有條計包管生效……」

伏在高煦耳邊一陣嘰咕，把後者聽得面露喜色，情不自禁一拍大腿，然後親暱地在馬宣肩上擊一掌道：「好個老滑頭，這辦法想得好！俗話說拿賊拿贓，捉姦捉雙，要讓上邊親眼目睹才能收奇效，勝過萬句空話。不過……這個賢妃那邊誰去請呢？寶貝，這下該看你的囉！」

漢王把坐在腿上的婕妤親了一口，屁股上拍了一掌。婕妤疼得直嚷：「哎喲，王爺你這手好重喲！妾這細皮嫩肉可經不起你這虎掌吔！她我可請不動喲，妾與她紅過臉的。」

漢王有辦法，將她推下地去，起身道：「你如此無用那我去另找有用人，你們國中不是還有兩個嗎，任順妃本王沒這膽量，崔美人、李昭儀處本王可是有辦法的喲！」

已經領教了厲害的呂婕妤哪敢不信，這傢伙說得出做得出，怕今夜就會找上門去，他這把烈火一到，崔、李兩把乾柴還不一點就著，那崔美人又妖嬈又豐腴，王爺有了她，妾只怕又要學女貓哭春哩！於是，撲上去吊了肩嗲聲道：「王爺眞是打仗出身，太心急不是？妾又未說不爲王爺效力，妾雖請不動姓權的，崔氏她們可請得動喲，王爺放心，她兩人與妾是結拜姊妹，妾會讓她們把這事辦成。只是，我的王爺喲，那小妖精成天吊在皇上腰帶上，啥法能把她叫出來？」

高煦胸有成竹地笑道：「嘿嘿，這個你就別操心，我知有那麼一天，去就能把人叫出來。你問哪一天，暫不告訴你，你等只聽我安排，叫你等動時只管動好了。」

3

皇帝唯有這一天是獨居。每月之中凡是這天他俱是一個人獨處宮室，就是權賢妃他也不會召幸。這一天乃是仁孝皇后的忌日。皇后去世一年多，梓宮尚停在殯殿，高煦與公孫龍等在北京昌平勘得陵址，還須等皇帝今年晚些時候或明年開年親幸北京定奪，梓宮入葬落土，只怕還得三五年以後。園陵工程浩巨，當年太祖的孝陵，從動工到告竣費時五年，動用人工七萬，花掉江南三年的賦銀。皇帝為仁孝皇后同時也是為自己營建壽陵，規模雖不敢超越皇考妣，至低也就是以孝陵為藍本吧，三五年能告竣便是快的了。所以，他把自己關在寢宮孑然獨處，既是表示對先皇后的一種追思與敬重，同時也利用這難得的一天清靜來思考諸多大事。山陵是一件；太子的問題算一件；今年正月以來，北邊的蒙古韃靼阿魯台部不時侵擾邊境，頗使朝廷震怒，本月初皇帝命淇國公丘福為征虜大將軍，不日就要出發北上討北虜。由此皇帝又追思起成國公朱能來。朱能在永樂四年十月病死於征安南軍中，靖難以來的大將只剩丘福一人，所幸張玉之子張輔頗有乃父遺風，也是軍中良才，不然皇帝眞要感嘆朝中無人了。還有一件大事，福建守臣奏聞，渤泥國王親率妃、王子、大臣等一行百五十餘人來華朝貢，皇帝命司禮秉筆杜興往福建迎迓，若不是要親自接見渤泥國王以示大明朝善待海外藩邦的禮儀，皇帝早就動身北巡了。

他斜靠在雲龍團錦墊的御椅上，不由自主打個呵欠，端起宮女適才奉上的冰糖蓮米羹，細細喝上一口，盯一眼兩名謹慎侍立的宮女，喟然自嘆道：「不坐君王位，不知這萬機之勞呵！看朕哪有片刻閒暇？那烏鴉吵得人心煩，去叫黃儼支幾個人去將這東西趕走！」

宮女領命而去，少頃，便聽見太監們吆喝著攆歇在乾清宮周圍殿檐、樹叢上的烏鴉，「呱、呱、呱」一陣淒涼的啼鳴，歇鴉們極不情願地振翅而起，繞殿三匝，吆攆未斷，只好在夜色中往他殿別宮去尋個歇處，好在禁城大得很，不愁找不到棲息地。

☆

崔美人說來出身最貴。她乃朝鮮國名門望族之女，父祖俱在李朝為大宦，祖父做過太祖李成桂的戶曹，相當於大明的戶部尚書，父親做過道節度使。因之，在幾個貢女中，以崔氏的出身最為顯赫。像任順妃、李昭儀、呂婕妤乃至於權賢妃等，原係朝鮮國一般人家子女，高不過七品門第。然入貢大明掖庭後，原來的身分地位無有半點作用，能否吃香受寵全憑皇帝的一句話，崔氏家人原以為身分顯赫，不用向黃太監打點，女兒去後也吃不了虧，殊不知朝鮮國的皇曆在大明朝行不通。

黃儼抓住崔氏體態豐腴這點作文章，向皇帝描述說：「皇帝呵，崔貢女喲那個胖吔，奴婢都不好形容了……」

「不妨，給朕如實奏來！」皇帝手握正在批閱奏章的筆，一心二用，聽黃儼奏報朝鮮貢女的情況。此時，筆懸空中，偏了頭問。

黃儼編句話不用打腹稿，聽皇帝追問，他把腦袋擺得像個撥浪鼓，做出一副苦不堪言的樣子向皇帝奏道：「那，皇上容奴婢放肆，奴婢斗膽形容一句，崔氏之胖，只怕一丈白布做得兩條襯褲！」

「噗哧」，皇帝笑出聲來，他知道這幫奴才口舌如刀，貶薄、挖苦、形容個人要得人比，總是那崔貢女不知在啥地方得罪這奴才，才有這般口誅。但無風不起浪，黃儼敢如此嘲笑她，足見那崔氏定胖得不雅，倘她本是苗條、婀娜之佳質，這奴才縱有天膽也不敢欺君詆毀於她。

皇帝便板了臉，故意出以威嚴不滿之聲說：「照汝如此言來，汝這趟朝鮮豈非白跑了麼？呂氏麻、李氏矮、崔氏如汝之言又胖得不成體統，那李王就敢如此搪塞朕嗎？」

黃儼早有準備，趕緊陪個笑臉道：「皇爺息怒，李王還是有孝心的，只是他那些臣子辦事差點。此次奴婢給皇爺帶回一女，姓任，雖非絕世佳人，也堪稱一代名姝。皇爺若不滿意，奴婢過些日子再去朝鮮，督那李王再選上乘之資質來。」

如此，任氏便封了妃，崔氏只封得個美人，比婕妤、昭儀還低一等，離妃的封號就差遠了。

封妃叫「冊妃」。冊立妃子，皇帝為此要告廟祭祖，算是得到祖宗的容許與認可又收一房側妻，禮部要為該妃準備全套儀式，恭上冊文，皇帝遣官頒賜，該妃受冊膺妃號。倘若將來誕育了皇子，還可進一步得貴妃、皇貴妃的封號。美人、婕妤等算得個啥，不過用充掖廷的嬙嬖罷了，宮中如這類等級的女人少說也要上百。她們的命運實則比普通宮女還要糟，宮女幹上幾年還可蒙恩出宮，擇婿嫁人，享一個女人應享的一切。有了封號的宮嬙則不同，她們是天子的宮妾內陳，只能屬於天子，即或一輩子未蒙一次召幸也無有再出宮的一天。通常的命運只有兩種，一是天子崩後殉葬，到另一個世界繼續去做死天子的臣妾；另一個就是老死宮中，死了往本朝專葬宮人的亂墳冢中一埋完事。只有爲數極少，比方進宮時年少，到新天子即位時還有佳麗本色或雖徐娘半老容貌未衰的這類人，撞上三十年河東運蒙新天子寵幸，興許有出頭的一天，本朝晚些時候的萬貴妃就是這類不幸人中的代表人物，以三十六歲的半老徐娘得十七歲的新天子寵幸，不但封貴妃寵逾六宮，還差點釀成一場奪宮的鬧劇。

崔氏來中華時，其家還給她派來些隨侍的下人，其中，有崔氏的乳娘金氏。金氏因皮膚黝黑，在朝鮮崔府得了個不雅之號，名曰「金黑」。金黑不僅自己隨小姐來，還將自己的女兒韓氏也一併帶來，大大小小數十人，全居於崔美人宮中。

權氏來後得到皇帝的百般寵愛，自然引起幾位同胞的強烈不滿，而其中牢騷最甚的又數崔美人。她鼻孔嗤聲道：「哼，這中華的皇上怪得很，咋會看上這個出身寒微的小妖精！那會兒在國中，她想與我說句話只怕還無資格哩！如今好了，她倒成了妃，成了主子，我倒反成了她的奴婢！哼哼，我想不通！」

乳媪金黑無可奈何嘆口氣勸說：「大小姐想開些，凡事是個命，拗不過喲！這事說來怪不了別人，只怪咱家大公子，他那一肚皮唐書唐文讀多了，只忘了如今是明朝哩！唉……」

金黑的唉嘆是有道理的。本來李王選貢女無論如何也選不到他們家，但崔府那位對中華文章教化佩服得五體投地的大少爺突生一個想法，並且對其父說：「父親，妹妹天生麗質，又生在這溫柔之鄉詩文之家，將來造化不可限量哩！然一輩子守在我國中，以後不過哪家大宦夫人而已，有啥出息可言？方今王上爲中華天子選貢女，不若讓妹妹去闖一闖，以孩兒看來，不定日後我家會出個天子貴妃來，中華高麗豈非要平添一段佳話喲！」

崔父遲疑片刻說：「怕是不成吧！你妹妹雖也稱得一表人才，但她太喜甜食，心廣體胖，動輒出汗，咋受得人家中華那些制度約束噢？」

大少爺卻不以爲然地搖頭說：「父親差矣！孩兒熟讀漢唐典籍，深知那中華天子之愛好，妹妹這副身材，是打燈籠難找的楊貴妃第二，正好到中華去啖荔枝哩！」

崔府毛遂自薦，李王求之不得，前些年因貢女資貌平常，那大明天子常常爲此詔責朝鮮，說我上千匹錦緞就換得你幾個醜女麼？你家既有個養在深閨人未識的楊貴妃，便貢與那思賢如渴的朱天子。崔家當時若破費些，黃儼嘴上便無那一丈白布做兩條襯褲的詆毀，崔氏貴妃雖不可望，封妃卻是篤定，乃兄也就可圓了添兩國佳話的構想。豈料他雖讀通漢唐典籍，卻未從中識得孔方兄的厲害，也就等於未讀通，平白無故把一個韶華當年的妹子送入異國他鄉的火坑，害得伊人憔悴日損，眼看楊玉環幾成趙飛燕矣！

崔氏名門望族的千金，咋受得這深宮的寂寥？日頭東升又西落，晨鴉驚飛暮還宿，月亮圓了三十回，未見翠輦一日臨，聽不完的晨鐘暮鼓譙樓更響，看不盡的北雁南飛橫空人陣，於今秋風又起，憑何物，又訴鄉思？崔氏當殿而立，不禁淚也沾巾，憑空遙念道：「爹呵娘，你們咋送女兒來熬這一生也熬不盡的苦日子噢？女兒連苦中作樂也不能呵！」

正當她憑欄發悲聲時，一聲貌似同類的尖嗓子一側說話了：「美人何故自悲，其實這宮中樂處也不少，只看美人願否尋它罷了。」

「胡三，汝這話何講？有樂處我如何不尋，這深宮沈沈，入夜似水，有何樂可言？」

胡三乃前些日子才派到崔美人宮中當差的太監。聽美人這樣反問，胡三趨前笑盈盈言說開來：「嘻嘻，美人入宮幾近三年，卻還不知宮中的樂處，足見那王二未用心伺候瞞著美人也。奴婢今日斗膽言與美人聽，這宮中的樂處正是入夜方起哩！要等那譙樓響過二更，宮中的各種樂處才敢入高潮，不然，驚動了聖駕咋了得。美人若願聞，奴婢就一一說與美人聽！」

☆

王二係胡三之前那名太監，胡三就是調來頂替他的。像崔美人這種冷落宮殿，當差支應的太監、宮女總共不過二三十名，人雖少，管事太監還得有一名，胡三就是統領這二三十人的管事太監。崔美人便滿懷興趣聽胡太監講這深宮中的種種樂趣。

照一般人甚或京師士民看來，那警衛森嚴九重宸居的紫禁城入夜應是一片肅穆、安謐，這就大謬不然。就是夜深人靜時，紫禁城中的歡娛才能開場，而且是五花八門，熱鬧得很。

宮中太監、宮女不下三四千人，白天一個個循規蹈矩，行事謹慎，如同那馴化有方的貓狗般跟在主人身前身後奉侍應承。一到夜晚，天子入宮安歇，這幾千名飽食終日、精力過剩的皇家皂隸便躁動起來，除了乾清門以內的後三殿乃天子寢宮無人敢去喧嘩外，宮中其他場所便成他們的天下。初更一過，便見三五成群，幾十人成堆，結伴而行，聚衆而居，打起燈籠，點起火把，文靜點的圍坐宴飲，猜拳行令；不安分的你追我打，嬉戲跳鬧；鬥雞的圍成圈子開始鬥雞，大點的太監一養鬥雞便是幾十隻，專門有人替其飼養，爲其調教，他們那些「紅臉元帥」、「紫冠將軍」往場中一站，養不起鬥雞的小太監、宮女們便各自認準厲害角色下注，一陣廝打撲啄，立時見了輸贏。贏者笑得比哭難聽，輸家哭聲似笑聲，一時哭笑難分；擲骰子、鬥雙陸、推牌九、玩骨牌、下象棋等等之輩，各自找了地方聚圍成堆，要想禁得他們不賭，除非把那話兒還給他們放出去做個常人；更奢華的大太監們不時叫進雜劇班子，在天子眼皮下玩起堂會。總之，這深夜的熱鬧繁華要維持到三更過後雞叫三遍時才得陸續收場，等黎明即起的聖天子起床，便是又一個清新、寧靜的紫禁城的早晨。

太監們聚在一起宴飲甚是有趣，若從窗外聞去，只當得裡面是群更年期的女人，不僅說話、談笑有如鈍刀剝竹般刺耳、難聽，而且，此輩心性有異常人，一是那俗不可耐的穢語讓他們講來如情話般絮絮，兩個太監可以咬著耳朵絮叨不停。再即喜怒無常，可以從情人般親密的耳語立時變成相互的破口大罵，從十八代祖宗直罵到彼此本身，然後又很快莫名其妙地和好如初，甚至友誼更深一層。

崔氏在胡三的引導下，已參觀了不少夠得稱樂的地方，一路也碰到許多如她這種身分的人，有認識的有陌生的，大家彼此心照不宣，四目一對，做個笑臉各自走路。胡三此時正把崔美人帶到太監們飲樂的一處地方，他與美人並不進去，只在窗外觀看。裡面杯盞狼藉，十多個太監歪七倒八圍坐，離窗戶近的兩個太監正在咬耳朵，他兩個不願將這些話講給同類共享，足見自私之極。

「契兄吔吔，這話就你聽，不講給這些背時的聽吔。契弟我今日又教她玩了個花樣吔，用四根汗巾把她足手吊四個角地吔，嘻……抱了頭小狗去她周身舐也哉！還有更絕喲吔……」

「你這算啥喲，契哥哥我的才絕……」

崔美人正紅了臉暗自笑罵聲狗殺才，突聞裡面翻了臉。

「你這不算絕，是我教你的，不算也哉！」

「我不算你也不算，扯平！」

「哪個騷貓騷狗才給你扯平！」

「你這忘八兔崽硬要壓我一頭？」

「你狗爹才是王八！你老娘遭我爹騎！」

「小兔崽你翻天了，我打死你！」但聞一耳脆響，顯見是一耳光打臉的聲音。

「哎喲你敢打我嘢？我哥操你娘吔！」

「我哥才操你娘！我兄弟操你滿門十八輩子親娘！」

「我下輩連你爹你起根根發芽芽祖宗一塊兒操！」

就在兩個人跺著腳指著鼻子相互辱罵無個完時，其餘聽得無精打采的太監們不知是誰說了句：「都是自家兄弟罵啥呢？契兄契弟，你娘就是他娘，他祖宗是你祖宗。莫要罵了，大家磕個頭又見好不是？」

辱罵聲立時停止，不知是契兄還是契弟當眞爬地上磕二個響頭，還伸手打自己耳光說：「不是人的是我！咋拿自家兄弟當外人？我打這張嘴，看你日後還亂罵不？」

剩下那個立時也響應，磕三個更響的頭，一把拉了對方，帶哭聲說：「兄弟你打我，我才不是人吔！嗚……嘻……依依，好兄弟，你娘是我親親的娘吔！」

崔美人笑得眼淚直淌，大約驚動裡面，探個腦袋出來，問是誰笑得如此婆娘味。胡三低叱一聲：「放肆！這是崔美人宮駕，汝胡言啥！美人，我們走，奴婢再引你往他處去！」

☆

崔美人月來已熟知宮中種種夜樂之處，以前的寂愁便覺一掃大半空，忽聞呂婕妤來訪，便讓請進來。美人的地位本來不比婕妤高，但崔氏乃朝鮮國中名門望族，婕妤在她面前自覺要矮一等，便以姊姊稱呼她，兩個人平素來往不是很多，主要顧忌走動太勤怕宮中其他人說閒話，言朝鮮人在宮中結黨營私。婕妤先給美人一個驚喜，說：「姊姊，我們姊妹這日子好難熬喲，只因我們太老實，像守個活寡似把這日子守住，其實這宮中名堂多得很哩！」

崔美人只當她說夜遊之事，嫣然一笑道：「噢，不料妹妹也知那些玩處。然玩一陣又抵何用，終不成與太監些鬼混一輩子？唉！」

「姊姊錯了，小妹不是說那夜裡遊玩之事，小妹說的是那……姊姊俯耳過來！」

崔美人又驚又喜聽完，激動得聲音也變調了：「你說的可當眞？他們不怕皇上知道？你啥時把人給我領來？」

「姊姊這就等不及不是？皇上！他才不在乎這些！再說他也不會知道，姊姊你放心，這是他們中華宮中幾千年來的做法，皇帝後宮一半是皇子享用的。你莫急，就這兩天我宮中那個姓方的會把趙王爺給你領來。嘻嘻，姊姊配那個英俊王爺當眞是一對咧！你我同胞，又是結拜姊妹，我不向著姊姊我向誰？有些話我還要慢慢給你講。」

☆

賢妃聽說崔美人來訪，忙叫宮人快請。說實在的，皇帝把三千寵愛集於她一身，使她多少覺得有些不自在，尤其是想到幾個同胞的冷落、失意，心中感到同情與歉然，彷彿是她造成似的。她也曾爲此勸諫皇帝說：「皇上，妾那幾位同胞入宮三年，皇上不應太冷落她們，總要給些溫存才對，不然，臣妾都無顏見她們了。」

皇帝不以爲然地說：「這是啥話？不是都給她們封號了嗎？再說任妃那裡朕也在去嘛，何時冷落了她？你說崔、呂？哼哼，你是存心氣朕不成，她倆一個胖一個痲，朕如何給她們溫存？你這樣說，莫非她們在下面詆毀你，哼哼，她們敢！朕要聽聞半句，即刻將她二人打入冷宮！」

賢妃一聽更著急，心想好話起了反作用，皇上性烈，當眞發了火下道詔旨懲罰崔、呂等，那才讓她跳進大江都洗不淸。趕忙曲意勸解皇帝，才使後者歇下火氣。自此，賢妃再也不敢提此事，然心中愈發歉然，尤其那天遭同胞呂婕妤一個冷眼後，內心更是難安。今日乃仁孝皇后忌日，皇帝例不召幸，她一個人深宮獨處，寂寞得很，王司彩在此盤桓一會兒告辭而去，賢妃便只有捧本詩詞打發時光。

崔美人在太監、宮女的導引下進來，賢妃已自出迎檐下。照宮中規矩，美人以次宮嬙見妃，要行跪拜之禮，所以賢妃宮中太監便利手利足將錦緞拜墊擺在美人面前，崔美人做個下拜姿勢，卻被權賢妃一把扶住。崔美人假意嚷道：「娘娘如何不讓妾施禮呢，如此太不恭敬了嘛！」

權賢妃十分興奮地說：「此處無外人，這些中華禮儀就免了也罷。再說，崔姊姊肯來看我，我已感懷得很，如何還敢受姊姊之禮。」

原來，以前在她們國中時，權氏的老爹乃崔老爺的下屬，崔美人是崔府的大小姐，權氏那時才十五歲，曾去崔府拜見過崔大小姐。如今在這異國他鄉，二人的身分地位來了個大掉換，一個是親受天子冊封的宮妃娘娘，是六宮之主中的一個，另一個卻是處於半奴半主之間的美人，對宮娥、太監而言是主，對天子諸妃而言則是臣奴。崔美人等之所以從不來權賢妃處走動，敍個鄉情什麼的，除了妒忌之外，再一個就是不甘心以奴婢的身分拜見她。權賢妃年齡雖不大，心眼卻不短，知道她們的心病，因而堅持不受她的禮，怕傷了她的自尊。並且，不顧儀制的忌諱，親熱地呼美人爲崔姊姊。

崔美人果然不自在，連說：「娘娘千萬莫這樣叫了，這是中華國中，講究多得很，倘若傳到外人耳裡，我可吃罪不起哩！」

賢妃一邊讓座一邊說：「此處無有外人，叫叫也無妨。崔姊姊今日何以來了興致，捨得來看我？不瞞崔姊姊說，咱們國中這幾個姊妹，除了任姊姊來走動外，呂姊姊、李姊姊她們一次也未來過哩！我平常眞盼望能與國中幾位姊姊聚聚呵！」

崔美人笑道：「不是她們不來，大家都知娘娘得皇上寵幸，只怕萬一來時撞上聖駕在娘娘這裡多不方便哟！妾因知今日皇上不會來娘娘宮中，所以才敢來拜謁呢！」

噢，是這麼個道理，險些錯怪她們了。權妃心中暗暗想到，皇上不知聽了誰的挑撥，嫌崔姊姊幾個醜陋，不願見她們，她們當然也有耳聞，怕萬一來我這裡碰見皇上太難堪。

權妃輕輕點幾下頭說：「崔姊姊呵，皇上不知聽了哪個小人的流言，對姊姊等有所誤解，你們千萬不要暗怨皇上，他心好，不是他的本意。我還在想，啥時以我和任姊姊的名義請你們三位姊姊光臨，我們辦個高麗歌舞會，把皇上請來，他與三位姊姊見了面，仔細交談，誤會也就消除，必然會加恩於三位姊姊的。」

這話假若早些時候說與崔美人聽，她定是感恩不及另有一番感受。此時在她耳裡聽來，不但未博她的好感，反在心中罵道：小狐狸小騷精，你是得了好處又賣乖，我若信你這些乖巧話，只怕我是頭大愚豬、大蠢驢！嘴上卻說：「娘娘好心腸，她幾個知曉，也是感激不盡的。娘娘，今日便有個機會，去見見她們如何？」

賢妃見崔美人如此理解她，解消了一直隔閡在大家心中的疙瘩，自然十分高興。只是今日天色已晚，便說改日尋個機會，同胞姊妹們再聚吧！崔美人慫恿說：「娘娘平素侍奉皇上，哪有機會與她們見面，每月不就今日得空閒嗎？娘娘，你大約晚上從未出宮去逛逛吧？熱鬧著哩！妾今晚不但請娘娘去與呂婕妤她們見見面，還想請娘娘捎帶看場戲哩，中華的戲演得好哇，娘娘看了定然讚許！」

看戲？賢妃頗納悶，深宮後苑，夜裡上哪兒去看戲？要說看戲，她興趣大得很哩！以前在國中，就常看，中華的戲曲倒還未見識過。遂半是疑慮半是興奮地問：「崔姊姊莫是玩笑吧！這晚了上哪兒去看戲？」

崔美人起身挽了賢妃手，笑盈盈說：「娘娘呵，你對這宮裡事情可眞是一概莫知噢！你隨妾去自然便知曉。不用多人伺候，帶上三名小答應即可，娘娘放心，有妾等在，不會鑽出個老虎吃你的！」

☆

今晚馬宣大太監弄進一幫雜劇優伶來演唱堂會，特意恭請了雜劇迷皇太子殿下蒞臨。皇太子可謂精通享樂之道，舉凡一切遊耍嬉玩的事他都感興趣，鬥雞走狗，玩猴弄鳥無一樣他不喜好。但他的喜好與別人不同，他自己並不親身參與、體驗，只喜歡看，做個旁觀者，興趣盎然一旁觀看，而且極有耐心。比如說，他可以一二個時辰看太監釣魚而毫無倦意，常帶些太監上玄武湖垂釣，他自己絕不動手，只是躺涼椅內饒有興趣觀看，看幾名甚或十幾名太監垂釣，誰釣得多，釣的魚大，他還獎賞誰。最後滿載而歸，釣的活魚都按太子的旨意做成多道名菜——他對烹飪同樣精通，只是不下廚——分送各宮，當然首先是孝敬父皇。太子的御廚是宮中最多的，比皇帝的廚師還富餘，三四十人，什麼齊魯菜、淮揚菜、川菜、陝菜、湘菜等等，集天下名廚名菜之大全，應有盡有，為此常惹旁人非議，他也不在乎。皇帝武人出身秉承乃父，向來崇尚節儉，對太子好奢華講享受的做法向有耳聞，也為此耿耿於懷。有次太子恭呈的幾道名菜送到他宮中，皇帝不無恨意地發了脾氣，斥責道：「給他送回去！告訴他，就說是朕說的，朕這嘴在靖難中吃窩頭啃大餅慣了，粗嘴，沒有福氣享受他這些大菜！」

皇太子受此呵責並沒有引以為誡，仍然每餐不同地換著菜譜享用，只是少有往皇帝那裡送珍饈，偶爾孝敬兩樣，也是尋常的時令小菜而已。

因此，皇太子是太監們召伶人進宮唱戲的座上客之一。他一天事務不多，夜裡精力甚旺，時不時常溜出宮來巡視太監們的夜中樂，鬥雞場邊站一會啦，擲骰子、推牌九的堆子邊瞅幾眼呀，棋局旁邊看看，宴飲窗邊走走，因他為人隨和，脾氣又好，難得訓斥下人，所以太監們不懼怕他，也不瞞他，他走到哪處，哪處的太監們至多請個安，問聲太子爺好，又各自嬉玩，絲毫不礙事。他愛看戲，並且雅俗共賞，太監愛看的那些下里巴人的東西同樣能令他開懷，什麼王駝子回門，李二嫂改嫁，小寡婦思春等，他均能品嘗得津津有味。多些日子不請他，他還會指名叫著幾個大太監問：「黃儼吶，這個杜興吶，馬宣吶，你幾個最近又叫人進來唱了吧！何以不來請本宮？」

慌得這些太監們陪笑說：「哎喲奴婢們的太子爺咧，奴婢等怎敢瞞你老人家喲！你老人家肯賞光，是給奴婢們天大的恩寵哩！」

馬宣今日去恭請他，太子欣然應允，晚間時辰一到，他帶上二名貼身答應，賞戲來了。進去時稍微愣愣，那呂婕妤、李昭儀，還有漢人宮妾的呂昭容、薛才人等等，竟然有七八個女人也在此，太子爺駕到，宮嬪們紛起迎唱著萬福給他請安，太子皺皺眉頭居中坐下，一招手馬宣躬著身子俯耳過去：「汝今日怎麼了，如何惹伊等來？女人家看個戲嘰嘰喳喳，清靜得了嗎？」

「哎喲太子爺，這是奴婢的不是了。太子爺有所不知，今晚的伶人乃是呂昭容表弟熟人的關係召進來，都是名角喲！瞞不住她，她又約了這多主來，奴婢怎好拒絕。不過太子爺請放心，已經關照過她們，說太子爺賞戲喜個安靜，她們自不會喧嘩的。」

皇太子一聽也就無話了，他並不擔心招惹這些宮嬪使旁人說閒話，只怕她們其間嘰嘰喳喳吵鬧個沒完太煩人。伶人尚未出場，一陣小騷動，小太監入報，又蒞臨一位貴客，權賢妃駕到！馬宣急趨出迎，片刻，果真見賢妃與崔美人一前一後翩翩入臨，滿座宮嬪起迎，賢妃笑盈盈與幾位同胞執手相問、寒暄。剛才是皇太子一人居中，現在賢妃駕到如何辦呢？馬宣便在太子座稍後約三尺距離擺上賢妃的鳳座，皇太子只好起身與賢妃客氣兩句，互致問候、寒暄。

「太子殿下好！」

「賢妃娘娘好！」

待入座後，皇太子又動問了：「賢妃娘娘也喜好看戲？看過中華戲劇嗎？能否看懂？」

「謝太子殿下關心。以前在我國中愛看，中華戲劇倒還未看過，嘻嘻，看不懂的地方要請教太子殿下了！」

她這樣一說，衆人俱爲之幫腔，尤其馬宣，一臉諂笑道：「娘娘找對人囉！太子爺賞戲最有一套，奴婢等只看個過場，好多戲文不懂，看不甚明白，太子爺可是對戲文倒背如流喲！娘娘有不明白之處，只管請教太子爺好了！」

皇太子一臉自得之色，指點這個明艷動人楚楚可憐的朝鮮宮妃，他打心眼不反對且十分樂意，這個賢妃虛心好學不恥下問，曾經向他請教過詩詞之類，後來不知爲何，再也沒有問他。有皇太子不時的講說、指點，賢妃看得一點不吃力，且津津有味。限於地方，這些伶優只是演些小折子，與堂會的清唱不同，是穿了行頭上了妝，而且不唱武戲，所以往往是兩個或三個往上面一站，一折就拿下來。

皇太子津津樂道地半側了身與賢妃說戲：「這是《連環計》中的一折，那個描成粉臉的是丑科，演大奸臣董卓，這個掛鬚的是司徒王允。王司徒一心匡漢，假勸董奸稱帝篡位，你聽那文科道白！」

果然，旁邊文科念白，說：「王允夜觀天象，漢家氣數已盡，太師功德巍巍，當代漢而有天下也。」

那王允便唱道：「太師你可也強承頭，大睜眸，豈不見天象璇璣，氣運周流……」

接下來一折折，什麼長生殿、凍蘇秦、竇娥冤、貶黃州，更兼董西廂、王西廂中的折子等，把衆人看得如癡如醉。就在太子滿面春風半回頭近似耳語給賢妃說戲的當兒，馬宣突然「噗通」跪地，口稱：「萬歲爺駕到，奴婢們不知，罪該萬死！」

伶人們面對入門處，愣了片刻也紛紛伏地迎駕，滿屋之人誠恐誠惶離座跪伏，一遍迎駕之聲。但見皇帝不知何時，悄風屏息立於門前，兩名太監左右各躬身打一個燈籠伸前面給他照引。皇帝秋風黑臉，冷冷掃視滿地哆嗦的人們，好一陣才憤然作聲：「哼哼，汝等像話否？男男女女，深夜鬧聚，這宮中無王法了！賢妃，快隨朕走！太子不求上進，你跑來湊什麼熱鬧？哼哼！」

皇太子俯伏於地，不敢仰視，直到皇帝怒氣沖沖攜了權賢妃返駕，才在內侍的攙扶下費力地爬起來，嘆口氣道：「你們這幫奴才，咋會去把她也弄來嘛！這下好，連本宮也跟著受頓斥責。唉，散了散了，以後再不許帶進來唱！」

4

永樂七年三月，皇帝終於回到已闊別七年的北京，他這次北巡可謂聲勢浩大，幾乎把大半個朝廷都搬來。從南京動身之前，先是以北巡之事祭告天地宗廟社稷，漢、趙二王，皇長孫俱隨扈，命夏元吉、胡廣等大臣隨幸，各領北京行在尚書等事，只留皇太子光禿禿一人在南京監國，這監國說來也無啥權力，皇帝規定南京一應事宜，無論巨細，六科每月匯總一次往北京請旨候處，所以皇太子不無幽默對解學士大紳自嘲似地說：「本宮這是在唱整本空城計喲！」

尤令朝野不解的是，皇帝此次北巡竟然將權賢妃也帶上，寧可讓她受長途跋涉的顛簸之苦，也不讓她一人留在南京。

動身前，宮中御醫不無憂慮地向他啓奏說：「陛下，賢妃娘娘去年至今，一次墮胎一次小產，幾成滑胎之難，此乃沖任受損，氣不攝血之故。若靜養調攝，氣血可復。今車駕北巡，數千里顛簸，兼之北地風沙天寒地凍，於娘娘鳳體不宜呀！臣等冒死瀝陳，望陛下三思！」

皇帝聽後也猶豫了一陣，賢妃的身子他不是不知道，去年妊娠方兩個月，胎兒尚未成形即墮下，今年剛開春時，一個已懷了近五個月的胎兒又小產，當時下血淋瀝不止，經太醫們多副方劑方才止住，未成血崩之勢。若換成另外一個人怕早已臥床不起。好在賢妃年輕身子壯，方抗禦下來，但人也換了個模樣，一向紅潤的臉色變得白蠟蠟，精神也委靡不振。但她畢竟是風華正茂的年輕人，貪玩好耍的本性未泯，一聽說皇帝要帶她去龍興之地北京，便拍手稱快道：「哎喲皇上太好了！臣妾經常做夢都夢到皇上給我講的北京的一切，堆雪人多好玩喲！還有皇上說的那個冰糖葫蘆，臣妾都流口水哩！再說，皇上是去給仁孝皇后定陵址，臣妾來得晚未奉侍過仁孝皇后，正好趕上去盡個孝心哩！皇上，你既然答應了臣妾，可不許變卦反悔喲！」

皇帝想到這些，自覺有了個天大的理由，便駁了太醫們的奏諫，說：「賢妃年輕，體子好，汝等不用擔心，汝太醫院選幾名脈理好的隨侍就成。賢妃不是去玩，她是侍朕去為仁孝皇后勘定陵址，是去盡她一分孝心，汝等好意思攔她拂逆這分心麼？」

太醫們擔不起這條惡名，只好作罷不語。唯有賢妃的幾個同胞，如崔、呂等心頭明白皇帝是為啥事不肯留小妖精一個人於南京，幸災樂禍道：「哼哼，小妖精拖著這副身子跑北京，只怕是不想要命了！看她美得那樣噢，眞噁心！」

她們這近似於詛咒的預言也還靈，賢妃這條命果然葬送在此次北巡，不過，伊等又何嘗料到，權氏的死對她們無任何好處，報復、猜疑心極重的皇帝事後會一個不剩地拿她們開刀呢！

皇帝站在公孫龍等選好的這片山巒前，舉目一望，但見這條燕山的支脈鬱鬱蒼蒼，如條巨龍逶迤盤踞，巨龍的身子每隔個里許二里，便如蛟龍探爪似的伸出道山脊來，端的是北幹龍旺氣所結聚的磅礴氣勢，不由拈鬚讚道：「好、好、太好！此處比鍾山雄渾壯闊多矣！朕若非顧忌孝陵乃太祖親定，眞想恭奉二聖於此陵葬矣！」

漢王見父皇如此欣喜，得意奏道：「父皇，此山旣蒙睿定，請御口親封壽山之名，以昭隆重！」

皇帝早在一路之上就揣摩好了陵寢所在的山名，只待中意就要宣賜，聽高煦一問，不假思索便道：「准汝所請，命此山陰護朝廷以天壽，就叫天壽山吧！」

一片「皇帝萬歲萬萬歲」的喝讚聲中，昌平境內這山就叫了天壽山。

幾天後，北京行在禮部的文告連同有司的告諭就在里正、地保們的鳴鑼聲中，傳遍了天壽山的山山梁梁以及山前平原三里範圍內的百姓，很簡單，朝廷已封號此山，要在此處營陵，劃進陵區範圍內的所居百姓，不問貴賤、身分，限半月之內一律搬遷出去，違者以抗旨論！

☆

天壽山的搬遷戶大都按期遷出了，還剩下幾家釘子戶死活不肯搬。何謂釘子？言其釘牢的意思輕易不會挪動。昌平縣縣令每日就在這山邊轉，督厲手下執鞭提棍的差役們催促鄉民搬遷，不想遇到了堡壘。已定爲當今與仁孝皇后壽陵的那座山頭前有戶鄉民，就是死活不肯遷出的釘子戶。營建陵寢的徵夫民工們每日都在陸續開來，他們當中旣有北直隸的各色工匠人等，還有來自江南的諸多能工巧匠。據負責營陵總提調的工部某郎中與來自江南、據說有當世魯班之稱的兩位大匠頭蒯祥、陸祥所言，此次泥、木、石、漆、鐵諸色匠人總數在萬人以上；此外，更有開山、放炮、取石、挖土、運木、駕車各種苦力民工三四萬人，總數五萬人的營陵大軍俱要在一二月後齊集於此，先期開工就在不日，縣令如何不慌神？今日親率幾十名差役過來，打算不問三七二十一，將這戶人家硬行遷走，幾架民工馭使的騾車亦跟隨於後，用以裝此戶人家的一應家什。

這戶人家姓白，主人是老兩口，年約七十左右，另有十七八歲男兒、女孩各一名，大約是他們的孫輩。白大爺用根碗口粗的料木把院門頂住，任憑里正、保頭上午把嗓子喊破，來個啞巴受審，整死不開腔。縣太爺氣呼呼命里正道：「缺了王法了！叫門，就說本縣親自上門會他！」

里正無奈，先將手上的一面鑼「噹噹」敲幾遍，始扯開喉嚨大聲喊道：「白大爺、白老爹，縣太爺親臨你家哩！快快出來開門，怠慢了縣太爺可是你的罪孽呀！」

叫得山響，仍無動靜，陸縣令勃然大怒，緊捏短髭的手一鬆，揮手下令：「再呼，限他即刻開門，不然本縣便放火燒他的房！」

「是，遵令！白大爺、白老爹、白員外、白莊主，縣太爺說再不開門就要燒你家的房子囉！」

這一招太見效，片刻，但聞「呀！」地一聲，院門打開，一個衣著簡樸、花白鬍子亂抖的老者當門而立，氣喘噓噓罵道：「哪個雜種敢燒房子？我老漢活到七十，便不要這老命與他雜種拚了！」

他身後傳來帶哭聲的勸解：「爺爺，您老歇歇火，讓孫兒來與他們理論嘛！」

陸太爺氣得鬍子打顫，手指白老漢道：「大膽，刁民！汝公然抗旨不遷，帶動其餘三戶效法頑據。本縣問汝，汝是不是朝廷的子民？該不該爲先皇后的山陵盡心出力？汝說呀！」

白老漢硬了脖子道：「我家百五十年來居此，祖宗七代的墳地都在這院子後，熱山熱土，你們一句話就要我走人？說是朝廷營陵，我老漢顧大局搬遷倒也無啥可說，如何一戶五兩銀子就叫我等搬走？朝廷講崇仁孝，爲當今和先皇后營陵，難道我等就連先人的墳塋都不要？五兩銀子能幹個啥？是我老漢一人搬走還是我爹的墳頭搬走？其餘家人、祖宗墳塋要不要安置？你也給老漢說說！」

實際朝廷釐定每戶搬遷是照二十兩銀子算的，工部也是按此數目報的價，但經層層剋扣，落到縣裡便只得每戶八兩，陸令再撿三兩，白大爺等小民百姓不是只得五兩還能得多少？陸太爺一咬牙，這個老榆木疙瘩頑固得很，不能因他一人壞了大事。本縣就全數恩賞了他吧！

「好，本縣令念你老邁，從縣庫銀中再給你加三兩，汝這下知足了吧？」

要真如他所預想，白老漢就不是白老漢，但見老漢把嘴一癟，口說道：「虧你還是個父母官，說得出口？八兩銀子，只夠賠我家的房舍錢……」

「那……那汝要多少才肯搬？要一千還是一萬？哼哼！」

陸令火直往上衝，強忍了性子揶揄道。

白老漢卻不管他的諷嘲，一本正經道：「論千論萬咱沒那福氣，那是你們做官的去想，咱只要咱算出來的一份。不多，一百八十兩，你拿出這數來我老漢即刻就動手請人遷墳、拆房子，三天就走人。」

一百八十兩？你這老不死的骨頭値一百八十兩！陸縣令差點沒有把鼻子氣歪。他其實未想一想，僅從這天壽山陵區內搬遷戶頭上他已經吃了四五千兩銀子，若再算他全部呑來吃進肚裡的靑苗、林木、果園賠償費，陸知縣已經呑吃了這些百姓近萬兩銀子，一百八十兩又算什麼？他狠狠罵道：「刁頑不化的傢伙，竟敢藉朝廷的山陵工程來要挾本縣，乘機發筆橫財，眞眞是大逆不道，禽獸不如也！來人呵！去給本縣將他家房屋拆掉，將他那些亂墳平了！」

幾十名差役齊聲吆喝領命，就要強行闖入拆屋。白老漢一聲大吼將諸人鎭住：「你等敢肆虐乎？二狗子，請先皇后遺墨出來！」

隨著他這一聲呼喊，他孫子二狗子雙手過頭捧舉一樣物事出來，衆人驚疑萬狀，不知這是件啥玩意兒，但聽他說得如此鄭重，只有將信將疑用眼打量。你道這是個啥寶物，原是一件婦人穿的麻布衫，上面一行墨跡。陸縣令湊近細辨，只讀出一句，便「噗通」跪地磕頭，口稱：「臣陸某某恭奉仁孝皇后墨寶！」

那麻布衣衫上一筆飛龍走鳳的趙字行草，字跡娟秀，顯出是婦人之筆，寫的不多，就一行幾個字，「守城姊妹勉之！王妃徐識。」

原來，白老漢的兒子原係靖難時燕軍的一名百戶，後在夾河之戰中殉了陣，兒媳領了一雙小兒女在北平。當時王妃徐氏動員將士妻孥上城協助軍士城守，白百戶的未亡人也是其中的一名。王妃爲了鼓舞衆女眷的士氣，常常寫幅字、題句詞之類勉勵大家，沒有紙也無關係，逮著啥就在啥上面寫，白老漢的媳婦竟然請王妃在她的衣衫上寫下這一句勉詞，足見她乃當時城守積極分子之一。後來她帶領兒女回到公婆身邊，這條有戰地題詞的衣衫變成了她家的傳家寶，前些年仁孝皇后去世的消息傳來，白家的媳婦還大哭了一場，前年病篤，臨終時囑咐一對兒女，好好保存這件衣衫，既是對父母的一種紀念，也可為後人保存先皇后的遺墨。不料今日，這件傳家寶竟成了白家百般無奈急中生智下的擋箭牌、救命符。這一招還眞靈，把個陸知縣及一干差役人等唬得俯伏於地，好一陣才戰戰兢兢起身。

白老漢紅著眼睛道：「你罵我老漢藉事發橫財，我老漢的獨子、這兩個娃兒的爹爲皇上連命都搭進去！我家媳婦隨了先皇后城守北平，啥時膽怯退縮過？她要不英勇，先皇后會寫了字來褒獎她？前年我家媳婦還在時，都司衙門都來人看過她，說……說皇后惦記她們這幫姊妹哩！她也埋在這後面坡上，你們快去挖呀！挖來曝骨揚骸，你好去領賞！我老漢拚著這條老命，明日就領了一家三口上北京去告御狀，皇上不是正在咱北京嗎？我老漢要問問皇上，是不是安了天下就不管出過力送過命的舊人？就任他們受地方官的欺凌？」

聽了白老漢這一席連珠炮倒豆子似的痛訴家史，陸縣令才知今日這湯圓不好嚥。這是不折不扣爲皇上打江山舊人的遺屬，雖說官職小點，陣亡時只是個百戶，但畢竟是龍興時的功臣喲！況且他家媳婦還是城守婦女之一，有先皇后題字的遺墨可證，惹不起來惹不起，惹上身要出大事！陸縣令知道北京城中那批至今健在，當年守過城的婦女們的厲害，仗著她們當年的頂頭上司是當朝皇后，誰的帳都不買，惹到她們中間一個，出來就是一黨，動官司她們都吃不了虧。

前幾年曾發生過一件事，鬧得北京舉城俱知。那是都司衙門的一位千戶之類的武官，在一家小酒館吃了東西，不但擺出副估吃霸賒的賴帳相，還出言不遜罵了老闆娘，殊不知這老闆娘非等閒之輩，是見過惡仗的當年城守婦女之一，一邊揪住惡語傷人的千戶不放，一邊要人去喊同類，只一會工夫，嘩嘩叭叭趕來十多位婦人，卻原是老闆娘當年的戰地姊妹。號稱東城城守「十八姊妹」的這撥人，當下一吼而上，片刻工夫，像紮鞋底似的將這位千戶擺平。後來，這位周身上下盡是錐子眼血跡模糊的千戶被人攙扶著狼狽而逃，十八姊妹卻還不依不饒不肯罷休，從不知哪個疙瘩裡弄出口當年燒滾鍋開水燙敵軍的鐵鍋，架到都司衙門口去，燒了一鍋開水，齊唱當年徐王妃教她們唱的一首王妃親製的戰地歌曲。歌云：

今我婦子兮同仇敵愾，不讓鬚眉兮城守要塞。

誓與一戰兮妖魔鬼怪，豬腦驢頭兮開水以待！

都司大人招惹不起息事寧人，說了一大堆好話，代千戶賠了些銀錢，才使那鍋開水涼了下來。這事傳到了南京，皇后聽聞後笑得開心極了，不無得意地對皇帝說：「陛下的軍士與妾的巾幗孰更厲害？」

皇帝報以無可奈何的苦笑。過些日子，北京有司傳皇后懿旨，凡當年參與城守婦女，歲中諸節俱可於有司領取錦帛米酒等犒賜，算作是皇后酬答她們當年的勞績。自此，北京人俱懼怕這幫城守的婦女三分，好在她們的人數一天天少了，迄今不過還有一二百人，不然，人人都擔心那鍋開水會淋到自己頭上。

☆

陸縣令瞧實在院裡確無滾鍋後，摸一把後頸，陪個笑臉說：「老人家請恕本縣不知，老人家兒子媳婦俱是國家功臣，這個當然又當別論。好吧，本縣就為你破個例，與你一百八十兩銀子，這下你老無話可說了吧！嘿嘿，這個，咱們都是為皇上為先皇后辦事，有啥不好商量。」

陸縣令喜滋滋把陵區拆遷已畢的情況向來此巡視的漢王、趙王、長孫稟告，尤其提到白家，做出個無限忠愛的樣子說：

「二位王爺，長孫爺，小人想到那白家夫婦二人俱是朝廷忠良，一個隨皇上征戰殉忠於夾河，一個隨先皇后城守拒敵，如何能以普通人家視之呢？遂自掏宦囊為白家另補了五百兩銀子，以求妥善安頓他們。」

漢王一聽說是夾河之戰殉陣軍官的遺屬，其媳又是當年的城守婦女，頓足訓斥陸縣令道：「汝好不會辦事！他家是為朝廷出了大勞績的忠烈，汝豈可以區區五百兩銀子安頓他們？汝去找工部施郎中，傳我的話，讓他從工程帳上支撥一千兩銀子與你，好好給白家送去，用申朝廷優恤忠烈人家之意！汝所墊付五百兩亦一併要施郎中支付。」

陸縣令心中好不高興，這另支的一千兩紋銀以及那莫須有的五百兩，扣去一百八十兩，腰包裡又落進一千三百二十兩。

這事本應該就此完結，不料卻觸動了另一位有心人——人小鬼大的皇長孫。別看他今年才十四歲，心計之廣智謀之富不輸十八歲的成年人。他見漢叔慷慨支派後便無了下文，心中暗喜道：嘿嘿，漢叔武人勇而無智，這麼大一件好事放他眼皮下他不會去做，此乃天助我也！等瞅個空，長孫把陸令叫一邊仔細問了情況，樂孜孜去辦他的大事去了。

☆

當初的燕王府，如今的北京行在，皇帝在華蓋殿——自從以北平爲北京後，原燕邸內的大殿仿京師宮殿之名，也有奉天、謹身、華蓋諸殿之命名——大宴原北平從征軍士及城守婦女，皇帝撫今追昔，不勝感慨：「汝等俱是當年有功之人，朝廷有今天，也有汝等的報效在內，朕與汝等齊飲此杯！」

待一飲而盡後，皇帝又說：「仁孝皇后生前常記掛汝等城守婦女，常思回北京與汝等共敍當年……豈料……天不假年，遽棄朕而上賓，唉……」

皇帝哽咽著說不下去，座中當年的城守婦女們嗚咽聲起，唏噓一片。皇帝擦擦眼睛，從袖袍中取出一物示衆道：「皇后雖逝，其豐功偉績俱在在未泯，朕與萬民與汝等一番緬懷她。汝等看，此即仁孝皇后當年率汝等城守的遺物，有她親筆題字，叫朕睹物思情吶！朕這皇長孫天資仁孝，他去天壽山得知他皇祖母的遺墨，便不遺餘力，親去該城守婦人遺屬家恭請仁孝皇后遺墨回，朕大大褒奬了長孫。此物如此寶貴，即朕見之亦萬般感懷追思當年之偉烈，如何能任之湮沒於俗氓之家呢？唉，虧了朕這長孫的孝心呵！」

漢王高煦聽了父皇這般聲淚俱下的感慨，暗暗狠擰了大腿一把，更在心頭咒罵自己道：混帳，當時聽了陸令的稟告如何就未想到這點呢？讓這個小馬屁精鑽了這個空子，他算哪樣東西，靖難那會兒他還在吃奶，他咋懂得先皇后城守的艱難及前方的卓絕呢！不由狠狠盯了坐在他下側的長孫一眼，後者正一副虔誠恭聽的模樣，還不時隨著皇帝的語氣時而點頭贊同，時而搖首嘆息哩！

5

當永樂改元時，蒙古在漠西、漠北興起兩大部，這些部衆非故元帝室的裔派，而是與元朝帝統沒有什麼關係的地方首領們，一些歷居塞外的萬戶長、千戶長們。漠西乃蒙古瓦剌部，其部酋大頭領名馬哈木；漠北乃蒙古韃靼部，其部酋曰鬼力赤可汗，然鬼力赤並無什麼實權，大權操在太師阿魯台之手。永樂四年，阿魯台殺鬼力赤立本雅失里爲可汗，自此常率衆侵擾邊境滋生事端。朝廷遵循自古傳下以夷制夷的作法，扶植瓦剌蒙古部與韃靼相爭抗衡，爲此，特於今年初封瓦剌馬哈木爲順寧王，希望以此牽制阿魯台。瓦剌與韃靼之間確實經常發生戰爭，互有勝負，但去年阿魯台大敗馬哈木，繼而藉勢侵擾邊境，使朝廷大爲震驚。

當廟堂問計於群臣時，文臣班列之末站出一人，大聲言道：「陛下，韃靼狡虜肆虐邊境，不過施其故技而已，所望者朝廷給賜封賞。臣不才，願領王命赴塞外，曉本雅失里、阿魯台君臣以大義，說其上表請罪，永寧邊陲。」

皇帝大喜，問此人姓名，知是兵科給事中郭驥。小小一個七品官，竟能如此公忠體國爲君王分憂。當即傳旨，以郭驥爲欽差赴漠北曉諭阿魯台君臣奉大明正朔，勿得妄開邊釁。

郭驥帶著皇帝的詔旨以及幾十頭馬匹馱的錦帛帑幣等，一路風餐露宿，風塵僕僕八千里路雲和月趕到漠北本雅失里的王廷。

進了蒙古甲士環衛的可汗大帳，郭驥擺出副天使的派頭，要帳中踞坐的韃靼可汗與太師下來跪聽聖旨。三十來歲一臉憨厚的本雅失里不置可否，望望五十開外黑紅臉膛滿嘴鬍子渣的太師。阿魯台雖是可汗之下的太師，其實卻是韃靼部的眞正掌權者，一應大事俱要他說了才算。

阿魯台伸手支支翻皮氈帽，狡黠地眯眯眼問道：「跪聽聖旨可有啥好處？」

哼，眞是豺狼本性，貪婪無比，連聽朝廷聖旨都要講價錢！郭都老爺心頭暗暗罵一句，嘴上不動聲色說：「汝只講奉詔還是不奉詔？」

「奉詔有啥好處，不奉詔便又怎的？」

這老傢伙只講好處，是在與朝廷做生意！郭驥耐著性子道：「奉詔便是天子臣子，朝廷自有厚賜；不奉詔便是天下反逆，這個嘛本天使不言貴部也應淸楚吧！」

阿魯台與本雅失里一陣嘰咕，仍是一副狡黠神色笑問：「有啥厚賞？說來聽聽！可是封王？那哈密衛早年封了忠順王，馬哈木也封個順寧王，我部獨不得封，我家可汗對你大明天子甚是不滿哩！」

郭驥哈哈大笑說：「汝等欲乞王封此本不難，只要汝部上表謝罪，自後不來邊境生事，天子自會顯加厚爵，與馬哈木等比肩而王哉！」

「你這話我信一半，那天子此次賞賜我部些啥？說來滿意我等就奉詔，不然……」

阿魯台止語不言，只狡黠地看了郭給事中邊笑邊拾弄自家的指甲。郭天使直如遇稱斤論兩的小販，一開口講個價錢，雖則心中氣惱無比，但亦萬分無奈，只好受委屈似地把帶來的物品大致說說，豈料阿魯台聽了竟然放肆大笑道：「好小氣的大明天子，這是打發乞兒不成？說不成，說不成，不奉詔，不奉詔！這點東西就想誑我等奉詔？哈哈哈！」

「汝在與朝廷做生意不成？汝要多少東西才肯奉詔？眞是呑象蛇心貪欲難塡！哼哼！」

郭給事中氣得面色發白，出口申斥對方，忘了這是在遠離中原數千里的大漠，對方隨時可以翻臉的。豈料阿魯台不但未生氣，反而極爲認眞點頭應承：「不錯不錯，是在與你大明做生意嘛！況且我等又未請你，是你自家跑來與我做這筆交易的。你問我要多少？我不是那些串蒙古包騙小人婦女的奸商，我說的都是實在，只問你家天子要兩萬匹錦緞，十萬兩白銀即可。」

郭驥肺都氣炸。這哪是什麼討封賞，這地道是要賠款，把大明朝當個戰敗國哩！再這樣磨下去，這老狐狸怕要提出來個公主和親了！他將面前適才女奴獻上的奶茶一掌掀翻，起身向著阿魯台叱道：「住口！汝一派胡言，本天使不在乎汝奉不奉詔，朝廷自會與汝理論。告辭！」

自洪武以來，大明幾乎隔不了兩年就有使節往蒙古各部曉諭、撫勸、賜賞等，也時常與貪得無厭的各部首領起些語言齟齬，使節拂袖而回的也大有人在，終不過談不成不歡而散罷了。所以郭驥也就是抱了這個想法，準備拂袖而去，豈料阿魯台這回吃了豹子膽，安了心要與大明朝抗衡，豈容郭天使全身而退。大吼一聲道：「站下！汝施騙術不成，就想溜走了事？我可汗這王廷可是汝想來便來，想走便走的麼？左右，與我把他留下！」

這可是郭天使做夢也未料到的，他又氣又惱又羞還多少有些怕，強自鎮定神色，厲聲斥問道：「汝……汝莫非要造反不成？汝難道敢戕害天使？不怕天兵來討伐汝麼？」

這就是郭天使的迂闊了，那韃靼部隔三差五便去侵擾邊境，俘掠邊民，搶奪財物，等於是天天都在造反，何嘗有個怕意呢？阿魯台一陣大笑，拍手言道：「造反又怎的？沒有錦緞銀子給我便要造反。你敢出言不遜，便觸了我蒙古人的法，我就要辦汝！哈哈，汝怕還是不怕？要怕，給可汗與太師我磕幾個頭，求我饒命，我便放汝一條生路。」

話被郭給事中打斷。他此刻已被幾名擁上的蒙古武士扭住，反而去了怯意，把心一橫，照著阿魯台啐面一口道：「呸！豺狼、反逆！汝干冒天討褻瀆朝廷，不久天兵一到，汝等便要灰飛煙滅！懸崖勒馬，回頭是岸，不然悔之晚矣！」

阿魯台收住從頭至今的狡黠笑容，恨恨吩咐說：「帶出去，拖死！」這就是說要將郭驥綁在飛馳的駿馬身後，讓他被馬拖曳而死。

大草原上一時聚集了幾千上萬人，各家各戶紛紛從蒙古包中鑽出湧向行刑點，看可汗與太師處死大明朝的天使。在婦女、兒童的驚詫、拍手聲中，在老人輕輕的搖頭下，在青壯勇士們的喝采、叫好慫恿鼓動的一片喧囂中，郭驥被套在三匹烈馬鞍背曳出的三根長約五丈的繩上，三名雄赳赳的蒙古武士騎在馬鞍上，只待阿魯台太師一聲令下，他們就要一起揚鞭飛馳，不出兩袋煙工夫，這個破口大罵的南蠻子就會被活活拖死。

阿魯台與本雅失里一陣耳語後，掉頭大聲問正大罵不休的郭驥：「本太師再給你一次機會，求饒還是不求饒？」

郭驥尚未開口，兩旁圍觀的人海中爆發出震耳欲聾的喊聲：「拖死南蠻！不給他機會！」「太師快下令呵！拖死他！」

郭驥適才罵得口舌起泡，此刻正緊閉雙目不知在想啥，聽阿魯台一問，再聽這如群狼嗷叫的齊吼，心知今日死定，憋足一口氣，奮聲罵道：「阿魯台，豺狼逆賊，本天使今日死，汝豺狼部衆即日便亡！皇上呵，爲臣報仇啊！」

阿魯台憤然發令，三匹烈馬即時飛馳，拖在後面的人先還能支撐著跑一陣，不出二百丈便踉蹌倒地，兩袋煙工夫不到便已頭破血流氣絕而亡。

☆

征虜大將軍淇國公丘福與副將軍武城侯王聰、同安侯火眞、參將靖安侯王忠、安平侯李遠等統五萬大軍號稱十萬出塞討阿魯台，此時已進軍半月，深入大漠了。

丘福大軍出發之際，朝廷又遣使往諭瓦剌馬哈木，要順寧王馬哈木配合大將軍夾擊本雅失里與阿魯台。十天之前，馬哈木果然出兵襲擊阿魯台，結果阿魯台受些損創，率衆徙至臚朐河附近，距丘福大軍此去的路程還有五天左右。

丘大將軍於紮營處召集衆將議事，商議往臚朐河尋敵殲擊之策。副將軍忽里火眞原係蒙古人，早年在漠北受俘歸降燕王，靖難中立了大功，受了侯封，他對塞外路徑及蒙古人的用兵之法自然十分熟悉，便對淇國公說：「大將軍，我有一個以逸待勞的辦法，必可令阿魯台等大敗。」

丘福當然願聞，忙問火副將軍有何妙計。火眞胸有成竹道：「大將軍，我五萬大軍出塞千里至此，軍士已然疲憊，若馬不停蹄直奔臚朐河，騎兵尙可，三萬步卒則疲極難堪矣。是全軍必不能齊達戰地，阿魯台逆賊以逸衆待我勞卒，我之不利顯而易見矣！」

他話還未完，丘福已有不耐煩神色，把頭半掉一邊說：「爲王驅馳，爲朝廷效命，哪能不受些勞疲？再說，這點勞苦算得啥，還能比靖難諸役更勞苦？聽副將軍之言，是不欲與阿魯台逆賊一戰囉？」

火眞了解丘福的稟性，知他是個一向自視甚高的人，所以並不理會他的揶揄，繼續把話講下去道：「大將軍誤會了，我等奉命討賊，如何能不戰呢？只是須講求個戰法才好。阿魯台原在和林一帶遊牧，今只因爲避順寧王襲擊方暫竄來漠東臚朐河一帶，本雅失里、阿魯台二逆率十餘萬部衆遷徙至北，必難久居。何者，臚朐河一帶牧草貧瘠，逆賊十萬部衆，牲畜不下數百萬頭，至多支撐一月，必往水草豐茂的和林一帶轉移，我軍不必往臚朐河奔襲，只須伏於漠東去漠北之要道，便可收以逸待勞之效，一舉擊潰殲滅阿魯台逆衆矣！」

火眞是蒙古人，他所說的完全是知己知彼的一條上上之策，若眞照他所言去做，擊潰甚至殲俘阿魯台、本雅失里是十之八九的事。無奈大將軍剛愎自用，對火眞的獻策不屑一顧，鼻孔內哼了幾哼沒好意思哼出來，嘴上卻毫不留情道：「我知副將軍原是這方的人，情面上一時礙不過，不願迅殲逆虜，所以才想出這麼個法。按副將軍所言，我軍豈非也要在此悠哉遊哉放牧一月，等那逆賊過來。他一月不來我等一月，他若二月方來我軍就候他二月？如此，爲將的還講什麼滅此朝食呢？火副將軍，你願等，你領幾千人馬去等吧！本大將軍可沒這耐性，恨不能明日就殲俘這逆賊哩！」

這是啥話，如何把火眞說成是在爲阿魯台講話？果然，同安侯忽里火眞那北人的血性被淇國公這番傷人的語言激得沸騰了，他滿臉通紅，拍案而起，差點忘了對主帥應有的禮儀，但迅即又把伸出去指丘大將軍鼻子的手半道縮回，渾身顫抖憤激而語：「不錯，我忽里火眞是蒙古人，然我歸順皇上受皇上知遇迄今二十多年，論日子，短不了你大將軍多少！我火眞爲皇上效命是咋幹的，大衆有眼睛，不用我自贅。大、將、軍，你說我不願接敵，我今日就來與大將軍做個賭，看誰先衝進那阿魯台的營帳裡！大將軍敢否？」

這哪還是計議破敵，已然是賭氣吵架了。火眞的忠勇衆人有誰不知，靖難諸役哪一仗他不是奮不顧身衝在最前面。燕軍有個說法：「狠是譚淵，勇是火眞」，其忠勇是衆人公認的。於今受了大將軍這番無端之毀，他心氣咋能平。副將軍王聰、參將王忠、李遠等紛紛上前勸解，挽了火眞胳膊說：「火將軍，你的忠勇我軍誰人不曉，皇上知曉，大衆亦知曉，連譚壯節當年都說火將軍是員勇將嘛！大將軍沒這意思，他是和你鬧著玩哩，大將軍是嗎？」

丘福亦知一時衝動說走嘴，眼見把個勇冠三軍的同安侯激憤得如同紅臉關公，他略感歉然，順了衆人搭的台階收台說：「是是是，我這不明擺著與火副將軍說句玩笑話嗎？

火副將軍是蒙古人中的忠臣，那逆賊阿魯台等焉可比？這樣吧，我給你火副將軍賠個不是，還不消氣的話，晚上我再擺桌酒席，行了吧！」

還有什麼不行，這幾個人從大將軍到參將，都是從四年靖難的死人堆中一塊兒爬出來的，平常有個齟齬，三句話完了就跟沒事一樣，誰家要有個事兒，其餘的恨不能拚了命出分力，原是一幫靖難弟兄哩！更兼淇國公不惜放下大將軍的面子向副手賠不是，火眞一腔怒火頓然煙消，於是你好我好他也好，大家都爲王事忙。只是一樁大事便忽略而過，那就是火副將軍原先獻的那個計策，今日不快本因它而起，眼下大將軍與副將軍之間隔閡消除，不快煙消雲散，而這引發爭吵的起因卻無人去關心它了。火眞是不好意思再重提這事，以免再度尷尬；丘福是本就不願採納此計，此刻火眞不再提，他正求之不得，哪還能再去觸及它；王聰等關心的是主帥與副帥不再爭吵鬥氣，莫傷了自家弟兄間的情誼，至於咋打他們根本未去動腦筋。一路急進直奔臚朐河而去也好，按兵不動移往當道邀擊阿魯台也好，對他們而言，似乎都是一樣。別看他們一言不和爭吵不休，片語勸慰相安無事，便以爲他們是一群血氣方剛的青壯，謬矣，他們俱是上了些年紀的老將，是滿堂子孫做爺爺的人了。主帥淇國公丘福今年春秋六十六，若論虛歲則已是六十七；副將軍同安侯火眞逾花甲一歲今年恰是六十一；副將軍武城侯王聰五十三；參將靖安侯王忠年五十一；參將軍安平侯李遠算是他們中間的「年輕人」，今年只得四十六歲。所以而言，這些人都是沙場征戰多年的老將，如今爲了王命、國事，說不得來這千里之外的大漠征戰。

☆

臚朐河東西流淌，西面是連綿起伏的高原山巒，東面是關東興安嶺的山麓坡地，南北卻是一望無垠的大草原。臚朐河猶如一柄利劍，將大草原攔腰截斷一分爲二。高原的天空特別湛藍，初秋的季節萬里藍天如洗，只有幾朶絲絮般的白雲飄浮在天間，恰似那大海中點點孤帆。秋草正肥，千里草原如茵如蓋，綠黃色的牧草閃爍點點繁花，或紅或藍，或橙或紫，不啻是造物與人間一座碩大的百花百草園。丘大將軍十多二十年前曾與時爲燕王的皇帝出過一回塞，但那次走得不遠，是在與大同諸鎭緊接壤的漠南河套地區，此次深入大漠東北一二千里，才算眞正領略了塞外風光。

淇國公乃鳳陽人士，自小投軍從太祖的軍隊，只因點墨不識，所以難獲升遷，到洪武十五年才做得燕王護衛中的一名千戶，與他同時從軍的一些淮右老鄉職位高者已做得都指揮了。他雖是個驍勇驃悍的標準武人，見了這清新樸實風光綺麗的大草原亦不禁脫口讚道：「好氣象！原以爲塞外便是飛沙走石遮天蔽日，卻不料如此壯美哩！」

火眞畢竟是蒙古人，聽大將軍交口不絕稱讚自己的故國，心中甚是自豪，高興言道：「大將軍，此處還算不得什麼喲，你要到和林南邊那地方，才能算眞正領略大草原風光咧！那邊草原才稱得上廣袤無垠哩，你快馬馳騁三天三夜也跑不到它的邊咧！」

一行正說笑不停，突聞遠遠傳來悠揚悅耳的牧歌，那歌聲時高時低，抑揚頓挫，婉囀迴曲，如藍天之高遠，如白雲之皎潔，使人聞之欲醉，正正是撥動聽者的心弦，只可惜唱詠者是用蒙語，大將軍等聽不懂。火眞副將軍一見大家俱津津有味在聽這遠處飄來的牧歌，十分高興道：「大將軍，諸位將軍，火某不揣冒昧，爲大家通譯這牧歌好否？」

參將李遠在他們之中年齡最小，性格頗爲開朗，接了火眞的話頭打趣道：「火副將軍，還通譯個啥嘛，不若你把這歌爲我等再唱一遍，豈不更妙乎！」

他這一說，立時得到衆人的附議叫好，不單丘大將軍、王副將軍等拍手贊成，就是那一干都指揮、指揮、千百戶們也隨聲附和不停。這下帶動了正在行軍的軍士們的情緒，衆人前後、周圍的上千名中軍士卒齊聲高呼：「火副將軍，爲我等高歌一曲！請火副將軍一展歌喉！」呼應之聲此起彼伏，平添了行軍的激揚之情。

火眞雖年逾花甲，卻仍保持著蒙古人的豪邁、開朗，聽如此衆多人們一鼓慂，遂朗聲應承道：

「好，火某就來獻個醜，助大家行軍之興，唱得荒腔跑調時，大夥兒莫笑！」

說畢，扯開喉嚨，在馬背高歌起來。聽那曲調，卻與適才所聞的牧歌分毫不差，然他卻是用漢語唱的，大家聽得懂：

馬兒馳上山顚，望不盡萬里連綿。白雲喲依戀藍天，羊群喲依戀草原，蒙古人噢，依戀著世代生息的家園。噢嘿咿啦，依戀世代生息的家園。

「好！唱得好！」

一片喝采叫好聲中，火副將軍收住了歌喉，向大將軍等一拱手道：「火某獻醜了！大將軍等莫笑！」

大將軍卻笑了，並非笑他歌唱得不好，而是笑著針對他所唱的發了感慨：「火副將軍唱得著實不錯，令我等耳目一新。只是……那唱詞丘某倒以爲不盡其然，既依戀世代生息的家園，就該安居樂業奉公守法才是，如何又常跑到我邊境來侵擾，害我等勞師興衆，走這老遠來尋他。嘿嘿，火副將軍以爲然否？」

火眞一愣，頗帶三分尷尬道：「大將軍所言不無道理，然也未盡其然。那本雅失里、阿魯台諸逆畢竟是少數，蒙古大衆仍是不願與中原爲敵的，不過受阿魯台等脅迫，不得已而爲之，非大衆初衷也！」

五萬大軍，實則作戰的只有近四萬人，有萬餘人是用作後勤給養保障，其中有龐大的運糧秣隊伍，工匠營作隊伍，矢石運輸、供給隊伍，那些拳頭大、西瓜大的石頭裝了上千輛小車從塞內運來，用作擲擊敵軍。四萬戰卒馬、步各半，分由火眞、王聰、王忠、李遠率領統轄，丘大將軍總馭之。

眼看離臚朐河還有一日之程，淇國公召集諸將議事，他這次不打算徵詢大家的意見，只是向衆人宣布他的決定。他定下決心，由他親自率領五千軍馬，與火副將軍一道疾進臚朐河，先期接敵，命王聰等率主力按正常行軍速度進發，做後援，這既能保持大軍兵力的攻擊縱深，同時又照顧、掩護輜重營隊的速度，不致使後者遠離大軍受攻擊。計議一定，淇國公與同安侯兩員六十開外的老將便要引軍先行。參將安平侯李遠見大將軍專斷軍機，根本不徵詢大家的意見，不無憂慮地勸淇國公說：「大將軍既已鈞斷，某等從命就是。但末將斗膽提醒大將軍一句，出征前皇上於大將軍的叮囑還望牢記呵！」

淇國公白了安平侯一眼，未作聲。

當大軍出塞之前，皇帝在北京武英殿召見丘福以次衆將，語重心長地說：「丘老將軍勇猛過人，朕不擔心我軍少銳氣，所擔心者，我軍太重剛猛而少柔勁也。留侯張良當年得黃石公指點，黃公贈他兩句話，曰：弱能制強，柔能克剛。望淇國公參悟此語，以弱軍自居，方能謹愼從事，取流水之柔，方得緩急之道，戒冒進，戒急躁，朕有厚望焉！」

丘福當時自然滿口應承，然出得塞來，他早將皇帝的告誡扔到九霄雲外。他自早年從軍起，作戰從來講求一個快、狠、勇三字經，憑著這三字口訣，丘福多少次從死人堆爬出來，多少次反敗爲勝，多少次摧堅拔銳，他之所以與小他一半多年紀的漢王成了忘年的莫逆交，最主要的一條原因就是他倆作戰風格相似，都是打起來不要命，一陣風似便要攻城下寨的人。

然則漢王作戰自有他的一些天分，所以勇猛狠中不乏些小機智，而淇國公大多數時候不講什麼智謀，一個勁兒往前衝，衝垮敵軍就是智就是謀。三年前他憑這一套在安南打了大勝仗，受到朝野的讚譽，皇帝親自褒獎他爲本朝勇帥，從此他更堅信自己的這套指揮才能。面對與安南、與當年南軍作戰風格、習慣迥然不同的本雅失里、阿魯台統率的韃靼騎兵，丘福不管三七二十一仍是這套老辦法，難怪安平侯有所憂慮了。火眞深知蒙古騎兵的作戰習性，可以八個字概括之：來去迅猛，飄忽不定。本想勸勸大將軍，但記起前日的不愉快，便緘口不語。於是，在大草原清晨的霧靄中，五千軍馬便踏上了一去不返的死亡之程。

臚朐河以北大草原邊上的兩座山包之間，本雅失里、阿魯台坐在大帳篷中，聽前方回來的斥候稟報軍情。韃靼本雅失里、阿魯台部衆十多萬人，分爲十個萬戶，除去老、幼、婦、殘，能作戰的青壯約四萬餘，萬戶之下是千戶，千戶之下是百戶，以百戶爲基本單位的戰士們不是父子便是兄弟，再不就是親戚，其凝聚力十分強，打起仗來更是人人爭先個個恐後，父子兄弟親朋之間哪還能不捨死相護衛。阿魯台不會與明軍做堂堂正正的決戰，因爲他的部衆武器裝備遠遠不及明軍。明軍有火銃、床弩、拋石器等殺傷力特強的重武器，而且人人裝備有防護力甚強的盾牌、甲鎧。蒙古軍唯一所恃且能與明軍周旋的，是他們的騎術及對地理環境的熟悉。他們哪怕是在飛馳的馬上也能發箭弩，而且有準頭，遺憾的是箭矢太少，每名武士只有十支箭矢，射完便無補給，不像明軍，有千輛武剛車運載箭矢，可以不計成本地盡情射發。所以，若擺開陣勢做堂堂之戰，蒙古部衆絕難抵禦，非潰敗不可。阿魯台於十天之前就已命各萬戶內的老幼與婦女等隨牛羊避往北邊的大草原深處，派二千騎兵護衛，留下三萬八千名精悍的騎士，擬抗禦丘福的明軍。

對明軍此番大舉討伐，韃靼部衆的意見並不統一。可汗本雅失里信心不足，擔心部衆難抵明軍火銃諸器的殺傷，不無埋怨地說：「太師呵，你不該殺那個郭天使。倘若不殺他，明朝天子也就不會如此震怒。現在他派淇國公丘巒子領數萬大軍來，更兼那個投了南蠻的蒙奸火眞輔佐丘巒子，更難對付呵！倘我軍不能取勝，後果嚴重哩！那馬哈木老賊還不乘機去搶占我和林一帶的牧地嗎！唉……」

手下的萬戶千戶們大多數也附和可汗，雖不敢放肆埋怨，卻也是小聲嘀咕，把阿魯台搞得頗狼狽。他對此番抗禦明軍，能否取勝心中也無半點把握，然事情由他惹起，是攤狗屎他也得硬了頭皮吃下，聽了可汗與衆部下的埋怨，唯有強打笑容說：「可汗與衆位莫憂慮，我軍行動迅速，來去無蹤，丘巒子大軍行動遲緩，追不上我們。我等只須與他們在這大草原中周旋，領著他數萬大軍亂轉，不出一月，他糧草告罄，則不戰自潰囉！」

本雅失里無此樂觀，反詰說：「眞照太師所言，當然不錯囉。只是那丘巒子未必肯按我們想的辦，若他不與我軍周旋計較，直趨我婦孺與牛羊所在咋辦？他只須掠得我牲畜十分之一，便可充做數萬大軍一月之糧。太師，你想過沒有？」

可汗此言一出，滿座相顧失色。是呀，若明軍直趨我部牲畜與婦孺而去，那就只有傾全軍之力與之決戰，結果就不用說，四萬騎士怕塡不飽對方一半銃石箭弩的肚子，如何是好呢？丘巒子不諳我蒙古人的弱點，那蒙奸火眞可是盡知這一切的，若他獻出這條攻逼我婦子牲畜的毒計迫我與之決戰，大事就休矣！

阿魯台同樣著急，可汗的話簡直觸及到致命之處。嘖嘖嘖，當時一時衝動殺那郭巒子果眞是壞了大事。他擦擦額頭上的汗，強做鎭靜道：「莫急，莫急，丘巒子大軍離臚胸河還有三日路程，還有時間考慮。如果實在想不出個好主意，我阿魯台願自縛赴丘巒子大營請罪，求他罷兵，總之，絕不會連累整個部衆的。」

回到自家氈房，阿魯台長吁短嘆一夜未眠，半夜裡鑽出帳房吹涼風望星星，苦思冥想，思慮不出個萬全之策。忽見氈房前面幾十丈外閃悠悠幾點火星，信步走了過去。走攏一瞧，噢，原是中軍萬戶帳下的蒙文書記巴音圖老漢。

巴音圖今年五十九，身世坎坷，閱歷複雜，打十八歲那年一個人往漢人的地方去闖蕩，據說還在明朝大將軍藍玉手下吃過糧做過軍，十年前又孑然一身回到故國，因漢蒙文字俱識得，便在萬戶長手下做了個書記員。因他身世無人知曉，背景閱歷又複雜，所以上官對他存有戒心，只是用其才而不重其人，他變成了這韃靼部衆中獨往獨來的一大怪人，平素與誰都不親近，無人知曉他一天在想些啥，他不說，也不會有人向他打聽。夜半三更，他一個人蹲氈包外吸旱煙，你說是怪還是不怪。見來者是部衆的實際統治者太師，巴音圖只是有禮貌地打招呼，語氣既不高興也缺乏熱情，彷彿前者打擾了他的清休與遐想。

蒙古各部與中原等級森嚴的制度有很大區別，上官與下民之間平素相見要隨便得多。要換在中原，一個未入流的書記筆帖式之類見了太師，那還不五體投地誠惶誠恐，似這等輕慢，少說也是充軍三千里之外的罪！阿魯台居然一屁股坐到巴音圖旁邊，也掏出個旱煙袋，在老漢的煙鍋上對了火，悠悠地吸上兩口，才不緊不慢問道：「想啥事，這麼晚了不睡？」

巴音圖使勁在鞋底下敲打幾下煙鍋，在黑暗中望望星空，開了口，卻並不是回答太師的問話，而是毫不切題的感嘆：「瞧這夜，多美呵！在中原看不見這夜色呵！」

阿魯台不生氣，又慢條細理問：「在中原做過軍？跟馮勝還是傅友德？」

「藍玉，涼國公藍玉，做過他的親軍。」

其實阿魯台早聽說他是在大明朝藍大將軍手下做的軍，至於做過藍大將軍的親軍，這倒是頭次聽他親口說。蒙古人都知道藍玉，知道他是個厲害的大將軍，阿魯台本人二十年前就與藍軍接過戰，那時他只是名小小的百戶長，被藍軍幾次打得屁滾尿流，遠遠地撤離到大漠深處，不敢接近邊境。聽巴音圖說到此，阿魯台頗有興趣地發問：「藍玉與丘福，哪個更厲害些？」

巴音圖老漢以不屑的口吻回答：「丘福咋能比藍玉！給你太師說句玩笑話吧，此番要眞是藍大將軍再世統兵來，我老漢還能如此輕鬆出來賞夜景嗎？只怕早打點著啥時候撒腿哩！」

「噢，丘蠻子來你就不怕，就有心情來賞這夜景？嘿嘿，本太師倒想聽聽你老哥的高見嘍！說出來聽聽，來，我給你裝袋煙！」

巴音圖安然受了太師的獻煙，悠悠地吸幾口，不疾不徐地說：「丘蠻子有啥好怕？他除了勇猛別無所長，做個前鋒驍將還行，讓他做大將軍做主帥，這是明朝天子找不出人了！說來它那麼大個國家，哪能無人呢？只是它明朝不似我國中，它那邊講資歷、講爵位，命將拜帥，眼睛只在那些個公呀侯呀的中間打轉，也不管這公這侯是個啥歲數。丘蠻子今年六十六七，火眞今年也上了六十，太師，你說這能行嗎？要依我看來，對丘蠻子這種有勇無謀之輩，只須使出個把計策，就要令他大敗而回哩！」

阿魯台一聽又驚又喜，全然忘了自己太師的身分，雙手抓住巴音圖，幾近乞求地猛搖著說：「老哥，太好了！你有啥計，快指教我！這可是關係到我部的存亡啊！」

☆

大將軍丘福、副將軍火眞統前部五千軍馬抵達臚朐河，隔著河往北望去，但只見草原深處偶現星星點點的蒙古氈包，不像有阿魯台的大部蹤影。丘大將軍下令，稍事休息後，全軍即刻過河。火眞勸他等王聰等率主力來了再做計議。

大將軍伸手拍拍火眞的肩說：「火副將軍，老兄弟，我倆年歲居長，不給他們做個榜樣惹人笑話嘛！說我們吵著先行，結果到了臚朐河又不渡，要等他們，豈非脫褲放屁，不若原先就走在一起！」

火眞不死心，又獻一計說：「國公兄，小弟我知你喜打大仗，我有一計，定能迫那阿魯台等舉傾巢之力來與我決戰。大將軍你想，那阿魯台所部十萬餘衆，數百萬頭牲畜，定然依賴此間水草出不了這草原，而我軍一路到這臚朐河，何嘗見著他的牧群？所以，他部衆中的老幼婦孺與牧群必定在這大草原的北端避我兵鋒，我軍只須不與敵出來騷擾、迷惑我的餘衆糾纏，兵鋒直指他牧群及婦孺所在，攻其必救，阿魯台逆賊就不得不舉全軍來與我決戰矣！」

這本來是韃靼部最爲恐懼的致命之著，若丘福稍有用兵韜略，於此按兵不進，等主力抵達後照火眞所言，數萬大軍直指該部牧群婦幼所在，則一場明軍必勝的決戰在所難免，可一鼓蕩平常侵擾邊境的韃靼本雅失里、阿魯台部。然丘大將軍何嘗想過如此花梢的問題，他的篙桿只知一桿到底，竟然大笑說：「呵……副將軍眞是婦人心腸呵！那阿魯台豺狼本性，哪有副將軍所想的這種仁義，會為婦女兒童與我決戰？呵……只恐怕阿魯台正盼我軍如此哩！他好乘機率眾突往和林去，莫非我五萬大軍便在午門向皇上獻些老弱婦幼與牛羊嗎？」

兩個時辰不到，五千軍馬及隨軍輜重悉數渡過臚朐河。往前行進約五里，探馬來報，說有百十名韃靼騎兵簇擁一人往左面山地馳去。大將軍聞言，急令一名千戶率五百騎去追擊。

半個時辰左右，千戶喜孜孜而歸，報說全殲此股敵軍，並捉得韃靼樞密副使來獻。丘大將軍喜不自禁，下令帶敵俘上來，他親自審問。韃靼樞密副使是位年近六十的老者，一身挑花邊的蒙古袍服，袍服上既無雲濤山水，也無飛禽走獸，這身服裝只抵得中原個小掌櫃，咋就叫個樞密副使？

丘大將軍暗自好笑，腦子裡閃出他所知曉的為數不多的幾個成語之一，而且脫口念了出來，說：「槐國衣冠！好笑之極。喂，汝叫啥，眞是逆賊本雅失里的樞密副使嗎？」

被俘老者眼中並無多少恐懼之色，沈著答道：「我叫巴音圖，是可汗封的樞密副使。大將軍莫要以中原所見來衡量我等，凡事在其質而不在其表呵！」

丘福不由「咦」了一聲，這老傢伙嘴還硬得很，居然還敢教訓本大將軍，桌子一拍：「汝有何質說來聽聽！我問汝，汝身為樞密副使，明知天兵臨此，還敢帶百十餘名醜類來我軍前竄跳，此即汝之質乎？」

老者將頭一偏，鼻孔內哼一聲道：「讓你碰了個巧吧又有啥得意！我太師料定你大軍要去捕獲我婦幼牧群，故命本樞密領些人來探視，不料……唉，還有啥可說！要殺要剮悉聽尊便！」

丘大將軍突然仰天大笑，笑畢拿個眼只看副將軍火眞，那神色代替了語言，分明在說：火副將軍如何呀？我丘某人所料一點不差吧！

淇國公常聽三國話本，知道些義降敵將的辦法，滿面笑容離座而下，親自爲巴音圖樞密副使解了綁繩，口裡說：「好，硬漢子！我丘某就佩服這種人，巴音圖先生，請受我丘某一拜！」

巴音圖好感動，忙阻了大將軍從三國故事中學來的章法，自己反而「噗通」跪下道：「大將軍如此仁義，我巴音圖亦非木石之人，我願歸順大將軍，爲大軍效犬馬之力！」

丘大將軍攙扶起跪拜之人，伸手挽了他的胳膊哈哈大笑道：「哈哈，英雄惜英雄呀！中軍，擺酒筵！本大將軍要爲巴音圖先生壓驚哩！」

酒席之間，巴音圖和盤托出本雅失里、阿魯台等的虛實，說他二人現正率部衆數萬集於距此百里之外的山巒旁，只欲等明軍往北邊一去，他們就好奪路竄回和林。火眞副將軍聽了這個同胞之言，一時無語，心中暗想，這事要不是巴音圖在撒謊，就是大將軍確實高人一籌。

大將軍興致上來，邊給巴音圖勸酒邊得意地說：「巴先生吶，你這位同胞原先還眞獻過這樣一條計哩！阿魯台逆賊要知道，既是要感激火副將軍，又把本大將軍恨死，因本大將軍未採此計，斷了他的妄想。來，乾一杯！」

翌日一早，巴音圖帶領丘福、火眞及五千人馬就要往阿魯台藏匿地點進發。他十分誠懇地對丘大將軍說：「大將軍，本雅失里與阿魯台可是統領有四五萬精騎呀，再說大將軍武器精良，可也不能一以敵十呵！依我愚見，還是等大軍來了再說吧！」

正在猶豫計議間，王副將軍、王、李二參將率一萬五千騎衆渡河趕來。大將軍問何以只率如此軍馬，還有二萬人馬呢？副將軍等稟報說未知敵軍虛實，怕阿魯台等乘虛渡臚朐河竄逃，故留二萬人馬守於河南岸。見大將軍如此急迫，王聰力勸丘福不宜冒進，應採取穩紮穩打步步爲營的戰法，伺機尋殲逆虜。

淇國公哪裡聽得進，發了脾氣，擺了主帥的架子說：

「戰陣之前，不似平日計議，本大將軍決心已定，汝等休得多言！若有違令不從者，本公絕不輕貸。全軍急進！」

衆人無奈，只好隨了他往前。從早上一直走到臨近黃昏，中間曾四五次發現敵軍小股人馬，明軍追擊掩殺均獲全勝，殘敵紛紛飛馳竄逃。

巴音圖靠近丘福說：「大將軍，這些人馬便是阿魯台的外圍斥候部隊，他與本雅失里率大營就在前面不遠兩座山包間，大將軍一鼓作氣逼上去，定能生擒此二人！」

淇國公深信不疑，下令全軍加速前進。又行了約莫二三里，前方左側出現二三座山包。巴音圖駐馬揚鞭一指道：「大將軍，阿魯台等就在那邊。你看，山包間隱隱有旌旗搖動，是他二人率大營於此無疑。」

丘福及衆將駐馬眺望，巴音圖所言果然不差，三五里外那幾座山包間確有一片旌旗閃動，而且仔細看去，似乎還有點點的蒙古氈包在內。丘大將軍頓覺血往上湧，立於馬上發令道：「衆將聽令，逆賊本雅失里、阿魯台就在前面，我等出塞二千里，爲朝廷除賊，爲皇上建功，在此一舉。本公下令全軍急速進逼，痛殲醜虜，有臨陣退縮不前者，殺無赦！」

此時是八月底，正是轉入三秋的季節，塞外秋風勁，壯士衣單寒，那瑟瑟的冷風颳在人身上，抵得中原的冬季，軍士們不少人打了寒顫。時近黃昏，落日還餘半個紅彤彤的臉膛在山包上，放眼一片綠黃，天正蒼蒼，野正茫茫，唯見戰馬嘶，不見牛和羊。約二萬人馬急馳而去，鏖戰在即。

王聰是早年在燕山護衛時丘福手下的百戶，稱得是大將軍的老部下。他在大軍即將馳入兩山之間的夾口時，拉住大將軍馬頭道：「國公爺，我總覺有些不對勁。你看，兩山夾峙，寬不過一二百丈，我軍地形不熟，貿然衝入，萬一遭敵伏擊，後撤不易呵！我跟隨國公爺多年，並非貪生畏死之輩，望國公爺從我一言，下令大軍停下，先派千餘騎進去看看，若逆賊果眞在內，再攻不遲。」

他連稱呼都變了，不稱大將軍稱爵位，顯見是怕丘福以主帥身分打官腔，故而以袍澤舊屬的口氣諫勸丘福，望他採納。丘福仍不屑一顧，礙於情面未向王聰發火罷了。參將安平侯李遠打馬過來，情緒甚爲激動地向大將軍苦諫言道：「進去不得，萬勿冒進呵！大將軍，末將適才下馬檢視，這遍地的牧草經一天日曬風吹，此時大半截乾透，倘逆虜用火攻，我軍凶多吉少啊！大將軍，你就是殺了末將，末將也要苦諫你。巴音圖，你說，你將我軍引至此，究竟安的何心？」

當李遠說到恐敵用火攻時，巴音圖的眼皮連同臉上的肌肉就緊跳幾下。聽安平侯如此責問，他反而鎮靜下來，大笑著說：「我是感於大將軍的仁義才背主降你大明的，你等既疑心於我，不用我則是。大將軍，我已將你領到此，本雅失里、阿魯台就在裡面，進不進去大將軍自己拿決斷，反正勝了是大將軍與諸位將軍的功勞，與我一個降人有啥干係？若有差錯便歸咎於我，我又何苦呢！自古道兩軍相逢勇者勝，若少一個勇字又欲取勝，難矣！」

大將軍最聽不得的就是一個勇字，他大半輩子軍旅生涯就全憑這個字，於是通紅個臉截釘斷鐵道：「不要再多說了，全軍馳進，後退者斬！李參將，你怕火，本大將軍不難爲你，你領一千人馬留在山口外好了！出發！」

一直沈默了多時的副將軍火眞此時仍然保持沈默，他前些時候一連向丘福獻上兩策均被他否定，完全視他火眞與王聰這兩個副將軍之職爲虛設，他還再說個啥哩！俗云事不過三，倘他再開口碰個釘子，這張老臉往何處放？所以他決意不再多發一言，反正大不了是個血濺陣前罷了，活了六十一，打了四十多年仗，將也拜了侯也封了，爲軍者到這地步更有何求？所求者就是馬革裹屍血灑疆場這個歸宿了！火眞此刻對待生死可謂心靜如水，內心眞正的躁動是盼望衝進去後能有一番堂堂正正的廝殺，不然咋對得住皇上拜的這個副將軍稱號。

眼見大將軍、火副將軍、王忠參將馳馬飛騎而去，武城侯王聰猶豫片刻，搖頭嘆口氣，向李遠一拱手道：「老弟，你在外面留個心眼，倘若我等遭不測，你速撤回臚朐河，收拾那二萬人馬再做計議。我去了！」

李遠懷個七上八下忐忑不安的心情注視著二萬明軍次第馳入山口，喃喃自語道：「老天，保佑大將軍他們獲勝！願我只是杞憂呵！」

☆

阿魯台、本雅失里站在山腰的一塊巨石邊，遠遠望見明軍蜂擁而來，不由大腿上拍一掌叫絕道：

「好個巴音圖，果然將那丘蠻子引進來，傳令各萬戶長，俟蠻軍全進入後便放火！哈哈，丘蠻子，我要你今日識得我野火陣的厲害！」

丘大將軍等發覺中計時已然晚矣，先是大軍突入兩山間約半程，巴音圖以手向右方山頭指點道：「大將軍請看，那幾十座帳篷就是本雅失里、阿魯台王廷所在。」大將軍等掉頭觀望，突聞親兵齊呼喊：「停下，你跑啥！大將軍，有詐啊！」巴音圖乘衆將領引頸探望之際，突然打馬向左邊山上馳去，任親兵們呼阻亦不止，一個勁兒打馬狂奔。軍士們不等主帥下令，箭弩銃等向著飛逃之人一陣亂放，但見巴音圖一個趔趄翻身落馬。

就在此時，隱蔽於兩山之上的蒙古騎士們從草叢中突然現身發難，「嗖嗖」，密如飛蝗的箭矢齊射而下，箭鏃上燃著引火，片刻間，山谷轟然席捲一片大火，已是烈焰沖天。

丘大將軍此時頭如炸響，腦中一片空白，幾乎六神無主，火眞、王聰、王忠等同樣手腳無措，沒了主意。

時値三秋，百草盛茂，黃昏時刻草近半乾，阿魯台領先命人在山間澆灑上硝磺之類燃物，牧草一經點燃頃刻便成火海，加之兩個山包之間，風勢穿行於內，一會兒從北邊颳來，一會兒從西南颳進，直燒得呼呼作響，眞是風助火勢火借風威，烈煙之內二萬明軍鬼哭狼號莫辨東西，渾身著火的軍士、戰馬煙熏火燎焦黑一片，頃刻間死傷無算。燒得如此狼狽的明軍哪還有戰鬥力，死了的遍地倒仆，未死的衣衫破爛遍處亂竄。韃靼人吶喊著從兩邊山上衝下，一陣箭發弩射，明軍又死傷過半，二萬人大約還剩得三千人成個人樣。

接下來便是廝殺格鬥，明軍士氣已奪，純粹是求生本能的頑抗，丘福、火眞、王聰、王忠等俱在燒得焦頭爛額的親兵們拚死護衛下與韃靼人死鬥。怎奈韃靼軍馬甚衆，約有三萬多人馬衝下來投入戰鬥，半個時辰不到，大將軍丘福，副將軍火眞、王聰，參將王忠全部力戰而死，二萬明軍無一得脫，悉數戰死疆場。

李遠得聞山內吶喊四起，眼見遠處火光沖天煙雲瀰漫，失聲叫苦不迭。大將軍啊！你一意孤行，不聽忠言，罷、罷、罷，我李遠豈能獨善其身！大吼一聲：「張百戶，本侯命你帶十名弟兄速往臚朐河告變，其餘的隨我衝殺進去救大將軍等，有後退者殺無赦！」

安平侯李遠這一千人不過是徒自送死罷了。他一馬當先，才衝進去數百丈遠，便被漫山遍野呼嘯而下的韃靼騎兵重重圍困住，一陣左衝右突，砍殺數十名敵軍後，李遠腹背連中數箭，墜馬氣絕而亡。

這一仗，除了臚朐河的近二萬人馬外，丘福所領的征虜大軍等於是全軍覆沒，而且自大將軍起，副將軍、參將無一倖免，悉數戰死，這是本朝開國以來甚至以後二百多年歷史中絕無僅有之事，可謂慘敗至極。究其原因，乃淇國公丘福剛愎自用、好大貪功、勇而無謀一手造成，所以他雖力戰而死，算得是盡了軍人的本職，仍受到朝廷的重處。

丘福全軍敗歿的消息傳到北京，皇帝痛心震怒至極，一口氣下了兩個與此失利有關的詔旨。其一，淇國公丘福一意孤行，辜負皇恩招致慘敗，削奪爵位，家屬流放海南；同安侯火眞身爲副將，於戰事攸關之際緘口不言形同失職，削其爵位，念其死戰殉國，准其子孫世襲觀海衛指揮；靖安侯王忠爲參將不能力諫主帥，難辭其咎，削奪爵位；安平侯李遠於危難繫於髮間冒死力諫，俟後又孤身入陣爲國盡忠，諡忠壯，追封莒國公；武城侯王聰事前力諫事後殉陣，諡武毅，追封漳國公。其二，醜虜猖獗，勢在必誅。再集軍馬，於明春六師親出，御駕親征韃靼。

6

韃靼部衆君臣失和，一分爲二，本雅失里和阿魯台鬧僵，各行其是，二人各領一半部衆東西遙居。此乃皇長孫獻策所致，深得皇帝嘉許。

那一日皇帝負手繞殿徘徊，苦思破敵之策，征虜之詔已發出，大軍正在雲集，只待隆冬一過，六師便要直指塞外。皇帝既下決心親征，作爲最高統帥，好多事情需要事先統籌，咋省得心哩！連一向小鳥依人的權賢妃都知趣地退避，不敢去分皇上思量軍國大事之心。皇長孫朱瞻基卻湊了上去，向神色嚴峻一臉肅然的皇帝啓奏說：「皇祖，臣有一計，不知使不使得？」

皇帝從沈思中回過神來，不無好笑地說：「噢，你有計？你有何計，說來朕聽！」

皇長孫不在乎祖父瞧他是個小人的神色，嚴肅、認眞地說：「臣聽從臚朐河回來的將士講，那韃靼之酋本雅失里與阿魯台之間所見甚有齟齬，本雅失里怪其一時衝動戕害天使，招致朝廷討伐。如此，朝廷不妨施離間之計，揚言此次御駕親征只拿阿魯台一人，餘者不問，本雅失里聞之必棄阿魯台，其兩相猜疑，內訌一起，我軍正好從中得利，不難各個擊破之。皇祖，孫臣此計使得乎？」

「使得，使得！不但使得，且是著妙計喲！汝小小年紀，便有此等智謀，哈哈，眞乃朕之好皇孫也！」

本雅失里從朝廷派去的使者口中得知皇帝不久就要率六師親征，並且，只針對阿魯台一人，餘者若能悔悟咸與不咎。很快，從遊牧民衆的口中陸續傳來類似消息，說他們碰到的漢人都這樣說，本雅失里便動了與阿魯台分手的想法。後者一向不拿他當可汗對待，只將他當成一個傀儡，大事小事俱背著他幹，所以本雅失里對阿魯台的不滿之心由來已久。於是，在一個月黑風高的夜晚，韃靼可汗本雅失里帶領親近他的五萬男女老少，拔帳而去。

阿魯台一覺醒來聞報此事，氣得頓足罵道：「小人，心胸狹窄的小人！哼哼，汝離我而去可安然無事麼？只怕汝會落得個死無葬身之地噢！」

☆

永樂八年初春，長城內冰雪已在慢慢融消，樹枝梢頭已冒出豆大的嫩綠，塞外卻還是寒風刺骨，雪積冰凍哩！北京城外，大明朝集結了六萬軍馬，不日就要開拔。皇帝已在裘衣外面套上全套武弁裝，亮鎧鐵甲紅纓盔，前胸護心銅鏡，後背馬甲緊身，威風凜凜立在車上，向齊嶄嶄在大操場受閱的三萬京軍親宣口諭說：「韃靼逆虜屢犯邊塞，戕害天使，擄我人民，朕今親率汝等出塞躬行天討，願與汝等將士共勉之，誓滅此朝食，永靖邊氛！」

三萬條喉嚨齊聲高喊「皇帝萬歲萬萬歲」，那喊聲直傳入北京城內，市民們也爲之興奮起來，紛紛說，咱皇上還是當年當王爺時的本色，動不動就要親自上陣，這下夠他韃子好瞧！

京軍是此次出征的主力，三萬京軍來自京師三大營——五軍營、三千營、神機營，號稱京營，乃天子親將的六軍。三大營各分中軍、左、右掖，左、右哨五營，軍士乃中都、大寧、山東、河南諸都司的番軍或者又叫班軍每歲調京輪值，個個俱是百裡挑一，身強力壯的驍勇軍人，不說是以一當十，起碼一個頂倆。尤其神機營更爲了得，此乃永樂四年征安南後皇帝親自創設的一支營伍。征安南時俘獲一名姓鄧的官員，因他熟知西洋傳來的諸火器製造法，皇帝親擢他爲工部尚書，爲朝廷造出各式新式火器，遂專置一營掌諸火器，名爲神機營。據神機營將士不無得意地告訴外人，他們手中的新式火銃威力巨大，準頭奇高，二十丈外，一銃發出，是隻老虎也要打得渾身穿眼必死無疑。

御駕親征時，皇帝大營居中，方圓二十里內全係三大營駐紮。五軍營以各種營陣紮於大營之外；神機營分紮於五軍營外；再外面是三千營負責巡視的長圍。三大營周圍，才是其他從征大軍，眞稱得上是煌煌乎天兵神將，浩蕩哉耀武揚威！

☆

皇長孫好興奮，經他力求，皇帝特許他從征，除了派左庶子楊榮、右諭德金幼孜隨侍長孫外，特爲他立了個幼軍護衛，五百名幼軍俱是與長孫一般大的少年兒郎，大者不過十七八，小者與長孫一樣差幾個月才滿十五。只是幼軍還不保險，皇帝又另撥五百鐵騎專司護衛。這樣，皇長孫在這浩浩蕩蕩的從征大軍中便自立了一營，跟在皇帝大營屁股後面向北開進。楊榮、金幼孜俱是少年得志的讀書人，十七歲便取了功名，現在不過二十四五，卻已在宦場中歷練了八九年。他二人與長孫相處甚諧，拿出個輔贊幼君的精神，出塞才幾天，便有了一種無話不談的親密關係。

安營下寨後，長孫與楊、金二人出去散步，長孫一概隨從俱不要，只帶個與他一般年紀的貼身內監海濤隨侍。

四處炊煙四起，各營俱在埋鍋造飯，三個人順著一條半凍的小溝溪漫步山野，周圍五十里內俱是從征軍營，放眼望去，營帳幢幢，篷幕點點。楊榮隨口吟出洪武時名詩人林子羽那首出塞曲來：

十五薊門行，能探黠虜情。
潛兵秋度磧，牧馬夜歸營。
苦霧沈旗影，飛霜濕鼓聲。
何來承密詔，東築受降城？

金幼孜感嘆道：「是呵，使長孫之計全行，則我等盡爲公孫敖矣！何須此行呢？只可惜那本雅失里與阿魯台雖中長孫之計而內訌分裂，卻還未有左都尉殺單于之謀變哩！」

當漢武帝時，匈奴左都尉與其單于有隙，遣使密告漢廷，言其欲殺單于降漢，要漢軍接應，武帝遂命將軍公孫敖於塞外密築受降城以待左都尉。林子羽詩中與金幼孜所感嘆者即本此，尤其後者更感嘆於皇長孫的計策，未能使韃靼內部發生如匈奴左都尉欲殺單于降漢的事來。皇長孫卻平靜一笑道：「此乃天意不可勉強。不過以予看來，皇祖此次命駕親征，必能全師奏凱。我朝雖未必能築漢之受降城，將來效唐築三受降城不亦可乎！」

楊榮、金幼孜聞之一愣，旋即以手加額道：「長孫殿下深謀遠慮，將來邊氛必綏，此我朝兆民之福也！」

皇長孫自懂事起便喜聽些前朝後代的政事逸聞，開蒙之後，便沈溺於一部《資治通鑑》中，凡授講的翰林碩學們講到歷代的君治，他便聽得津津有味，無怪乎老師們背地俱偷偷議論說：「長孫是命定的天子吔！東宮當年有他這專勁一半，只怕也吃不了那些虧喲！」

他們的感嘆是說皇太子疏遠帝王之術，不善權變，所以時不時要吃漢王一些啞巴虧，長孫人雖小卻拚命學帝王的權謀，所以是命定天子。他適才所言便委婉講出他對邊患的看法，故而使楊、金二人一番驚嘆了。

自太祖以來，大明朝對故元勢力及新崛起的蒙古各部，採取的是手痛醫手、腳疼醫腳的一種消極策略，只要蒙古各部不於邊境鬧得太凶，朝廷就聽之任之，直待它侵擾過甚，弄得邊塞難寧，四民哀怨，朝廷才出兵征討一次。並且，朝廷只把眼光盯在長城以內，彷彿那條自秦以來的長城便是中原王朝與北虜的分界線，只要蒙古人不越過長城，大明朝上自天子下到品官便皆大歡喜，高枕無憂，眼光可謂短淺之至矣！皇長孫當然不能直接指責太祖以來的這種作法，巧妙地說他將來要效唐朝築三受降城，明白無誤指出了他對太祖以來一系列作法的不滿。

唐中宗神龍年間，張仁願受朝廷之命，在黃河以北深入大漠的地方於中、東、西三處築受降城，三受降城東西相控八百里，其間置烽堠二千餘所，使突厥不敢南犯。長孫之抱負可見一斑，無怪乎楊榮、金幼孜聞之喜甚。他倆看看這個稚氣未脫然而一派大人言談舉止的少年人，喜孜孜問道：「殿下，既有此志向，當不致任那位王爺此次奪全功吧？殿下吔，他可是虎視眈眈瞅著東宮的位置咧！」

皇長孫極爲謙遜向二人一揖，慌得二人閃讓不及，口裡直嚷：「長孫殿下休要如此，我二人受不起喲！」

皇長孫卻不知從哪裡學來的純大人口吻，伸手一攔，有條有理說道：「受得起！二位先生今日受我一揖，日後便是國家的棟梁、朝廷的股肱，有啥事我都可以直言請教，二位先生以爲然否？」

他不說是他的股肱，說是國家的棟梁，朝廷的股肱，這份心計、老成已然在二十歲的人之上。這話讓誰聽去都抓不到把柄，既有分寸又還顯得謙恭。楊榮、金幼孜二人大約從此刻起，便已拖定死心塌地跟隨、效忠長孫的信念。十多年後，儲位眼看要易手的千鈞一髮之際，楊榮等不惜讓皇帝抱恨而終，爲長孫把皇帝之位完璧歸於皇太子，論來起因都在此時種下。

楊、金二人「噗通」跪地，竟然行了個免冠叩頭的最敬禮，信誓旦旦感激涕零地說：「長孫殿下，我二人自後縱然赴湯蹈火，也絕不退縮半步，一切唯長孫殿下所言而爲之。若有虛言，天地鬼神共棄之！」

距皇長孫那幾座小巧的營帳五里之外，便是漢王高煦所將的左軍大營。漢王這幾天，嚴格說來不是這幾天而是自去年八月底以來，心情沈重極了。很簡單，淇國公的戰歿以及受懲對他的打擊太大。首先，忘年之交丘大將軍激戰身亡，使漢王痛悼萬分，爲此大哭了幾場。有彼此交誼、感情上的傷悼，同時更爲以後在朝中的處境憂慮。淇國公丘福是漢王高煦的堅強後盾，一切以漢王利益爲重，有他在朝中招呼，一幫靖難功臣才擰得成繩，才有凝聚力。他一死，群龍無首，漢王在朝中的奧援等於減了一半。其次尤令漢王沮喪的是，父皇大怒之下竟削了丘福的爵位，並且將其家人流放到數千里外的海南，使漢王乾著急乾痛惜之下半點忙也幫不了。他也曾爲此替丘家向皇帝求過情，結果碰了滿鼻子灰。

那一次，他哭喪著臉向皇帝說：「父皇，淇國公溺負恩命令全軍敗亡，罪實不小，但請父皇念在他藩邸舊人扈從多年歷有戰功的分上，優恤其家屬，兒臣以爲他的爵位朝廷是否就不必拿掉，令其子——」

下面「承襲」二字還未說出，皇帝勃然大怒，一巴掌拍在御案上，險些把兩個玉獸鎮紙打翻下去，氣呼呼道：「糊塗！汝眞是糊塗之至！汝還敢爲他求情，汝不好好想想，自本朝開國以來，爲將者有他這種胡鬧法的嗎？朕把五萬大軍交給他，他竟然一仗未捷，全師盡墨，把國家的威嚴、朝廷的顏面丟盡了，朕都無面皮向祖宗向太祖告罪哩！哼哼，死有餘辜！朕若非念他夙有功勳勞績，便將他家人悉行問斬，以告慰數萬忠魂。今法外施仁，只徙其家至海南，再無可貸之理了。汝竟然還爲其家求爵位，眞眞是癡人說夢哩！」

漢王不死心，待往南京傳旨的中官出發時，高煦偷偷把這名太監叫到一邊吩咐說：「皇上在氣頭上，對丘家嚴厲了一些，汝傳我的話與丘府，讓他們好好在海南待著，將來總有復爵的一天。告訴我家王妃，讓她給丘府送一萬兩銀子去。」

如此，漢王才算多少感到些寬慰。此番隨御駕出征，他奉命掌左軍並三千營，御營的安全也要由他扈衛，所以落營下寨後他便帶領兩名心腹參將賈虎柱、馮思國往御營周圍巡視。遠遠望見皇長孫幾個散步營外，漢王鼻孔內輕蔑地哼哼道：「你二人看看，那小人分明是來湊熱鬧嘛！營陣之中金戈鐵馬，扈衛皇上還來不及，如今還添上個他，眞是給本王生麻煩！又不能上陣拚殺，更不能獨當一面，是來遊覽這塞外風光麼？哼哼！」

兩位伯爺不含糊附和說：「是呀，長孫跑來幹啥呢？王爺，這明擺著不是，咱們太子爺不習弓馬，寸功未建，便叫這小人來營陣中走走，不也攢分軍功嗎？」

他們是輕蔑加挖苦的牢騷，但卻小視了這人小鬼大的小人。他滿腦子開動飛轉，正無時無刻不思量著再向皇帝獻一計哩！

☆

塞外春寒，將士衣單，御帳內倒是燈火通明，暖氣洋洋。皇帝爲了顯示與將士同甘苦，不但不准開宴席，一日三膳亦只上清淡之食，連肉都少吃，這也是他自靖難以來頗得將士愛戴的一貫作法。

胡廣自受任文淵閣大學士以來，一直受皇帝親信，此番出征他也隨侍營中備朝夕顧問。生活很清苦，因爲皇帝都不吃肉，他們又咋好意思鬧葷呢。儘管如此，胡廣卻依然興致十足，情緒極佳，笑盈盈奏道：「陛下，臣偶得一律，敢煩聖聽！」

皇帝報以鼓勵之色說：「好，念來朕聽！」

胡光大遂搖頭晃腦給皇帝念出一首題爲《賦御駕北征韃靼有感》的七言律詩來：

漢家自古重仁義，邊賊跳梁意可欺。
小丑單于生逆氛，大明天子發戎機。
六師劍氣沖牛斗，十萬龍光出尾箕。
直指朔方留郭吉，笑渠北海未堪期。

皇帝微笑頷首嘉許。胡廣把皇帝比著雄才大略的漢武帝。漢武帝當年親征匈奴，駕至朔方，派使臣郭吉曉諭匈奴單于以利害，結果單于畏武帝的聲威，率衆北逃北海避之。而此次皇帝親率六師征韃靼是爲去年淇國公全軍敗歿的一次復仇，志在必得，所以胡光大反其意而用之，說天子這次不會派出郭吉這樣的使臣來曉諭你們，不會容你逃到北海去。尾、箕是二十八宿中幽州的分野，天子此次正是由幽燕出兵也。

君臣之間正一番談笑，突聞帳外傳來喧嘩，皇帝眉頭一皺，大踏步出帳去，太監馬雲、胡大學士等紛紛緊趨而出。

御營內燒得有篝火，隨侍的錦衣將軍，御前羽衛等軍士紛紛圍著火堆烤火。十多個五軍營的軍士從外邊經過，看見熊熊的火堆，便呵著氣，呵著手跑進來湊個熱鬧，暖暖身子。

御林羽衛軍的千戶見擠來烤火的人不認識，變了臉色厲聲申斥：「喂，汝等係何營軍士，如何敢隨便擅闖御營？這是汝等烤火的地方嗎？趕快離去！」

這十來個冷得直抖的五軍營軍士如何捨得這份溫暖，跺腳搓手道：「嗨，好舒服好暖和！何必如此凶嘛！都是朝廷的軍人還分什麼彼此？皇上大閱那天還說與全軍同袍哩！烤個火你就如此凶，你比皇上還尊貴？」

羽衛千戶見這些軍士敢頂嘴，而且還派他一個不是，勃然大怒，揮手下令道：「大膽之極，擅闖御營還敢強詞奪理，給我綁起來！」

就在這一觸即發幾成械鬥之際，皇帝親自過來排解來了。望著遍地俯伏戰慄的士兵，皇帝略問下情況，掉過臉大聲斥責羽衛千戶：「汝好無良心，汝與朕一樣服裘披毛還嫌天寒，他等薄棉禦體如何不冷？全軍將士俱是朕的勇壯，分什麼御營他營？罰汝回帳面壁一日思過！你幾個就在此好好烤火，把身子暖和了再走。天氣日漸好轉，再過十天就不用烤火矣。」

五軍營軍士感動得滿面流涕，齊頌「吾皇萬歲」。

皇帝含笑離去。他天生有種親近士卒的本領，無怪乎凡有幸接觸過他的普通軍士都說，皇帝陛下比咱千百戶、指揮使待咱更親，更理解咱軍士，爲陛下盡忠値得。

皇帝前腳一進帳，後腳跟進一人，非是他人，皇長孫是也。皇長孫一番深思熟慮，又獻計來了。皇帝不再像第一次那樣小瞧他了，旣親熱又帶些慈愛笑呵呵說：「汝又有妙計獻朕呐？好、好，汝慢慢說來，朕倒是要一聞。」

皇長孫侃侃而談道：「逆賊本雅失里、阿魯台中我離間之計後，內訌而散，今本雅失里居臚朐河之西，阿魯台竄於臚朐河之東。本雅失里自認此番天兵非爲他而來，未生戒備之心，而阿魯台自知罪孽深重，故向東遠竄且防範甚嚴。皇祖，孫臣以爲，我軍抵臚朐河後可乘本雅失里不備，兵鋒西指，打他個措手不及，此賊一除，阿魯台勢單力薄，可指日成擒也！皇祖睿裁！」

皇帝幾乎不敢相信這石破天驚的獻策出自一個十五歲未滿的少年之口，興奮得抓起長孫的手讚不絕口：「好主意，好主意啊！朕都未想到這點，汝竟然思慮得出，哈哈，使中山王、藍玉復生，亦要讓汝一籌哩！」

長孫這一計確實可稱爲虛實相濟的高招，與上次的離間之謀珠聯璧合相輔相成，成就了連環之計。他未獻策之前，皇帝都未想到這點，大軍一直是以阿魯台爲第一打擊對象的。因爲朝廷曾遣人曉諭過本雅失里，只要他與阿魯台分手朝廷就既往不咎。本雅失里聽信了並做到這點，當然不會對御駕親征的大軍抱有多大戒心。皇長孫卻能不囿於陳腐，不與夷狄講信義，獻出這麼個化實爲虛的智計，怍不令皇帝驚嘆，聯想到長孫的文采，皇帝驚喜交加撫掌自嘆道：「上天垂鑑，我朱家出了文武全才的人吶！」

皇帝的驚嘆是源於長孫的一次對對子。前年外夷來朝貢，皇帝爲了考較長孫平時學業，特出一聯要長孫對。聯語是「萬方玉帛風雲會」，結果長孫幾乎未加思索脫口就對「一統山河日月明」。當時皇帝十分高興，嘉許了他的文采。不意長孫武略也當行，於軍機大事連出兩策，而且俱是切實可行，眞當得這文武全才的褒語哩！

7

與去年淇國公的一路急進不同，御駕親征的六萬大軍卻是一路緩行，停停走走，走走停停，硬是等到三春已盡的四月初才陸續抵達臚朐河。塞外的初夏一片生機盎然，百草茂百花艷，千溪流萬壑鳴，山間盤蒼鷹，原上走牛羊，金戈十萬耀日眩，何將牧場做戰場！

本雅失里做夢也未想到大明天子親將的大軍竟然衝他而來。探馬報說明軍渡過臚朐河並未掉頭向東追尋阿魯台，而是轉旌直向斡難河而來。本雅失里又驚又惱又怒又怕，如何一向講「信義」二字的天朝這次卻如此背棄信義，答應了既往不咎又翻臉不認人？他百思難解，愁眉苦臉發問：「爾探得確實否？明軍行動可急，距此尚有幾日路程？」探馬回報道：「探得確實，明軍確實向我而來。但其行動甚緩，每日不過行得五六十里即安營下寨，其前軍最快也要三天後方能抵此。」

本雅失里稍稍鬆口氣，還有兩天多點時間準備，撤退還來得及，只是已與阿魯台鬧翻，唯有往西一條路，投瓦剌順寧王馬哈木去，暫時借房躲雨。他的妃子是馬哈木的遠親，相信馬哈木會念在都是蒙古人分上接納他。便下令道：「速令各萬戶立即將放牧人家召回集中，明日黃昏聽我命令開拔，趕在明朝軍隊到來之前往西撤退。」

中午時分，各萬戶派出招呼放牧部衆的騎手陸續回來，報稱已把可汗命令接力傳送出去，估計明日午後，部衆便可收拾牛羊悉數趕來聚集。

蒙古各部與中原軍制有別，除了可汗身邊的千餘衛隊外，其餘武士平時便是放羊放牛放馬的牧人，各家俱自在草原上放牧自己的馬牛羊等，有事時可汗傳令徵召，青壯武士便趕來集中聽命。像如此悉數的遷逃，若牧地分散，各家各戶只怕十天內都召集不到一起，所幸此次部衆都在附近不遠地方放牧，明日就能趕來聚集。

本雅失里心事重重啃著半隻烤羊腿，還未吃到三分之一時，幾名衛士面色蒼白額頭冒汗飛奔進來，上氣不接下氣向可汗報告：「大汗吶，大事不好了，明……明軍衝、衝過來了！全打的龍鳳旗，是、是南蠻天子親自率的先鋒啊！」

本雅失里的衛隊所言一點不假，明軍這支三千人的先鋒精騎正是由皇帝親自率領而來。這又是一計，皇帝故意命主力慢呑呑前進，他卻要漢王點了三千精騎隨他一路輕裝兼程而來，每名騎兵身上除了帶些箭矢銃子外，便只各帶五張重達八斤的大餅做爲十日之糧，以日行三百里的速度風樣趕了過來。

皇帝頭盔胸甲一身武弁裝，在高煦等簇擁下飛奔在騎隊的前面，渡過斡難河行了約二十里，遠處三里地左右，隱隱可見本雅失里幾百座氈房錯落有致散布在草原上。皇帝勒住馬頭，高聲下令：「高煦，王友、賈虎柱、馮思國，汝等各領五百騎，從三面抄襲過去，朕自領餘衆由中路衝過去，注意生擒本雅失里！去吧！」

本雅失里驚惶萬狀從帳中出來，率領千餘衆的可汗衛隊迎敵，但見數千明軍分成四五股飛馳而來，戰鼓敲得咚咚聲震耳，龍鳳旗在風中捲得嘩嘩響，不是大明天子是誰！

明軍衝至韃靼人陣前二十丈左右，舉銃就放。這可不是以前那種老土銃，是名爲神機利器的新式火銃，號稱二十丈內洞穿牛皮。但聞「衝、衝」一陣山響，韃靼人驚叫慘呼栽下馬來百十個，不等他們有放箭的機會，硝煙尚未散盡，第二遍銃炮又發，又是「衝衝」巨響，這次傷亡更重，足有二百餘人中了銃子。

本雅失里仗著十餘名貼身衛士以盾牌相護才未受傷，饒是如此，銃子打在盾牌上的聲音亦駭人至極。還打什麼呢？這千餘人只夠聽五遍銃炮聲！本雅失里再也顧不得鐵木眞大汗後裔的顏面，大吼一聲：「快撤！」

可汗頭一個掉轉馬頭狂奔，其餘的人誰還有心支撐，片刻之間勝負即見。

皇帝振臂高呼：「擒本雅失里者，爵侯封，賞千金！追！」

三千明軍打馬狂追，皇帝亦不甘落後，於前飛馳，風突電發中還彎弓搭箭「嗖嗖」直射，一連將逃竄者射落了七八個。五十一歲的皇帝在馬上得意地大笑道：「使養由基、李將軍見朕之射術能無羡乎？哈哈哈！」

這次由大明朝皇帝親率的輕騎兼程襲擊之戰，以明軍全勝告終，本雅失里與十餘名衛士逃脫，餘數千餘武士盡被殲滅，散於各處放牧的部衆聞訊各自逃命，韃靼本雅失里部土崩瓦解。

☆

阿魯台望著遮天掩日而來的旌旗，強自鎭靜，傳令：

「候我命令放箭，任何人不得擅逃，違令者殺無赦！」

他被明軍追擊了數日，橫下心來，將萬餘武士集於這飛雲壑旁的緩坡上，擺個與明軍決一死戰的陣勢。但明軍此番是以主力而來，三四萬軍馬齊整有秩地向阿魯台部衆步步逼近，眼看就要兩軍相接夠上發箭的距離，一陣排山倒海的鼓聲驟起。這是明軍陣中千餘面戰鼓同時擂出，若是膽小之人，這鼓聲就足以令之摧魂去魄。草原上的豺狼也嚇得屁滾尿流，泣嚎著四散狂奔。鼓聲擂響的同時，銃炮又發，這次更厲害，是由神機營的五千多名銃手次第發出，震耳欲聾聲中，阿魯台的陣隊中立時倒下近千人。阿魯台確實比本雅失里狡黠，就在這一瞬間他已然明白，這仗無法打，不再等明軍發銃，一聲令下，狂奔逃竄而去。明軍攆在後面，又是一陣箭射銃發石擲，韃靼人又死傷一二千才逃出險地。皇帝下令暫停追擊，安營紮寨，明日再追。翌日又尾擊而去，就這樣窮打窮追，一直追出數百里，得知阿魯台攜其一家遠遁而去方才收兵。

六月驕陽似火，夜晚三星當頂，正是酷暑時分，明軍凱旋班師。皇帝親自命名飛雲壑旁那座小山為「擒胡山」，並勒石以銘。銘文曰：「瀚海為鐔，天山為鍔，一掃胡塵，永清沙漠」。又一銘曰：「於鑠六師，用殲醜虜，山高水清，永彰我武」。

回到北京，大宴群臣與從征將士。皇帝讚口不絕褒獎皇長孫，稱讚說：「帥才、帥才，為帥之才也！」漢王心頭不服氣，嘴上當然不敢反駁，下來向心腹人等發牢騷道：「啥時有事讓這個帥才去獨當一回才好，紙上談兵誰不會？你們看他那洋洋得意的樣子，真以為自己是個帥才了！」

☆

沈溺在大獲全勝喜悅中的皇帝被意外的變故驚呆了。凱旋而返京師的車駕才從北京出發不久，尚未到山東境內，權賢妃突然暈倒車中，昏迷不醒，隨行的太醫們用盡一切辦法也未使她清醒過來。皇帝急得像個小孩似地拉住太醫的袖子問：「這、這究竟是咋回事？爾等必須給朕講清楚，講不清楚……哼！」

下面的話他沒有說，嚇得面無人色的太醫們當然知道他要說啥，此刻有萬般的委屈也無法洗清。

從南京來之前就苦口婆心告誡過、勸諫過天子，說賢妃身子已虛極，那生氣勃勃的模樣是假象，是被年輕力盛的強支撐所遮掩，一旦潰敗，便將如廣廈之傾縱有回天之力也難扶起。但皇帝聽不進去，硬要賢妃從車駕北巡，於今果然出事，皇帝卻要他們說淸，彷彿賢妃的病是太醫們治出來似的，這又咋說得淸喲！

皇帝心裡其實完全知道，是他自己造成賢妃眼下這危在旦夕的情狀，但他不願承認這點，總在爲自己找理由，於是又把一腔憤恨移到皇太子身上，哼哼，要不是這不肖子胡作非爲，朕又何嘗願賢妃跟著萬里顛簸呢？氣歸氣惱歸惱，玉人昏迷不醒總不是個法呀！車駕又在返京途中，萬一有個三長兩短，辦後事都來不及。

在皇帝的嚴責之下，手忙腳亂的御醫們使出渾身解數，用了些力挽狂瀾的急方，好歹總算使昏迷兩天的病人稍稍蘇醒過來，臉上也微微現出些血色。賢妃睜開眼睛，用蚊子般聲音對焦急萬狀的皇帝說：「皇……上，臣妾只怕是……」

皇帝酸淚直湧，顫聲安慰：「妃子休要亂說，朕回京後還要封……封你貴妃呵！」

這樣邊走邊治，時走時停，三秋已盡寒冬來臨，當入冬的第一場雪灑向齊魯大地，把四野妝點成素白一片時，車駕行至兗州府屬下嶧縣境內的臨城停了下來。賢妃又一次全然昏迷，撬牙關灌進半盅回陽救逆的急方，保住她未斷氣，但只有一絲遊氣幾乎沒有進氣。

皇帝一連幾夜未眠，大睜憔悴浮腫的眼睛仰望蒼天，喃喃祈禱祝告：「皇天吶，你讓朕的妃子醒過來吧！她……她才十九歲哪！啊啊……」

自山東邊境恭迎聖駕隨扈過來的山東布政使與大學士胡廣，尙書夏元吉，以及楊榮、金幼孜等同樣急得搓手頓足毫無主意。胡廣望一眼諸臣中地位最高的夏元吉道：「夏公，你看咋辦？唉，該在濟南停些日子，如今在這荒僻之地如何是好？」

本朝初期的大學士不似以後的輔臣，乃是文學侍從一類的近臣而已，以原官秩其品，故胡廣的文淵閣大學士依然是他翰林侍講學士的從三品之職，夏元吉以領行在諸部尙書的顯赫身分，乃不折不扣的從一品大員，當然成了隨扈諸臣的領袖。胡廣的話他亦有同感，當車駕行至濟南時他也勸過皇帝，說賢妃雖有好轉仍是虛極的身子，不若在泉城駐蹕些日子，俟賢妃病情穩定後再進發不遲。皇帝否決了他的意見，說再有十來日就到南京，只有回到京師，才有醫治賢妃的各種條件，留在魯境只能把賢妃拖死，遂以指揮打仗那種果決下令晝夜兼程前進。不料眼看要入徐州境，賢妃卻再一次昏死在這蘇魯交界的臨城小鎮。

他們集議未畢，皇帝召見他們。方寸已亂的皇帝要諸臣也拿拿主意，將才朱高煦與帥才朱瞻基似乎對賢妃的生死並不放在心上，因爲他們基本是一言不發，任由皇帝一個人乾著急。俗話說病篤亂投醫，連精擅岐黃的太醫都一籌莫展，能指望泛覽過幾本醫書的文臣們拿啥主意哩！大家七嘴八舌各抒己見，歸結爲一點：死馬當成活馬醫，要布政使會同兗州、嶧縣有司立即榜傳四邑，徵民間善偏方者爲朝廷輸誠救急。於是，皇帝一行又在這臨城留下個不大不小的故事。

☆

臨城以東三十里地有個棗莊，朝廷在這裡設置有一個巡檢司，不大不小算得一個鎮子。

鎮上有個周二寡婦，乃卜巫占筮觀仙婆一類人物，平素抓把鍋煙煤，刮點粉牆灰，摻把童子尿揑出些仙丹神丸爲上門者治病，這幾日突然生意冷落，上門求神、治病者鮮矣。她立在自家門前懶慵慵伸個腰打個呵欠，眼睛掃到一人，張口就問：「三孀子，你慌里慌張急走個啥？也不進來坐坐！」

三孀子原是她定時取銀錢的基本群衆之一，然今日居然從她門前一晃而過，大有不屑留步之勢，影子晃過處給她留下一串話語：「二仙姑吔，你還不曉得麼，四鄉之人都去看皇帝嘍！皇帝老倌兒就在俺臨城裡，說好威風喲，裡三層外三層都是兵，連巡檢司都去人站崗哩！」

周二寡婦也即周二仙姑一愣，皇帝老倌兒來臨城？這怕是背八輩子的時喲！州官縣官從臨城過尙難得一歇腳留步，皇帝老倌兒咋會來這裡？二仙姑一輩子打交道盡是顯赫人物，如什麼玉皇大帝、王母娘娘、關聖帝君、離山老母、二郎神君等，頂不濟也是山神土地之類，然而，這些俱是莫須有或者死了上千年的人物，除了她別人也看不見，實實在在她見過的頂級人物是嵊縣縣太爺。至於皇帝，大致跟玉皇大帝等差不多，只有發夢囈時才提到過，比如收了上門者的銀錢時，半睜混混沌沌的眼睛追問一句：「汝這枚銅錢是哪個皇帝老倌時的喲？這可是孝敬關老爺他們的噢，倘若他老人家使不出去拿來退我，我則找汝理論哩！」

故而二仙姑的好奇不比三孀子小，當即收拾停當往臨城瞧熱鬧去也。

臨城只得半條街面，車駕就駐蹕在此，四鄉聞訊而來的百姓猶同趕廟會般熱鬧擁擠，但他們哪裡挨得近臨城，周圍三里之外全是執戟帶甲的扈衛軍士，一個個凶神惡煞打著南邊口音將擁來瞧熱鬧的四鄉之民擋在外面，任何人均不得再越雷池一步。亂嚷嚷擁熙熙的百姓們十分知足，彷彿他們不遠數十里奔來就是為了瞧瞧這些兵士，一個個傻乎乎樂呵呵望著旌旗飄揚下的這些士兵，以大膽交談幾句或戰兢兢伸出手去摸一下那亮得扎眼的槍尖矛頭為無上榮幸。也來了不少仕紳，牽著牛羊捧著美酒要奉呈車駕，同樣被軍士們攔阻住，說皇上有旨，不延見任何人。

二仙姑擠在人群中站了個把時辰，嘆口氣道：「皇帝老倌在哪兒嘛？腳都站麻了還不見個影子，有啥意思！」

立時有人反駁說：「你站這一會兒就喊腳站麻了，我等從昨日來此，一通宵到現在還未喊冤枉哩！再看兩天俺都不覺累，這麼威風的陣勢只怕這輩子就看得這一回喲！」

二仙姑癟癟嘴正說抽身撤退，突然像件寶物似的被人發現。那人頗帶點驚喜道：

「喲，這不是周二仙嗎？你既然來此如何不去應詔？」

二仙姑一看，原來是棗莊里甲上的周地保，頗無好氣地回道：「啥應灶不應灶喲？我那些熟人裡頭沒有灶神，我好端端一個玉皇壇上的人，咋跟灶神門神之類打交道？虧你說得出！」

周地保「噗哧」一笑說：「你硬是三句話不離本行，哪個要你去會灶神喲！我是喊你去應詔，應皇帝老倌兒的詔旨。府、州、縣傳了布政司的話，朝廷此刻正要找你們這些仙姑仙婆哩！」

「找我們，朝廷找我們幹啥？你怕是青光白日說夢話喲？」

二仙姑不肯信，朝廷都要找仙姑嘍，那只怕母雞都會下銅錢！周地保不由她不信，伸手抓她胳膊說：「哪個王八崽子才騙你！你只怕不曉得，朝廷的皇妃娘娘得了急病，走到俺們臨城昏死過去了，不然皇上咋會停在臨城不走呢？二仙姑，這可是千載難逢的好機會喲！去亮一手拿出個偏方治治皇帝娘娘的病，這一步要走端了，可是一輩子的榮華富貴噢！」

二仙姑心頭一動，嘴上卻說：「說就說你抓那麼緊幹啥？未必你地保還要來吊仙姑的膀子！你說些啥喲！人家皇帝老倌身邊那麼多能人，咋會來找我們這些哄鄉巴佬的人嘛？」

「嘿嘿，地保仙姑倒是一對。哎喲你莫擰臉噢！二仙姑你就不知也，皇帝娘娘聽說斷氣都斷了三回，朝廷已經絕了望，死馬當作活馬醫，才下詔尋民間偏方。走，我給你推薦去！得了好處莫忘了我這個領路人就是。」

☆

二仙姑又緊張又好奇跟在幾名軍士後面往臨城街上而去，沿途見到那些車馬冠蓋畫像人物令她腳肚子發軟，嘖嘖嘖，這些原來只在城隍廟的戲台上才能瞧見的呀！別怕別慌，記住周家地保兄弟說的那句話，這是醫死人不是醫活人，醫不活不過退下來則罷，醫活了就是賞田千頃賞銀萬兩的天大功勞，怕個啥哩！正在兀自壯膽時，街頭迎過幾位大老爺模樣的人，走在旁邊那位突然出聲，並且滿帶驚詫與不屑：「咹，你也跑來湊熱鬧？你可還認得本官？」

咋認不得，二仙姑一聽到這聲音的第一反應就是想撒腿就跑，但周圍全是仗劍提刀的軍人她又咋敢跑，唯有硬著頭皮小聲應道：「大老爺，不是小婦人自家來的，是周家地保硬拉小婦人來的。」

這是嶧縣縣令，他本人親自領教過這位仙姑的「醫術」，所以才有此般詫異。自徵偏方尋異人的榜文四曉出去後，各式各樣的人蜂擁而來，這個能嚼釘子；那個敢呑鐵渣；或者走紅炭踩油鍋；五花八門，無奇不有，跟治垂危之人風馬牛不相及，今日又來個二仙姑，嶧縣縣令如何不感嘆。

他有緣識得二仙姑是前年的事。那天縣太爺來棗莊巡檢司巡視，一不小心從馬背上摔下，肩骨脫了臼，疼得齜牙咧嘴，當即有人跑去請本莊周二仙姑來爲縣太爺診視。

縣太爺是讀書人出身，望著眼前這個三十出頭四十不到，一邊太陽穴上貼個黑膏藥的女人，心頭直犯咕嚕，她這模樣能爲本縣正骨療傷嗎？忍著疼痛問：「汝……學、學過正骨之術？哎喲，能爲本縣救個急？」

二仙姑那一陣子手頭不寬綽，抱了個吃雷的膽子從容答說：「看你大老爺說得，沒有斬龍劍哪個敢下東海？沒有幾刷子我咋敢來糊你這牆壁？休說鄭姑、麻姑之術我都學過！我不是那些醫病不好原病退還的人，我敢今日接下你這半邊瘋似的膀子，就要教它明日打得耳光，拈得酒席！」

一番豪言壯語使半信半疑的縣太爺答應接受治療。二仙姑讓縣太爺躺在床上，把脫了臼的膀子放在床側，她乘縣太爺俯臥著看不見，一屁股坐上去就要施功，只疼得縣令大叫一聲：「哎喲啊，疼死我也！汝這是施的那樣醫術，想謀害本縣不成？哎喲……」

二仙姑看一眼疼得滿頭是汗滾動不停的縣官大人，吃吃笑道：「大老爺既是不服這坐功，小婦人便只有另生一法，貼膏藥如何？」

「使得，使得！快爲本縣拿膏藥來，痛煞我也！」

二仙姑的膏藥不外乎鍋煙、牆灰、草木渣之類，外加一泡必不可少的童子尿。但今日大老爺等得急，二仙姑在灶房內四瞧無人，乾脆自力更生不求旁人，蹲下尿出一泡尿，須臾便將黑乎乎一碗膏藥調拌好。進去後不問三七二十一，一碗扣在大老爺膀子上。當時還真靈，疼得雙眼火星直濺的縣令只覺似一股清泉澆在火辣辣的肩臂上，涼絲絲的好不爽意，口中連呼：「好藥好藥，立竿見影！來人呵，賞她五兩銀子！」

二仙姑接過銀子扔下一句話：「乾成殼時，手就好也！」

幾步出門而去，喊都喊不轉來。半個時辰不到，縣太爺的膀子腫得發亮，疼痛有增無減。幸虧從他處請來的正骨醫士及時趕到，才爲他復臼正位，敷上貨眞價實的止痛散瘀消腫活絡的膏藥。縣令大怒之下，將二仙姑抓來。二仙姑退還賞銀叩頭哀泣，說一時鬼迷心竅才幹出這等傻事，求大老爺開恩。縣令念她是個女流，一頓痛斥後放她走人。

不料今日冤家路窄，又在此間碰上。縣令見這個招搖撞騙的婆娘居然敢揭皇榜來天子面前行騙，不由火冒三丈。正要喝聲來人將她叉將下去，突聞當中之人發話道：「且慢！今日之計便是廣搜博採，就是歪門邪道也要讓她試試，你我做臣子的唯有盡這人事，能否挽回全在天意，何懼她去一試呢？」

說這話的是山東布政使大人，嶧縣縣令只有諾諾稱是。於是布政使大人便帶了二仙姑去見夏尙書、胡大學士等。衆人問也不問，聽說來者是善偏方的土醫便帶了進去。

☆

二仙姑彷彿在夢中，被帶至賢妃的榻前，隔著紗帳望了裡面像個死人般躺著的皇帝娘娘一眼，也無人問她是否有把握之類，只聽人吩咐她說：「快去用方來！」

二仙姑戰戰兢兢退出房來，壯了陣膽子，硬了頭皮用蚊子般聲音怯怯問聲：「灶……灶房在何處？」

連她自己內心都覺得好笑的是，這個地方居然無有任何人感到好笑或詫異，彷彿大家跟她一樣，天經地義認爲偏方就該在灶房調製。她被如願以償帶進灶房，少不了的草木灰、鍋煙煤、牆壁粉等片刻就裝了一碗，使她頗費躊躇的是這主藥尿上何處去找？灶房外腳步聲不斷，她有天膽也不敢尿泡尿給皇帝娘娘吃！但當初師傅傳她諸法術時告訴過她：「其他的你都可以不記，唯有這樁你須牢牢記下。這泡尿是治百病的靈物，當初女媧娘娘便是用它和出了萬物靈長，少得它嗎？」

故而二仙姑眞離不開它，有它摻進去才踏實才放得下心。水拌出來的鍋煙煤是鍋煙煤，草木灰是草木灰，唯有這稠乎乎的尿一拌，它才出個膏丹丸散的藥樣。二仙姑靈機一動，飛快地從灶房內一個大豁口鑽出去，從幾匹戰馬那兒喜滋滋接回來半碗馬尿，筷子一攪拌大功告成。

奇蹟終於發生了，周氏敬獻的「痲姑散」還未送到病人的口內，昏迷得如同死過去的人閃悠悠睜開了眼皮。皇帝與幾個宮娥、太監一樣聽得清清楚楚，垂危的人吐出十分清晰的兩個字來：「好臊！」

太醫們當然曉得這是回光返照，此刻一過便是油盡燈滅，香消玉殞。於是，悄悄湊皇帝耳邊奏道：「皇上，賢妃娘娘有交代哩！」

皇帝五十多的人如何不懂這是玉人即將撒手人寰的先兆，強忍悲痛，緊緊捏住那雙冰涼的纖纖手說：「妃子，你有啥話只……只管對朕說呵！」

虛歲才滿二十的朝鮮籍嬪妃豆大兩顆淚珠滾落頰面，喘著氣但十分清晰地向皇帝託付後事說：「妾福淺命薄，不能永侍陛下。皇上呵，臣妾荷蒙寵幸一身，死亦無憾矣，只是有樁心事要奏聞皇上……」

皇帝淚如雨注點頭道：「妃子放心，無論任何事朕都答應你爲你辦，但說無妨！」

「皇上，臣妾乃外邦女子，今日雖死在中華，父母家鄉妾……難、難忘呵！此地乃山東，去妾故國不遠，隔海相望耳。臣妾請陛下恩准，若妾歿後即葬妾於此，臣妾生不能歸故土，唯願……永望故國呵！」

皇帝失聲而泣，點頭應允。垂死之人得到這一肯定答覆，長嘆一口氣，突然緊喘起來，連呼幾聲：「皇上、皇上呵……」

一頭又昏死過去，並且再也不曾醒來。當天黃昏時刻，權賢妃薨於臨城，可憐姿質穠粹吹簫女，化作萬里望鄉人。她生前曾給中華之人留下過一首宮詞，詞云：

忽聞天外玉簫聲，花下聽來獨自行。

三十六宮秋一色，不知何處月偏明？

詞雖並非絕佳，但一個外邦女子，踏上中華之地不過兩年，便能寫出這樣緋婉清幽的詞句來，也著實稱得一個奇人。

皇帝傷悼萬分，決定遵從賢妃的遺願將她安葬在此。臨城地面太小，葬一個宮妃不太合適，於是葬權賢妃於嶧縣，這也是大明朝二百七十六年歷史上唯一一個葬在兩京之外一座小縣城內的宮妃，朝廷諡曰：恭獻賢妃。

賢妃得以交代後事，「痲姑散」功不可沒，皇帝親自傳口諭與山東布政使，著賞周氏銀一千兩，賜匾一座，曰：「痲姑傳人」。知內情者如嶧縣縣令，當然明白這所謂的麻姑散不過尿水化合物而已，然煌煌天語孰敢不遵，於是吹吹打打披紅掛綵，給二仙姑送去御賜「麻姑傳人」匾額一塊，喜得二仙姑三天三夜沒合上眼。

8

南京城內又發生一件不大不小的事來，說它不大，因此事既不關係國計民生，也不關係軍機重情；說它不小，因此事與國家制度、朝廷的典章有關，而且更要緊的是它直接檢驗監國的皇太子處置突發事件的能力。

後軍都督府轄下都指揮使欽台奉監國皇太子之令往應天府屬州縣巡閱兵馬，回京那天已是夜色黃昏，尋思皇太子待人寬厚，交辦之事從來難得督催，便安安心心回家休整一夜，翌日午後過了才策馬往宮門而去。京師城內街道甚是寬敞，欽台一路打馬疾行，前面再穿過一條街巷便是東華門，欽都指揮使一加鞭，馬兒頓時放開四蹄縱奔而前。兩隻蹲在街巷一側的大石獅子一閃而過，欽台並未留意繼續前行，突聞身後傳來厲斥之聲：「大膽軍人，從本府宅門前經過竟敢不下馬，小的們，去與爺抓他回來！」

欽台並非普通軍人，而是堂堂的武職二品大員，統領數萬軍馬的都指揮使，況且王命在身，他怕誰。聞聲勒住馬頭，他倒要看看是哪家有如此氣派，竟要朝廷的都指揮使下馬，還要家丁來捉他。十來個高常人半頭的家丁奔了過來，一看騎在馬上之人非等閒之輩，不是都督同知、僉事之類也是位都指揮，不由有些膽怯，只是悻悻言道：「這位大人，非是小的們敢難爲你，乃我家主人要你留步，他要與你說話。」

欽台哈哈笑道：「爾等主人是誰，竟有如此強豪？欽某倒要見識見識！」

他適才飛馬而過，眞未留意這是哪家的府第，像他這種身分的人，應天城內哪處有國公府，哪處有藩王宅他都了然於胸，該下馬的地方他自然要下馬，否則犯了國家制度是要受罰的。如打馬過王府過國公府便是不敬，輕則罰俸三月，重則削降一級，但這條街巷內似乎未住有哪家顯赫人物嘛，咋會說他過府不下馬呢？幾個家人的回答使他陡然憶起，噢，對了，是他住這裡。他住這裡也無有要我下馬的道理呀！

家人們的回答使欽台省悟，這是駙馬都尉袁容的府第。袁容尙皇帝的長女永安公主。永安公主乃燕邸的劉側妃所出，初爲永安郡主，皇帝即位後進公主封號。袁容還在洪武末年時便做了燕府的儀賓，靖難中有些戰功，大封功臣時以駙馬都尉封廣平侯，是個食祿千五百石的小侯而已。

按本朝最初定下的制度，駙馬都尉與公、侯齊品，一品二品官見公、侯、駙馬俱要先致禮，後者只須略答即可；若在道上相遇，一、二品官遇公、侯、駙馬須引馬側立，讓後者過後方能走，若三品以次須迴避。但過公、侯、駙馬門卻是未規定要下馬，只定下不許疾行須緩緩而過也。但武職過國公門卻相沿成俗要下馬而行，這大約是國公們通常都做過軍中的主帥，武弁們格外尊崇他們的緣故。所以而然，欽都指揮今日要說有違定制者，不該打馬疾馳而過也，並非如袁駙馬大叫的過府不下馬。

袁容遠遠望見家丁畏縮不前，袍袖一挽氣勢洶洶大踏步過來，口裡大聲嚷嚷：「噢，原是你欽台，汝膽子不小呵！汝不把我這個爵位放在眼裡，竟然連公主也不放在眼裡了！」

袁容純粹是要找對方的碴，把公主抬出來做招牌。他封爵廣平侯，但朝廷上下尤其是一幫武職對此頗有微辭，說袁駙馬當靖難時絕大部分時間是在北平留守，不過供當時負責後方的王妃與世子差遣罷了，並未眞正上前方作過戰，他那軍功水分太大，多少一刀一槍拚殺的將領尙不得侯封哩！連張忠顯、譚壯節的後人都是半憑軍功受了個伯封，袁駙馬不應該封侯。正因了這些輿論，皇帝雖然偏袒女婿，硬封了他個廣平侯，但在食祿上卻壓低他，只受俸千五百石，較之通常食祿二千五百石的侯爺，廣平侯爵無疑是個小侯。有了這些前因後果，袁駙馬平素便總覺得別人瞧不起他這個侯爺，時常耿耿於懷。今日欽台飛馬而過，正巧他從府中出來時碰上，心頭無明火陡生，認定欽都指揮是瞧不起他的爵位，所以毫無顧忌疾馳而去。他也頗有自知之明，知道單憑食祿千五百石的廣平侯爵的牌子唬不倒一個都指揮，所以上來就抬出永安公主，說欽都指揮瞧不起皇帝的長女。這個罪名要坐實當然就大了，公主身分等於親王，公侯見公主都要行跪拜禮，何況一個小小都指揮。

廣平侯再小也是個一品之上的侯爺，袁容又還是本朝的駙馬都尉、皇帝的長婿，欽台見他走過來，哪還敢怠慢，翻身下馬，單腿跪地報名稟參：「後軍都督府屬下都指揮使欽台，見過侯爺！侯爺眞會開玩笑，借一百個膽子給欽台，也不敢對公主她老人家生半絲不敬。欽台是王命在身，急著去向監國覆命，故而行得匆忙，尙乞侯爺見諒！」

按洪武時定的制度，一、二品官見公、侯、駙馬要行二拜禮，後者只答一個揖，後來這些制度逐漸紊亂，變得因人因時而宜，甚至各行其是。比如官居正一品的都督見身居大帥要職的國公或是顯侯，竟要向後者行俯伏跪拜禮，而一些任尚書、侍郎的二品文官，見公侯不過一揖。

欽台是武職二品，若照洪武制度須向袁容行跪拜之禮，然永樂以來禮俗早有變化，見侯、駙馬都尉等平常不過躬身打千則罷，若係王命在身，唱個喏即可走人。欽台見他像存心找碴，抱個息事寧人的態度，正兒八經給袁駙馬來個武弁見上官的堂參軍禮，算得是極尊崇這位駙馬都尉了。

無奈袁容存心與人過不去，不單不出以侯駙馬對下級應有的寬容，反而像抓著把柄似的，嘿嘿冷笑道：「難怪你有恃無恐，原來你仗了爲監國辦事才如此毫無顧忌的。嘿嘿，本侯今日就要辦你這個藐視帝子，目無尊長的東西！左右，與我打！打死這個蔑視公主的逆臣！」

有他督陣，衆家丁哪敢怠慢，一聲吆喝一擁而上，可憐個欽都指揮，饒是行伍出身，怎奈好漢難擋勢衆，三拳難敵四手，加之事出突然，全無心理準備，被袁府十多個身強力壯的家人扭住一陣暴打，駙馬都尉還親自踹了幾腳才解氣。直打得欽台遍地亂滾，口吐鮮血逐漸不動彈，袁府下人才住了手。

袁駙馬得意地四顧遠遠圍上來看熱鬧的市民，朝躺在地上半死的人吐口唾液，這才恨恨地說句：「這傢伙蔑視公主與本侯，今日是給他個教訓，哼哼，不死是他的命大！走！」一言畢，帶領衆家人揚長回府而去。

☆

兼掌後軍都督府事的定國公徐景昌在朝房等都指揮欽台好一陣，見他還無蹤影，吩咐手下道：「快去催催，此人太不像話！」

本朝常以勳臣掌都督府事，位在左、右二都督之上。徐景昌乃徐增壽長子，其父為皇帝立了大功，追封定國公，由徐景昌嗣爵，乃本朝赫赫的一門兩公人家。定國公今日要等受命出京回來覆命的欽台來，一同去見監國皇太子。自來只有下屬等上司的，結果定國公來時不見人，等了半晌仍無個蹤影，心頭自然火起。去催促欽台的人慌慌張張跑回來，伏在徐景昌耳邊幾句低語。徐景昌大驚失色：「咹，有這種事？走，隨本爵看去！」

定國公徐景昌在距皇城不遠的一家茶舍內見著渾身是血、臉青鼻腫的欽都指揮，後者是被圍觀市民抬進這間茶舍的。呼叫了好一陣，被打成重傷之人才艱難睜開腫得不像眼睛的眼睛，認出了頂頭上司，哭泣而語：「國公爺你要為職做主呵！」

定國公聽完欽台時斷時續的泣述，勃然大怒道：「反了這個袁容，朝廷沒有王法了！哼哼，氣煞我也！」

當下吩咐把受重傷的人抬回府去請人診治，怒氣沖沖趕至後軍都督府，左、右二都督見國公爺氣得面色發青，忙問啥事？徐景昌也不解釋，拍桌子下令道：「速點一千人馬來，給我把廣平侯府圍了！本爵要拿人！」

兩名都督懷疑耳朵出錯，廣平侯府不就是永安公主的駙馬府嗎？定國公今天是發了昏不是，竟然要點兵去圍駙馬府！見他那模樣，氣得嘴歪鼻斜，雖是官居一品的都督，也不敢多問。反正他是上司，皇上把這後軍都督交給他，一切就他說了算，二人便領命執行。

定國公徐景昌是應天府出了名的霸道之人，仗著他家特殊又特殊的身分地位，平素是天王老子都不買帳的。想想看，祖父是開國功臣第一人，姑母是本朝的皇后，父親又是永樂朝的大功臣大恩人，皇帝對他是百般縱容，親王與他是稱兄論弟，他怕誰？還有個緣故，袁容當初隨世子留守北平，在諸靖難功臣眼中，便拿廣平侯當了皇太子的人，定國公府與漢王高煦是親如兄弟的莫逆之交，徐景昌與漢王穿連襠褲，自來就瞧不起袁容。平常沒有理時定國公都不讓人，今天他更覺占十二萬分的理，便敢點了兵去圍駙馬府。

廣平侯聽見外面人聲嘈雜，心想定是欽台府上的苦主上門鬧事，帶上幾十名家人出府而來，打算再給對方個顏色瞧瞧。不料剛到二門，幾名守門家丁鼠竄而入，邊跑邊喊：「侯爺，不好啦，都督府的軍士把府第圍了！說要拿行凶之人哩。」

袁容幾疑耳朵出錯，哪肯相信。都督府爲了一個區區都指揮敢派兵來圍公主府邸，還聲言要拿人，這跟造反有啥兩樣，莫非翻天了不成！他氣急敗壞幾步奔向大門，正與同樣氣急敗壞的徐景昌撞個滿懷。

袁容一愣，拱拱手說：「噫，今日是哪陣風把國公大駕吹來？徐兄是來……」

徐景昌連起碼的寒暄應酬也不要了，抬手戟指道：「哼，你還與我裝模作樣！袁容，我問你，那欽台可是被你打的？」

袁駙馬今日遇到比他還驕橫的人，底氣先虛了二分，分辯說：「徐兄原是爲此事，那欸台肆意犯上，是教訓了他，這、這又如何？」

袁容心頭也來了氣，打了個小小的都指揮，犯得著你定國公這樣氣勢洶洶打上門來嗎？我廣平侯爵位雖不及你徐大功的子孫，可這是公主的府第呵！永安公主還在裡面呢，容得你這樣咄咄逼人嗎？

「他著何肆意犯上了？你說！」

「這個……他飛馬過我府門，眼裡還有永安公主嗎？」

「呸！他王命在身，休說過你廣平侯府，就是過四千石府也不用下馬！」

四千石是上公府，徐景昌這樣說是有意貶袁容的身分。袁駙馬當著衆人被人這麼呸一下，而且是在自己的大門口，這個面子丟得太大，遂氣急敗壞嚷出一嗓子：「你、你敢如此無禮，敢唾我？快去請公主！」

他自知此刻無論講人多勢衆還是敍爵位都敵不過對方，忙命人搬救兵。豈料徐景昌這個一向驕橫慣了的紈袴公爺更來了氣，竟然伸手就是一巴掌：「唾你又如何？公爺還要打你，打你這個狗仗人勢的東西！」

「啪」一記脆響，袁容未及提防，被打了個趔趄，滿口血水和著門牙包在嘴裡，他這下哪還顧什麼體統，一口血水向徐景昌噴去，一頭撞向後者，口裡帶著哭聲道：「好你個徐痞子，本駙馬與你拚了！」

「徐痞子」是應天市民偷偷給徐公爺取的綽號，形容他素來強豪不講理。徐景昌咋吃這種虧，揮拳又要擊打以頭撞來之人，但聽一聲嬌叱：「徐景昌，你今日是要造反不成？駙馬你給我過來！」

正是袁府搬出的救兵永安公主。公主今年三十歲，一見駙馬被徐大功的孫子打得滿嘴是血，又急又怒隔了十來丈遠就高聲喝止。

袁駙馬吃了大虧，見救兵到了，委屈得哭出了聲，迎著公主哭訴道：「公主做主呵！你看這就是徐痞子打的啊！他闖進府來就打人哪！」

徐景昌再強橫他也要看人說話，見永安公主親自來解圍，便拱拱手道：

「公主，你家駙馬將景昌屬下毆打成殘，所以……」

「所以你就帶人闖到我府中來生事？駙馬有啥過失我自會責備他，容得你如此放肆？你眼中還有沒有朝廷？還有沒有我這個公主？」永安公主氣得發抖，打斷徐景昌的話頭，厲聲斥責。

徐景昌開先例上公主府生事將駙馬都尉門牙打落，心中已是十二萬分滿足，便自找台階收場，嘟囔著邊說邊退：「有啥事找監國論理，若有冒犯公主之處景昌自去領罪，容告退！」

永安公主嚥不下這口氣，當即備車入宮見長兄監國皇太子。皇太子正在訓練一對外邦進貢的紅嘴鸚鵡說話。這對通靈的鳥兒乃滿剌加前年入貢中朝的，能講好多句人話，皇太子仍不滿足，要想教會牠們念兩句詩。但這未免太難了些，所以無論皇太子咋教牠們，磨破了口舌，那對鸚鵡仍只是時不時來句：「殿下好！皇上萬歲！」

皇太子口裡怪道：「蠢東西，一天到晚就這幾句！說話，說白日依山盡，白日依山盡……」

冷不防那鸚鵡卻冒出句話來：「娘娘駕到！」

太子以爲父皇的王貴妃來了，急忙掉頭，但見宮女擁來一人，卻是妹妹永安公主，不由笑著罵鸚鵡道：「蠢東西，只曉得娘娘。這是公主哩！」

鸚鵡哪分得清娘娘與公主，但見宮娥簇擁便會講出這句。太子不由詫異，公主們除年節中進宮來給父皇請安問好，平素極難邁進宮門。皇后在的時候還召她們進宮，皇后一歿，她們無有大事絕難一來，今日莫非又有啥事不成？

果然有事，永安公主抹著鼻涕和著淚一一向皇太子講述，末了說：「父皇北巡，這國家大事就是皇兄你做主，小妹不找你找哪個？像這樣小妹都不敢在府裡住了，只怕要搬進宮來住哩！他今日敢點兵來圍我的府第，敢打駙馬，明日不定還會做出何種忤逆事來！皇兄你要不給我做主，我就只有上北京找父皇申冤哩！」

皇太子再是脾氣溫和，聽了妹妹一面之辭，也不由怒從心起。這個徐景昌簡直無有王法了，一向仗著是先皇后的侄子，開國功臣的後人，更憑恃父皇報答他父親的種種殊遇，在這應天城內強豪稱霸，惹出過多種事來，俱因父皇縱容不問變得愈發有恃無恐，如今竟然打上公主門去鬧事，還把駙馬打傷，再不管管他，只怕要上天了！遂好言安慰永安公主，要她放心回去，說他自會懲戒徐景昌，要他登門向公主、駙馬賠罪。永安公主這才滿意而去。

皇太子立即吩咐：「去人，傳徐景昌進宮！」

半個時辰過後，太監領了定國公徐景昌進來。等他行完參拜之禮，皇太子一臉怒容，沈聲問他：「徐景昌，你今日做什麼事來？」

徐景昌當然明白是爲了哪樁事，不慌不忙從袖中掏出一紙來，呈遞皇太子說：「殿下，臣知有人惡人先告狀，請殿下垂覽，這便是今日之事的原委。」

皇太子接過來一看，是後軍都督府指揮以上武弁上呈監國的一份述狀，告廣平侯袁容仗勢行凶，無故毆打都指揮使欸台重傷致殘。

皇太子心頭一沈，面色稍微鬆緩，用眼角瞟了一臉恭順之人又問：「所以你就敢帶兵去圍公主的府第？徐景昌呵徐景昌，說來你是個國公，今年也是二十六七的人，行事如何同得無知年少一樣？你這述狀上之事，本宮未得詳查暫置勿論。然汝圍公主府邸是實，這要放在洪武年間，便是個殺頭的罪，就是中山王在他也要治你！汝著何不學學汝那堂兄徐欽呢？你看他安分守己，啥時給朝廷惹過事？下去好生思過，候朝廷處分！」

皇太子原是好好先生一個，對諸事都取個睜隻眼閉隻眼的態度，像這種方方面面都要顧到的大事若無個人諮詢，他簡直就如跳野馬背上抓不到繮。然而諸大臣大部分隨皇帝去了北京，連個辦商量討主意的人也找不到一個。此時他倒想起一人，可惜這個素受他器重的人此刻也遠在天邊，遠水解不了近渴。皇太子不由嘆息道：「唉，車駕尙不知一年二年才返，今後再出個這類事本宮竟無一人可問計呵！對，要尋個事把解先生召回南京才成！」

皇太子說的是解大紳解縉，去年皇帝嫌解縉太親近太子，把他貶到剛設立的交趾布政司去做參議。

皇太子一番思忖，仍然拿不準該如何處置這事。公主告徐景昌登門滋事打駙馬；徐景昌又告駙馬生事在前且致人於殘，好難辦吶好難辦！一方是同父異母的妹妹朝廷的永安公主，另一方是姑表兄弟國家的定國公，公主的威儀不能不管，然國家的武弁無端被毆致殘也不能不問吶！

皇太子心煩意亂繞殿踱步，太子妃張氏見了好生奇怪，這個天塌下來亦不知愁爲何物的人，今日咋如此愁眉不展？遂近前笑問：「殿下今日是咋了？莫不是那對鸚鵡不解人意嗎？」

皇太子搖搖頭。經不住張妃一再追問，遂把這樁奇特官司講了。張妃笑道：「殿下眞是菩薩心腸呵！這有何難？各算各的不就成了？那袁駙馬無端將人毆殘，殿下問他的不是；定國公圍公主府邸，殿下另問他的不是，各是一段理嘛！」

皇太子豁然開朗，以手加額道：「哎呀，還是妃子有辦法，幾句話就解了這難題，我就照你說的辦！」

翌日，監國皇太子下了道令旨，對這樁已被應天市民議論紛紛的事件做了處置，稱：定國公徐景昌身爲朝廷重臣竟不顧國家儀制，公然派兵圍公主府第，念其事出有因，且未釀成惡果，姑從輕處置，著閉門思過，罰俸半年。廣平侯駙馬都尉袁容，縱容下人毆無辜之人於殘，著罰俸半年，所罰俸米支欸台爲償。

各打五十大板了事。豈料這處置的結果受到遠在北京的皇帝的否決。六科每到月終便將南京方面的一應軍國大事，無論巨細匯總送呈北京行在，皇帝一個月後便知道了此事。起初他也頗為震怒，徐景昌這娃娃太不像話，咋敢如此胡來，罰俸半年的處罰太輕，至低也要罰閉門思過一年，奪俸二年嘛！接到表弟密報的漢王卻對皇帝說：「父皇，太子這事處置得不好喲！兒臣得到的可靠消息說法又不一樣咧！人說欽台無端被毆後，後軍都督府的軍人們群情激昂，硬拽了徐景昌去找袁駙馬理論。父皇你想，徐景昌他管著後軍都督府能不管這事嗎？那袁駙馬毆的是軍人，上門找他理論的當然是軍人嘍！咋會就叫兵圍駙馬府呢？徐景昌二十六七的人他如此不懂事，他不知道永安皇姊住那裡？人還說太子的處置大失人心，軍士們都心寒得很，說做都指揮的都可以無端遭人毆殘，普通軍士今後還指望啥？還說朝廷今後還靠不靠做軍的出力？」

皇帝是靠武功得位的人，一輩子對武人偏袒三分，聽高煦這麼一說，細思之下覺得有理，徐景昌上永安公主府去是身不由己，沒有激出兵變已是萬幸。那份心情一個陡轉，便痛恨起太子這種當好好先生不辨個是非各打五十大板的庸人行為，親自提筆寫道諭旨：「諭皇太子知道：國家並無都指揮使過駙馬門須下馬的制度，袁容何能如此肆行？顧及永安公主分上，責其閉門痛思過愆，其毆辱欽台之下人，著即械送至北京候朕重處！此諭。」

錦衣衛奉皇太子令旨上袁府械拿行凶家人的甲士們吃了個閉門羹，先是拒不准入，後經反覆申說，言其乃是奉了監國令旨才讓這位錦衣千戶帶人進去。進去後乾坐了半晌，居然就無個人來承令旨，千戶無奈只好放開喉嚨大喊：「監國皇太子殿下有令旨，袁駙馬請出來接令旨呵！」

他不敢喊公主便揀軟點的叫。廣平侯見躲不脫，慢吞吞現身出來。錦衣千戶趨前躬身，打個千道：「皇太子殿下有令旨！」

「請出來我看看！」

錦衣千戶陪個笑說：「太子爺只是口頭傳諭，並無文字。」

於此可見皇太子的威信，各家俱不拿他的令旨當回事，以致傳令旨的錦衣校尉們先自少了三分底氣，那口氣倒像是在求人。監國令旨與九五聖旨一樣，臣下只有奉遵之分，哪還能查戶帖似的盤問個明白，照理那校尉或千戶就該往上頭一站，那駙馬袁容就該跪下來聽令旨。

磨蹭一陣，袁駙馬才慢吞吞走到下邊，人並不跪，只垂首肅立說：「有啥話你傳吧！」

錦衣千戶這才唱戲文似地把皇太子的話複述一遍，大意是要袁府把行凶的家人送交出來，末尾還特地聲明，這不是他的主意，是行在有諭旨叫辦的，請公主和駙馬體諒云云。

若單是皇太子的令旨，袁駙馬怕硬是敢找點藉口來回絕，聽說是有行在來的諭旨，便做出個犯難神色道：「這事我可做不了主，你幾位等等，我進去把這事給做得主的人說說。」

片刻，做得主的人出來了，還未等跪下參拜的千戶、校尉站起來，永安公主劈頭蓋臉就是一頓痛罵：「假傳聖旨！皇上會與他一樣糊塗嗎？他又是聽了哪個的爛言才生出這個主意？犯上作亂的人不拿問，我的人挨了打倒還上我這裡來捉人！回去傳我的話，就說要捉人讓他親自來，莫非做了皇太子就連自家親妹子都不要了！哼哼，眞是豈有此理！」

千戶、校尉們哪還敢久留，一迭連聲陪著笑應著「是」回宮覆命。

☆

燈影幢幢，燭光搖搖，袁府闔府上下人人膽戰心驚凝神靜氣，所有的注意力全集中到三門內的正廳，掉根針落地的聲音只怕也能聽見。

皇太子愁眉苦臉，沈默半晌開口了：「皇妹，不是皇兄我和你存心過不去呀！你看，這是父皇的手諭嘛，我能不遵嗎？你就奉旨吧！反正不過幾個下人嘛，於你府上有何損呢？」

永安公主咋聽得進去。下人雖說是下人，也是她府上的人呵，這個面子她咋丟得起？帶兵上門鬧事的人屁事沒有，反倒要抓她府上的人去問罪。俗話說打狗傷主，逮治駙馬府的下人還不就是打公主駙馬的耳光嗎？可氣她原還盼著好好收拾一下那徐痞子哩！這氣她無論如何嚥不下，便使出女人的絕招，抹鼻涕下淚述冤屈，但聽永安公主聲淚俱下哭喊道：「哎呀先皇后呵先母妃呀，女兒冤枉得很吶！如今受了外人欺侮竟無人替女兒做主啊！嗚……仁孝皇后呵，他們不拿女兒當你的女兒啊……」

自古以來女兒受了委屈便喊媽，嫁出去的就喊娘家媽，雖是貴爲公主的皇帝女兒亦不例外。永安公主是故劉妃庶出，但名義上卻是與嫡出的幾位公主一樣，乃是仁孝皇后的女兒，故而她便大呼大喊故去的嫡母與生母，還特別弦外有音地大呼仁孝皇后，點出她是庶出受歧視。

這話就嚴重了，若傳到皇帝耳裡準是一場大風波，皇帝自來疼護諸女，如今長女卻說他偏心，要聽聞後咋受得了。

皇太子臉都變了，幾乎是在哀告：「皇妹你萬不可如此說呵，要傳到父皇耳裡咋得了？你要冷靜……」

自覺受了莫大委屈的公主卻不管，依然底氣十足地大鬧：「有啥不得了？大不了連我一起問罪就是！你今日要帶人就把我一起帶走！嗚……」

正在不可開交時，公主的聲援者們絡繹趕來，原是其他幾位公主聞訊而至，有道是兄弟護兄弟，姊妹幫姊妹，長姊出了事，她們咋能袖手旁觀？來者乃皇帝次女永平公主，三女安成公主，四女咸寧公主，原還有位最小的常寧公主，於前年病亡。就一個永安公主皇太子都頭疼，這一下又來三個幫腔的，他更搞得頭昏腦脹東南西北也分不清了。永平公主等也不是好惹的主，齊聲安慰姊姊，指責、埋怨太子，尤其安成、咸寧兩公主，與太子同母，說話更隨便，就差沒拿手指他鼻尖。

「皇姊你別傷心，有我們大家給你做主哩！皇兄你說，你是要護外人還是護自家姊妹？不許支支吾吾，要說明白！」

皇太子簡直連哭都哭不出來。啥時候成了他在跟自家姊妹過不去，這不明明是父皇的諭旨嗎？他不過奉命行事，身不由己不得已而爲之。再說父皇那諭旨分明是怪他袒護了袁駙馬府，這不成了耗子鑽風箱，兩頭受氣嗎？

皇太子賭氣似地把那道要他拿人的諭旨往衆姊妹面前一扔：「我不說了，我再說也無用！你們自己拿去看，究竟這是我的意思還是上頭的意思？」

幾位公主中，永平公主的夫婿李讓是靖難功臣的鐵哥弟們。他數隸漢王麾下，在諸番大戰中立有資格戰功，封富陽侯。故永平公主與長兄關係一向並非很好，故意不冷不熱道：「我說太子殿下，你是監國，出了大事你該先有個妥善處置，你各打五十大板不說，還把事情推給父皇。父皇他遠在北京，能清楚這一切嗎？還不是憑你一句話，唉……」

她這麼一說，倒成了皇太子的完全不是，似乎北京的處置都是皇太子的慫恿。太子又急又氣，百口難辯，頓足、搖頭、嘆氣，只差未落淚了。這監國這皇太子之位有個哪樣好處？四處得罪人，八方討莫趣，累死得不到一句好話，連親姊妹都不肯見諒。無奈之餘，皇太子頹然倒坐椅內，半是牢騷半是眞心說一句：「算了，你們都把我說成是禍事，永安妹又不肯奉詔，我咋向父皇交差？明日我自上北京去向父皇領罪，都怪我無能！」

安成、咸寧兩公主畢竟是同母妹，見把這個老實人逼得如此，頗有些過意不去，反而勸他說：「皇兄你也不必氣餒，向父皇上個奏言把這事說清楚就行，再咋說永安姊的這個面子還是要給吧！你把人領走，讓她今後在這南京城內咋做人？」

皇太子頭搖成撥浪鼓：「你幾個在一旁說閒話不費力，你們坐到我這位子來試試？

父皇的脾氣你們不是不曉得，他決定了的事幾時有過更改？再說你們是他的女兒，可以跟他使使小孩脾氣，我有一分不合他的心意，只怕是頭皮要罵掉一層！他這諭旨是交我辦的，我咋敢不奉旨，不成，不成！」

「誰說不成？我看就成哩！」

大廳門口突然冒出這一聲，永安公主等一看喜出望外，原是又來一個大救星——諸人的姑母、皇帝的胞妹寧國長公主。諸公主紛紛迎上去見禮，連說：「姑母，咋你老人家也來了呢？」

皇太子眼睛都大了，今晚這差事算是砸鍋。她又來湊熱鬧，要把人帶走只怕得皇帝親自動手！只好邊見禮邊悻悻而言：「姑母駕臨，有何指教？」

寧國長公主來爲侄女撐腰，是因爲她在心頭十分痛恨一幫靖難功臣，當年梅駙馬死得不明不白，那些動手行凶的人當中就有靖難武臣手下的軍官，徐老三一家跟這些人都是一鼻孔出氣的，所以她要親自來爲侄女打抱不平。

她在諸公主簇擁下在當中坐定，開口說：「你們所言我在外面都聽見，東宮你給你父皇上個回奏，就說是我領你這些妹妹攔的你。他斷得不公還不許人家申述嗎？要這樣下去還成什麼公主府，是人都可以來尋個事了嘛！你就說那徐景昌不是東西，他仗著他那個死鬼父親給你父皇出過力，在這應天城成了活太歲！百姓們不是叫他徐痞子嗎，也奏給你父皇聞聞！」

☆

皇帝在北京行在閱完皇太子的奏聞，氣得一把扔到廢紙簍裡罵道：「窩囊廢，辦不成一件事！公主、長公主一瞎起鬨，他就無了主意，唉，連朕的威信都栽他手上！」

皇帝其實自己也無把握治服得了女兒與妹妹這種桀驁不馴，畢竟這不是什麼有關國家安危的大事，非要強迫她們就範不可。但他卻將一腔不滿與怒氣全移到太子頭上，像這樣軟弱無能，今後還能治理國家嗎？

9

南京應天府城東有家曲欄名曰「風月樓」。曲欄與秦淮的煙花人家有別，諸女伶賣藝不賣身，當庭點唱，曲畢完事，陪陪盞奉奉酒可以，要再進一步就沒有那麼容易了。除非是客人的風度或者其他方面打動女伶，兩相情願，又做別論。因此比秦淮人家似乎高出一檔，面子上要風雅些，所以這裡成了朝中一幫自鳴清高的翰林老爺常來光顧的地方。

奉皇太子之召從交趾回來已大半年的解學士今日也在這裡。朝中舊友皇太子的宮僚左諭德楊士奇、翰林侍讀學士黃淮、國子監祭酒胡儼等約了他來此，不外乎敍舊兼縱論天下事的意思。

曲欄老闆從內心並不歡迎這些高談闊論出手卻十分小氣的人，坐大半天點得兩曲，臨走時還非追著找回餘下的零頭。

這幫嘴上富有囊中空虛的清貴們卻也有自己的苦衷。說來都是人人艷羨的翰林出身，個個不在內廷即在東宮供職，或者是掌學府，爲莘莘學子的首領。然而，慚愧得很，每月支俸下來打點一大家子的開支後所餘無幾，買套書還要掂量再三哩！普通人或者難以相信，像他們這種年支俸五百石的清貴，好多人家裡都餵得幾口肥豬，全靠夫人把豬兒餵得肥肥，一年中才斷不了葷。地方上一個知州知縣一年刮的地皮要頂他們一輩子的俸銀，然則他們還是願擠在天子眼皮下做這萬民企羨的貴人，不然咋叫清貴呢！

但聞一陣喧嘩，曲欄的牌手高擎一支寫有某某優伶之名的竹牌放聲唱叫：「某某國公爺召某某出曲！」

出曲不是獻曲。現場點唱叫某某獻曲，出曲是召伶人到府裡去唱，當然賞銀高得多，是點唱的幾倍。這種闊綽的排場是公、侯、伯之類的日常戲，非普通人玩得起。

高談闊論者之一解縉感慨道：「唉，不意弟離京數年，輦轂之地風氣依舊呵！此輩醉生夢死，何嘗知道下邊的艱難啊！弟年前由南邊返京，嶺南一帶數遭荒旱，百姓典妻鬻子者大有人呵！嗚呼，捨舟登高防，歲暮百草空。陂池隴畝間，一二羸老翁。遺跡不可問，但見荒榛叢……唉，正張來儀所見矣！」

張來儀乃本朝詩人張羽之字，解大紳所吟乃張羽洪武末於嶺南所見而發的感慨。

楊士奇亦有同感，嘆口氣道：「是呵，車駕去年底返京，今春一連下了幾道諭旨，要諸臣體恤民間艱難捨奢華從簡樸，看看有哪家遵旨？還不是日日溺於聲色犬馬。西城老百姓說那幾家公侯府中倒出的油膩之物，把秦淮河都搞成油光水滑哩！」

黃淮出言排解：「大紳兄、士奇兄，今日不談這些，弟點一曲，為諸兄排遣一二！」

片刻，便出來一伶人，手搖竹板唱起一首詞語，正是黃淮所點北宋詞人晁補之一闋《水龍吟》：

問春何苦匆匆，帶風伴雨如馳驟。幽葩細萼，小園低檻，壅培未就。吹盡繁紅，占春長久，不如垂柳。算春長不老，人愁春老，愁只是，人間有。
春恨十常八九，忍輕辜，芳醪經口。哪知自是，桃花結子，不因春瘦。世上功
名，老來風味，春歸時候。最多情尤有，樽前青眼，相逢依舊。

一曲唱罷，贏得諸人齊聲喝采，破例多賞了幾個銅錢，齊撫掌大笑道：「好、好、好！好個樽前青眼，相逢依舊！」

《世說新語》道東晉阮籍能為青白眼，平常白眼視人，只有與同類相聚或大喜悅時才青睞於人。今日一幫白眼看世界的淸貴重新聚首，這相逢依舊之句十分切題，道出了惺惺相惜、蔑視一幫糞土公侯的心況。

楊士奇突然想起似的，帶些納悶地問道：「大紳兄，何以令姻親光大兄今日拒而不來呢？」

是呵，滿朝誰人不知胡光大與解大紳是不似親兄弟勝似親兄弟的關係，生同里，長同學，仕同官，外帶天子親自作伐而成的天作之合人家，咋明知今日是為遠在交趾任職的解縉而聚，卻拒不赴約呢？

解縉自己其實也納悶，不由憶起月前與胡光大見面時對方那種閃爍其詞、欲言又止的情況。

那天兩個分別有年的難兄難弟相見，胡光大先說些因隨扈北行回來諸事纏身，故一直未能來拜晤之類的套語，讓解大紳突然覺得二人之間有種生疏的感覺。語未幾句，胡

光大話題一轉，突兀發問：「賢弟，你日前在內廷題過二句詩是否？」

解大紳愕然，光大兄問這幹啥，看他那神情彷彿我不該題似的。

那是前幾日解縉奉東宮之召入內廷有事，皇太子談完事後指著文華殿內一幅新掛的立軸說：「解卿，這是宮中前些時候從畫庫找出的一幅宋佚名畫，我見它畫技不俗，便命人掛於此，卿乃當今文彥，不妨題上二句，如此書畫成趣，相得益彰。」

解學士一看，此乃宋內廷畫師的手筆，畫的是一隻呼呼生威的老虎，撐撲於岸石上，身後還跟有二三隻幼虎。皇太子有命何能不遵，略一謙讓，便揮毫題下四句，道：

虎為百獸尊，孰敢觸其怒？

唯有父子情，一步一回顧。

此時經胡光大這麼一問，便抱個疑慮的眼神點頭承認，口裡還道：「仁兄消息眞靈通，這麼件小事都瞞不過兄的耳朵。」

胡廣嘆口氣說：「你呵你眞是太聰明！唉……」

「兄此言何講，莫非弟有哪處錯了嗎？」解大紳更為不解，追問道。

胡廣卻並不講出個所以然，只是以調侃的口氣說：「賢弟把畫上的老虎都能分出公母，豈不是太聰明！唉，眞是……」

「豈有此理」四個字被他噍回肚裡。解大紳這才明白這題詞犯忌諱了，想到那四句他也不禁笑出聲來，是呵，咋就給那老虎斷了公母呢？

說來也怪，那天一提筆，這幾句詞現成就鑽出腦海，未加思慮便一揮而就。要題成「唯有母子情，一步一回顧」，便引不起非議。但話又說回來，題成母子情，人要鑽空子同樣可以問，你咋就辨出牠是母子呢？所以前人說得好，欲加之罪何患無辭。解大紳把心一定，心想不管它，大不了罵個「不學無術」罷也。

那天胡廣支吾其詞，始終不肯說出那隻公老虎究竟惹了誰的不快，最後說些其他閒言碎語便作別。解大紳昨日遣人上胡府支照過，豈料胡光大卻拒而不來，這就不由他不犯思忖了，莫非光大兄在御前聽到什麼對我不利的事？以他那遇事遠之的爲人他做得出來，所以不來聚會。解縉一肚子疑慮，他還不知道，來逮治他的錦衣緹騎距「風月樓」只兩條街了。

☆

那隻「公老虎」的題詞畫是漢王先看見，飛快就跑去奏報皇帝，於是父子二人就風風火火來文華殿。

漢王語氣激憤地說：「父皇，太子竟然讓他的人把這種詞題在畫上，這不是影射誹謗是什麼？他解縉有天大的學問，連畫上的老虎他都辨得出公母？連蒙童都曉得幼虎隨母，他卻偏要說父子。依兒臣愚見，這不是解大紳的主意，定是東宮想出來的名堂，言外之意是……」

高煦止語不敢說出，皇帝卻十分明白，接了他的話頭憤憤道：「虎毒不食子嘛！朕是老虎？連親子都要吞食？用心何其毒也！高煦，你下去查查，看這解縉是何時從交趾返回的？哼哼，身爲守土之臣，未蒙朕詔，竟敢擅來京師！」

高煦很快就查清回奏，解縉是永樂八年夏，也就是去年比車駕早幾個月來南京，是奉皇太子之召返京的。高煦末了還不痛不癢加上一句：

「父皇，這事太子可未啓奏行在呀！解縉究竟是國家的臣子還是東宮的私僚？咋他一句話姓解的就馬不停蹄幾千里來南京，事前事後都不給父皇動個招呼。」

他本還想說下去，嘴唇已在輕輕顫動的皇帝猛然揮手制止：「汝不用再說了！是呵，東宮他遇到朕交辦的事畏手畏腳，窩囊無比，辦他自己的事倒乾脆俐落得很。哼！」

漢王心滿意足退下去後，皇帝一個人關在書房內沈思了半天。皇太子的不稱職、平庸無能已是歷歷在目，皇帝由來已久的那顆躁動不安的心又狂跳起來，廢太子立漢王？然而難以決斷，一個英氣勃勃的面孔浮現在他眼前，太子的兒子皇長孫朱瞻基，一想到天縱聰明、文武雙全的皇長孫，他的決心便動搖了，最後不得不嘆口氣道：「唉！朕爲長孫計原諒這庸人吧！」

爲長孫而保全太子，即使不爲長孫，太子畢竟是他的親子，嘆其無能責其享樂之心有之，要說咋深惡痛絕還不至於，皇帝厭惡他是爲宗社大計考慮。兒子可以原諒，臣子卻不能原諒，皇帝決意懲治一批太子黨，頭一個嘛！就是那擅入京師題誹謗之詞的解大紳！這樣做也是給太子敲個警鐘，再這樣混混沌沌糊塗下去，便是自絕於宗社了。

動手前的一個月，皇帝一邊密令錦衣衛派人去交趾拿解縉的家屬，同時故意透點口風給胡廣。後者每日在文淵閣侍值，君臣一日數見。

皇帝說：「胡廣呵，你那姻親平素來往密切嗎？」

玲瓏剔透素有泥鰍之稱的胡光大摸不清聖意所在，一時竟啞住不能回奏。皇帝寬厚地笑了笑說：「汝對這門親事有看法？」

胡廣忙不迭地說：「皇上親主之姻緣，臣何敢有二心。解縉與臣……這個……有些往來，然不可謂密。臣以身事陛下，叨蒙殿閣之密勿，與聞國家之機密，不敢與他臣往來過密也，非唯解縉一人，諸臣俱如是。」

胡光大不愧是條泥鰍，他拿不準皇帝的用意，既不能說與解縉無來往，又不願說常來往，便想出這樣一個冠冕堂皇的回答，說他因在文淵閣侍值，與聞的軍國大事太多，所以不與任何臣工做密交，是立身以正避嫌疑的意思。果然博得皇帝大加褒揚，連連點頭說：「好好，不愧朕的知遇！使朝臣俱如卿，朕復何慮矣！胡卿，你那位姻親學問不錯，只可惜心術不正喲！」

胡廣心中大吃一驚，暗暗慶幸適才的回奏得體，要貿然做了回答，便惹上天大的麻煩也。以萬乘之尊親口給某個臣子下個心術不正的結論，這個人這輩子不用說就完了。當初皇帝把解縉遠遠打到交趾去，胡廣就知道難兄弟失寵了，因而逐漸與之疏遠。去年底從北京回來後便故意躲著不見解縉，有啥話都是同城之內作書信以答。皇上今日冷不丁說出這句話來，解老弟他究竟犯了啥大忤聖意的事？

「皇上批駁得是，解縉這人哪樣都好，就是歷來心術有些不正。當年江西鄉下蒙師就說他鬼聰明，這鬼聰明豈非心術不正否？皇上，臣斗膽問一句，解縉這頑劣習性何以為聖聰所睿知的呢？」

胡光大匆忙附和之餘，語氣有大紕漏，自相矛盾。他說解大紳哪樣都好，就是歷來心術不正，他未想想，一個歷來心術不正的人，又咋會哪樣都好呢？為了證明皇帝的英明，他不惜把幾十年前鄉間私塾老師的話翻出來為皇帝的論斷做註腳，而且不惜歪曲蒙師的原意。

那時節，他們都只是四五歲的小孩。有天學做對子，先前學過些「雲對霧雨對風，嶺北對江東」之類的對偶詞，蒙師便出個詞「七曜」要大家對。蒙童們嘰嘰喳喳一陣交頭接耳，便對「三星」，也有對「三垣」的。唯解縉出語驚人，張口對了個「八星」，引起滿座哄堂大笑。胡廣也跟著好笑，只有三星七星哪有什麼八星。

塾師本想發怒，手都抓到戒尺又縮回，他心想解縉這娃娃一向聰明好學，小小年紀便讀了些七八歲兒童讀的書，他敢別出心裁，不定有他的說法，遂沈臉喝道：「解縉，汝對八星有何解？好好言來，若無個子曰，小心皮肉受苦！」

那五歲的小孩卻不慌不忙道：「老師，那《詩經．召南．小星》云：『嘒彼小星，三五在東。』這三五豈非八嗎？故而學生敢對八星也。」

塾師初始一愣，繼而大笑道：「好你個解大紳，竟敢歪解三百篇！不過你能自成一理，本師也算你對上。記住，下不為例，今後可不許再玩這種鬼聰明吶！哈哈，孺子可教也！」

唔，原來此人詭異由來已久。皇帝感嘆一聲道：「噢，那解縉心術原是自幼養成，無怪乎長成愈險詐矣！他日前以誹謗之詞離間朝廷，故朕方得識其奸，朕有厚望於卿，卿不可學他呵！」

胡廣這才知道解大紳致禍之由，然而日前與晤大紳，他仍不肯據實以告，取個明哲保身的態度，要他捨前程救大紳那是不可能的。

☆

曲欄老闆見突然來了如狼似虎的錦衣校尉，不知發生何事，嚇得臉色大變，急忙迎上去招呼奉承。那領頭的錦衣千百戶之類一掌推開主人，大步邁入，口中大叫：「有詔拿人，各各安靜，休得亂動！」

黃淮、楊士奇等眼見錦衣校尉排開諸座，對直往他們這桌而來，便知在座諸人中有人出事，然是誰呢？不禁面面相覷。解大紳似有預感，起身離座，向諸人一拱手道：「諸兄，小弟今日怕不能奉陪始終了！」

果然，那群佩刀帶劍的人過來後，領頭的千百戶之類舉手一揖，問：「諸公，哪位是解先生？」

「在下就是，是馬上就走還是容在下回家一趟。」

解縉在南京仍有宅院，他的意思是要回去收拾一下，坐獄也得備些必需品哩！那錦衣千百戶之類的人仔細打量解縉一遍，確認面前之人就是名動三朝的前翰林學士解大紳後，不冷不熱道：「解參議，久仰，久仰！有旨意給你！」

當他正色說出末一句後，解大紳便朝北而跪，黃淮等亦紛紛離桌肅立一旁。那人往上方一站，口宣皇帝旨意：「著錦衣衛速拿交趾參議解縉下獄！欽此。謝恩！」

最後那句謝恩是向被拿之人喊出，此刻等於鳴贊，是提醒犯官叩謝的意思。所謂雷霆雨露俱是君恩，所以解大紳聽了拿他下獄的旨意後，不但沒有絲毫不滿的神色，反而還要裝出無限感激的樣子，碰個響頭唱應道：「犯臣解縉叩領皇上天恩！」

☆

解縉拿下詔獄，他的家人很快也由交趾解來南京。皇帝網開一面，命將解家之人釋於原宅看管居住，等於是放在外面的囚犯。這當兒，胡光大又揮出令南京闔城人士震驚的一筆。

黃昏時分，文淵閣大學士、翰林侍讀、受朝廷特旨准著二品冠服的胡光大，騎一匹毛色如緞的駿馬，領四五名下人，招搖過市往逮治交趾參議解大紳在京的宅第而去。下人們手捧蓋著紅錦的黑漆托盤，一個個莊嚴肅穆，神色與主人一般，那光景像是去謁祭先人或是參加什麼盛典似的。

市民們看熱鬧看稀奇時不忘大發議論，七嘴八舌各抒己見，說：「哎喲，都說人家胡學士是胡泥鰍，這下把人說扁了哇！解學士剛背時，他就敢上解家去慰問咧！」

「是啊是啊，俗話說患難見眞交嘛，這才稱得患難之交嘛！平素送金送銀有啥稀罕，這時候給人家解家孤兒寡母一點安慰，才叫雪裡送炭喲！」

「你們大家看，胡學士那一臉嚴肅，好傷痛噢！也難怪，人家兩個人是叫什麼生同里、長同學、仕同官的一對患難知交吔！」

「他兩個人的交情那才叫不是一般喲！聽吳學士家的人講，壬午那會兒，他兩個把他們老鄉王翰林都蒙了……」

聽到這些街議巷論，胡廣絲毫不爲所動，依然一臉肅穆無半點改容。到了解宅，翻身下馬便對直入內，家人們捧物尾隨。解家也就是個普通的二進四合院，解夫人聞訊迎了出來，解、胡二家是通家至交，又是姻親，連內眷亦可不避。

一眼瞧見胡光大及他身後的幾個托盤，解夫人感慨莫名，哽咽道：「難爲胡先生一片心腸，還來看我們，嗚……好多人避之猶不及哩！亮兒，快來見你岳父大人！」

亮兒是解縉的兒子禎亮，今年方十一歲，也就是天作之合的那位佳婿，當下怯生生過來見禮。胡廣笑道：「幾年不見，世侄長得一表人才囉！哈哈，將來怕不是文魁天下的俊彥麼！」

進了客廳，解夫人奉座獻茶一番忙乎，胡光大等她對面落座後，大呼一聲：「來呀，給解府上禮！」

兩個托盤呈遞上來，掀開紅錦，是白花花紋銀約有千兩，胡廣說：「弟妹勿見棄，這點心意乞哂納！」

解夫人好生感激這雪裡送炭之舉。老爺身陷囹圄，能否開釋還未可知，家景日見艱難，親家胡先生送來這多銀兩，幾年之內生活不用發愁，便哽咽著要拜謝。

胡廣以手勢止住，聲音一變，吩咐道：「再拿上來！」

最後那個托盤又呈遞上來，解夫人以爲是錦疋之類，便想婉辭，畢竟胡家也非什麼身家鉅萬的大宦，咋能受人家太多。

錦緞一揭開，但見一枚紅封。胡廣不管解夫人的驚異之色，鄭重一揖道：「弟妹，這是令郎的生辰八字，愚兄璧還，尚乞見諒！告辭！」

言畢，面不改色心不跳，從容而去，把驚得不能發一語的解夫人拋在客廳傻傻呆立。原來胡廣騎著高頭大馬雄赳赳招搖半個南京城是來解家退婚的，解夫人一頭撲在椅內大聲啼哭。就在這時，一乘坤轎落在解宅大門，匆匆下來一位命婦，幾步趕了進來，帶著哭聲說：「親家母委屈你了，你不要聽那個沒良心的人瞎說，他是背著我們母女幹的，這八字交給我收起，他不認這門親我認！」

來者原是胡光大的夫人，這下才算止住解夫人的啼哭。兩個女人拉了手又是一番泣聲啼語，退親的鬧劇算是夭折。

10

漢王未料到自己幾乎以慘敗而告終。開始滿以爲皇太子這次定然其身不保，父皇會下詔易儲，因爲那一連串打擊太子的做法父皇做得又毒又狠，下手毫不留情。先是逮治解縉，緊接著以解縉的供詞爲由，大逮太子宮僚，如解的同鄉、詹事府左中允李貫、右贊善王汝玉，左、右春坊朱紘、蔣驥等，連具體的罪名也無一個，只籠統說是朋比爲奸、莠言惑衆之類。隨後又出個內批，裁減東宮御廚二十餘人。那上面的話說得很尖刻，全不顧皇太子的顏面。

御批說：「本朝以節儉立國，自太祖至朕，莫不崇尚樸素身體力行。皇太子當儲貳重任，不思仰體聖謨，沈溺奢侈，浮追宴樂，其治膳竟達三十餘人。爲饕餮乎？抑爲豚豕？其治廚氾濫之輩，著即汰減，逐出宮門！」

就在漢王暗自慶幸的當兒，皇帝又出一個與之完全相反的決定，詔立皇長孫爲皇太孫。

這下可把漢王完全擊懵了。皇太孫一立，等於完全斷了他的任何想法。漢王把自己關在房內悶思了幾日，內侍來報，說馮伯爺思國求見。心腹之人不可不見，漢王耷拉一副面孔延見馮伯。一番晤談，無非這皇位繼承問題。漢王搖頭不止感慨說：「無望了，無望了！這個小東西一立，我永無翻身之日矣！」

馮思國語出驚人：「王爺何苦自棄，俗云量小非君子，無毒不丈夫，王爺何不定計拔去這個眼中釘！」

漢王聞言心頭一慄。是呵！咋沒有想到這上面去呢，小東西擋道礙路，本王索性搬掉這塊攔路石！一輩子至今殺了那麼多人，何在乎多殺這一個？只是這個人非同其他，無有一番策謀，要傷他根毫毛也不易。於是漢王咬著嘴唇言道：「這事不能急，更漏不得風聲，今日之議，你知我知，天知地知，用道衍大師當年的話說，法不傳六耳噢！」

☆

皇太孫今日奉了聖命去朝天宮爲皇祖母還願禳福，仁孝皇后生前信奉三清道教，故每年皇帝或命太子或命親王往道觀爲先皇后祀冥福。今年太孫初立，恩命要他前往，是要他以嫡長孫的身分盡份孝心。

太孫臨觀，朝天宮從昨日起就淨了觀，一切閒雜人等，無論善男還是信女俱不得入。今日更是戒備森嚴，皇太孫的護衛府軍前衛把朝天宮附近兩條街的交通都斷了，南北兩口俱不許進入，行人須改道繞行。觀主率一干三清子弟恭迎於觀門。太孫一行入內，觀主請他稍事休息再舉法事。太孫肅然答曰：「這就不對了，本宮是來爲皇祖妣祀福的，何談休息！先引我去叩頭上香吧！」

太孫在這應天城中，平時一言一行俱是循規蹈矩，處處顯示出成熟的風範。他清楚得很，他的任何舉動，都有專人會報與皇祖知曉。因爲有位長輩隨時在中傷他，皇帝便派宮中內監時時留心他的言行，生怕皇太孫有負他的期望。

在肅穆莊嚴的音樂聲中，皇太孫焚表、上香、叩頭如儀，寄託他對皇祖母的孝思。

在太孫的記憶中，皇祖母是位嚴格多於慈愛、親切中不乏幽默的人，而且故事多，知道的多，當太孫纏著她還想聽點趣事逸聞或前朝後代的掌故時，她就會故意板起面孔說：「回宮睡了，貪多不嚼嘛！一個小腦袋內哪裝得那麼多！」

太孫就問啥叫貪多不嚼，皇祖母眨眨眼皮便說：「你看你父親就是貪多不嚼，他一天吃五六頓，嚼不爛就變個大胖子。你這小腦袋裝多了也會變成大胖子！」

太孫怕變成大胖子便乖乖隨了宮女回宮安歇。他今年已是十五歲的人，當然曉得皇祖母是用玩笑哄他，但說他父親也即皇太子的那番話卻難以忘懷。在裊裊青煙中太孫彷彿又聽見皇祖母在說這話，他頓感耳朶在發燙，父親的某些作爲連他都覺得有些不好意思。三十五歲的大人，國家的皇太子，行事全無個法度，一切是隨心所欲，惹得皇祖下個那麼嚴厲的御批。那些話連太孫讀了都覺得面熱耳臊，但皇太子就是無動於衷，不以爲然。

太孫清楚記得前不久的一樁事。

皇太子悠然半躺在竹躺椅上，笑眯眯看著太監們拋鈎釣魚。太孫試了幾次，終於鼓起勇氣過去，還未開口，太子先說話了：「汝也看出些門道，覺得有趣？汝臨湖羨魚，不如坐而垂釣，我是身子太沈，坐不得的緣故。」

太孫哭笑不得，囁嚅著開口：「父宮，兒臣想勸你……」

「想勸我什麼，勸我自己釣？不是給你講了，我身子太沈，坐不得嗎？你難道不見我都半躺著嗎？」

太孫簡直啼笑皆非，心一橫，大著膽子說道：「孩兒是想勸你捨這類無益之事，爲皇祖分些憂呵！」

皇太子初始掉了頭聚精會神去看一名太監起竿，未聽淸兒子的話，及至隨著那空鈎的重新拋出失望地嘆口氣後重新回過頭，便要太孫再說一遍，後者硬了頭皮又說一遍。皇太子從來對任何人都是副溫和相，唯有對這個兒子，一向很嚴厲，難得假以辭色，搞得太孫都怕與他說話。這次亦不例外，太子用肥肥的手敲打自己的肚皮，生氣地說：「你胡說些啥！修身養性之事你說它無益？古人云唯釣者可以與言性情，又說天下事都可察於這絲綸之下、靑萍之末。汝小小年紀，不思淡泊之道，而熱中於勢力之所，又有哪樣益處？你叫我去分憂，有我分憂的地方嗎？一座詹事府都快變成個空衙門，爲父的連個諮詢臣僚都找不出一個，你讓我去對幾尊石獅子辦事！哼哼，豈有此理，退下去！」

皇太孫碰滿鼻子灰討老大個沒趣，諾諾而退，心中長長嘆口氣。父親的牢騷並非毫無道理，朝廷興獄把專爲太子辦事向稱東宮屬僚的詹事府官員逮得沒剩幾個，你讓他上啥地方去辦事？但回過頭一想，又覺得還是要怪父親。皇祖行事果決，雷厲風行，喜歡有主見實幹的人。皇祖之所以瞧不起或者說不喜歡父親，還不是因爲他那拖沓、疲軟的作風。這點太孫深有體會。他親眼得見皇祖在北巡的軍馬倥傯中處理南京轉呈行在的諸要務大事，那上面好多本應該由皇太子提出處理意見的公文全是一片空白，幾乎千篇一律批三個字：候聖裁。

無怪乎有一天他聽皇祖發氣道：「太子這監國二字朕要替他改一改，改成見國，見者看也。他是在看戲文！哼，戲文看後尚要發篇議論，他……」

皇祖當時都氣得無詞可形容了。太孫暗暗發誓，他絕不學父親，他要以自己的聰明才智取得皇祖的信賴。如此，方才可以斷漢叔覬覦之心。立他為皇太孫，標明他在與漢叔的較量中勝了頭個回合，但路還長，前面的艱難險阻還多得很，須如履薄冰，如臨深淵，方可立於不敗之地！十五歲的皇太孫全然是個成熟的大人，要與戰功赫赫的親叔父暗中較一場力。

觀主請太孫掣一籤，要為他卜個利吉。因為對方是皇太孫，國家的儲貳，通常用在普通人身上的前程、榮華富貴等等俱用不上，不對題，只好說個為太孫求個利吉。皇太孫卻推開那籤筒，微笑道：「不用，本宮向不談怪力鬼神，亦不信卜筮之術。夫天下之事在智識，行智識則利則吉，反之則凶則險……」

觀主頗不好意思收回籤筒，深深打量一下眼前這個一派英姿的皇家少年，臉露驚喜之色，湊向前小聲言道：「太孫殿下有如此卓識，眞天下之福也！然貧道斗膽提醒殿下一句，諸事小心，俗云害人之心不可有，防人之心不可無呵！苟如此，則是皓月當空，所行無礙矣！殿下三思。」

皇太孫好詫異，連朝天宮的道士都知道宮中這場明爭暗鬥了，足見漢叔平素散布輿論之廣，可謂用心良苦呵！人心向自己總是好事，太孫遂報以友善一笑，說：「託玉皇大帝之福，本宮會善以處之。」

下了大殿之階，便要離去，朝天宮的大小道士，包括後面打雜的水火道徒之類齊聚兩沿，恭送皇太孫。觀主范道長突然閃身越過皇太孫，手指兩名從道衆後面往前擠的人厲聲喝道：「散開！汝二人係何處道徒？何時混入觀中？啊！快將他二人拿下！刺客，有凶器！」

他這一聲呼叫，衆道衆「嘩啦」一聲散開，正把兩個一身道裝的漢子顯現出來。二人手俱伸向懷中，范道長正是看到匕首的把兒才驚呼出聲。

虧了他這目犀眼尖的發現，扮成道人的刺客匕首剛拔出來，一擁而上的府軍前衛甲士們便將兩個刺客團團圍住，一陣矛刺刀砍，二人頃刻斃命。

驚魂未定早被百十個甲士圍在中間的皇太孫戰戰兢兢走出來，看一眼斃命氣絕的刺客，翻身抓了范道長手道：「道長所言全然不虛呵！今日全虧得道長神明洞察，不然……」

皇太孫猶自後怕說不下去。確實，今天若非范道長眼尖，待皇太孫走過去，那兩個刺客突然發難，後果便不堪設想，衆人包括隨扈的甲士全然無有戒備之心，刺客猝然躍出必然得逞。

范道長忙說：「此皆神明暗佑皇太孫殿下之福也，非貧道之功。遺憾者，未能留個活口，以拷訊其背後主謀。」

太孫搖搖頭頗帶二分淒然說：「唉，何用拷訊？欲置我死地者還能有誰呵？這二賊死了好，免得留下活口使某些人不安，更要鋌而走險，徒傷皇祖之心。」

范道長亦不由點頭，暗笑自己愚蠢，不如這十五歲的少年多矣，那背後主謀的人除了漢藩還會有誰。太孫小小年紀，便懂得隱忍二字，既不點破，又還洞悉其中的利弊，眞有點大智若愚的味道。

皇太孫回去急召心腹楊榮、金幼孜等密議，楊、金等聽了太孫的敍述，沈默良久，半晌，忿忿吐出十一個字來：「以其人之道，還治其人之身！殿下，他能置親情不顧而爲之，殿下亦當以牙還牙，而絕不能心慈手軟，任他肆意爲之。況且，有了今日的頭次，以後還會有二次、三次，殿下今後要處處留意才是！」

皇太孫有些發愁道：「先生們所言誠然，但我等不似他結交一批武人、蓄養諸多亡命，這牙如何還法呢？」

楊榮笑道：「殿下誤解臣等之意，臣等並不要殿下效法那個惡人，做那鋌而走險之事。」

皇太孫不解地打斷說：「如此我就不明白了。還望先生有以教我！」

「那是自然，臣等豈能坐視。殿下，你不是常喜談智識二字嗎？今還其顏色便在這二個字上！」

「先生們是說……」

「對，殿下聰睿，一說即明。能治他者，皇上一人也。殿下父子遭其誹謗，奸構由來已久，非一日也。今以其人之道，還治其人之身，先剪除其宮中羽翼，暴其醜於廟堂，其人復何懼哉？哈哈，殿下不以臣等爲卑鄙吧！」

皇太孫何等聰明的人，可謂一點就透，連連揖道：「先生等教導的是，予知治凶之法矣。先生們殫精慮國，何卑鄙之有！再說，此乃他欺人太甚，逼人不得已而爲之嘛！」

11

「美人姊姊，請留步，上我這兒稍坐坐吔！」

呂婕妤一陣呼喊，等那人回過頭來她才知認錯人，錯把這個妖精當成崔美人了，真晦氣！風擺柳似從她宮門過去之人說來與她是漢姓同宗，照中華人的說法五百年前是一家，也姓呂，是宮中的昭儀，與婕妤差不多身分的人。

呂婕妤初進宮不久時，這個漢呂就一步三搖來認相知。她比婕妤先進宮三年，是前輩，婕妤當然一陣奉承歡迎。初來乍到，好多規矩不知，有個年長點的姊姊教著是好事。二人相談甚是投機，來往日見密切。大半年過去，成了無話不談的異國姊妹。

一日，婕妤感嘆自己受了太監誹謗，至今未逢雨露之恩，徒守清宮捱日子，呂昭儀笑著說：「妹妹，你太老實，當然就寂寞了。其實，這宮中並非一潭清水，只看你心眼靈與不靈。這話我也只給妹妹你講喲！」

婕妤眼睛一亮，忙追問個究竟。昭儀笑盈盈先不回答，從花台邊站起來，石榴裙一攏言道：「走，此處不是講這些的地方，到你閨室去聽我慢慢講與你聽。」

兩個人一陣風似捲進婕妤的臥室，命太監宮女無事不得進來。昭儀斜靠榻側，取個枕頭墊舒服了才笑眯眯開口：「妹妹，我先問你，你從朝鮮來，你國中後宮之事你清楚否？」

婕妤搖搖頭。她家原是個普通人家，父親乃行醫之人，三代人連官都未做過，何談清楚宮廷之事。昭儀見她搖頭否定後，始不緊不慢侃侃言說：「這中華後宮的事自古以來就亂得很，那些太監日常嚼舌頭講好多前朝後代後宮的逸聞，我無事便看些后妃列傳，細思他們的話，再比照這些書一讀，才曉得並非空穴來風，他們原講得有理呀！你曉得那武則天的事，後人罵她穢亂春宮，什麼陷吾君於聚麀……」

婕妤忙問啥叫「聚麀」，昭儀笑道：「啥叫聚麀，麀就是母鹿，說她好比母鹿引來幾隻公鹿共匹。這些爛文人嚼舌頭，啥事都是女人的錯，便用個詞來誅滅女人，好像那公鹿反而清白得很。妹妹，你別笑，這聚麀之事一點不新鮮，一部二十一史裡頭隨處翻得到，只不過少了些後來成大事的武則天，文人們就不好點明，要爲他們男人遮醜哩！

「遠的不談，我給你說宋朝，我這一向就讀那宋史后妃傳，就看出好多名堂，我們談前朝也就不用忌諱。先說個你都曉得的那個平話，戲文『貍貓換太子』裡邊那個妃子吧！

「仁宗皇帝那個生母李宸妃，在眞宗朝僅爲才人、婉儀，章獻皇后把她的兒子竊爲己子也就是仁宗。史書說仁宗即位後，李婉儀『嘿處先朝嬪御中，未嘗自異，人畏太后，亦無敢言者』。仁宗不曉得李婉儀是他的生母，竟然又進封昭容，到她要去世之前，又封宸妃，試問，這昭容、宸妃究竟是哪一朝的嬪妃？後來文人修史時遮掩，加個『從守永定陵』，簡直狗屁不通！遠的不管他，唐、宋以來，先朝嬪御若非殉葬，便是又做新天子宮嬙，哪有守陵的禮制？

「所以而言之，章獻太后爲了名正言順霸占仁宗爲子，竟不惜讓仁宗的生母做了他名義上的嬪妃！這又豈止於聚麀呵！

「又說一個。仁宗有個張貴妃，她有個養女姓周，長到十三歲被仁宗看上，遂召去侍寢，爲仁宗生了兩個公主。這名分咋算呢，所以終仁宗之朝周氏沒有封號，又服侍了以後的英宗才得賢妃之號，這賢妃是哪一朝的妃子不用說了！

「再跟你說一個，也是這宋仁宗的宮嬪，姓馮，幼年入宮，十七歲時侍仁宗，生了兩個公主，沒過幾年仁宗駕崩，馮嬪又歷英、神二朝才封婕妤，你說這亂七八糟究竟是哪回事？

「一句話，我們女人命賤，所以就不用把自己看得太高貴，你我名義上是天子的人，你要熬不到個妃，以後就又是太子甚至太孫的人！只不過太子、太孫即位時我們都人老珠黃，形容憔悴，討不了他們的歡心嘍！」

呂婕妤早已聽得目瞪口呆，此時便淒然問一句道：「照姊姊如此說來，我們該做何辦呢？」

呂昭儀嘿嘿一笑道：「咋樣辦？妹妹你還沒有悟出來呀！」

婕妤不是傻子，如何聽不出來，只是仍有些疑慮，怯怯道：

「宮中就這麼幾個人，沒有那麼容易吧！」

她說的幾個人是指男人，昭儀滿口過來人口吻教導她道：「傻子，這就看你的福氣、造化、機遇與機靈了。反正我告訴你，要主動些，逮個皇子是個皇子，逮個王是王。長孫太小，你可別去傻打他的主意噢！嘿嘿，今天把你教成鬼精靈了，看你美得那樣子！」一番教導呂婕妤豁然開朗，從心底感激師傅這番良苦用心，不然眞在這中華宮中守一輩子活寡呢！然而她未料到，隨後發生的一件事使她與昭儀幾成仇人。

☆

皇帝的胞兄晉王朱棡薨於洪武末年，王爵便由世子濟熺承襲。濟熺有個弟弟濟熿受封平陽郡王。平陽王與漢王高煦、周王之子汝南王有爋等一向來往甚密，這幾個堂兄弟都是那種不喜文翰好勇鬥狠的人。平陽王不滿其兄濟熺嗣爵，認爲他平庸無能軟弱無方，日常便常去王府找碴，或者無事生非或者猥褻王府宮人，總之不得清靜。濟熺老實不敢管束平陽王，後者便益發不可收拾了。

晉邸有個侍儀叫吉娘，原是老晉王的宮御之一，朱棡薨後本該從殉。王妃謝氏見她聰慧伶俐便留下來做個相伴寂寥的人，吉娘也就得以倖免一死。她就住在謝妃寢殿內的西偏殿，以便隨時奉侍王妃娘娘。這日天熱，王妃或者應該叫王太妃謝氏回寢宮午睡，吉娘一個人待偏殿內描些女紅。內殿除了太監無有男人，宮嬪們平素並不忌諱，天熱就穿條褻褲兜個肚兜，吉娘也不例外，露著四條白白的膀兒、腿兒在殿內自忙乎。

驕陽似火，曬得王宮的殿廊炎氣上騰，四處灑了水也無濟於事，太陽一曬反而更覺炎蒸。知了在樹蔭處齊鳴，黃狗伏在遮蔭處呼呼直伸舌頭，太監、宮女俱各找些陰涼處蜷、躺、趴睡霉瞌睡。一時間，偌大個王府除了灼人的日頭與不甘寂寞的鳴蟬，便是一片烈毒下的靜寂，掉塊瓦片也要驚動半座殿廊。

偏殿檐下一位宮女突被半聲「啊」驚呼震動，睜開迷乎乎的睡眼尋覓，只朝殿內瞧得一眼，便伸下舌頭又趕快閉眼入睡。

這半聲驚呼就是吉娘口中發出，還有半聲被平陽王那雙習武的大手摀回去了。她正自覺得睏意上來，打個呵欠擬撐身起來，突然覺著一隻人手猛地插進她的褻褲，剛驚恐得發出半聲呼叫，便被人摀住。平陽王伏在她耳根邊上急促道：「聽話，勿要叫！否則有你苦頭吃！」

吉娘一聽是這個魔王的聲音，膽已嚇掉一半。這晉邸中闔宮女人哪個沒有受過他的欺凌，吉娘是仗著他母親謝氏的庇護才未遭他的強凌。好容易等平陽王鬆鬆手，她才喘噓噓哀求說：「二郡王，求你放過妾吧，妾可是侍奉過先王的人呵！再說，宮中比妾年輕的有的是，二郡王何苦來尋妾這種殘花敗柳嘛！」

「侍奉過先王再侍奉本王豈非更妙！年輕的本王都嘗過了，今日就要嘗嘗你這種過來徐娘的滋味！嗯，你這毛茸茸東西也不錯嘛！」

吉娘又羞又恐，絕望中徒然掙扎道：「二郡王，你母妃就在旁邊啊！你再不放，妾便要叫喊了，你母妃……」

下面的話還未及說出，力能搏牛的平陽郡王兩隻手上下扯著一崩，「嘶」的一聲，將吉侍儀的褻褲、肚兜撕掉，一把抓住她胸前之物獰笑道：「快喊，快叫呵！把我母妃叫出來看看，看看你這騷樣！你要不叫本王替你叫！」

精赤一身的吉娘羞臊得快昏死過去，聽平陽王這一說膽都嚇破，這模樣要讓王妃出來看見，她臉往何處擱，莫說王妃，就驚動兩個下人來瞧見她也無地自容，這魔王根本不懼任何人，他眞有本事喊。

「二王爺莫叫！妾……從你就是，你快隨妾進屋去呵！」

平陽王才不著急，人看見又如何？十個女人一個樣，有啥見不得人的東西！不慌不忙抓拖過來臉上親幾口，才像吆牲口似地一巴掌打在女人屁股上：「進去吧！看你這樣又蹦又跳，活像他娘的一匹牝馬！」

自此以後，平陽王隔個十天半月便來糾纏一次，終於讓王妃撞見。

王妃這天午睡早早醒來，翻身下床出來便叫「吉侍儀何在」，連呼幾聲無人應承，問進來隨侍的宮人，後者只一個勁搖頭。王妃便往偏殿中來，走到侍儀寢室前，裡面不雅之聲驟然可辨，王妃驚、羞、怒交加，厲聲作語道：「賤人，你竟然如此大膽！快滾出來！」

她以爲侍儀難熬閨中寂寞，將苟且之事毫無個遮掩做到她眼皮下來了，至於姦夫是誰她全然還未考慮。

片刻過後，一陣衣裙之聲響過，昂然出來一人，怨聲說：「母妃午睡就午睡嘛，管得太寬不是！」

王妃一看差點氣暈過去，哭罵道：「逆子，你犯忤逆呵！她是你父王的人哪！你、你……」

屋內已傳出飮泣之聲，平陽王毫無任何愧色傲然地說：「哼，父王，你還提他！他那些年幹些啥，把你氣得哭不是！他的人！你找出個記號給我看看再說！」

他讓王妃給他找記號，證明吉娘是他老子晉恭王的人。王妃直想給他一巴掌但又不敢，這個桀驁不馴的兒子自他老子死後便無人管得了。再說，其他親藩處兒子毒殺親娘的事發生過好幾樁，逼急了這忤逆不孝的東西哪樣做不出來。於是，王妃底氣全無，嘟囔著說句氣話道：「你連她都放不過，有本事去求皇上賞你幾個嘛！宮中女人多得很哩！」

這倒提醒平陽王了。本朝，皇帝賞賜親藩宮人的事極爲平常，平陽王的老子晉恭王當年就從太祖皇帝手上得到過幾次這種恩賜。通常是由親藩向皇帝提出，皇帝一高興便酌情賜與。

但這種事只限於親王，郡王有沒有這個先例濟熺想不出，所以他才垂涎晉邸的爵位，要是承爵的晉王是他而不是那個平庸的濟熺，什麼事不好向朝廷提出來。濟熺想到這些便動了往京師活動的念頭，總要在皇上叔父的耳邊吹點風，把濟熺的爵位說到自己頭上才行。咋去京城呢？親藩不奉詔尚且不敢入京，一個二字郡王又咋敢說去抬腳就去呢！好在平陽王有辦法有門道，漢王高煦與他素有交情，請漢王爺援個手此事不難。

果然，沒隔多久，朝旨一道頒了下來，說：「平陽郡王濟熿，數請往南京大寺爲晉恭王祀頌冥福，其情可憫其志可嘉，朝廷倡天下以孝道，焉忍革濟熿之孝思？其准如所請！」

☆

皇帝念及兄長，特在內廷賜筵平陽王，命漢王作陪。開筵之前內監還跑來傳皇帝口諭：「筵後濟熿不必再來謝恩叩頭，漢王可帶平陽王在宮中歷覽，以篤親親之義。」

酒醉飯飽後漢王便帶了這個堂弟於宮中遊覽，可憐這個二字郡王進了皇宮，猶如鄉巴佬乍入廣衢，一時像煞啞巴看戲，眼花撩亂口難言矣。且不說深宮重重廣殿巍巍，重檐疊架畫棟雕梁，比晉邸壯麗了不知幾多倍，單就是那些螓首黛眉一個個用眼睛瞧腳尖走路，肅然隨侍的宮人，哪一個不是國色天香的畫中人物？

平陽王頓時覺得晉邸那些根本不叫女人了，可笑一個三十出頭的吉侍儀居然令他寢食難安，動了一二個月心計才到手，要早到這宮中來看過一眼，放三個吉侍儀疊他面前他都不會動心！平陽王又驚又羡，暗自搔腦袋擰大腿在心頭說：「唉，讓我摟得一個這種粉黛，便是削了王爵也心甘呵！」

漢王早瞧出堂弟躁動不安的內心，故意一笑道：「熿弟，後宮三千佳麗，比你晉邸如何？」

平陽王一愣，苦笑道：「王兄眞能調侃，宮中無不是鸞鳳之姿質，我們那裡不過是一群寒鴉罷了！」

「哈哈哈，可惜爲兄我做不得主呵，不然，就賜弟十來個又有何妨！」

咹，十來個？平陽王想說有兩個就心滿意足，但沒有說出口，因爲漢王感慨之意他已心領神會，腦袋一伸，湊過去壓低聲音說：「王兄定有做得主的那一天，小弟都盼著呢！以後有用得上弟的地方，王兄只管吩咐便是，小弟赴湯蹈火，在所不辭，唯王兄馬首是瞻！」

漢王哈哈大笑，撫了平陽王肩道：「愚兄我等一下有件急事要辦，我叫人帶你再去遛遛，保你有滿意之處。馬宣！」

太監馬宣立刻明白這是個啥差事，眉開眼笑躬身應道：「奴婢在，王爺請吩咐！」

「汝好好侍候平陽郡王去遛遛，懂了嗎？」

「懂、懂！奴婢定好好侍候郡王爺！」

☆

呂昭儀與呂婕妤用牙籤一根根挑著指甲大的荔枝肉品嘗。

把鮮荔枝剝下肉來可不是件容易的事，既要讓剝下的果肉完好，又還不能把果肉中的鮮味汁液榨去太多，這是宮中專人幹的一樣活計，只有他們才能靠世代相傳的技法完成此事。看著那銀盤玉碟中一片片堆砌成冰磚似的晶瑩如雪的荔枝肉，讓人垂涎欲滴。

馬宣把丈二和尚摸不著頭腦的平陽王領進呂昭儀所居的宮殿，竟然吼一嗓子便溜之大吉也：「昭儀主子，奴婢給你領個貴客來喲！」

平陽王驚恐萬分。這奴才咋叫一聲一晃就不見了，這可是皇宮內廷呀，亂了禮儀咋得了？這是哪位娘娘的宮殿，奴才連個稱呼也不留一個，萬一娘娘出來我咋辦？他把我領來扔這兒究竟安個啥心？一連串問號不得其解，腦子裡念頭尚未轉完，一聲嬌語已起：

「哎喲，這又是哪位王呢？嘻……咋這般拘束喲！」

昭儀一看站階下這位郡王袍服的人怯意滿臉手腳無措的樣子，便知這是個頭次進宮的毛桃子，就極爲老練、隨便地來上一句。平陽王乍聞之下吃了一驚，抬眼望見這位天仙般雍容華貴的婦人，心頭一陣狂跳，雙膝一軟，竟然就要跪下，這樣畫中人似的貴婦，不是皇上的妃子還會是個啥呢！

昭儀見狀更是忍俊不住，「噗哧」笑道：「郡王爺莫跪，平見個禮互不吃虧。你是哪家的郡王喲？」

其實，昭儀以天子嬪嬙的身分受平陽王個禮也算不得什麼，然而她爲了打消對方的畏懼心理，便要平陽王與她平見個禮儀，平陽王做個揖她還個福。平陽王摸不清底細咋敢貿然造次，「噗通」跪了下去叩個頭說：「臣平陽郡王濟熿恭請娘娘懿安！」

昭儀一陣風似颭過來，伸手扶說：「你硬是太老實，哪個給你說我是娘娘嘛！你還稱臣，更是笑煞人也。妾乃天子昭儀呂氏，平陽郡王快起來吧！」

噢，原是個昭儀，平陽王這才心中有數。宮中妃之下便是昭容、昭儀、婉儀、婕妤、夫人、美人、才人諸等宮嬖。妃還要分賢、淑、莊、敬、惠、順、康、寧八個位號，雖說八個封號的妃並無尊卑之別，但要進貴妃者通常先封賢、淑位號。昭儀也是皇上的嬪御呀，平陽王仍然不敢造次，只是搓手劃腳偷偷用眼去瞟這個宛如天仙的人。

昭儀瞧在眼內暗自高興，這毛桃子看著雖說比漢王爺差了一截，但其憨怯之態另有一番風味，況且漢王爺一年中怕只來得一次，要盼他比盼過年還難哩！伸手拉了平陽王說：「我只拿你當個小輩你怕個啥！走，進去敍敍！」

進去後平陽王眼睛一亮，我的娘這裡面還有一個吔！這個看上去比畫中人還畫中人，那楚楚動人的眉眼間多了分幽怨之色，那神態是種從未見過的風味，噫，咋說話舌頭有些僵，聽上去像番邦之人呢？

「昭儀姊姊，這是哪家的王子喲？你又……」

婕妤差點脫口說出「又逮住一個」的話來。伸下舌頭把話嚥回去，像討商量似的對呂昭儀說：「姊姊……你……我……」

期期艾艾終於未能說出。昭儀全然知道她想說啥話，她想讓昭儀成全她一次，畢竟她只有聽來的理論，未實踐過呀，況且王子不是貓狗，說逮就能逮到！

平陽王極想聽她這種軟綿、嬌柔、溫馨的聲調，讓人聽來渾身酥酥的、懶洋洋的有種熱流過全身的感覺，一種非分、犯上的念頭難以自禁地湧上心來。不等昭儀引見、介紹，平陽王朝著這位天仙又是兩個響頭，口稱：「臣濟熿叩見娘娘！」

天仙又驚又喜做個手扶的姿勢，平陽王邪火難耐竟然膽大包天伸手順勢捏了下那雙白皙、細嫩的纖纖玉手。昭儀一旁發話了：「妹妹，我有些事要跟這郡王爺說說，你改日再來吧！」

這等於是下逐客令，婕妤好傷心好難過。平時說得蜜樣甜，一到這有了好處的關鍵時刻，就不顧姊妹情誼，趕自己走以達到獨呑的目的。在平陽王戀戀難捨的目送中，呂婕妤紅著臉噙著淚急步而去，連句道別的客氣話也不給昭儀留，她以一種無比憤慨的心情恨這個騷狐狸，發誓從此再不理她，一刀兩斷。於是以後才有她自力更生獨自操作攔皇太子等事的發生。好端端一個後宮，變得跟妓院差不離，女人們俱毫無顧忌不管一切拉每一個看得見的男人，說來比妓院還慘不知多少倍。皇宮內除了太監哪有男人，男人的腳步邁不進後宮，一幫宮孌們想賣身也無個主顧哩！

12

婕妤恨昭儀，昭儀更恨婕妤。這騷精不知用什麼花招把漢王爺迷住，聽宮人講，漢王一進宮就往她那裡跑，當初眞不該把她教聰明，徒弟學了本事師傅就失業，這還眞是放之四海俱準的理呵！但是昭儀苦無報復的良機，這騷精傍上漢王的粗膀子，連皇上都睜隻眼閉隻眼不管不問，自己能奈她何？

這天良機終於來了，一條矯健、瀟灑的身影一閃進了昭儀的住所。

呂昭儀做夢也未料到皇太孫會上她這兒來，更不知這個長得乖乖令人生分遐想的少年爲何事而來。反正他也是個男人，總能令一年來幾乎未見過男人的昭儀芳心大動，笑得一朶花似的：「哎呀呀，太孫殿下吔，啥風把你這個貴客吹來了，快請進，妾跟你見個禮噢！」

太孫忙回揖，笑著說：「從昭儀宮門過，隨便進來瞧瞧，有擾昭儀淸休，乞諒，乞諒！」

昭儀望著這個稚氣尙未全脫，但已出落得英俊、瀟灑的少年，故意湊近一步親熱地說：「難得見到太孫，這不長得比我還高了嗎？來，比比！哎喲，只怕再有半年就趕過我囉！」

皇太孫實則已與昭儀差不多一般高，能選進宮來封昭儀的女人，個頭不會很低，否則就是皇帝所忌諱的矮女人，連做個末等宮女的資格也沒有。昭儀故意貼得緊緊地踮踮腳，內心實是想把這少年一口吞下肚去。

皇太孫雖說只有十五歲，但他非普通人家的孩子，是在這深宮內長大的少年，裡面衆陰捧陽的諸種韻事哪一樣他不曉得，皇帝封給他名下的才人都是好幾個，所以他十分老練地應付了昭儀這個磨磨蹭蹭的舉動，還故意逗她一句：「嗯，好香！昭儀這花露香韻味不同，比我宮中那些強！」

呂昭儀立時笑如春風燦爛，把頭伸過來說：「哎喲，太孫眞是花中知音噢，我這海棠玫瑰露可是焙製大半年才成的喲，你再聞聞，香而不膩咧！」

呂昭儀又是奉香茶又是削水果，她決意不惜手段也要把這個自投羅網的少年引上鈎。她又哪知這個人雖年少，智計同大人的少年是故意來的，單等她自動入彀。

果然，坐了一會兒，昭儀再也按捺不住，拿話挑逗說：「太孫吔，你說妾這香氣比你宮中的好，那妾就來服侍你，爲你調香露好嗎？」

太孫故做驚詫狀：「這哪能行，昭儀是皇祖的人噢！」

「這有何礙，你求求皇上，他不就賞給你了嗎？只看你是不是喜歡妾這香味哩！」

皇太孫還要抬價碼，搖頭說：「我身邊都好幾個人了，皇祖不會准的。再說我年紀還小……」

昭儀急不可耐地說：「年紀小，大點的來服侍你才好，那些小小年紀與你一般的妞懂個屁呀！怕不把我們金子般珍貴的太孫搞出個差錯來喲！」

不等太孫回答她便一屁股坐到太孫座椅的扶手上，驚怪怪的嬌呼一聲：「哎喲，這不就見著了嗎？你這指甲喲她們都不給你剪剪。來，妾給你修修！」

昭儀捧著太孫的手修那無可修的指甲，太孫看著她那雙冒火的眼睛說：「昭儀心眼眞好，你要是個宮女……」

他故意做個遺憾的口氣煞了話頭，昭儀嬌柔地說：「昭儀又怎麼了，你將來做了皇帝還不是你的臣妾？」

太孫便以認眞的口氣道：「等我將來做了皇帝，我就召幸你！」

昭儀渾身一酥骨頭都沒有了，順勢滑了過去摟住皇太孫脖子嗲聲道：「我要你現在就召幸……」

☆

聽太監報說呂昭儀有十萬火急之事請求賜見，皇帝想了好久才記起宮中好像是有這麼個人。她要見朕，還有十萬火急之事奏報？便吩咐帶進來。呂昭儀一進屋忙雙膝跪下口稱臣妾呂氏叩請聖安。

按說在宮中宮人們平常見皇帝不用下跪，只須躬身請安就行，這是因爲日處一塊兒常要見面，繁沓的禮節顯得多餘。然而名爲後宮嬪御的呂昭儀她們卻比那些宮女、太監不如，一年中除了宮中有數的節筵上與諸宮嬪們一塊兒參見皇帝時瞧上幾眼，皇帝還未必能把每個宮嬪都注意到，餘時便不得而見，所以她像個難得入宮的外臣給皇帝行了三跪九叩的大禮。

皇帝打量一眼這個似曾相熟但又陌生的宮妾，揮手說：「起來說話！汝有何事要面朕？」

呂昭儀內心有幾分恐懼感，聽宮人說皇帝脾氣大得很，一生氣闔宮之人連大氣都不敢出，她心一虛居然又跪下去了。皇帝不耐煩，聲音便高了些：「汝有啥就快說！」

「是，是！」呂昭儀碰著響頭答應，兀自鎮定一下，便奏道：「皇上，臣妾有天大之事舉報，不知該講還是不該講。」

「胡鬧！既有大事舉報，何言該與不該！朕要汝一一講來，勿得隱留！」

「遵旨！皇上呵，賢妃娘娘是被人害的呀！」

皇帝差一點從御座上栽下來，他的臉色已紫青得發亮，手中原握住的茶盅「啪」聲被捏碎，喉嚨裡猶如貓要抓鼠之前那樣發出「呼呼」的痰威聲，呂昭儀早已不敢仰視，縮成一團伏地上瑟瑟直抖。

皇帝終於從萬般的憤怒中稍稍恢復一點過來，出了好長一口氣才說：「汝，不錯！下去吧，勿得洩漏他人！」

呂昭儀猶同大赦般逃出來，渾身已汗濕透，邊走邊揉胸哈氣，自語道：「好厲害，嚇死我也！他咋就只喜歡賢妃這樣的人嘛！唉……」

☆　　　　　、

漢王得到這個密報後跺下腳，長嘆一口氣說：「唉……完了，完了，婕好、美人她們死定了！馬宣、方忠也死定了，這幫奴才不足惜，那幾朵域外奇葩可惜了！」

大逮捕是從早上開始的。皇帝親自督陣，專門騰了一座宮殿用作審訊、關押犯人的地方。

這天早早的卯時剛過，他就命駕來到這座連夜騰出來的宮殿，向黃儼、馬雲、侯顯幾個奉命前去捉人的大太監吩咐：「汝等分頭帶人去，把那幾個十惡不赦的逆婦與朕捉來！還有那幾個爲虎作倀的奴才也給朕拿下！」

昭儀的舉報使皇帝一直內責內疚的悔恨之心得到平復。原來朕的賢妃是死於那幾個妒婦的謀害，她們打著同胞姊妹的招牌把賢妃騙去集聚，給她下了慢性的毒藥。皇帝又恨又痛，恨這幾個逆婦的大膽作亂，痛的是賢妃死得太慘。他咬得牙齒「格格」發響，恨不得把這幾個女人碎屍萬段方洩一口惡氣，一個人對著這座即將成囚牢的宮殿獰笑著憤然出語：「賊婦、逆婦，看朕收拾爾等！」

☆

崔美人在被窩裡聽見有人大聲叫門，又聽得宮人去開了大門，再凝神細辨，是黃儼的聲音？不由暗笑出聲，這中華人說得好呵，有錢能喚鬼推磨！

黃儼今年又去了朝鮮，把美人給家人的信交給崔府，崔府那位未做成「崔國忠」的大少終於開了竅，按妹妹信上的吩咐給黃公公塞了一大包。黃儼回來不僅給美人帶來好多她國中的東西，還搖頭擺尾一臉爛笑說：「哎喲！幾月不見，美人硬比月裡的嫦娥了哩！都怪奴婢那年眼拙，沒識出金鑲玉，不要緊，啥時候奴婢瞅機會給皇上說說，美人就一步登天嘍！嘿……嘻嘻。」

這不，大清早又來了，準是來送信的！美人一想到皇帝聽了黃儼的進言會召幸寵遇自己，一顆心興奮得「怦怦」亂跳。心跳猶未止，寢房的門「呀」一聲打開，「嘩」一聲湧入二三十人，美人嚇得縮回放被窩外的玉膀，人也往下鑽。這是怎麼了？皇上要召幸不會在大清早，即便是要召妾去也用不著來這許多人，且連個招呼也無一聲便進來，出了啥大事？

她一顆心狂跳不止，在被窩裡顫聲發問：「黃……黃公公，這是咋回事？」

沒有人回答她，代替回答的是一擁而上的幾個太監，四個人八隻手「呼」的一聲把裹在她身上的被蓋揭掉。

「啊！你們要幹什麼？嗚……」

「起來！有旨捉拿你這個反逆！」

當下不由分說，又上來幾個年輕力壯的太監，把嚇掉魂的崔美人從床角裡提拎出來，麻繩一抖，光著大半個身子綁紮起來。平素連美人之類宮嬪衣裙邊也碰不著的小太監，乘這充兵壯拿人的當兒，就在她身上一陣亂揑亂抓，口裡還穢言不止。

美人已無暇顧及體面，泣著哀求站在一旁一直未發語的黃儼：「黃公公呵，究竟是咋回事嘛？嗚……你不是還給我說過……嗚……」

大約是崔家的銀兩還未用完，黃儼皮笑肉不笑開口了：「嘿嘿，我是給你說過，但現在不管用了。你們呵！當年聰明些那犯得著鋌而走險去謀逆嘛！你幾個爪子規矩些！帶走！」

☆

呂婕妤沒有收了銀子的人格外關照，就沒有崔美人這般幸運了。太監馬雲帶人一路闖進她的臥室，掀開被子照還在夢中的婕妤屁股上就是幾鞭子，打得夢魂顛倒的女人抱著頭在床上亂滾。馬雲這類大太監奉旨抓宮嬪不是頭一次，根據皇帝的臉色、語氣，他就能判定這個人這回的凶吉，他認定婕妤等這次在劫難逃死定了，所以拿人時毫不講情面。

李昭儀那邊情況也差不多，也是身上青一塊紫一塊綁來見皇帝。

百多號人瑟瑟一團跪宮院內，當中三個披頭散髮之人便是婕妤、昭儀、美人，餘者是受牽連的太監、宮女。

皇帝上去照三個女人狠狠各踹一腳大聲喝問：「逆婦、賊女！快從頭招供，如何謀害賢妃？誰是主謀，受何人支使，下了幾次毒？一一從實招來！哼，矮的矮，胖的胖，麻的麻，一開始就不是好東西！快說！」

三個人被綁得跟纏絲菟似的，疼得汗流滿身，哭嚎道：「皇上冤枉呵！冤枉呵皇上！賢妃娘娘升天跟臣妾等沒有關係啊！疼死啦！」

皇帝飛起一腳把跪他跟前不遠的方忠踢出好幾尺遠，吼道：「馬宣，你這個逆賊說，她們毒害賢妃之事你知曉嗎？快說！」

馬宣苦膽也嚇破，皇帝整治人的手段他不是不知道，嚇得語不成聲連說：「知曉，知曉，奴才知曉！都是方忠這個逆奴和著她們幹的！皇爺開恩呵！」

皇帝一聲獰笑：「逆婦，聽見沒有？招還是不招？」

三人又齊聲呼嚎冤枉。皇帝終於失去耐心了，大吼一聲：「侯顯吶！」

「奴婢在！」

平常專在宮中掌刑的侯顯應聲而出。

「你給朕用心敲打這幾個逆婦，問不出來朕殺你的頭！」

「遵旨！皇爺放心，不到下午她三個就招供。」

侯顯說的不錯，宮中有的是自古傳下的各種酷刑，不怕你不招供。皇帝暫時離開，他還有事與朝臣商量。他前腳一走，侯太監往三個半死不活女人面前一站，居然打個「哈哈」才開口，語氣聽來甚至有些溫和：「呵呵，當眞不招哇？我勸你幾個招了算了，省得我也麻煩。平常我敬你等是主子，我是個奴婢，今日吔就不同囉！我只拿你等當逆犯看。呵呵，當眞不招，來啊！」

一個竹簍拎了過來，裡面十多條蠕動的長蛇，崔、呂、李驚恐萬分看著，不知他要幹啥。

侯太監再問聲招不招，聽到還是喊冤枉的回答，冷笑一聲下令：「去，將她等褲子扒下！」

這個宮中整治女犯的二十四刑中頭一個刑法還未及施用，當被小太監們硬掰開腿，那吐著信的蛇頭快接近下體時，三個人幾乎同時狂叫：「招！招！我招呵！嗚……」

侯顯開心大笑：「哈哈，我還跟皇爺回說下午，不料你幾個如此不爭氣！」

皇帝回來時三個全數招供。是用毒茶謀害賢妃，那茶中放了慢性之毒，服後一年不到就病發身亡。還招供了許多事，幾乎是皇帝問啥就招啥。

皇帝又踹一腳問：「汝三人誰是主謀？可還有人指使？」

三個人齊聲答出的話，令皇帝大爲震驚：「給皇上回啊，臣妾等是受順妃支使的呀！嗚……皇上開恩吶！」

順妃也是她們的同胞，姓任。在賢妃未進宮之前，任妃頗受恩寵。就在前幾天，皇帝還留宿她的宮中哩！她已生了一個皇子，快兩歲了。

逮妃子較一般的嬪御要文明得多，這是因爲妃子是宗廟認可的皇帝的側妻，皇帝要革除她的妃號還要告廟，要正式下個廢除其號的詔旨。所以言來黃儼等不是去逮，是去向任妃傳皇帝的口諭，宣布她已被軟禁，聽候下一步的處分。任順妃跪聽了諭旨，猶如五雷轟頂，自己日常足難出這座殿門，如何惹上這天大的事？呂、崔等出事的消息她昨天便已知道，心中還暗暗爲她們惋惜，說同胞中就剩她一個了，豈料這事把她也牽扯上，眞是人在家中坐，禍從天上降呵！

向黃儼打聽究竟是啥事扯上了她，黃儼面無表情說：「這個麼！奴婢也不知了，反正過不了幾天娘娘便知道，耐心候著便是。」

宮中等於興了一場大獄，半月之內共逮治嬪御、宮女、太監等六百餘人，供出的各種情況是五花八門無奇不有。至於崔、呂等還供出些什麼，這大約是永遠不會有人知道的祕密，怕只有天才曉得，反正皇帝鐵青了臉提筆寫了道諭旨，賜任順妃自縊，兩歲的小皇子也賜死，御前牌子聽皇爺狠狠罵聲：逆種！究竟這兩歲的孩子是誰的逆種，這也怕只有老天才知道，是凡人永遠不解之謎。

宮妃賜死算幸運的，其餘六百號人，崔、呂、李以次一干女犯是絞殺，太監是斬首砍腦袋。

唯有二人逃脫劫難。

皇帝一眼看見崔氏乳娘金氏之女韓氏，說句：「這女娃娃眉清目秀不像個壞人，到朕宮中做個隨侍吧！」

韓氏得免，她母親金嫗也沾光活了下來。

13

這場宮獄究竟牽扯到漢王否無人得知，只是翌年開年不久，皇帝板著面孔以對漢王從無有過的嚴厲語氣說：「汝受封八九年了，究竟啥時候才打算之國？既受藩封如何能長居京邸呢！」

關於漢王藩封的事，他的侄子皇太孫後來做了皇帝後纂修《太宗實錄》，對此大做歪曲，以證明這個造反的叔父蓄謀已久。他的史臣們說高煦封漢王應之藩雲南，高煦嫌遠因之拒不前往云云。其胡言一望而知，既封漢王，其藩國不在四川、陝西，便在湖廣，只有這三處與漢王封號挨得邊，咋會編造個雲南出來呢？

不管怎麼說，皇帝是板著臉趕他走了噢！漢王鼻子發酸無限委屈說：「父皇，你討厭兒臣，兒臣就走，只是……」

皇帝心腸一軟，語氣鬆一些道：「你這孩子，朕啥時討厭你呢？封了國是應該去，不然人要說閒話哩！當初朕受了太祖的封，晚了幾年走還惹人嚼舌頭呵！」

漢王紅著眼睛抬出個理由：「他們愛嚼讓他們嚼去！兒臣唯要父皇知道就行，母后梓宮還厝於殯殿未葬，兒臣……如、如何忍心遠離？北邊的陵寢明年就完工，兒臣原想恭護母后梓宮入陵就去藩封，父皇既是不願兒臣久留京師，兒臣過幾天走就是！」

他這一番冠冕堂皇的話深深打動了皇帝，頓然覺得錯怪了這個兒子。北邊的山陵工程從永樂七年修到現在，明年就可告竣，一直是漢王在負責其事，隔個個把兩月他就往北京跑一趟，這份孝心上哪兒去找？皇帝有些歉然說：「是朕錯怪你，你所言有理，等你母后入土後再說之國的事吧！」

☆

十六歲的皇太孫生平第一次擔當重任，奉皇帝之詔往鳳陽祭陵。

皇帝笑著說：「朕要汝代朕去恭謁仁祖皇帝陵寢，一是讓汝增長見識，歷練膽智；再者也讓祖宗看看你，看看朕為宗社立的這個太孫。哈哈哈！」

太孫要出遠門，隨扈的除了府軍護衛外，少不得還有他的心腹之臣楊榮、金幼孜等；至於那幾個奉旨陪祭的公侯，反而成了多餘的點綴。

太孫與高杲烈去向父母辭別。母妃張氏甚為不放心，兒子長這麼大一個人離開南京走那麼遠畢竟是頭次。她紅了眼睛說：「基兒吶，你遇事要多與幾位先生商議，要多聽他們的意見。依我的想法，眞想求你父親給皇上奏請，請皇上改派他人。」

皇太子不以為然輕輕哼出句：「你老當他是個小人，十六歲了還小嗎？當年建文君做太孫時比他還小一歲呢！太祖還給建文下了個同於監國的重任，命中外臣工一應章奏同啓太孫方行。瞻基他有這份能耐嗎？那建文做太孫時不也去祭過幾次陵，連我都奉旨陪過他兩次哩，沒見過誰來為我們擔心噢！」

☆

平陽王這兩年多來咋也忘不了那個銷魂的下午。天仙樣的畫中人物那份熾熱、猛烈、如飢似渴的愛欲令他震驚，這就是九五之尊的嬪御？寬衣解帶後比婊子還婊子！不管咋說他的虛榮及欲望得到極大滿足，幹過皇帝的宮御！這足以令他在心底自豪一輩子。

那可人兒向他傾訴滿腔幽怨，摟住他脖子感慨地說：「唉，可惜你只是個郡王，你要是個皇子該有多好呵！」

平陽王捏著她的圓乳說：「是個皇子又怎樣，同樣與你做不得長久夫妻。唉……皇上也是，放著你們這樣的沃壤不知耕耘，荒蕪了多可惜啊！」

「你還有心說俏皮話。他咋耕耘得過來嘛，宮中有萬頃良田哩！嘻嘻，你又不是個親王，沒本事向皇上討個賞賜。」

親王也管不了用，皇帝賜親王宮人也不會把有了封號的宮嬪拿來賞賜，充其量賜幾個宮中的女官、女史罷了。平陽王突然想起，興奮之餘使勁在天仙白嫩的臀上拍了一掌：「哎呀！你不說我還忘了，若是漢王爺承了皇位就好了，他就會把你賞給我！」

天仙嘴一癟，嘟囔著：「你眞會做夢哟，就算如你所說，那個沒良心的人有那一天，只怕我都老掉牙了！」

「不老不老，那時你正當虎狼之年噢！」

………

正當平陽王流著膩口水回憶那揮之不掉的往事時，王府內侍給他送來一份急件。看著那標有漢邸字樣的火漆密封，平陽王濟熿來了勁兒，三兩把撕開就讀，一口氣看至末尾。末尾另有五個用雙圈加註的大字：閱後付丙丁！

濟熿懂得這是讓他看後燒掉的意思，南方丙丁火嘛！他照漢邸的囑咐把信點燃，看它化成一片灰燼後支頭沈思一陣，最後下了決心，吩咐道：「來啊，去把廣慧寺的鐵僧給我請來！」

一個時辰之後，城外廣慧寺的掛單僧人鐵頭陀被帶進王府。四十左右膀闊腰圓面膛黑的鐵頭陀向平陽王合十道：「王爺召僧人來有何吩咐？」

平陽王指指下方，示意他落座，然後若有意味地言道：「鐵頭陀，鐵師父，本王當年救你於危難，並把你安置在廣慧寺做個遊寄僧……」

他話尚未完，鐵頭陀已站起來，躬身施禮打斷說：「王爺不用再說，有用僧之處吩咐就是，鐵僧定為王爺效犬馬之勞！」

「哈哈，不枉我當年知遇你。鐵師父請過來。」

☆

平陽王與這個不知來自何方的僧人結下這段緣分是五年前的事。那時節，平陽王成天絞盡腦汁想如何把兄長頭上的親王冠弄到自己頭上來，便肆意結納江湖之人，有心潛養一批死士，有朝一日，用得著時讓這些人出把力。

有一天，他兄長襲爵晉王濟熺慌慌張張進來，結結巴巴說：「熿……弟，宮、宮……」一著急「宮」不下去。濟熿從心底瞧不起這個長兄，三句話他難得說清楚兩句，哪是個親王的料嘛！遂不客氣地止住說：「艱難、太艱難！王兄你歇口氣得了，我曉得問他們。來人！」

他把內侍叫進來一問才弄清楚，昨夜王宮內兩個宮人遭匪人強暴，賊人來無蹤去無影，何時潛入何時竄出俱不知曉，只是今日黎明，在花園假山內發現兩名宮人昏倒在彼，衣衫破碎，下體畢露，顯是中了迷魂香之類被歹人施暴所致。

平陽王素來是個好勇鬥狠的人物，咋能容忍江湖淫賊把生意做到王宮內，一巴掌擊案怒吼道：「好大膽的淫賊，採花採到晉邸的頭上！去人把太原都司請來，就說平陽郡王要他來府。王兄，你無事再去睡覺也成。」

晉王濟熺平素老實巴交，遇事又無一分主見，背了個親王的名，實則晉邸大事大半是濟熿說了算。平陽王長期住晉邸，根本就不去他的郡國藩封。他這形同搶白的一句，晉王聽了也不覺難堪，只辯白說：「才……才起來，晚，晚……上又睡。」

山西都指揮使也是聽說平陽郡王有事相請他才來的。要是說晉王爺召他他還未必就來，隨便找個理由就搪塞了事，與那位親藩見面說話是受大罪，一件事他從日頭出講到日頭落，尚且結結巴巴講不清爽呢！

本朝有嚴格規定，外臣見親藩，無論親王、郡王俱不准稱「臣」，不管書面還是日常談話，只稱「職」即可。山西都司聽了平陽郡王所談，搖頭嘆息道：「唉，不意此賊竟又潛入王府做案吶……」

平陽王一驚，身子前傾：「噢，如此說來貴司知道此賊？」

「給王爺回，此賊究係何人，職並不知道。王爺有所不知，兩個月以來，太原府已出了十多樁這類案子，事主俱係有身分的人家，連職衙門內王僉事家尚未得免，淫賊潛入他家，乘王僉事未回，用薰香做案，竟把王家夫人小姐一併姦淫呵！」

平陽王大驚失色，埋怨道：「噢，有這等事？太原有司著何置之不理？貴司等也應協力緝拿此賊才是！」

都司苦笑說：「哪能置之不理呵！這兩月來，太原府，陽曲、太原二縣的捕快悉數出動，多方查訊緝拿，職司衙門也派了兵參與破案，怎奈此賊神出鬼沒，迄今連點線索亦無。本想此事不驚動王府，豈料此賊竟……唉！」

平陽王眉頭一皺，沈吟一陣道：「王府宮人甚夥，此賊淫得二個，或者賊心不死，再來王府做案也未可知。這樣，從今夜起，貴司派五百軍士來，藏於府中守候淫賊，一舉擒獲並非不能。這事貴司知道就是，不必讓太原布政司等知道，給王府留點面子嘛！」

下弦月在雲叢中穿行，太原城內早已是萬家燈火俱熄滅，夜上三更時分。陽曲縣東南隅的晉王府顯得分外靜寂，偌大個府邸二三百間殿房靜靜躺臥在黑暗中，只有王府值更之人每隔一定時辰便繞著府邸敲打更板。平陽王親自帶領王府護衛軍士與太原都司派來的五百軍士，一動不動伏在檐下、廊側、假山石畔、樹叢之中，等待那採花大盜光臨。三更早過，四更雞鳴，眼看是拂曉，賊影尚未見一絲，平陽王失望之極，便要下令撤伏，遠遠跟蹌奔來幾人，平陽王沒好氣地伸手阻止那當頭之人的結巴之語，咬住牙說：「你說不清楚，不要說了！我已知曉，這淫賊來過了。啊……氣煞我也！」

☆

自不久前發生那事後，王府宮人又氣又怕又好奇。在千刀萬剮詛咒淫賊之後相互間又使個眼色，若一方說：

「今夜要當心喲，不定那淫賊就來找上你咧！」

另一方就嘻嘻笑罵道：

「你這嚼舌頭的爛妮子，怕他找的就是你喲！背時鬼，你那麼漂亮他不找你找誰？嘻……」

王府女史翠兒年方十八，也與姊妹們開過這類玩笑，但她今夜卻一點也不怕。她知道今晚整個王府四處都是兵，就在她睡覺的這間廊房窗外曲欄下，黑乎乎就蹲伏有好幾個人。另者她姨娘今天來看她，答應留宿一晚再走，爲此，同房的一位姊妹還移到其他房中打擠。

姨娘是見過世面的人，她安慰翠兒說：「哪有這麼厲害的淫賊？王府是個啥地方，他缺牙巴咬狗屎，瞎啃住一口還敢來二回？怕不抽他的筋，剝他的皮才怪咧！我當年在外面啥世道沒見過？還未聽說過有這麼能幹的人！放心睡好了，淫賊敢來我一屁股坐死他！」

這個黑巾罩頭的人是如何進來的？翠兒她們這輩子怕也搞不明白。她們明白的是當她們有所警覺想喊叫時已然發不出聲，一股淡淡的幽香透鼻而入，渾身一軟，胸口發堵，人雖清醒卻成了不能說話不能動彈的兩具軀體，恰如中了邪或是夢魘一般。

來人居然還敢笑，他用一種蚊子般的嗓音笑說道：「嘿嘿，這個蠢王，他自認布下天羅地網便可無事，他豈知我鐵羅漢有神鬼莫測之功，啥時想來就來呢！嗯，一雛一壯？

有些倒胃口，便也將就得。」

兩個女人只有眼睜睜聽著他這些輕薄的淫言穢語，無一絲反抗之力。罩面人厤利之極，三兩把去掉二人衣衫，便翻來覆去一陣肆意摧殘。臨走之際，二人還聽他說：「來了二次，也該給這裡主人留句話才對，不然下次再來他怪我不打招呼。寫在何處？嗯，這屁股還肥大，容得些字。」

四更過後，一位起來方便的宮女見鄰室房門大開，走過去一看便驚呼出聲，驚動一干人等擁來。掌燈一看氣得死人，兩個女人癱在床上，其中那個年齡大些的被擱來俯伏於榻，豐臀上赫然四個大字：蠢王面目。

平陽王自覺受了奇恥大辱。那翠兒的姨娘誰都知道乃青樓人家從良之人，這淫賊竟然拿婊子屁股比王爺的臉，如此肆無忌憚，眞是碎屍萬段也難消恨。

都指揮使又一次被請進王府。平陽王愁眉苦臉咬唇不語，都司聽了通報也感爲難，這淫賊如此膽大，手段又如此高，要防範確實不易。晉邸原有三個護衛，永樂初皇帝找了個理由削去兩護衛，還剩一個護衛，分駐在太原附近各縣，平常警衛王府的也不過一二百人，就是因爲兵力不足平陽王才找都司借兵，然六七百人夜間守候也不可能面面俱到呵！王妃等所居宮殿就要耗去一半兵力保護，剩下的一半人撒在王宮內百密必有一疏，想面面俱到也是心有餘而力不足。平陽王動了幾次念頭想調護衛上太原，最後終於打消。

原來永樂初皇帝汲取建文朝的教訓，嚴旨做了規定：各親藩護衛除留二個百戶扈衛王府外，餘者俱於附近州縣駐紮，親藩不能隨意調動護衛，有事須調護衛時要先給朝廷講明，王府長史司咨請兵部下兵符，然後方能調動護衛。也就是說，光憑王府的銀符是調不動自己護衛的，須與兵部符信合勘才能奏效。晉邸不願醜聞外洩，當然就不驚動朝廷了。

都司想了半天，湊到平陽王耳邊說：「王爺，職司有個主意，不知能否奏效？那淫賊自恃高強，留下話頭還要入府來肆惡，依職之見，不若……」

平陽王露出些笑容，頻頻點頭：「嗯，貴司這個主意不錯！從昨日之事看來，那淫賊心高氣傲，未將守護兵丁放在眼裡，此計可行。不過，本王要煩貴司大駕也來一下，貴司的本領本王是知道的。對付這淫賊，本王一人恐難制服。」

都指揮使是號稱力能搏虎的猛將，郡王爺親自求他這個面子他咋敢不給，遂應承下來。

☆

晉王府幾夜以來風平浪靜，原來平陽王聽了都司獻策，將王宮中所有女人悉數集中到王妃所在的宮殿，夜裡在殿中打通鋪席地而寢，四百多名軍士白天睡覺夜裡通宵守護，一個個刀出鞘，箭上弦，銃裝藥，嚴陣以待，你就讓兩個呂布闖入也是死路一條，何論區區淫賊！

但在一處偏殿內放了四名宮女做誘餌，還在殿內用醒目色彩畫了隻半藏洞中探頭探腦的老鼠，以紅漆大書道：「淫賊嘴臉，來則斃命！」

今夜月色全無，風聲蕭蕭，雨聲瀝瀝，正是蒙頭大睡的好時光。「梆、梆、梆」三更敲響，偏殿前如鬼火般閃了下螢光，綠黝黝刹那便滅，不是心細目健者根本未及見。伏在殿旁大銅缸後的都指揮使用肩頭輕輕靠靠平陽王，後者報以會意的點頭。來了！這淫賊果然心高氣傲，來闖這龍潭虎穴。

似貓非貓，似犬非犬，一團黑乎乎東西好似被風颳動似的，輕飄飄由樹叢中上了殿沿，歇了片刻，又繼續飄進殿內。就在這一刻，隨著平陽王、都司二人一聲高呼，偏殿四周幾百支火把同時點燃，頓然朗如白晝。兵士們從潛伏處擁出來，將偏殿團團圍住，幾百條喉嚨齊聲高喊：「捉採花淫賊呵！淫賊快出來受擒！」

平陽王手提一柄百煉精鋼刀，都司持一桿蛇矛，二人相視發出得意狂笑：「哈……淫賊眞是其蠢如鼠呵！哈……」

聞訊而來的晉王一路奔得氣喘噓噓，喜形於色高聲道：「熿……弟，淫、淫……」

濟熿掉頭看見，帶種嘲諷口氣喝止，「別過來了！王兄你看熱鬧還想礙事不成？刀箭沒長眼睛，你遠遠站住就成！」

「使……得，我、我想……扇他個耳光！」

偏殿只有這麼大，罩面之人無可躲藏，一手一個，抓了兩個面如土色渾身亂抖的宮女往前一步，沈聲道：「閃開條道，不然我結果她二人性命！」

平陽王在火光照耀下打量這個一身夜行裝、只露兩個眼珠的採花大盜一陣，仰頭爆發一陣大笑：「哈哈，蠢才呵蠢才，本王今夜就是專拿她四個當釣餌來釣你這條烏賊，你還蠢到這種地步，拿她四人來威脅本王！淫賊，你若嫌少，本王再送幾個上來，快殺呀！」

蒙面人一愣，又出語道：「你等這般勾當，非好漢所爲。」

平陽王一大口啐去：「啊……呸！你這種淫賊尙有臉講這些，你在人家女人屁股上寫字是哪條好漢？」

「這個……開個玩笑而已。」

「放你娘的狗臭屁！你潛入王府便已是死罪，還敢爛施淫欲，便是滅九族的罪。兵士們，與我拿下！抓活的，勿亂放箭！」

當下就有十多個兵丁爭搶頭功一縱上了殿階，撲向蒙面人。蒙面人見狀，將手中女人摔開，伸手在背後一摸，一柄三尺半長、二指來寬的柳葉劍已然在手。當頭兩個兵士一左一右，兩把鋼刀罩頭劈下，蒙面人會家不忙，身子微微一搖，好似倩女蹬冰，「哧」的一聲飄向側面。「噹、噹」兩把鋼刀墜地，兩名兵士各個以手搗腰，慘呼著軟癱滑倒在地。

平陽王也是個嗜武之人，不由暗暗讚道：「淫賊果然了得！電閃之間就發了二劍傷我二人。他到底是何樣人物？」

其餘十來名軍士見狀不由膽怯，停了腳步，遠遠用長矛、大刀逼住蒙面人。都司見狀來了氣，蛇矛一挺，丟下一句話來：「王爺，看職司去擒他！」

他一縱步，兵丁們便閃開。都司丈二蛇矛指向蒙面人，喝斥道：「淫賊，還不乞降，莫非要等本都司動手麼？」

蒙面人望著閃悠悠只在他面門尺許顫跳的矛尖，嘆口氣道：「我今日一時大意，著了你等門道，非你等之能也。唉……你有本事只管取我性命，多說無益！」

他既不降，都司也就不再費口舌，長矛一抖，挽出一串寒光直奔蒙面人上、中、下三路襲去。蒙面人在兵器上吃了大虧，三尺半利劍連對方身前也近不了，而對方卻可以隔著丈餘攻擊他，一句話他只有挨打之分而毫無還手之力。支撐了一會兒，都司把蒙面人逼到一個死角。蒙面人費力化解長矛的攻擊，一時雖還未受傷，卻有幾處衣衫被挑破。兵士們擁進來上百人，呼喊著為都司助威，平陽王也興奮地向都司交代：「要活的！貴司勿傷他性命，本王要看看他究竟是個啥野物？」

蒙面人突然大叫一聲：「住手！那位王爺不是想看嗎，這就讓你看個明白！」

他乘都司聞聲住手的工夫，伸手揭去頭套。滿殿頓時一片譁然：「啊……禿瓢！花和尚，賊禿驢！」

都司呸一口罵道：「淫僧，出家人諸戒便有戒淫一款，爾如此行事，真是玷污佛門！」

和尚卻說：「你懂個屁！戒這戒那什麼二百五十戒五百諸戒，都是假和尚，真和尚原是一切不戒。我與諸女施主有緣，才與伊等共入歡喜天地……」

「一派胡言！待本都司送爾入阿鼻地獄吧！」

「且慢！貴司住手，待本王來問他。和尚，你是何宗何門，哪個廟宇？倘你從實招來，本王或可從輕發落。」

莫道平陽王是菩薩心腸，他是見這和尚身手不凡，出語怪異，便動了個心思，意欲說動和尚投靠他，添個得力羽翼。

和尚是久闖江湖之人，究竟他是不是和尚，怕只有他自己才清楚。本朝洪武、永樂二朝俱崇佛，一時間十三布政司內遍地光頭，亮堂堂一片，人開玩笑說，妓院樓梯栽個跟頭也會碰倒三個和尚！聽得出平陽王話語中那好奇之意，和尚便說：「王爺只認得我是個和尚就成，管他哪宗哪門，哪座廟宇！我是無師自通，原無有宗派廟宇管住，吃得飯的地方就是佛，歡喜之處便是菩薩，識得我的便是我師父，王爺滿意乎？」

平陽王伸手把都司拉到後面，站過去笑眯眯開口說：「嘻嘻，有那麼一絲絲滿意。我問你，若是寡人放你，你著何報寡人？」

和尚將手中劍往地上一擲，大笑道：「還放什麼嘛！你識得我，又有飯吃，四海難找一處歡喜天地，我和尚就留下來，還愁沒日子報效你？哈哈！」

和尚當眞就留下來，連平陽王也只知道他自號鐵頭陀，餘者一概不知，只要他答應歸順報效，管他是個啥來歷，他就是從天竺國走路來的又有何妨？可笑那晉王濟熺，中午在濟熿爲和尚壓驚的宴席上一見鐵頭陀，哈口冷氣指了他道：「咋……回事？他不是……」

平陽王夾塊菜往他跟前碟中一放說：「對，他不是壞人是好人，你吃這雞腿看味道如何？」

「好……好、好！奇、奇……怪呵！」

和尚住王府，天地雖歡喜，日子長了也有諸多不便。平陽王便把晉邸私廟的方丈叫來，吩咐他接納鐵頭陀，拿他當個遊方僧看，一切俱不得去管他，日供三餐夜供一宿，酒肉也由他，愛吃則吃，眞比那當年的魯智深在五台山還自在。廣慧寺是晉邸的私廟，平陽王的吩咐便是佛語綸音，方丈只有點頭的分，自此鐵頭陀便在廣慧寺住下。平陽王每隔個十天半月便把鐵和尚接來住兩天，讓他與有緣人同入歡喜天地。

五年來鐵僧還未與平陽王辦過一件事，效過一樁勞，眞可謂白米乾飯養閒人呵！平陽王並不著急，這鋼要用在刃上，養他千日用他一時，今天就正是機會了。

14

中都鳳陽地處淮北，兩淮之地也可稱爲皖，西周時封諸侯皖伯，斯其謂也。春秋、戰國時期爲吳、楚之地；秦置九江諸郡轄之；漢代隸於揚、豫二州；至元代分屬於河南、江浙行省，明朝於皖地建中都留守司並安慶、廬州、徽州諸府，俱直隸於南京。從南京出發，從江浦過江，走滁州，經定遠四百餘里便至鳳陽。

皇太孫一行按站而行，四天時間便進了中都城，早有中都留守司、鳳陽府等恭迎於道。接下來幾天自然是按儀行事，恭謁仁祖淳皇帝后陵寢，祭南昌諸王之墓塋等。朝廷每次來謁陵，都備有豐厚的賞賜品，用以賞賜帝鄉耆民，劉、汪、趙三家自不用說，還有一些特殊的人戶，如所謂的什麼「太祖朝天女散花戶」。後者是太祖朝時諸殉葬宮女的人家，朝廷因他們的女兒爲太祖皇帝殉節，便厚待他們，賞了田宅、奴僕等，儼然是朝廷親戚一類的人物了。皇太孫到了鳳陽，少不了要去看望這些人家，以朝廷的名義優恤、撫慰他們。

皇太孫在孫姓「天女散花戶」家坐了片刻，說幾句體恤的話，便要起身離去。戶主孫一丈顫顫巍巍從屋裡取出個小黃緞包袱，雙手呈上說：「太孫殿下，此乃宮中之物，臣家不便再留，今日殿下蒞臨，臣奉繳朝廷！」

喔，這是啥東西？太孫帶二分好奇接過來便要打開瞧瞧。孫一丈忙阻攔道：「殿下勿視，殿下萬勿垂視！此中乃不祥之物呵！」

皇太孫不由詫異了，什麼不祥之物？既是不祥之物何以還奉繳朝廷。他是個不信邪的人，孫一丈愈這麼說，他愈要看，解開一瞧，不由愣住。原是幾雙嬰兒穿的鞋子，看那黃緞面、黃絲線及上面的雲龍圖紋，是宮中皇子一類人物用過無疑。這有什麼不祥？便追問孫一丈。老頭結結巴巴也說不太清楚，只說這是他洪武三十一年初上南京看女兒，女兒孝敬父母一些物品讓他帶回，末了又放個這小包袱說這是她奉懿旨給小皇子做的鞋，取兩雙給父母帶回求個吉祥。未料吉祥變爲不祥。

孫一丈囁嚅道：「殿下，穿這鞋的小兒隨他父親赴了火海，成了宗社、朝廷的罪人，是爲不祥之物呵！故臣不敢隱瞞，奉繳朝廷。」

太孫手捧小包若有所思。以前沒聽說過建文還有個小皇子呵，不就是個文圭嗎？文圭上面據說有個太子文奎，文奎壬午時已有七歲多，洪武三十年也不穿這嬰兒鞋呵？如此說來那建文君還有個小皇子，與我一般大。想到此太孫有絲淒然，他要不死，今年不也十六歲了嗎？

楊榮、金幼孜等見太孫悵然若失的樣子，遂排解奉勸：「殿下不必感傷，凡事皆是天命使然，那建文之子赴火或者對他未必不是件好事。殿下仁宅之心，他地下有知，亦當感念。」

太孫心頭便總覺有絲愁緒排解不開。誠然，那文圭的哥哥若不死，命運便與文圭一樣，所以楊榮等說他死了未必不是件好事。太孫突然終於明白自己的愁緒所在了，因爲他腦海中始終有個與這家人有親密關係的人物，那便是他揮之不去的皇伯祖母的影子。往事如煙，少童時代待他親似嫡祖母的皇伯祖母給他留下深深的印象，一見到他就如見到天上掉下的寶物，親呀疼呵沒個完，太孫忘不掉伯祖母的淚眼漣漣，忘不掉她傷心欲絕求他的事。唉！皇太孫從心底一聲長嘆，眼睛潮濕了。去看看庶人弟吧，六年不見，他怕也長成小大人了！

☆

十三歲的圭庶人比太孫整整短半頭，興許是幼年幽禁的結果，他的臉色至今有種淡淡的慘白，他不再是太孫記憶中那個見了人又蹦又跳興高采烈手舞足蹈的從堂弟，而是沈默寡言目光遲滯滿腹心事神情愁悽的一位少年。

太孫在心底深嘆口氣，握他雙手問：「庶人弟，這些年還好嗎？」

圭庶人遲疑了好一陣，用低得只有對方一人能聽清的聲音答說：「託……朝廷的福，都好哩！」

就這一句，再無有其他的話了。貞娥姑娘如今已是四十左右的人，奉湯遞水請太孫上座。文圭陪坐下首低眉垂首，眼睛只看自己的腳尖，竟不會說一句應酬的話。貞娥站他座後慫恿：「庶人，殿下一個人來看你，又無其他外人，有啥話跟殿下奏說呀！你是朝廷宗親，有啥話說錯，殿下也不會怪罪你的。」

這話沒錯，文圭雖是罪宗也是朝廷的宗親，把庶人作爲一種稱謂，爲罪宗所獨享，任你何公何侯，削去爵位便稱庶民而不能稱庶人，只有皇子、皇孫、親王、郡王直至諸宗室者，獲罪失位失爵方稱之爲庶人。足見庶人與庶民字面意義雖無甚不同，卻實有本質之區別，朝廷仍然拿他們當宗親看待。貞娥的意思是想勸圭庶人乘太孫來探視，提些有關生活方面的要求，諸如所居能否再寬敞些，監護是否不要太緊，平素走動能否再自由些等等，怎奈文圭就是不說話，好叫貞娥失望。

皇太孫寬容地向貞娥擺擺手，示意她不要強迫庶人。庶人現在長大了，出幽室後知道的事情日漸增多，父母的事在他小小的心靈上留下那麼大的陰影，他能快活起來說許多話嗎？

太孫話題陡轉：「貞娥姑娘，本宮請你見識樣東西，你把那庶人兄長的事跟本宮講講！他叫啥名字？要是還在跟本宮一樣大了吧！」

皇太孫把那嬰兒鞋取出，許貞娥衝動之下竟然忘了禮儀，走過去抓過鞋來貼在自己胸口上，淚流滿臉喃喃而語：「是他穿的鞋！是他的鞋呵！文垚啊，貞娥又見到你哪！嗚……」

圭庶人早不知聽過多少次貞娥姑娘所講的文垚哥哥的事，他也偷偷用眼去打量那雙小巧玲瓏精緻的嬰兒鞋。

貞娥擦擦淚，向皇太孫講建文君次子文垚。她彷彿又回到當年，眼中時而閃著喜悅歡娛的淚光，時而是焦慮不安的神色：

「那是太祖洪武三十年吧！是八月還是九月？是九月，文垚下地闔宮都爲他捏把汗吶！嘻嘻，他生下來哭得響亮，紅乎乎的一團，建文君請的那個小張眞人說他胎中帶了什麼不吉之氣，生下來就抱到朝天宮做法事禳災去邪哩！足足做了二十多天接回宮，還是奴婢我去接的呢！唉……」

貞娥無限傷感煞住話頭，聽她講述的皇太孫卻猶同遭巨木撞胸，「咯噔」憋住了氣。聰慧過人的皇太孫猛然記起母妃講的事，自己出生時皇祖母聽了玉清庵一個叫清然的道姑之言，也在府邸中由清然做了十多天法事。母妃還說好厲害呀，除了一個奶媽一個宮女外，連皇祖母那些天都不能接近。他頓感這中間有什麼蹊蹺。究竟有什麼一時想不出也不可能憑空想出，但絕非偶然，南北二千里差不多同一時候生了兩個小人，都給道家抱去做法事消災，他們又都是太祖的子孫從堂兄弟。道家？咦！太孫腦中又是電光石火一閃。去年在朝天宮險些遭暗算那挺身相救且對自己關切備至的不也是道家嗎？有名堂，其中定有名堂！

皇太孫內心激動表面卻絲毫不露半點聲色。他站起來，摸著文圭的頭，嚴肅地交代貞娥：「貞娥姑娘，我知你是個至誠忠愛的人，本宮這庶人弟就託付你了，不能出差錯，朝廷只問你要人。留守司方面本宮自會打招呼，一切盡量滿足庶人，別讓他受委屈，記好了！庶人弟，無事讀點書，本宮將來還會來看你的。」

☆

石門山是鳳陽東南的一座不大不小的山峰，山中有座道觀叫青牛宮，傳說老子騎牛過函關後得道升天，胯下的青牛凡心未泯，不知怎麼跑到這皖北的石門落了腳，給後人留下一段香火情。這種傳聞是否屬實不必考究，就如川西成都有座著名道觀青羊宮一樣，那青羊在歷朝百姓的傳聞中也有類似來歷。總之，青牛宮在本朝不大不小是個頗有香火的寺觀，然而觀主做夢也未料到會有如此顯赫人物蒞臨。

皇太孫因有了對道家那段好奇疑慮之心，便要往青牛宮拈香禮拜，按說回南京並不經過石門山，他是特爲繞道前去進香，所以顯得分外隆重。

觀主在太孫一行即將上山入臨之前，接到南京師伯掌天下道籙司的范道長密帖，要他加意防範，保護太孫的安全，所以他分外小心，命道衆先期淨觀，杜絕一切閒雜人等。

皇太孫登階而入，觀主率衆恭迎出觀門，一行入三清殿，拈香禮拜，禱祝如儀。太孫站在這諸殿清淨一塵不染的道觀舉目四顧，但見翠柏夾道，清風徐來，空山鳥語，心神爲之一怡，笑對楊榮等言：「不料中都附近竟有個如此清淨的地方，本宮今在此住一宿再走！」

觀主聞言連連擺手勸止，囁嚅道：「殿下欲留敝觀一宿，實乃敝觀莫大之幸，然窮山僻嶺，實有諸多不便吶，殿下一身繫宗社之本，若有個差錯，敝觀實在擔待不起呵！請殿下三思！」

楊榮等亦諫勸太孫改變主意，說觀主所言有理，這麼個偏僻之處，非國家儲貳下榻之地，務請下山往州縣駐宿。

皇太孫又動了心眼，莫非天下道家俱關心本宮不成？這裡面是有個理，本宮今夜還非宿此不行。他哪裡知道，一路跟蹤他多日的鐵頭陀正要等他做這個決定才好伺機下手哩！

鐵和尚從南京以西的滁州便跟上了太孫一行，數日窺視，俱無下手之機。一千多人的府軍前衛甲士隨扈太孫，路上是前後左右簇擁如雲，等閒人等一里之外便被前衛軍士喝趕驅散開，所過之處道兩旁三十丈內不准人仰視，莫說行刺，敢於不顧警告靠近者立時就要被扈從軍士砍翻。到了晚上或驛站或州縣，府軍護衛之外還增加有地方警衛，一座行宮差不多就是軍營，裡外三層不說，太孫下榻的屋內屋外俱有重重甲士值衛，執刀仗劍的甲士通宵達旦守護，要闖進去行刺，除非變隻蒼蠅，否則縱有三頭六臂，百丈之外就要丟命。

☆

鐵僧一路跟到鳳陽毫無任何可乘之機，眼見得皇太孫一行浩浩蕩蕩又踏上回程，只說此番辱王使命，怕再不好意思回那歡喜之地交差覆命，不料皇天開眼、佛菩薩保佑，皇太孫途中走了偏道奔石門山而去，並且要在那觀中留宿。

太孫上山只帶了二百甲士護衛，餘者於山下駐紮，原準備拈了香就下山離去的。當和尚見黃昏已近，那一行還未出現，心下一陣狂喜，天助我也，今晚他必宿此觀，那就是他斷魂之地！

就寢之前太孫與楊、金縱談。他突然問楊榮：「勉仁先生，本宮想問你一句話，請先生據實以答。」

楊榮等與太孫早已是無話不可談的莫逆君臣，見太孫如此正色以問，好生詫異：「殿下，臣必不敢有隱，請賜問！」

「那好，你與胡先生俱是建文二年的進士，你實話告我一句，那建文君究竟是怎樣一個人？是漢叔他們形容的那樣嗎？」

楊榮眞愣了片刻，他十七歲那年與年長一歲的金幼孜同登進士榜，可謂建文朝春風得意的少年仕子，故君是個啥樣的人他如何不知。

他甚至還記得剛入翰林院做編修時，建文帝某次召見這幫翰林詞臣，突然指著位卑秩淺站在後排的自己說：「汝不是叫楊榮嗎？上前面來！汝十七歲登第，與那太祖朝的解大紳可並肩匹美，實乃國朝仕中雙璧呵！哈哈！」、

楊榮當時感到這種殊遇及天子這種平易近人，曾暗暗發誓要用心奉事以酬君恩。孰料風雲變幻，世事無情，長江一夜千帆過，十萬燕師逼金陵，故君殉了社稷，他楊勉仁只好順大流歸奉新君。在迎燕王入城的儀式上，十九歲的楊榮便做出一個非同尋常的驚人之舉，爲他以後站穩腳跟打下良好開端。

當時，得意洋洋的燕王顧盼生輝，催馬入城，不料降臣隊列中突然衝出一個年輕人，不顧燕王的驚詫，一把抓住轡頭，沈聲喝道：「殿下，容臣直言，殿下是先恭謁孝陵還是先入城呢？」

燕王愣了剎那，翻身滾鞍下馬，向這個他當時並不認識的年輕人做個大揖道：「講得是，講得是！寡人謹受教！」

後來，皇帝十分賞識這個攔馬賜良言的年輕人，常對人說：「非楊勉仁之言，朕幾獲輕慢祖宗之罪矣！」

由彼可見楊榮確非吃素之人。當下，他面色幾分凝重，答曰：「殿下既垂詢臣，臣不敢相欺。以臣等看來，若生逢其時，建文便是個太平仁君，惜乎少年即位，用人不當，方身敗名裂，遺萬古之恨矣！」

這話雖婉轉太孫能聽懂，就是說建文君若是接過一個牢靠的皇位，便是能爲宗社百姓辦事的明君，所謂生不逢時，自然是指當太祖遺位之際，親藩勢力太盛，皇位不牢固也。

太孫點點頭，便說：「如此說來漢叔等之言不實囉！」

楊榮想了想措辭方答說：「這個……漢藩爲人，臣不多言殿下早已盡知。臣只言一點，殿下即知建文爲人。當皇上龍興之時，靖難兵鋒所指，並非所戰俱能克，東昌、夾河諸役中，皇上及漢藩俱多次遇險，所以能免於難者，祖宗福佑之外，便是建文君保護之功也。當其時，南師奉建文君嚴旨，不許傷皇上與漢藩一毫一髮，言勿使其有害叔殺弟之名……」

太孫「噢」一聲，若有所悟道：「余知之矣，建文伯父實乃心宅仁厚之人，漢叔如此詆毀他實不應該，不過……」

不過什麼他不說了，楊、胡二人亦不能說，反正大家知道這是心知而不能言的事罷了。

☆

太孫對當今皇帝──他的祖父是滿有感情的。因爲這個威嚴、剛毅的祖父唯獨對他，處處顯出一種護犢的溫情，連太孫自己都知道，皇祖是投鼠忌器，顧忌到自己才沒有奪去父親的儲位。所以他除了在心底有些遺憾，咋忍心出言傷及皇祖呢？但問題是明擺著的，沒有朝廷對建文君的種種偏激、嚴苛之舉，漢王等又何能口誅筆伐時時拿他做個靶子呢？

皇太孫就這樣想著各種湧入腦海的問題，迷迷糊糊入了夢鄉。

石門山的夜真靜呐，天空昏黑如漆，山嶺疊嶂如磐，松風乍起如濤，流水潺潺如泣。二百餘名軍士今夜沒有睡覺的福氣，一個個大瞪眼注視那深不可測的夜幕，彷彿那裡面隨時會蹦出個野物似的。二百人分成三撥，皇太孫下榻的那間屋子安二十個人值夜，屋前屋後，廂廊兩側俱是拎燈籠的值哨甲士，連太孫臥榻旁的地下還坐兩名手執兵刃的衛士。觀內五十人，布於三殿、天井諸處來往遊走。還有一百人統於觀外扈衛，團團將一座青牛觀環衛起來。觀牆下每隔三尺便是一名軍士，另在入觀的山道石階梯口放了二十餘人，眞稱得滴水難進，戒備森嚴了。

二更時分，觀外的衛士們首先感到寒冷，陣陣山風颳來掀衣觸體，好似針扎。有幾個受不了，邊跺足邊喊：「怕要去弄些樹枝來生堆火才行吧！這夜裡寒氣太重，抵得數九喲！」

☆

鐵僧一身漆黑，與這夜色的沈沈十分和諧，他就是這夜的一部分，隨著濃濃的暝色向青牛宮逼近。他如貍貓般矯健，一個縱跳攀上了觀外十餘丈遠的一棵千年老松，撥開樹枝用夜視之法觀察牆邊守衛動靜。所謂夜視之法不過是一種比較而言，並非說他像貓頭鷹一樣能把黑夜當成朗晝，只是他比常人較習慣於黑暗罷了，這是他多年夜間出沒所練就，非一朝一夕之功也。

東牆邊原先一排隔三尺拉開間距的幾個衛士此刻已聚在一塊烤火。一個打著呵欠說：「啊……要照我看來有點小題大作。楊學士、金學士他們也未免太謹慎，非要兄弟們如此熬通夜不可。其實，這遠鄉僻嶺的，至多出個毛賊之類，哪有什麼亡命天涯的江洋大盜，再說，就是江洋大盜，他也犯不著來找太孫殿下的碴噢，這不明擺掉腦袋的事嗎！唉……」

馬上有人附和：「是呵，他們當學士、當指揮的口上只會說，眞有那麼忠愛，別躺被窩裡睡大覺，出來站站哨呀！」

「哎呀！那是什麼？一條黑影一竄過去，我向皇上發誓沒看錯！」

一名兵士大睜恐懼的眼睛手指遠處黑乎乎的岩影驚詫不已。內心恐懼表面故做鎭定的同伴大聲斥責他：「你咋呼啥？看你那兔子似的神情，莫是你老娘褲襠著火不成？」

「你老娘褲襠才著火，是老子一手點的！」

「雜種，你敢占我娘便宜，我揍你！」

起初斥責人後來吃了虧那個惱羞成怒，當眞揮拳打去，這個咋會服輸，馬上還以顏色，兩人抱在一起，摔倒在地，乒乒乓乓滾出十餘丈遠，難解難分。烤火的坐不住了，本來他們就擅離職守圍聚驅寒，現在這麼一打鬧，當官的過來查哨，不剝大夥兒的皮才怪，於是紛紛跑過去勸解。

就在這片刻工夫，十餘丈外那棵大樹上悄無聲息滾竄過來一條黑影，快似靈貓，敏捷如猿，呼地便上了牆。當最先掉頭過來的那位兵士似覺眼睛一花時，只聽見牆頭傳來兩聲貓叫，「喵——」又長又淒厲，比小寡婦上墳還揪人。兵士擦擦眼睛，看了看近一丈高的觀牆，終於罵句：「死貓，這時節叫春！」

☆

鐵僧早有諸種準備，見圍著烤火之人不時東張西望，心知他們此時的心理，袖口一鬆，一條一直被他卡著脖子不能出聲的貓呼聲竄下地，奔黑暗中逃去。這一招果然見效，兩名兵士為此大動手足，為此打得冤冤不解，把餘者引去勸阻。他抓住這機會一射下地，貓了腰連縱帶滾片刻工夫到了觀牆，憋住氣稍稍下蹲，然後奮力一跳扒住牆沿，十指一發力腰間內勁陡注，瞬間便上了牆，學幾聲貓叫縱身跳下。

☆

觀主根本就未睡。就是道籙司不來信他也不敢睡。開玩笑，皇太孫今夜宿他觀裡，要出點差錯，只怕全觀徒眾都得丟腦袋。他晚間時看了太孫屋前屋後的守衛，覺得皆可放心，唯一一處他不放心，就是房頂上沒布置有人觀察、守衛。觀主把兩名練過些拳足的弟子叫來吩咐說：「本師命汝二人上房去，守在太孫殿下居室附近，你兩個各守一邊，勿許交談，不得點燈火，今夜不出差錯，二人就大功告成！」

二人上了房，一人手裡提柄寶劍，到了太孫居室前，一東一西隔個檐溝倚屋脊靠坐，坐了一陣索性躺下，到了這二更交三更時節，若不是那鐵和尚撥瓦之聲將二人驚動，只怕就要一覺睡到大天亮了。

☆

鐵僧縱下觀牆，貓叫幾聲伏地觀察，見大殿內外俱有拎著燈籠遊走的巡哨，細細揣摩片刻便有了主意。那皇太孫定宿於後院，只看那燈火密聚警戒森嚴之處便是。他在黑暗中貼壁擦柱一路躲閃摸到後院，駐足一看果然不出所料，當院正中偏東那二間廂房足有幾十名軍士守衛，房屋四周還布有暗哨，從正面進去顯然不可能。好在他是幹這類事的老手，當下施展猿攀之功，「嗖嗖」爬上殿頂，從這殿頂房檐過去，便可踏上後院南房之檐。

鐵僧用劍輕輕撥過匹瓦，貼在房上往下一瞧，那人正睡得安穩，榻側坐了二名衛士，靠著桌子在打瞌睡。他不慌不忙取出悶香，將三尺吹管由瓦隙伸下，輕輕一吹，一股青煙裊裊而入，片刻之後便是炸雷響在頭頂，屋內三人也不會蘇醒。按他的身手，有四匹瓦寬二匹瓦長一個窟窿便能下去，放下軟索後，他又擔心萬一得手時外面軍士進來，這窟窿太小，上來便有些費事，索性再揭兩匹，到時縱然外面覺察，他脫身更為容易，就這一念之差便前功盡棄。

出家人打瞌睡有個好習慣，不打呼嚕，這一東一西斜靠在房脊上的兩名青牛宮弟子就是如此。儘管兩人瞌睡了近半個時辰，卻似深潭沈石半個氣泡也未冒，若不然他兩人不但早丟了性命，那鐵頭陀今日也定然大功告成，高煦篤定接替皇位，大明朝以後二百多年歷史又另是一筆。

鐵僧想再取兩匹瓦，按說瓦已撥開用手隨著取就成。不成！這青牛宮的房瓦怪，它不但隨溝疊壓，而且當初用糯米沾凝，以防山風太大把房瓦吹落。所以鐵和尚得用軟劍輕輕撥削，這瓦好沈，定是當初做瓦之人不小心，把兩匹沾在一塊兒燒成，牛鼻子買瓦時又未注意，竟讓這匹害群之馬混上了房頂，害我和尚費些手足！心頭一嘀咕，手上力道欠了把握，「咔嚓」一聲瓦被弄裂，發出輕脆響聲。和尚心頭冒汗，立時貼房不動。幸夜晚風大，吹得房前屋後「嘩嘩」亂響，房下軍士居然未聽見，未有驚問察呼之聲。鐵僧暗叫阿彌陀佛，腦門上拍一下，兀自慶幸。

房下未聽見不等於房上也未聽見，東頭那名道人就聽見並且驚醒，初時以為做夢或者是風聲，再凝神一聽，不對，房上有人！悄悄爬到脊梁處一看，我的媽，二丈外明亮亮一個窟窿，旁邊蹲伏一個渾身夜行裝束之人！

「有刺客呵！房上有刺客啊！」

夜半三更這一嗓子直如在老太婆耳邊放個火炮，驚得房前屋後、殿內殿外的軍士跳了起來。立時燈籠火把雲照，出來查哨的指揮使用腳踹，用口罵：「雜種，快去保護太孫！狗雜種搭梯子上房！爛雜種，快去叫觀外的人！」

皇太孫屋裡立時衝進來二十多名臉青面白的軍士，見太孫睡得呼呼不斷，香甜如泥，這才「呼……」地衆口一聲長氣。回過神來才發覺地上還癱了兩個。

東頭這一聲呼，西頭的也驚醒，二人便齊聲呼叫。同時，以手中長劍直指夜行人，喝道：「何方刺客，竟敢行弒君大逆？快快棄械求降，道爺等候你多時。」

當夜空中那一聲驚呼乍起時，鐵頭陀便知今夜大錯鑄成，前功盡棄矣！他從竄上大殿屋頂時便做過觀察，確信諸屋頂上沒有人守衛才放心過去的，豈料兩個道人疏於職守打瞌睡，因禍得福反而瞞過了和尚，要不睡著總是要伸伸腳直直腰之類，那樣的話，和尚不難悄悄接近，分頭收拾掉二人。

鐵僧懊喪之餘，軟劍一彈，憤然出語：「牛鼻小道，口出狂言，既然你二人找死，佛爺便打發你二人去見李老子吧！」

話語一落，人如離弦之箭，黑暗中一射兩丈遠，劍氣一團直罩東邊那道士。道士學過幾天拳腳刀劍，但那不過是平常強身健體或者說道家修身養性的常課而已，對付個普通人興許還可以，要化解江湖上混了二十五年專吃這碗飯的鐵僧的攻擊，實在太難為他。況且他站這黑夜中三尺之外便不敢邁腿，對方卻是夜貓子眼如履平地，但聽「噹啷……啊！」一劍墜人呼一陣瓦響滾下房去，左胸右肺連中兩劍，俱是要命之創。

西邊那個多活了片刻，那邊師兄慘呼墜房叫聲未止，眼前黑影一晃死神便到他跟前：「小賊道，你敢上來壞我大事也是一死！是要傷心還是爛肺，你自己選！」

「放狗屁，道爺罵你是狼心狗肺……啊！」罵聲還未完那柄薄刃軟劍已刺入他的胸膛。

鐵僧拔出劍再要逃走已然晚矣！房頂上四面俱爬上來手執火把的軍士，指揮使欲戴罪立功——放進刺客便是疏忽職守之罪——也親自上了房。房子下面更是被團團圍住，一片燈籠火把照得通明。

楊榮、金幼孜、觀主等俱在下面，口中還大聲打招呼：「吳指揮聽著，能活捉最好！」

但夜行人不是那麼好活捉的，四面衝上去的軍士已有三四人中劍，慘叫著滾墜下去。

指揮使一看，一邊吩咐舉銃瞄準，一邊大聲告訴下面的人：「學士大人，此賊甚是厲害，我的人已有幾個傷亡，職使要用銃子打他。逆賊刺客，本指揮使告訴你，這是火銃神器，是頭牛也要你斃命，速速棄劍受擒，否則……」

鐵頭陀也知今日怕是走不了了，這次不同晉邸，即或棄劍求降，八成也是個死，再無那種佛菩薩的歡喜境地，更無個人識得我這金鑲玉。罷、罷、罷，從求人在腦門上搞九個窩窩那一刻起，就把這生死二字扔到了爪哇國，這輩子闖過那麼多刀山火海，完了那麼多風流債，今夜就在這石門山做個了斷也不算太冤。心一定，手彎劍刃向空一彈，嗡嗡一陣響，冷笑一聲道：「嘿……你聽得出它說的啥？聽得出，你是它知音，我拱手交給你！聽不出，嘿……」

日你媽我不是鐵匠能聽出鋼鐵說話嗎？指揮使暗自罵一句。鐵頭陀不再等他回答，蔑視地大叫一聲騰縱而起：「蠢東西你配嗎？它說『我餓』哩，它要飲爾之血呵！接招！」

現在與剛才不同，剛才是一片黑暗，鐵僧縱到道人面前對方才知曉，現在是一片通明，他身形尚未縱竄過去，對方便揮手下令：「放銃！打死這頭野物！」

指揮使惱羞成怒憤然發令，便聽「轟轟」幾響，十餘支火銃照著這夜行人就打，後者不是水牛，銃子順當鑽入他的血肉之軀，渾身上下頓成麻餅，慘呼大叫仆倒房頂，蹬腿伸腳一陣掙扎，咕碌碌滾墜下去，氣絕身亡。

☆

皇太孫昏睡到午後方醒，楊榮等把夜裡發生之事告訴他，並拿一樣物件給他看，說是從刺客腰間搜出。太孫一看，驚得合不攏嘴，那長方形銀牌上鐫有醒目大字：親・晉邸。此乃朝廷鑄頒的「親」字信符，爲各藩所有，係晉王府無疑。晉王濟熺竟然與刺客有關係，令太孫震驚不已。他哪裡知道此乃平陽王與鐵僧的，讓他攜此牌一路方便些，可免盤察之累，不料落到對方手裡成了把柄。後來朝廷暗中追查，濟熺百口莫辯，因此被削王爵廢爲庶人，主謀者平陽王濟熿反而因禍得福，如願以償襲了晉王之位，直到皇帝駕崩皇太子即位才平反過來。

太孫聽說兩名道士暗中保護他喪了命，又一次納悶不已。在回轉南京的路上一路思忖，這事遲早要把它弄個明白才行！

15

光陰荏苒，物換星移，漢王之藩近三年了。藩國在山東青州府轄下的樂安州。要說樂安也不算怎樣差的一個地方，東北面是大海，乃本朝著名鹽場之一，那白花花的鹽就是白花花的銀兩哩！州境內五條河流縱貫，集於東北高家港入海，典型一個漁米之鄉。然而不管怎麼說，把一位功勳卓著的親王安置在這麼一個小縣城，這規格夠低了，較之奉詔一直居北京的弟弟高燧，那眞是有天壤之別，不可同日而語。之所以如此，幾乎是皇太孫一手造成，令漢王恨得牙癢不止。他還清楚記得那年奉母后梓宮北上時父皇是怎樣對他說，結果事後不到一年，風雲突變，那可惡的小東西使出渾身伎倆，誣陷、誹謗甚至栽贓於自己，弄得百口莫辯，招致父皇恚恨，一夜之間失掉昔日的種種恩寵，最後被打發到這東海之濱來。思前想後，往事揮之不去，俱湧來腦海。

☆

那年年底也即永樂十年的歲暮，皇帝把漢王召到乾清宮，高興地說：「高煦吶，北邊山陵工程告竣，明年你母后即可入陵下葬。朕決定由你護衛梓宮先行，朕帶太孫明年開春隨後趕至。哈……別看你等先動身一月，朕不定還先至北京呢！」

皇帝說得一點不錯，一百八十六抬大杠的梓宮要由人力扛舁至北京，二千里路足足要走一個多月，他後發當然或可先至了。

漢王一想到那小東西又要跟屁蟲似一刻不離跟在父皇身邊，不定又會下出什麼爛言，心中極為不快，遂奏說：「父皇，莫若讓太孫隨臣一道，路上有啥事臣也好有個商量。」

皇帝卻搖頭說：「這個不妥，太孫還是隨朕走，朕要他途中先趕至北京恭迎梓宮，如此才成個禮數嘛！他是承重孫，理應在那邊恭迎他皇祖妣。」

漢王這才無話可說，只有暗暗嘆口氣。

仁孝皇后梓宮出殯發引是朝廷的大典，極為莊嚴隆崇，發引之前三日，自皇帝起，闔宮齋戒，遣公、侯告天地宗廟社稷以葬期，遣官祭告沿途所過之江河、橋梁、山川諸神。

發引之日，皇帝素服祭告仁孝皇后几筵，默默禱祝說：「皇后，你安心上路吧！一路有煦兒護送，基兒、燧兒在北邊恭迎，朕隨後也來。」

皇太子以次衰服行禮畢，撤几筵，白幡素引，冥錢亂飛，從京軍三大營中選出的一百八十六名彪形大漢齊聲發力，梓宮起駕上路。僅扛舁的軍士就有七百四十四名，分四班，每班一百八十六人輪流扛舁，另有護送甲士一千五百人，隨護內監、宮女各四十人，稱得是浩浩蕩蕩一支大軍。

皇帝最後囑咐漢王幾句：「我知你是個有孝心的孩子，你一路好好用心恭護梓宮吧，啥事朕心頭自有個數，父皇我終不成讓你當初白流血汗白出力呵！」

有父皇這一席話漢王心頭踏實了，也不再計較小東西跟誰走這事，父皇讓自己護送母后梓宮，這本身就是一種極大信任與恩寵。想想皇太子，陵葬之典，這麼大一件大事，又把他擱一邊，讓他一個人留南京看守朝廷，這是皇太子嗎？爲人子爲元子，竟無有資格爲先皇后盡份孝心，其無足輕重可想而知。

漢王得意地思忖著，臉上卻不能有絲毫流露，而要顯出莊嚴肅穆哀戚之色。一路浩浩蕩蕩緩行出城，沿途是身著素服的百官、命婦以及士民人等的路祭，梓宮到了江浦便停下，皇太子率太孫、趙王及百官等還要趕來奉辭哩！太子此刻正率諸色人等奉仁孝皇后衣冠行辭廟大禮。

無足輕重的喪主皇太子心事沈重扮演他的孝子角色，母后山陵他插不上手，如今行葬他又成一個局外人，途中有漢王護送，太孫與趙王要先期趕到北京在盧溝橋設香案恭迎，然後諸人奉皇帝視仁孝皇后下葬，他這個長子唯一盡孝的地方就是以孝子的身分奉母后辭廟了。

所謂辭廟實則是太子奉仁孝皇后身前服用的一套衣冠向太廟行禮。莊嚴、肅穆的太廟內，列祖的神主前置拜墊幾個，當中一個就是仁孝皇后的拜位，太子、太孫、趙王等恭陪於左右。太常禮官高贊：「仁孝皇后恭辭太廟！」太子便奉皇后衣冠置於拜墊上，鳴贊唱呼幾拜幾叩首，太子們便跪拜如儀，便算成仁孝皇后給祖宗叩了頭辭行。將來下了葬，點了主，還要奉仁孝皇后神主行謁廟禮，全套儀式才算完畢，仁孝皇后方能手續齊備地入附太廟，享子孫千秋血食。

皇太子眼淚汪汪奉辭母后梓宮於江濱，哭奠之後梓宮就扛舁上渡船，太子俯伏於地叩頭如儀，起來拉著漢王手說：「煦弟，一路就拜託你了！為兄我……」

皇太子心酸得不能成語，漢王突然生出一種憐憫來。這個忠厚、老實的兄長也夠可憐了，他當初與母后共守北平數載，母子之情不可謂不篤，當此臨別，能不生出份孺慕之心嗎？漢王破天荒安慰太子幾句：「皇兄你也勿太傷心，你的孝思母后神靈知道的。她老人家入陵歸土，我們做人子的也才能心安呵！」

看著漢王極為矯健地跳上渡船，幾十艘幡引高懸的江舟逐漸遠去，皇太孫居然不顧趙王在側，憤然作語：「太子不能隨扈梓宮，親王倒成了孝子，這禮數咋講呢？」

皇太子狠狠白他一眼：「汝休得多言！他不也是先皇后的兒子嗎？咋就做不得孝子？人小鬼大！」

皇太子之所以不客氣申斥太孫，是他發覺這兒子與他之間那道無形的隔閡愈來愈深，尤其打他從鳳陽謁陵回來後彷彿變了個人，看人時那眼神有種說不出來的滋味，好像它後面隱藏有什麼東西。太子有次被他看得發了火，生氣道：「你咋這樣看人？我是老虎還是獅子，要吃你不成！」

☆

泰安州知州嘴上不好說，心裡卻下了不知多少遍逐客令，令他生煩的表弟卻就是賴住不走。

他表弟乃青州人士，姓洪單名一個發字，原是殷實人家子弟。家中雖非巨富，卻也是良田百頃、房產多處的紳宦。洪發卻是個敗家子，吃、喝、嫖、賭五毒俱全，父母一死，他接過家業不到十年，便鬻田典房破敗一空，在家鄉混不下去，帶著老婆兒女上泰安州來投奔表兄。知州大人初始以爲這位表弟是來串串親戚而已，盛情款待他一家人，結果一住下就是半年，絲毫無個走的意思，才曉得表弟成了破落戶是來依賴他一輩子的。

劉知州看在故去的姑母名下，不好意思硬攆他，請進房來，指著桌上一堆銀子說：「弟台，你也是三十六七的人了，愚兄也不便多說你。再咋說父母的墳墓你不能不要嘛，這是五百兩銀子，愚兄與你做個盤纏，你好好領了一家子回去，本本分分做個人，興許將來有光大祖業的一天呵！」

他這番苦口婆心的話未有任何效果，洪發「哧」聲笑說：「表兄你咋開玩笑喲！你這五百兩銀子我拿回去還不夠上兩次坊館樓肆噢。我就住你這兒，你這麼大個官，還容不下我四口人？添筷子不添菜嘛，你我表兄弟還計較這些！」

看他說得好輕巧，他把銀子往劉知州面前一推，那姿勢彷彿是他在打發後者。劉知州又好氣又無奈，嘆口氣道：「唉……不是愚兄我容不下你，實在是我一天事務太多，哪還有精力來照顧你一家人。過幾天朝廷的漢王爺護送先皇后梓宮就要經過泰安，愚兄我又要忙於恭迎恭送，更管不了你們。賢弟……」

洪發猶如聽到有人要給他送來元寶似的，興奮言道：「眞有王爺要來？你莫是騙我喲！皇后的梓宮咋會走你泰安，它不會走運河？既輕鬆又快捷！」

「這你就不曉得了吧！皇后梓宮就是經過這些江河山川橋梁受諸神的佑護，入陵歸土才得安寧哩！」

「噢，原是這樣。表兄你莫催我，等我看了這個熱鬧我自然曉得返鄉，我若鐵了心不走你催也無用。」

跡近無賴，知州無法只得應允。

當晚，洪發躺在床上把老婆拉近身旁說：「喂，有個翻身出頭的機會來囉！」

他老婆小名玉兒，今年二十八，原是曲欄人家出身，被洪發看中，花了二千兩銀子贖出，十八歲從他，已替他生下一兒一女。聽他如此一說，還眞以爲當知州的表兄想了個什麼法，要助洪發一臂之力，忙喜孜孜詢問。洪發湊近老婆耳根嘰嘰喳喳一陣嘰咕，氣得玉兒打他一巴掌說：「你這個沒出息的東西！生歪條打邪算算到自家老婆身上來！你把我當個啥？早知如此何必當初，我還不如就待曲欄一輩子！嗚……王爺好稀罕！你就甘心自找頂綠帽子戴？嗚……」

敗家子破落子弟洪發才不管老婆是否傷心，振振有辭道：「管他綠帽子黑帽子，只要有銀子！你就只當我未替你贖身在接客罷了。這可是一個不得了的大貴客呵，他要是看上你，我們一家四口不都跟著享福了嗎？再說這事又不是我想出來的頭一樁，你沒聽說當初封俺們山東兗州那個魯王嗎？專要人獻老婆哩，黃花閨女他還不要！我就是揣摩這怕是他們當王爺的一種癖好，才說它是個翻身的機會嘛。你窮哭個啥？惹老子上火明日把你這沒用的婆娘往勾欄賣！」

玉兒心中氣憤，淚水長流。這魔王從不拿她當個人，高興時又摟又親盡是甜言蜜言，稍有不稱心翻臉就不認人，拳打腳踹還外加毒罵，說娼婦你生來是個挨揍的料子，老子二千銀子算白花了，早知道還該讓你留那裡面遭萬人騎。所以而言之，夫妻的情分哪裡還談得上，有那麼一絲也給他糟蹋盡。

於是翌日當洪發又厚了面皮加些甜言再向婆娘提這事時，婆娘不再哭泣，只冷言說句：「就算我也與你一樣不要這臉，那王爺他能看得上我這殘花敗柳嗎？」

洪發一聽老婆口氣有鬆動，又做揖又打千口裡還說：「謝天謝地夫人你總算開了竅！事在人爲，事在人爲嘛！人都說你是青州一枝花，如今雖說做了娃兒的媽，本錢還是頂瓜瓜，哈哈哈！」

他婆娘咬牙走過來，伸指在他額頭狠戳一下：「你別得意太早，那王爺要眞看上我，我要他殺了你！」

洪發愣了片刻，又哈哈大笑說：「那咋會嘛，這對小兒女豈不成沒爹之人？哈哈哈！」

他婆娘咬著嘴唇閉了眼，突然奔出屋外抱著兒女大哭起來。洪發往口裡送顆花生米，說了一句他自己才明白其含義的話：「捨不得孩子套不了狼！」

☆

泰安知州在內衙備了一桌素筵款待護送梓宮的漢王。漢王用了素筵還要去停放梓宮的廬殿，那是在州學宮臨時搭出的一間，白幔素幡，恭置仁孝皇后几筵，供命婦哭臨。漢王作爲孝子，臣民哭臨時是須在場不能少的。知州素服侍陪，請王爺用筵以洗路上勞頓。漢王舀一匙子冰糖燕窩，順口問一句：「貴知州是一人赴任還是攜眷在此？」

劉知州躬身回答：「職州家小俱在濟南，未曾攜來，因年內任滿便還回布政司述職。王爺若覺無趣，職州倒有個親戚在此，讓她來陪陪王爺。嘿嘿，這個，筵上無個女人，是顯得冷清。」

漢王尚未及表態，知州未得應允也不敢貿然叫人。躲在屏風後的洪發哪還等得及，一掌把老婆推了出去。本來，他今日纏著表兄說請王爺時他老婆來遞個湯水幫個忙伺候，劉知州皺了眉頭回說不必吧？有下人伺候。經不住他軟纏硬磨方勉強答應，說到時看王爺吧，需要時我自會叫一聲，你老婆在裡面候著則可。

玉兒一個趔趄出來，閃了好幾下才站穩，臉漲得通紅腳手也不知往哪兒擱才好。劉知州見她不請自出，愣了剎那，忙打圓場說：「王爺，這就是我說的那位親戚，洪俞氏。俞氏，快來見過漢王爺！」

漢王打十二三歲醒事開竅起，到今年三十三，見過玩過的女人少說怕有五百，然而不是宮女就是宮嬪，或者是哪家的貴婦，千篇一律也就如大葷吃多了則膩。此刻乍見這羞態未泯的民間婦人便覺眼前一亮，彷彿如滿桌葷油中飄出一葉翠綠的豌豆尖，又如那滿殿的牡丹、芍藥叢開出一枝野玫瑰，更像山神爺頭一次聞到水裡的蓮花香，頓感心曠神怡精神一爽，一天來的疲勞煙消殆盡，居然破例站了起來做出個請入座的手勢。

洪俞氏羞答答偷乜了王爺一眼，心頭咯噔猛跳一下，這王爺好威武好英俊，一身素孝也難掩那鶴立雞群的富貴英氣，那死鬼把妾編派給他，他能瞧得上妾呀？

「民妾俞氏給王爺殿下請安！」

「哎呀呀，莫多禮休客氣！快請起來入座！來，寡人爲你取筷。」

漢王乘俞氏蹲下見禮時細細打量她一番。這女人著實生得不錯，像那畫中畫的貂嬋，膚白肌嫩，明眸皓齒，一對眼睛似戚非戚似喜非喜，鼻直唇丹，放宮中去絕要比下去好些個妃子娘娘，年輕時只怕是個傾人城國的美人胎子！漢王心羨之際忘了親王的尊嚴，親自爲她取筷布盞。知州見狀笑得呵呵閉不攏嘴，這洪痞子的老婆還眞比燕窩管用，瞧王爺這份殷勤，只怕對他自家妃子也不至於吧！

最爲興奮的還是一直躲在後面的洪發，伸耳朵聽用眼偷窺，見眞套住了狼，竟然邁起碎步哼著曲子回屋而去，那神情絕像是別人的老婆歸了他。

當晚，漢王高煦竟不顧梓宮在道，孝服在身，權把行館充了洞房，一夜恩愛下來，兩個人簡直如膠似漆難捨難分。在漢王而言，自打小活到現在，頭一次從內心深深地愛上一個女人，而不是逢場做戲的玩弄，這份愛在自家王妃那裡也不曾給與，他簡直妒忌氣憤那個洪某人，如何讓他暴殄了這個天物十餘年！在俞氏而言，自打從曲欄的寄媽那裡長成人，以及後來跟了洪發到現在，從未有一個人如此狂熱眞摯地喜歡她，而現在這個人出現了，竟然是以前只有做夢才敢去想的王爺，一個貨眞價實威武英俊的王爺！

她幾疑是在夢中，傷感道：「漢王爺，妾今生有幸遇到你，雖死無憾矣！唉……這不過是一場夢，天明你一上路這場夢也就醒了，妾……眞命苦呵！」

漢王緊緊抱住她道：「皇天有眼使我遇你，你勿悲，我咋會捨你而去？除非你欲捨寡人，你若捨我那寡人我……」

俞氏「哧哧」一笑，故意問道：「妾若捨大王而去，大王又若何？」

漢王極認眞地說：「那寡人我追到天邊也要尋回你！」

欣喜若狂的女人嬌嗔道：「大王呵，你要奉皇后梓宮到北京，天明就要趕路，妾不捨你，你也不得不捨妾呀！大王，莫非你另有良策？」

漢王報以熱吻，說：「親親的人呵，你咋太傻氣，是要趕路，但寡人要帶你一路上北京呵！」

「我怕，我怕到了北京見你們皇家的人，再說，妾這樣算個啥呢？到了北京怕不被你家王妃打扁麼！」

「親人兒你又說傻話，有我你還怕誰？我的妃子在南京，她咋敢不高興，她不高興我廢了她立妳！」

這是漢王衝動之下說的不實之言，他妃子向來畏懼他固然不敢說他，然而他縱有天大的本事也沒有廢妃立俞氏的可能，這些要朝廷說了才算，朝廷絕不可能容忍他討個有夫之婦來做妃子，除非他活膩了要找死。

然而就這樣俞氏已經感到滿足得不能再滿足，通身洋溢著巨大的幸福感，依偎著他結實的胸膛夢囈般地說：「王爺，我知道這是場夢，遲早會醒，醒來還是我孤零零一人，還有那個我這輩子再不願見到的東西。我不是不願跟王爺去北京，我捨不得一對小兒女呵！他們才八歲、六歲，離不開媽呵！」

要在以前漢王會怪女人婆婆媽媽，現在他不，他喜歡這女人，不願看她傷心難過，遂用少有的溫存安慰說：「不妨事，小親親，我拿些銀兩讓他們的爹帶他們回家，你隨我去北京。我求我父皇把我的藩地改在青州，如此，我和你，你和你兒女，不是可以長久團聚了嗎？」

女人簡直不敢相信自己的耳朵，這位一夜邂逅溫情的漢王爺竟然爲了她要把藩國搬到青州來，她還有啥不能捨棄？感動得熱淚滾了漢王一身，哽咽說：「你是我此生所遇最可親的人，妾自後便是王爺的人，是個啥妾都不在乎它，來，快來呵！抱緊我！」

☆

仁孝皇后陵葬事宜大功告成，皇帝又欣喜又傷感，默祝說：「皇后你莫孤寂，朕他年終要來伴你。唉，這就是朕與你的萬年之地吶！」

回到北京，皇帝頗感異樣似地說：「高煦這孩子變了！與朕也不多說幾句話，急急忙忙又回他宮裡去，他在爲啥事忙？」

他本來是句自索其解的話，若無人搭腔這事也就過去。趙王默然不語，皇太孫卻說話了：「皇祖，孫臣有事啓奏。」

他卻並不接著說下去，拿眼瞟了趙王一眼。皇帝是啥樣人物，吩咐說：「燧兒，無事你就回宮吧！朕這裡不用你侍候了。」

皇帝發了話，趙王只好悻悻離開，臨走時頗有些氣憤地看了太孫一眼，心想，有啥話我聽不得？莫非又是要嚼王兄的舌頭？咋人不大鬼滿大呢！

皇帝聽太孫一陣奏聞，頗有些不肯相信：「汝所言俱實？汝漢叔有如此大膽，竟敢於恭護仁孝皇后梓宮途中容留民婦？」

太孫信誓旦旦回奏：「孫臣與漢叔無隙，何故誣陷他？乃孫臣確查獲悉之事，絕無半點虛假，若孫臣所言不實，願坐無端誣構之罪，惟皇祖睿察！」

皇帝嘴唇顫動了一陣，終於沒有置詞，揮手讓太孫退下。皇帝沒有發作，因爲尚有大事要辦。辦完這事再找這逆子算帳，他憤憤想著。皇帝要辦的大事是要對蒙古瓦剌部用兵，並已定下俟來年一開春他親統六軍再次出塞親征。

果然，當永樂十三年漢王隨皇帝親征瓦剌部，並在忽蘭忽失溫大敗瓦剌馬哈木、太平、悖羅三部凱旋回北京後，皇帝摒退諸人，單獨召見漢王高煦。五十六歲的皇帝那張威毅的臉已悄悄出現一絲衰老之態，眼角的魚尾皺又長又顯眼。等有些惴惴不安的漢王在下邊半個屁股坐下後，皇帝不急於說話，自胸中長長吁出一口氣，細細地打量眼前這個兒子，那神態彷彿是頭次見著漢王，顯得茫然、陌生。

皇帝的眼神複雜極了，那蒼涼的目光中分不清是愛還是恨，抑或是兼而有之。高煦對皇朝的忠勇簡直沒得說，這次忽蘭忽失溫之戰，三十六歲的高煦依然是那麼勇不可擋，一往無前，也許就是皇帝一眼看到萬馬軍中兒子那振臂高呼勇往直前的雄姿，才又動了惻隱之心，若依他原先的想法，直想把高煦廢爲庶人。

高煦被父皇這一陣迷惘的眼神瞧得心頭發毛，終於忍不住先開口了，小心翼翼試探說：「父皇召兒臣來……」

皇帝似乎下了某種決心似的，呵氣、閉眼、掉過頭去說：「朕爲國家全顏面，汝一切所作所為朕俱不問汝。朕只問你一句，汝究竟要等到何時才肯之藩？」

出乎皇帝意料，高煦這次十分爽快，彷彿他早等著皇帝這一問：「父皇，兒臣今年就下去。但兒臣有事求父皇。」

「何事？」

「兒臣想求父皇恩准把封地改改！」

皇帝掉過頭來，細眯的眼縫中射出一道懾人的光，彷彿要看透兒子的心似的：「汝要想改在何處？」

高煦有些緊張了，這關係到他的願望是否能實現。他稍顯口吃，顯然是在拚命搜尋理由，斟酌字句：「父……皇，兒臣想……想當年靖難諸役，惡仗俱在山東，張忠顯、譚壯節俱於彼殉忠，兒臣……」

高煦吞吞吐吐說到此，偷眼瞧瞧父親正冷眼盯著他的目光，把心一橫，抬起頭直視皇帝，認眞、嚴肅地說：「兒臣想請父皇恩准兒臣去山東！」

皇帝不動聲色，冷冷吐出幾句：「哼哼，恐怕不是這個理由吧！山東太祖已封了你十叔，你還去湊啥熱鬧？」

太祖皇帝第十子，高煦的叔父朱檀封魯王，就藩兗州。魯王已於洪武二十二年薨，因其迷於異術，結交匪人，長服金石之藥，毒發而亡。太祖怒其自戕其身，特給了他一個惡諡，諡曰：荒。此時，王位由魯荒王的兒子肇輝承襲。

一省之中封二三個王之事並不稀奇，這不是皇帝拒絕高煦的理由，所以漢王不死心繼續求道：「父皇，國家連年忙於大事，營山陵、征韃虜、下西洋等，內帑空虛，兒臣若去他處必要興建王宮，何不如省了這筆錢，對朝廷也是個好事呵！」

要說內帑空虛是一點不假，天壽山營陵近五年，費資鉅億；朝廷數次對蒙古各部用兵所費非薄；自永樂三年命三保太監下西洋，數度往返，至今鄭三保已是三下西洋了，船隊迄今尚未歸哩！而且朝廷還有一項更大的工程已陸續開工，這就是營造北京宮殿。皇帝決心按照南京宮殿的規模將原燕邸舊宮殿重新改建，新建的宮殿比原規模要大數倍。幾乎所有的舊殿都要拆掉重建，天壽山營陵的各色工匠在當代魯班蒯祥、陸祥的率領下早已開進北京，朝廷派出以工部尚書爲首的各路人馬分赴四川、湖廣、河南、陝西諸省，按蒯、陸繪出的圖紙所需，採集巨木、石料諸什爾等，這筆錢少說也是全國兩年的賦銀。

皇帝看一眼一向言談粗魯並不關心這類瑣事的兒子，忍不住想笑了。這孩子竟然學會編造這類冠冕堂皇的理由，不像他一貫的做法。不過，能從他嘴裡說出這種話來，也不錯了。

皇帝居然一笑道：「照汝說來，到山東莫非就不修王宮了？」

「不修、不修！父皇你忘了青州還有七叔當年的宮殿嗎？兒臣就用七叔那處宮殿，父皇你封兒臣到青州吧！」

青州原是太祖第七子齊王朱榑的封地，朱榑與周王在建文時同被廢爲庶人。皇帝登基後還朱榑的王爵。齊王與他的其他兄弟一樣，喜結交一幫異人。異人要他把青州城牆騰出來做法施功，齊王居然敢派出護衛上城驅逐地方守軍，爲大師們獻出青州城牆做法壇。有司奏聞朝廷，皇帝大怒之下，盡逮齊王身邊的異人們處死，械縛齊王至京。齊王不但不認錯，反而在朝堂上指著群臣的鼻子說：「你們這幫奸臣，又想學當年的齊泰、黃子澄所爲嗎？」

這下就犯了大忌，皇帝一巴掌砸在御案上，怒斥道：「朱榑，汝不遵祖制，結交匪人，亂國家制度，還敢如此狂悖！朕今天就替皇考削了汝的爵位！」

朱榑就這樣失爵廢爲庶人，送到鳳陽成了高牆罪宗。

皇帝一陣搖頭，嘆氣道：「不可思議，不可思議！汝竟然癡心至此？唉……唯願於汝是件好事呵！好吧，汝既然死心塌地，朕就成全汝去青州。國家再窮朝廷再貧，朕又何忍心汝居那不祥之人的宮殿呢？朕爲汝在青州另建漢王府吧！」

漢王成全了他與兪氏，以及兪氏與其兒女團聚的心願，若就這樣下去倒也平平安安，然而世間事難遂人願，接連幾樁事給漢王釀下禍根，使他受到皇帝的嚴厲處分，差點被廢爲庶人。

☆

洪發簡直猶同騰雲駕霧一般，在街上走個路眼睛翹得高高，彷彿那青州城牆都在他眼皮下，終日一幫酒肉朋友圍著他屁股轉，硬不知道天有多高地有多厚了。

「洪爺，都不知如何稱呼你老人家了！請賞光入內一坐！」

洪發看一眼以前他常來吃賒帳的酒樓老闆點頭哈腰的奉承，鼻孔哼一聲，昂然而入。

裡面早已在座的幾個酒肉朋友招呼、打趣，喧鬧一團：「哎呀洪爺，該叫你二王爺了吧！俺嫂子成了娘娘，你這庶民頭巾該換換了吧！」

「我操汝等的娘！老子這頭巾不換，你瞧它顏色不對是吧！我操你雜種，你那婆娘送進去只有原物退還！再說，王爺已命我寫了字據給他，把她休了，她哪還是我婆娘？告訴你雜種，王爺將來做了皇帝，她不定是貴妃娘娘哩，老子跟貴妃娘娘睏過覺，你雜種有這福氣？」

「沒有，沒有，小弟祖宗八代也沒有這種福氣！紙扉娘娘還差不多。噢，洪哥，王爺可封了你個啥？」

「封個毬！王爺對我說：『寡人見你這樣不像有個官相，你就在這青州享一輩子清福吧！』雜種些聽見沒有，一輩子。哈哈！一個用過的婆娘換一輩子清福享，你們哪個雜種打得出老子這種條？」

無有人打得出他這種條，一幫酒肉朋友也自愧弗如。一陣奉迎阿附，共享他的典妻錢後便慫恿他說：「洪哥，你也太老實，王爺他不封你，你不會求俺們娘娘嫂子，王爺既恩寵她能不賣她個人情？你有個職銜，小弟們也好跟著沾點光呀！只怕是洪哥你現在在嫂嫂娘娘面前說不起話了吧！」

洪發酒一上臉，把那顏色不對的頭巾一把扯下，豪氣十足道：「放你等狗屁！老子在她面前說一不二！老子明天就要她給我討個官做做！」

☆

俞氏在漢王府西邊有處單獨的宮院，她與一對兒女住在這裡。王妃娘娘在王爺面前忍氣呑聲慣了，無奈地容忍了這個王爺癡迷的婦人，連王府下人都敢不迴避她，公然提及西邊那個娘娘如何如何。

西邊的娘娘帶幾分厭惡地注視面前這個腰哈到地的人，想到這人竟然是自己以前的丈夫，身上不禁起雞皮疙瘩。她箱子內鎖有這個人畫了押的休書，所以她已經不是他的妻子。遂理直氣壯申斥說：「你又跑來幹啥？前不久才給你一千兩銀子，難道你又花光了！」

洪發望著這個他一手栽成的搖錢樹，但現在又是一句話可以斷他生死的人，陪笑不迭點頭哈腰說：「娘娘誤會，娘娘誤會，哪能那麼快又花光？這個……小人是想求娘娘一件事……」

俞氏耐住性子聽他說了，變臉道：「你不屎把屎照照自己，你這樣能做官？再說，那些官都是朝廷封的，王爺他咋能隨便給你！你找我說也沒有用。」

洪發有主意，嘻嘻一笑說：「娘娘莫動怒，朝廷的官我不敢想，只求賞個王府什麼職銜就行，這個王爺做得主的。我每月在王府支一千兩銀子，不掛個名豈不白食王爺的俸祿。再說，嘻嘻，這樣對娘娘的名聲也有損嘛，人家就會說……」

「你不要再說！」俞氏厲聲喝止，她最忌諱的就是洪發要說的話，她現在是死心塌地心甘情願跟漢王，容不得這類閒話，當下頗有些無可奈何道：「我會跟他說，讓他賞你個王府的官做，省得外邊亂嚼舌頭。」

當晚俞氏就在枕邊提起這事。漢王起初不答應，說：「這個洪某人又來要挾你？哼哼，太可惡，明日就叫人除了他！」

女人泣道：「王爺你千萬不能這樣？嗚……你不安個事給他做，妾讓人閒話呢。」

漢王見不得這女人的眼淚，就安慰說：「親人兒你莫哭，寡人賞他個職銜就是。唉，只是便宜了這傢伙！」

翌日，漢王召見洪發，問他：「汝什麼鬼迷了心竅？寡人這王府哪樣事適合汝？汝有何能耐？」

洪發碰個大響頭，喜孜孜道：「王爺恩典，小人不拘何職何銜，只求有頂官巾換換這頭上的帽子就行……」

「呔！你少給寡人再提你頭上的帽子！寡人警告你，如若今後再從你嘴裡出一句影射她的事，小心你的狗頭！寡人看在她的分上，賞你個王府六品身分，衣帽各人去長史司領，是個閒職，寡人養你這無用的閒漢一輩子，當如養條狗！」

我的媽，六品身分！連這青州府治益都縣才是個七品噢。只要有這六品官巾戴上頭，管毬他是個人還是條狗！洪發美得趴地上叩了三個響頭，這才一路奔去王府長史司換行頭。

按本朝制度，王府諸官俱低同品朝官一等，所以洪發這六品王府官算得與益都縣太爺同品，益都是青州府首縣，縣令高其他縣一等，爲從六品官。

洪發自有了這一身衣帽，忘乎所以，連自家姓啥都不知道，成天帶著一幫弟兄夥在益都縣招搖過市，竟至與縣太爺發生了衝突。

這天，洪大老爺一行正大搖大擺走在東關大街上，遠遠見得庶民百性兩邊躲散，行人紛紛駐步去頭巾垂首致禮，開道鑼響過處，幾面執事牌後一乘三丁拐的轎子過來，正是益都縣大堂。按本朝制度，京官三品以上才准乘轎，地方要隨便些，所以從六品的益都縣也可以乘轎。

執事皂卒前面是一位手舞軟鞭的差役，專打道旁不知迴避躲閃的小民百姓。鞭子舉在半空揮不下去，面前是幾個官不官民不民的角色。差役壯膽喝一句：「何人大膽，敢擋縣大老爺正駕？」

洪發尚未說話，幫腔的發言了：「你這雜種狗眼不識人，這是漢王爺俞娘娘執事洪大老爺！」

洪發根本就未有任何官職，這六品身分不過就是一身衣帽而已，這是他的弟兄夥臨時替他瞎謅出來的一個稱呼。益都縣正堂走下轎來，以極度蔑視的目光打量洪發一陣，嘴裡冷冷言道：「噢，原是洪老爺。本縣倒不明白了，尚有請教，朝廷啥時候又給漢王爺冊立了一位姓俞的娘娘？」

俞氏這娘娘是上不得台盤見不得天的，不過漢王爲了哄她高興，要王府下人這樣稱呼她，這稱呼是出不得王府的。洪發以及他的爛兄爛弟哪懂得這其中的利害，竟然反喝斥益都縣道：「你好大膽，敢質問王爺的娘娘！這還有假？是我們洪執事洪大老爺親自奉呈給漢王爺的。」

「哈哈，洪老爺，人要有個羞恥心才做得人呵！起轎！」

讀書人出身的益都縣憤然而去，把洪「執事」一行撇在道當中。圍觀民眾悄悄報以嗤笑聲。

洪發惹了這個麻煩，被漢王召進去操祖宗三代痛罵一頓，盛怒之下一把把他六品服扯得稀爛，踢著屁股讓他滾，說要停了他的「俸銀」。

俞氏卻不依了，哭哭泣泣道：「妾說大王是哄妾的，大王說是眞的，妾哪有什麼娘娘命嘛！嗚……讓人在大街上作踐呵！妾何嘗說過要當什麼娘娘嘛，妾不就只求服奉大王一輩子嗎？嗚……」

這下漢王又心肝寶貝連哄帶勸，眼見俞氏止泣不住，賭咒發誓說：「小親親，本王啥時哄過你？哼哼，那益都縣狗官放屁算什麼！本王明日就讓你做個眞妃！」

翌日，漢王果然兌了現，把王妃娘娘才能服用的霞帔鳳冠偷偷取來讓俞氏穿戴。不僅如此，還仿照宮中的樣式打造了幾套金、銀器皿供假王妃享用。漢王是個粗心大意的人，以至於他私造的器皿何時丟了一套他竟渾然不曉，直到朝廷重處他時，才省得這事出了紕漏。

☆

皇帝突然不講明任何理由下詔削去漢王三個護衛，改封到青州北邊濱海的小地方樂安去。用皇帝的話說，丟人現眼上遠處去。

但皇帝還是明察秋毫，俗話說知子莫如父。他把皇太孫召來，頭一次用頗含警惕的目光打量二十出頭長成青年的太孫說：「你手下的人告你漢叔欲謀反，朕聽聽汝作何看待？」

皇太孫再也不是以前的皇太孫了，自從他去北京玉清庵見了清然道姑，後來又在南京突然駕臨賈府，摒退衆人問了伯夫人馮曉梅一番話後，從此就像變了個人。無人知道他從中獲悉了什麼，只覺得太孫以前說說鬧鬧嘻嘻哈哈，現在嚴峻、沈默，那一對眸子變得深不可測，人們都說太孫長大了成熟了。

他小心地在心頭想好措辭，回奏說：「說漢叔想謀反孫臣不太相信，不過……他若無不臣之心置這許多宮中器物幹啥呢？令人費解，費解。」

皇帝一直緊盯著太孫的眼睛。太孫這是一句初看模稜兩可，實則態度鮮明的回答。皇帝終於有些變臉了，冷冷地道：「他置來幹啥，朕來回答汝。他……他這個不知廉恥的東西是置來討那女人歡心的！不過朕也告汝一句，汝今後少在他身上用功夫，打主意。有朕在，他想也不敢去想造反的事！」

這等於是說太孫是別有用心誣告漢王，太孫諾諾應承退了下去。皇帝等他退出房去，一屁股跌到椅子上，閉目仰天長嘆，兩顆濁淚滾落眼簾。漢王的所作所爲深深傷了他的心不說，他更感嘆於漢王與太孫之間水火不容的情勢，照這樣下去，他咋放得下心，將來咋闔得上眼？只怕他一蹬腿，這江山社稷就要不太平。高煦這個娃娃是個啥樣桀驁不馴的脾氣，只有他在，漢王才會皈依皈法不敢亂說亂動，他不在這個世界了，漢王會咋樣，皇帝簡直不敢往下想。

更令皇帝揪心的是，太孫對他漢叔全然無個作侄子的態度，那模樣是非要置他漢叔於死地而後快，居然無時無刻不在偵伺他漢叔的舉動，連漢邸私造的器皿都讓他給派人弄了出來，告他漢叔謀反。皇帝還在他就這樣咄咄逼人，他還能容下他漢叔嗎？皇帝完全想像得出是啥樣子，太孫若登位或做了皇太子，那高煦只怕不想造反都會被逼得造反，因爲他不是那種憑朝廷一紙詔書就乖乖去鳳陽做罪宗的人呵！

皇帝甚至想到，與其將來不若現在，由他來下道詔書根除這個有可能演成更大悲劇的隱患，只有他才有這個權威，高煦才會乖乖聽命想也不敢想有絲反抗。但皇帝實在狠不下這個心，那孩子是實實在在爲這個皇位出了天大的力氣呵，當初就虧了他，現在還能再虧他？高煦呵你如何不替朕爭口氣啊！你這樣叫朕如何來迴護你？皇帝狠了一陣心，終於削了漢王的兩個護衛，遷其到樂安州，算是給他一個懲罰。

☆

漢王閉目回想這些往事，長長嘆口氣，吩咐內侍請俞氏來。樂安州是個小縣城，王府也比青州時小得多，只抵得一個郡王府，俞氏片刻便到。三十五歲的俞氏深情地望著這個大自己六歲的男人，鼻子一酸說：「大王呵你又消瘦了，都是妾害的你，妾……」她哽咽語塞說不下去。漢王爲了她跑到青州做個二等王不說，竟又遭朝廷嚴譴，護衛削掉兩個，給趕到樂安州來。怪啥呢？就怪那一夜邂逅就再也難捨難解的姻緣。看他，受了這一切從未在自己面前吐過半句怨言，俞氏簡直覺得回報不了這個同樣令她愛得發狂的男人的一片癡情。

輕輕問聲好，坐在膝上拿臉貼了他的頰，柔聲道：「王爺可是有事？」

漢王拾起她的手，放大掌中一陣揉摸，細語道：「卿卿眞是聰明人，我告訴你，過兩天我就要上北京去了。我現在的日子不像從前，無法帶你一道去呵！」

兪氏咬住嘴唇輕輕點頭，她曉得漢王爺是爲啥事進北京。漢王告訴了她，朝廷北京新宮殿落成，皇上爲此舉行大典，還要頒詔把北京改爲京師，正式定都哩。她咋能拖漢王的後腿，這是皇上親自用詔書來召漢王去，興許皇上見了他，以前的誤會可以消除些，那樣他也就不用爲此發愁人見消瘦呵！

「王爺，你去吧！只要你高興妾就高興，你可千萬別給你說的那個侄子生糾葛呵！他們人多，你會吃虧的，人家是太子太孫，皇上也會向他們，妾眞爲你擔心吶！」

漢王笑了，在她臉上親一口道：「你不用瞎操心，父皇他心裡對我好，我心頭有數。有你這番知疼的話，寡人就滿意了。」

16

皇太孫的心腹楊榮、金幼孜前年升任文淵閣大學士，抵了胡光大的缺。胡廣在永樂十六年病死，皇帝甚爲震悼，輟朝一日，贈官禮部尚書。這本來就已經夠得上隆崇了，但皇帝追悼之意猶未盡，紅著眼睛對諸臣說：「胡廣侍朕十六年，公忠體國殫精竭志無一己之私，天不假年，遽奪胡卿，朕爲之傷悼，爾等爲胡廣議諡以聞！」

這就是說他要給胡廣以諡號，諸臣聞旨興奮不已。因爲本朝文臣例不賜諡，像洪武時那批聲名顯赫的從龍之臣，以翊戴輔佐太祖立天下開新朝的豐功，死時也至多贈官而已，從無與諡的先例。皇帝特沛隆恩賜諡胡廣，意味著其他文臣今後歸天時也可能有這種際遇。這批讀書種子公侯不羨，銀錢不貪，對這蓋棺而定的二個字卻看得比命還重要，如今朝廷要拿來追褒文臣，令他們歡欣鼓舞，眞是可憐又可悲。議諡下來，賜胡廣諡號曰：文穆，開了大明朝文臣賜諡的先例。自此以後，仕人一輩子就開始爲這二個字而奮鬥，後世子孫也以先輩中出了什麼文忠、文顯、文端、文貞、文愍公之類而歡欣鼓舞幾百年。

胡廣可謂備極哀榮，比起他的難兄難弟解縉的遭遇來說，套句民間的話，是一個在天上一個在地下。解大紳永樂十三年被皇帝命錦衣衛拿來活活凍死在雪地中，妻孥充軍發配三千里徙遼東地面爲奴，直到皇太子當了皇帝才平反昭雪弄回來。

楊榮、金幼孜甚感奇怪，太孫堅持不與其父一道赴北京，非要單獨走不可。皇帝的詔旨說得很清楚，要皇太子、皇太孫順道祭鳳陽陵寢後，務於永樂十八年十二月之前趕至北京，好參加明年元旦舉行的新宮殿落成大典。楊榮等當然不知太孫心頭的一件大事，他要單獨在鳳陽找圭庶人身邊那位叫貞娥的宮女解析、印證即將水落石出的一樁大事。

太孫在鳳陽與那位許貞娥談了些啥除了他與後者，永遠不會有人知道，因爲他摒退衆人，連圭庶人也不准聽，所以別人無從知曉。太監、宮女們只覺得二十三歲的皇太孫出來後那面色好可怕，鐵青一張臉，眼簾深處有淚光在閃爍，亮晶晶似乎結成冰，不流出來。他緊閉雙目在天井中仰面站了許久，臨走時拉著二十歲的圭庶人的手，一字一句囑咐後者說：「圭弟，你要好好活下去，將來可看的事情還多！我，只能給你說這些了。」

圭庶人有些不知所措地點點頭，他很難明白太孫殿下是個啥意思？回到屋中，猶如慈母般照料了他多年的許貞娥突然衝過來緊緊抱著他痛哭起來，那聲音不知是喜悅還是傷悲：「文圭呵……嗚……我不能告訴你啊！他交代了我的啊！嗚……先帝后妃呀，老天是睁了眼的啊！」

☆

呂昭儀春閨寂寞難耐，三十歲的年齡正是滿湖春水風吹縐的時期，但這闔宮除了秏子、貓狗，哪還能再找出個公的？皇帝長年住在北京，漢、趙二王各在藩國，皇太子倒是在宮裡，輪不到她呵！那個撩得人心癢心醉的小東西如今已出落成瀟灑、英俊的美青年，自今年初來過一次後便再也不肯光顧。

昭儀至今尙記得這最後的溫馨時光。她躺在他懷裡，閉目欲仙欲醉，癡癡說著囈語：

「殿下，你可是應允過妾的喲！你說過將來即了位便名正言順收了妾，妾不敢奢望做你的妃呀什麼的，只求你常來看妾就知足了。你幾個月來一次，讓人家好難熬嘛！」

皇太孫像還債似的，這次就要與她清算結個總帳，若不是欠她這筆人情，立時就要扔下她拔腿就走哩。便以做生意那種一是一二是二的口氣道：「你自己搬指頭算算，你替我辦了那樁事，我來了多少次？比起那些王，本宮是最有良心的囉，你幾句話就拴了我七年呵！那些宮嬪替他們辦事撈得著啥，對付兩次就是天大人情。我以前小不懂事，讓你占了本宮這些年便宜我也不後悔，我現在大了，是國家的皇太孫，終不成還偷偷摸摸往你這兒跑嘛！國家的禮儀、制度還要不要？你一介女流讓人說說無所謂，我可要顧及朝廷的顏面，後宮的儀制呵！本宮今日來就是知照你一聲，算得是善始善終，你好自爲之！」

昭儀眼淚汪汪望著那個結了總帳的無情人兒的背影逐漸消逝，「嗚」的一聲大哭起來，邊哭邊罵：「都不是好東西！嗚……女人的命好苦呵！」

她正哭得傷傷心心，裊裊婷婷飄進來一人，摟了肩問：「姊姊何事如此傷悲？說出來我替你排解排解！」

昭儀一看原是她最要好的一個宮中姊妹，封號昭容的魚氏。魚氏與她年齡相仿，只是晚幾天進宮便叫了她姊姊。魚氏生得妖冶可人，原是風情萬種的美人胎子，只可惜入了這號稱三千佳麗的後宮，同樣只有顧影自憐的命。

「哎喲呂姊姊咧，犯不著為他傷心，他們哪有一個是好人？把我們還不當牲口一樣，騎厭了就扔！我給你說，這好日子要我們自己找，只看姊姊你有無這膽量？眼前可正是個好時機呵！」

她說的好時機是指當前後宮頗有些混亂，幾乎處於無人管的狀況。皇帝遠在北京，皇太孫一交夏就動身赴北京了，皇太子過些時候也要動身上路，後宮的三千佳麗也奉了詔年底之前悉數遷往北京，心急的現在就在收拾行囊打點行裝，要來一個闔宮大遷移哩！

兩個女人咬了一陣耳朵，呂氏又興奮又緊張說：「能成嗎？他們有這膽量進後宮嗎？這事要傳出去可是惹大禍呀！」

魚氏胸有成竹道：「我有辦法讓他們進來，你不必擔心。啥時候了，誰管誰哩？只要那幫閹人嘴巴緊，鬼才會曉得！今晚就幹，我不走住你這兒，你看我來拋釣餌。」

☆

暮色悄悄地降臨在紫禁城，宿鴉拚命在黃昏即將消逝的最後一刻鼓噪不停。歷代有個傳說，說皇宮內那些朝暮相伴的烏鴉是太監的魂變的，所以歷代的內廷中都有成千上萬攆也攆不走的鴉群。這幾天烏鴉似乎要少了些，宮女們開玩笑說，怕是跟那些北上的太監到北京去了吧！確實，內監中的一半人都去了北京，偌大一個紫禁城幾乎全是女人，待到她們過些日子一動身，這裡就變成冷清清光禿禿的殿廊、庭院了。

前三殿的紅盔、大漢、錦衣將軍在指揮們的率領下開始撤崗，黃昏一過，紫禁城內就不能有男人，他們俱要撤出午門以外，內監們便要闔上厚厚、沈重的宮門，加上重重的大鎖，「咔嚓」一聲把這九重宸闈與外界完全隔離開來。

張山興錦衣千戶懶洋洋走在後面，他跟東華門的司閽內監打過招呼，他恐要遲一刻才出來，宮中一位太監兄弟要託他辦事，怕要多說幾句話。過了文淵殿，他想若那黑狗子再不來就不等他了，就在這時候那名綽號黑狗的太監急匆匆奔來：「哎呀張家兄弟，讓你久等，抱歉之至。老兄，快隨我去看吧！」

張山興一愣，不滿地道：「黑兄弟你是在整我冤枉不成？你為啥不拿出來？宮門都要落鎖了，我哪還有時間與你去看！」

「不妨事，不妨事，讓他們下鎖好了，看了東西兄弟我領你從西華門出去，那邊守門的幾個是我乾兄弟，再晚也能出去。」

張千戶有個特殊癖好，喜蒐集各類奇石，在別人眼中一錢不值的石頭，在他眼中或許就是珍寶，花錢買他也幹。前天這黑狗告訴他說，他有一枚二龍戲珠紋的雨花石，張千戶一聽就掉了魂，非要前者賣與他不行，死纏硬磨外加一大堆好話，太監終於答應了他，約定今天交貨。張千戶無奈，求石心切便隨了黑狗子往回走。一路盡是說石頭，不知不覺竟然走到東閣門。張千戶煞了步，拱拱手道：「兄弟，我就在此恭候，你去取來吧！」

再過去就是乾清宮及東路諸後宮，白天除奉詔可入乾清宮外，尚無有哪個男人敢另越雷池一步，況乎這暮色蒼茫的黃昏，張千戶再有一百個膽子也不敢再動一步，所以止足不前。黑太監卻笑嘻嘻說：「千戶老兄，枉自你還是個軍人，咋這般熊樣？宮中現在就太子殿下一個人，哪個還來管你？再說這暮靄沈沈，誰還注意你這麼一個人？你要怕，我有辦法，來，換套衣服給你穿，這下就從太子殿下面前過，他都認不出你，你還怕個啥！」

黑狗原來早有準備，他多穿了一件太監服套在外面，此刻脫下來往張千戶身上一攏，再變戲法似地抱出頂內侍冠帽往頭上一罩，頃刻間千戶大人變了太監。連他自己都有些好笑，心虛、膽怯地說：「兄弟，這樣成嗎？」「咋不成！你老兄現在除了那玩意兒，貨眞價實就是一內璫，未必哪個還鑽你褲襠頭去盤查不成！」是這話，宮中太監兩三千，誰還能全認識誰是誰？張千戶壯了膽跟黑太監取那雨花奇石去了。

模糊糊黑沈沈不知走過了多少宮院，終於邁進了一座宮院門，裡面似乎也是黑沈沈，只有幾個窗戶透出微弱的燭光，死一般的沈寂。

張千戶此時猶如被人架上了刀山，是死是活由不得他了，只有把心提在嗓子眼跟在黑狗子後面亦步亦趨。他連句話都不敢說，怕暴露了自己的男人身分，出了樓子是誅九族的罪啊，所以他想問也不敢問。心頭後悔得不得了，把前面那個鬼鬼祟祟的傢伙恨得牙癢癢。唉，鬼迷了心竅，咋跟這幫行事詭悖的陰陽人打交道嘛！張千戶暗罵自己不停，額頭上早沁滿一層汗珠。那鬼傢伙全然洞悉他此刻的心態，根本不再理他一句，連個手勢都不給，只顧一個勁兒在前面走。張千戶只有乖乖地緊跟，生怕被他拉下。穿過一段黑黑的廊道，黑狗子一閃進了旁邊的簾門，千戶大人一個趔趄也撲了進去。黑狗見他跟進，抬腿又邁進內房去，前者叫苦不迭只好硬了頭皮進去。

張山興倒抽一口冷氣，我日你鬼太監的娘，你把老子領到這滿屋脂粉氣的臥室內來幹啥？這分明是哪個宮人的內室，要有個啥老子跳進玄武湖也洗不清，要害九族之人丟命呀！他驚魂未定，邊擦汗邊做個手勢，要黑狗過來好小聲問他幾句。後者朝他做個詭秘的笑容開了口：「嘿嘿，你老兄好好等住，我去給你取二龍戲珠的雨花石。千萬別亂動，出了事我可不與你負責喲！」

就這一句話，把個張千戶釘釘樣的釘在了這屋內。他就這樣站在屋中央，既不敢亂動也不敢亂坐，頭上的汗愈來愈多，小腿也開始顫動不已，一句話，只差沒有哭出聲。

就在他絕望得要想一頭碰死時，背後一聲嬌滴滴乍起：「嘻嘻，看你嚇得那模樣。快回過頭看，這是不是你要的雨花石？」

張千戶聞聲回頭，魂也嚇掉膽也嚇破，「噗通」跪倒下去，碰頭不已哀泣說：「小人冤枉呀，小人冤枉呀！」

啥事把張千戶膽嚇破，使他大呼冤枉不已？原來他一回過頭，但見一位宛若天仙般的婦人，卻是渾身赤裸一絲不掛，兩隻纖纖手還提著那嫩紅的乳頭讓千戶看雨花石。她不管張千戶的哀泣，款款過來，抓著了篩糠般顫抖不已的張千戶的肩，說：「你叫啥冤枉？我才冤枉咧，淘神費力弄你進來，還要來哄你，究竟是你冤枉還是我冤枉？」

接下去的事就不用說了。張山興千戶品嘗了兩枚禁中之果，於凌晨偷偷溜出來後心情又不一樣了，舔舌咂嘴自語說：「操它娘，砍腦袋都值得了！嘿嘿，二龍戲珠的雨花石！雜種，虧她們想得出！」

宮中之事無有不透風的牆，沒過兩天，後宮嬪嬙都知道了這個祕密，於是紛紛效法之。一瞬間，紫禁城的夜晚春潮湧動，紅盔、大漢、錦衣將軍們一個個鋌而走險夜入宮禁會神女，人人爭做楚襄王。

紙包不住火。皇太子在春潮氾濫的高峰期知道這事，親自出馬，於一個月黑風高夜晚將赤條條的神女襄王們從被窩裡抓出來，這種事前朝有沒有無人考究過，在本朝可是驚天動地頭一回。皇太子的憨愚就在於他不思量這事皇帝知曉後對他是個啥看法，奏章一封加急遞京，除悉數奏告案情外，照例還是那幾個字：恭候聖裁！

☆

皇帝氣得一口鮮血噴在御案上，暈倒在龍椅上好一陣。宮娥內侍御前牌子大呼小叫奔來救護，片刻過後醒過來的皇帝抓起玉尺劈頭蓋臉照這些身邊人一陣亂打——非如此不足以消下這口惡氣——嘴中還在罵：「死奴才，你等沒有一個好人！那個窩囊廢也不是個好人。朕打死汝等！」

平白無故挨毒打的內侍們不知啥事，唯有抱頭跪地哀嚎皇爺饒命。皇帝打斷了玉尺，這才一腳踹去叫「滾」，哆嗦著手寫道諭旨：「奸人等悉數就地處死！宮中淫婦淫婢悉數速解北京！皇太子統御疏忽，大負朕望，其如何追補，自深思之！」

皇太子追補啥，他覺得此事與自己並無多大關係，上千個女人扔在南京讓他咋管，他夜裡不睡覺睜了眼盯她們？那也盯不完呀！女人要偷漢，神仙也難辦，這是沒有法的事。皇太子只遵旨將與此案有關聯的宮人，不問嬪御、女史、宮娥、太監共二千八百餘人一併派軍隊押解赴北京。這支特殊的犯人隊伍浩浩蕩蕩長達二、三里，這便是本朝歷史上有名的「魚呂之亂」。

押到北京，結局不問而知，太監砍首，女犯凌遲，二千粉黛無一倖免。還是魚嬪有勇氣，臨刑之前一句話把皇帝頂得半死。皇帝獰笑著問她：「淫婦，朕要一刀刀將汝寸臠，汝可認罪伏法？」

被赤裸一身綁在一扇早被鮮血浸透的大門板上，成個大字的女人睜開一直緊閉的眼，鐵青著臉，眼中早無一絲恐懼之色，吹一口飄散額間的長髮，一字一句吼出幾句來：「不認罪！妾沒有罪！哼哼，自家陽痿無能，妾等何罪之有？天生妾是個女人，就要做女人做的事！你寸臠也罷，寸剮也罷，妾就是沒有罪！」

幸虧這個無畏的女人這句「陽痿無能」的話被記錄在案並且保存下來，使後人得以推知此案的眞相，不然本朝晚些時候修《太宗實錄》史臣的曲筆遮掩就要得逞。按他們的曲筆，魚呂等二千多名冤魂是因「謀逆」被誅，其欲蓋彌彰的諱避不值一駁，這就是因爲那個女人臨刑前吼出了那一句，一切眞相俱可察於其中矣！

這件事極大地刺痛了皇帝的自尊，可以說他痛恨太子的平庸無能已臻於極點，皇帝百般無奈中眼光落到趙王身上。這孩子，皇后生前萬般疼護他，曾爲了想立他爲太子還與朕賭過氣哩。高燧人聰明，除了有點陰柔外哪樣都好，朕要重新考慮。皇帝一臉愁苦思忖著。

17

永樂十九年正旦，皇帝袞冕御北京奉天殿受皇太子、皇太孫、諸王、百官朝賀，共賀北京新宮殿落成。下來即在乾清宮大宴宗親。皇帝今天心情很好，抬眼環視滿座之人，兒孫之外，不是兄弟就是侄子，可謂實實在在一家人。

他沈吟片刻，突然掉頭尋視右側發話：「漢王！高煦！」

坐於諸叔王之下的高煦起來躬身肅應：「兒臣在！」

皇帝今年六十二歲，雙目已有蒼老之態，細細打量幾年不見的兒子一番，那眼光既親切又迷惘，噓口氣說：「你呵……唉！」

就在高煦幾乎要失態哽咽出聲時，皇帝突然換了口氣問：「高煦呵，汝這些年可荒廢了鞍馬？」

漢王飛快擦了一下眼睛，奮聲答說：「回父皇，兒臣不敢荒疏武藝，每日射箭跑馬、使刀槍等要用二個時辰。」

「喔，好，好得很，這才是汝的本色嘛！那朕問汝，若有征戰，汝願否侍朕同行？」

高煦眼睛一亮，朗聲答曰：「臣願爲皇上效死疆場！能再侍奉皇上衝鋒陷陣，是臣此生之大幸。」

皇帝終於笑出聲了，那神態正是漢王當年所熟知的那個父皇：「哈……眞吾子也！

漢王，典禮之後你不必回藩，明年朕要親征阿魯台逆賊，汝從朕俱行！」

「是，兒臣遵旨！」漢王興高采烈亮起嗓門應了一聲。

皇帝等他坐下，出人意料地吩咐說：「朕三子，趙王最幼。今日俱是家人，趙王應代朕行酒，趙王！」

坐高煦身旁的趙王應聲而立，有點受寵若驚不知所措地望著皇帝。皇帝不管滿座的詫異，指著面前的酒盞說：「高燧，汝代朕去勸酒，你周叔、蜀叔等一人斟一杯，這也是汝做侄子應盡的孝心嘛！」

高燧領命離座，從周王開始，給蜀王以次諸叔父滿斟了一杯，候諸王一飲而盡方回座。

這可以說是一個不同尋常的舉動，令滿座宗親暗暗吃驚。皇帝這個輕描淡寫的決定給親藩們一個明白無誤的信號：皇太子地位無足輕重，其位並未坐穩。這種延見親藩的大宴場合，按常理咋輪得上趙王來代皇帝行酒？前人云，父有事子服其勞，這個代父行勞者不是一般的子，是宗子、嗣子，代皇帝之勞理應是皇太子的事，甚至可以說是他的一種權力，是他身分地位的表徵，皇太子若身體有疾，不能任其勞，則應該由皇太孫來代勞，咋說也絕不應該是趙王。

皇帝偏偏就命了趙王，皇太子面色微微發紅，他雖是那種不計名利，淡泊之人，這多少有點令他難堪，人終歸不是草木，咋能完全無動於衷呢？皇太孫沈得著氣，他並不是為太子的難堪怎樣，他才不在乎皇太子難不難堪，他關心的是太子的皇位穩固與否，因爲太子之位就是太孫之位，乃皮毛的關係，皮之不存毛將焉附？皇太孫令人難以覺察地飛快掃了對座的趙王一眼，心中暗暗說：「哼，他又鑽出來了！看來那高煦暫已不是最危險的人物，最危險者高燧也！本宮絕不能讓其得逞，這皇位本來就是本宮的，任誰也不能把它搶去！」

太孫下來匆匆召見一人，內官馬雲是也。馬雲除了忠於皇上外，自然也忠於皇嗣父子，太孫叫他近前來，吩咐說：「馬雲吶，汝可知新得之職是誰在暗中提拔汝？」

馬雲咋能說不知呢，諂笑說：「奴婢之職，是皇上、太子殿下、太孫殿下的恩典。這個……當然是太孫殿下在迴護奴婢嘍！」

「汝知道就好。本宮只告汝一句，汝可以一朝得此職，也可以一朝失此職，全憑汝自己所爲了。汝附耳過來……」

馬雲眞從心底怕這位皇太孫，他既沒有皇上那種令人望而生畏的威嚴，也沒有漢王那種咄咄逼人的氣勢；比趙王的儒雅他又多一分英武，較皇太子的忠厚他顯得無比精明，他是一種不動聲色的威謀，令人感受得到看不見，深不可測，不得不俯首帖耳爲他辦事，不然，他在微笑中可以隨時要人的命。

馬雲諾諾而應。照他的權衡，倒向太子、太孫顯然比替漢、趙王辦事安全、可靠。

太孫要用馬雲，因爲他去年底領了一個史無前例的新職。皇帝有感於耳目不便消息不靈，宮中發生那樣的大事，事前他竟然毫無所聞。再者，錦衣衛愈來愈平庸，京師官民人等平時想些啥幹些啥，他們竟然毫無所知，少有新、奇、祕事聞報與皇帝。於是皇帝決定，在宮中設立一個與錦衣衛有同樣職能的機構，由內官統領，直接對皇帝本人負責，這就是明朝歷史上赫赫有名的東廠。而馬雲，就是這欽命掌東廠的首任頭領。

皇帝賦東廠以爪牙、耳目之任，在諸方面給了它內臣從無有過的權威。宮中十二監內官職司用印，東廠與奉旨外出清軍、印馬、查鹽、督賦諸內臣一樣用關防，但後者的關防只有奉旨督辦某事某某內臣字樣而已，但須給東廠的關防卻開了內臣用欽差字樣的先例，赫然十四字曰：「欽差總督東廠官校辦事太監關防」。不但給了欽差的顯赫稱謂，並且直接用太監而不用內臣、內官等稱謂，突出了東廠宦璫不同於諸內臣的特殊地位。皇帝這個時候的東廠尙屬初創，其羽翼未豐，尙無有明朝中、後期那種擅權、亂政的顯赫氣焰。以後的王振、劉瑾諸輩，一直到登峰造極的魏忠賢，東廠成了一人之下萬人之上的太上衙門，各地給魏忠賢建生祠，諛呼「九千歲」，臣民章奏提到魏忠賢稱廠臣不名，一幫無恥文人甚至提出要以魏忠賢生配孔聖人受祭祀，說孔子修春秋，廠臣立要典，可以萬世匹美云云。無恥下作，莫此爲甚。

馬雲所領的東廠一開張，就顯示出其無所不能，無孔不入的鷹犬耳目作用，喜得皇帝拍案叫絕說：「哈……朕有東廠，可以盡知天下祕事矣！燭照奸宄，何惡能逃天網？」

其實，東廠並沒有給皇帝偵破到什麼謀反大逆、作奸犯科的要案，它不過給皇帝提供了一樁樁臣下的家醜、隱私，滿足了皇帝欲刺探臣民背底言行、隱祕的好奇，不顧當事者的難堪，亮到廣庭大衆之下來獻醜。

☆

朝廷正二品官工部右侍郎莫行每走到自己家門口，就有一種不願邁腿進去的感受，不爲別事，只爲他府裡有頭令他膽寒的「河東獅子」，他怕聽那一聲獅吼。這頭河東獅正是他的髮妻，二品誥命夫人賈氏。莫侍郎是建文三年以舉人薦徵入宦的，今年四十六，夫人小他一歲，生有一兒一女，便不再育。莫大人有感於子嗣凋零，三房承祧這麼一個獨苗，萬一有個意外莫家豈非斷了香火，於是，未經夫人「恩准」，花了八百兩銀子納了一房妾。小妾姓燕，年方雙十，比莫家少爺還小好幾歲。這下觸犯了獅威，自此便無有一個安寧。

莫侍郎躡手躡足打算悄悄繞過正房，溜到如夫人那邊去，耳畔突聞一聲獅吼：「給我站下！看你那鬼鬼祟祟樣子，又想去會妖精不成？過來！」

莫夫人賈氏雙手扠腰站在房門口，圓圓臉盤，膀粗腰圓，那身胚要抵一個半莫侍郎。

「夫人……有何吩咐，下官就站這裡聽不成麼？」

莫大人實在怕過去，嘻皮笑臉原地不動講起了價錢。賈氏哪容他如此怠慢，以與其身材極不相稱的敏捷一個箭步過來，一把擰住侍郎大人的耳朵：「今天是反了你這猴精不成？走！」

「哎喲……快鬆手，夫人快鬆手，讓下人看見，下官顏面何存？」

其實這又非頭次，哪有什麼顏面存不存。這不過是侍郎大人每次耳朵被擰時必然要說的一句話，大致相當於求饒的意思。賈氏才不管，威風凜凜將乾瘦身材的丈夫擰扯到房中間，大喝一聲：「跪下！從實招來，又給小婊子、小妖精偷買什麼東西了？」

侍郎臉已嚇得變色，連連做揖求饒：「夫人明斷，下官這兩月來遵紀守法，並未給她置過一樣東西啊！啊！夫人別打，下官跪就是了。」

賈氏雞毛撣子一揚，莫侍郎「噗通」下跪。胖女人用撣子指他鼻尖罵：「放你娘的狗屁！你還敢說你沒有買，婊子手上又戴一副玉鐲子，是天上掉下來的嗎？你這猴精不給老娘講個明白，哼，看老娘不揭你的皮！」

侍郎大人哆嗦一團不能出語。誥命夫人來了氣，大吼一聲：「兒啊快來，去傳那小婊子過來聽審！你這猴精還不起來！」

因為兒子要進來，賈氏才開恩讓侍郎大人起來，否則這當爹的日後還在兒子面前直得起腰嗎？胖女人再專橫，該留的面子她也留。

片刻過後，燕氏打著哆嗦進來，不用人吩咐，戰戰兢兢自動就跪下，口稱：「妾燕兒見過大娘、老爺！」

「叭」，賈氏不由分說，先來個下馬威，一撣子打得地上的女人尖叫不已。

「婊子、妖精、娼婦，說，猴精又塞什麼東西給你！」

嚇得面無人色的燕氏囁嚅道：「沒……有呵，老爺給妾的東西都是經大娘恩准了的。」

胖女人這才想起那手鐲猴精是稟告過，但她咋能認輸，讓小妖精占理。於是舉起雞毛撣劈頭蓋腦一陣亂打，口裡還罵：「妖精、爛娼，你敢回嘴」。小妾燕氏遍地打滾，口裡嚎求：「哎了！打死妾了！少爺，你替妾求求情哪！」

她不叫老爺，知道老爺不管用，泥菩薩過河自身難保，便叫少爺。正在這時，少夫人也聞訊過來，兩個小的便開口相勸：「行了，娘，你也怕打累了，歇口氣吧！」

賈氏對丈夫對妾婢凶狠無比，對兒子兒媳卻還溫和，從未打罵過他們，聽了勸解，才餘意未盡地收場：「哼哼，今天若不是少爺他們替你求情，老娘非打死你這小賤人不可！滾回去！」

身上被打得青一塊紫一塊的燕氏哭哭泣泣鼠退而去，胖夫人盯著莫侍郎的腳道：「又想跟去舐屁股不是？你這個沒良心的，老娘哪點不稱你意？嗚……老娘這身韻比那小蹄子差哪點了，你這沒良心的猴精就任老娘寂寞啊！天殺的，你當初騙老娘時的那些溫存跑哪去了！嗚……」

胖女人居然搗臉抽泣起來，又不敢走更不願上去勸的莫侍郎乘夫人掩面哭泣時，狠狠地瞪她一眼，做個鄙視的嘴臉，心頭暗暗笑罵道：「活該！胖母豬，你不尿尿照照自己模樣？本官寧可摟頭老母豬也絕不沾你那身膘！本官就是要教你寂寞而死，早死本官早清靜！」

胖女人乾嚎了一陣，從指縫中瞟得那人無動於衷甚至有些幸災樂禍的神情，絕望地吼道：「快滾！滾去見你的騷狐狸。老娘有志氣，不求你，你將來有想老娘的時候可別後悔！」

莫侍郎一溜煙跑出好長一截，才假裝吐痰朝地上「呸」了一口，小聲罵出：「想你！你肥豬怕是做夢喲！嘿……呵……」

三更夜，人心寒，燕氏躺丈夫懷裡還在啜泣，哽咽道：「老爺，妾早晚要被她打死呵！你看她今天多狠，嗚……妾這手膀都抬不起哪！」

莫侍郎表示無比的義憤：「這母豬簡直是個魔王！你別難過，等你替本官生下兒子，我就把這肥豬休了！你就是堂堂正正的誥命夫人。」

這樣的話燕氏耳朵都聽起老繭，每次無端受凌辱後老爺都是這句話，瞧他見了那蠻婆猶同老鼠見貓的模樣，這話燕氏早就知他是說來哄自己的，不禁悲從中來，飲泣有聲了。莫侍郎著了急，變戲法似地從枕下取出二根金簪，笑嘻嘻說：「你看我給你買的啥？嘻嘻，我把它藏靴筒裡，肥豬做夢也未料到不是，嘿嘿，我就是要氣死肥豬，盡給你買好東西！」

女人止了哭泣，男人炫耀似地將簪子在燈前晃動。就在這時，「轟衝」一聲，那令人生畏的胖臉竟然撞破房門，像一尊夜叉似出現在二人床前。原來，賈氏一直躲在窗外偷聽，那不雅的惡諡已將她肺氣炸，而且一口一個出自猴精嘴裡尤令她心酸、羞惱不已，及至聽到果然又瞞了她給妖精上貢品，胖女人再也忍耐不住，怒吼一聲，用肩膀撞破房門而入，這份力氣也著實驚人。

「我的媽呀，老娘今天不活啦！你們這對騷東西背著老娘幹好事啊！咒我、罵我，還偷著花老娘的錢買東西。啊……起來！娼婦、妖精、小騷狐！」

胖女人又哭又鬧之際，抓住燕氏的頭髮將她從床上拖下地，一跑磕磕跌跌拖扯到院中，口裡大聲喊叫：「點火把來，都來看吶！看這隻狐狸的騷樣啊！」

莫侍郎苦膽也唬破，縮一團蜷床角瑟瑟亂抖，已然不成人樣。

莫少爺等被哭喊聲驚醒，點起燈火奔入後院。一進院來不由止步，他的娘氣勢洶洶拎一把頭髮在手，燕氏赤裸一身蜷在下邊，嘴裡咿咿嗚嗚小聲抽泣。

胖女人一眼看到兒子，來了勁，喊叫說：「兒吶，快過來！這騷精與你那黑了良心的爹算計著謀害娘呵！你快來打她兩耳光！」

少爺苦笑著說：「娘，你讓她穿上衣服吧！這樣兒子咋好過來呢？」

賈氏眼一瞪：「有啥不好過來，你怕她這騷模樣臊住你？」

還是少夫人趕上去給小妾娘披了件衣衫遮擋，又說了一萬多句好話賈氏才鬆開手。

燕氏放聲嚎哭著奔進西房。賈氏又把莫侍郎從裡屋呼喚出來狗血噴頭罵一頓，末了非要猴精與騷精給她下個字據，她今後的生死要他二人負責，不定他二人會下毒哩！莫侍郎無奈，只好去西房叫人，叫了半天無人應，賈氏來了火氣，吩咐撞門。破門而入後，諸人大吃一驚，不堪凌辱的燕氏長伸伸懸在梁上，用民間的老話說，下了掛麵，奔另一個世界去也。

連強橫霸道的賈氏在內，全傻了眼，人命案關天關地，這二品人家平白無故吊死個人可不是件小事。賈氏唬得變了調說：「你們都看見，這是她自己想不開尋的短，與我可沒關係。我不過就抓了她頭髮，這有啥了不起，就值得走這條路嗎？老爺咧，你可要想想法喲！」

她破天荒叫出了「老爺」的稱呼，興許是這一聲「老爺」感動了侍郎大人，他板起個老爺面孔吩咐下人說：「這事不許外傳一句！有人問起，就說二娘得急病身亡，不然驚動了官府這事就鬧大，本官顏面何存？」

這事要放在前幾年，莫侍郎自會風平浪靜渡過這一關，然而皇帝新設置的東廠確非吃素之輩，不知道馬雲手下的偵事番子們究竟用什麼辦法，居然將莫府出的這樁命案調查得一清二楚，盡詳盡細的奏案一宗放到了皇帝的案頭。

皇帝覽奏後勃然大怒：「了得，世間竟有如此妒婦、悍婦！馬雲！」

侍欽命總督東廠太監馬雲應聲趨前後，皇帝口宣諭旨：「汝速帶人將那妒婦捉來下獄，候朕裁處。去吧！」

這可是東廠設立以來辦的頭一樁露臉大事，奉旨捉拿二品誥命。馬雲點齊一幫校尉、番子手，耀武揚威往莫府而去。

莫府正在用午飯，聞聽馬太監帶了人來傳旨，侍郎心頭暗叫聲苦也，硬了頭皮開中門迎接。馬太監信步而入，與滿臉驚恐不安的侍郎大人說幾句今天天氣哈哈哈之類的廢話，陡然正色拱手言道：「莫大人，有旨意給尊夫人，請她出來聽旨吧！」

這還有啥說，出事了！宮中平常有旨意與百官誥命，諸如入宮朝見后妃，恭賀宮妃千秋之類，都是由內廷女官來傳旨，如今由親掌東廠的馬太監向賈氏宣旨意，這就一清二楚了。

面色青白的賈氏哪還有一絲平常的威風，抖成一團跪下聽旨。馬雲見這婦人胖得令人心煩，便擅自將諭旨口氣加重，嚇嚇她：「賈氏聽旨。奉上諭：著東廠速將逼人致死之妒婦下詔獄，候嚴處！」

賈氏倒是逮進來了，如何個處置法呢？照大明朝承襲宋、元以來的律例，以虐待奴僕致死罪判處，應是發配二千里，杖一百。但朝律有議親、議貴之條，莫府是二品人家，在與議之列，從輕免去發配，只受杖一百。然而又有一個條款，本朝制度，三品以上人家，享受贖杖的權利，也就是說，三品以上人家應受杖者只要交納一定數量的銀錢或者米帛，屁股就可免遭皮肉之苦。

皇帝搖頭說：「如此，豈不便宜那妒婦了嗎？馬雲，你看這妒婦身子受得了這一百杖責嗎？」

皇帝沒見過這女人，不知她經不經受得一百下杖責，做君王的，隨時要有不可少的仁心。太監是啥心腸，你要問他哪還會有個好回答。馬雲脖子一挺，誇大其辭回奏：「皇爺，給皇爺回啲，那妒婦足有兩個太子殿下的身胚，奴婢倒是擔心那杖頭沒有那麼結實，怕打不了五十下會斷咧！」

他知道皇帝厭惡太子，所以敢拿太子的身胚來形容賈氏。經他這麼一說，皇帝竭力幻想一陣兩個太子的身胚該是個啥樣？最後笑出聲來，提筆寫了幾個字：「該賈氏應受杖一百，不准贖！」

馬雲心滿意足捧了這二指寬的條子退了下來，準備行杖去也。

明朝有廷杖之例，大臣忤了龍顏，一聲令下，拖到午門就是一頓杖責，所以明朝臣

子的屁股絕不尊貴，說打就打，大致相當叫化子的臉。而誥命婦人的屁股受杖多少算得件逸聞。太祖最喜歡杖人，誥命在洪武朝受杖算不得新鮮事。洪武一朝三十一年，至少有一百名以上誥命婦人屁股吃過苦頭。建文朝從未杖過誥命，永樂迄今，賈氏是第二例。因之，應天府前圍觀者如堵。這杖誥命也怪，照例是拖到應天府衙前當衆進行，好讓諸不循婦德的女人取個教訓。

胖女人賈氏殺豬般叫著被十來個校尉按翻在地，褲子一扒，杖頭翻落如雨，直打得一佛出世，二佛涅槃，一百刑杖下來，屁股已打開三道口子，一片血肉模糊。

這杖責還眞靈。自此賈氏在莫府就變了一個人，差不多與莫侍郎對換了個位置，一天低聲下氣服侍老爺。稍有不對，侍郎大人一腳踹去，口裡還罵：「臭肥豬，把老子臉都丟盡！你那臉比屁股還厚，還好意思活在這人世！哼！」

胖女人就摸著屁股與臉各自一邊飲泣去。

18

常山中護衛指揮孟賢與羽林前衛指揮彭旭一人摟一個窯姊開心了好一陣。

那姊兒坐孟指揮腿上道：「親爹爹吔，你咋說話不算話喲！你答應我的戒指何時給我？」

孟賢哈哈大笑，在她屁股上捏一把道：「只要把老子伺候得好，一個戒指算啥！老子有天大的富貴給你享咧。」

姊兒不肯信，癟嘴說：「大話誰不會說？一個戒指都推幾個月，還天大富貴，誰信你！」

彭指揮幫腔了：「孟指揮使可不是騙你的，趙王爺不定就要當太子了，將來就是皇帝。孟大人是王爺殿下的護衛指揮，這天大富貴不是篤定的嗎？」

彭旭這一說，他懷中的妓女就喊屈了：「人家孟大人跟了趙王爺有富貴享，你呢，你又跟誰享富貴？哎喲，妾可是白相好了你吔！」

那邊的孟賢又爲彭旭幫腔：「我說你這粉頭眞他娘是銅鑄肚臍——錢心眼！彭大人雖說不是王爺的護衛，然他效忠王爺，王爺從來拿他當自家護衛上的人看待，將來王爺得了位，彭大人一樣少不了大富大貴。有你這婊子蹶著屁股掙的錢噢！」

「好粗魯，你看不起婊子咋還三天兩頭往這兒跑？」他腿上的姊兒又爲同類幫腔了。

孟賢與彭旭是兩個點墨不識不折不扣的粗人，聽懷中妓女這麼一說，三兩把扯下她衣衫往床上一扔，笑罵道：「老子的東西就是粗魯，今天要與你這婊子玩個新花樣！」

……

「嘭、嘭！」門外有人敲門，還在喊：「指揮使大人，那位姓高的來了，請大人等過去吧！」

孟賢騎在妳兒身上，開口罵人：「黑三子，你這雜種窮叫個啥！有話進來說清楚。」

黑三是他手下的一名百戶，推門進來，見這陣仗毫不感吃驚。這情景見多了，是指揮使的家常便飯。遂不慌不忙倚著床頭細細稟報。孟賢與彭旭聽完，頗有些遺憾似地把兩錠五兩紋銀扔到床上便走。兩個妓女光著身子一人搶一錠在手，用牙咬，用舌舐，湊窗戶邊光亮處照，怕的是吃他們的虧，收進假銀子。

☆

根據大明朝史官的記載，孟賢、彭旭兩名指揮從妓女肚皮上被拖下來去主持的這個聚會，參加者計有：孟賢之弟孟三，老軍馬恕、田子和，通州右衛鎮撫陳凱，常山中護衛百戶黑三、王瑜、王變，最後還有一名舉足輕重的關鍵人物，興州後屯衛老軍高正。黑三說的姓高的就是指他。別看高正只是一名老軍，他卻通文墨，識文斷字，而孟賢等全是目不識丁的大老粗，虧了王瑜的介紹把高正拉來，這幫睜眼瞎頓覺看到了光明。

孟賢居然放下指揮使的架子，對高正又是拱手又是讓座，滿臉是笑地說：「高家兄弟，有你來我等就放心了。哎，這個識文斷字的事呵，硬是要命喲！」

高正三十三四年紀，聽了孟指揮的話，甚爲謙虛地說：「指揮大人太過謙了，職軍哪能與大人等比……」

話未完就被孟賢打斷，粗著嗓子說：「不許稱什麼職呀軍的！自今以後，咱們都是兄弟，都是爲趙王殿下效忠的兄弟。不分彼此，不講官職，只認進來的先後。這個……高家兄弟，待會兒便要勞動你來起草幾條章法，完了念給弟兄們聽聽。」

彭指揮插言說：「要用那個照貓畫虎的字體寫，我聽那些學士、翰林常說，那個字體最好，皇上都用它。」

彭旭是羽林前衛指揮，在禁城當值時常能聽到一幫學士、翰林老爺們的談話。高正一愣，終於省悟忍住沒笑出聲來。這傢伙搞不清楚趙孟頫是宋末元初的大書家，到他嘴裡說成照貓畫虎，這幫粗人還想成氣候？嘴上卻說：「二位大人只管吩咐，兄弟無不從命。」

今天這件事，主意是孟指揮使聽了百戶王瑜的慫恿之後想出來的。

當時，王百戶對他說：「指揮使大人，咱王爺聽說頗受皇上信賴吔，東宮那邊快莫戲囉！」

斜靠椅背一隻腳蹺到案几上去的孟指揮此刻滿腦子是那個新泡姊兒的美妙胴體，聽了部下的話，懶心無腸毫不經意答說：「你雜種硬管得寬喲！王爺太子干我等毬事呀！咋說我還是做我的指揮使，你雜種還是做你的小百戶，你操那多心幹啥？」

王瑜挨了罵毫不退縮，反而伸腦袋過去神祕兮兮說：「大人，這你就不知道了吧，小的從前護衛那邊得的消息，人家都在聚會給王爺表忠心嘞，指揮使牽的頭。咱可不能落後啊！」

噢，這倒是個新消息，孟指揮使把腳伸下來，臉色也嚴峻起來。趙王爺有三個護衛，常山前、中、後護衛，點墨不識的孟指揮掌中護衛。現在的護衛不像洪武、建文那陣完全就是藩王的私人軍伍，一半要受朝廷有司管轄，然而不管咋樣，與普通軍衛還是有區別，它終歸叫王爺的護衛呀。這個常山前、後護衛給王爺表忠心，咱老子中護衛不能落後吧，老子孟某人既然統領的叫中護衛，這個中字也就是不在人前不在人後的意思。孟賢臉色潮紅略顯激動之色了，三個護衛指揮中，他是最不關心朝廷政治的，他一大半心思都在女人的肚皮上。碰巧那天他遇見兩個太監的一席話，使他開始多少關心起王爺的事來。

那天孟指揮使有事入宮見趙王，趙王自受封以來一直居住北京，朝廷定都北京修建新宮殿後，仍未給趙王營建府宅，所以他仍然住在宮裡。迎面碰見兩個太監，笑呵呵給他開玩笑說：

「孟指揮，將來有了富貴莫忘了咱家喲！」

孟賢認識這兩個人，一個叫王儼，一個名江保，是乾清宮當差的御前牌子，忙拱手回應說：「二位兄弟好會玩笑，孟某區區一個護衛指揮使，離富貴二字何止十萬八千里喲！」

「你這就迂闊不是！你家王爺不定哪天就成大貴人，你當護衛指揮的不也跟著沾光嗎？孟家老兄，這話可不許亂傳噢！」

孟賢呆呆望著二人離去，心頭思忖開來，王爺不定哪天就成大貴人，這話啥意思？這兩個傢伙是皇上跟前當差的人，他們所言定然有所根據，莫非王爺……孟賢豁然開朗，恍然大悟，對、對、對，定是這麼回事！王爺受封這麼多年，竟沒有個具體的藩封地，前二年傳說要之藩彰德，可迄今未去，一直留在皇上身邊，怪不得如此呵，原來是這麼回事。嗯，今後要留點心，多替王爺盡心辦事，不能把功夫全搭在婊子肚皮上！

猴子是王瑜的綽號，言其機靈、乖巧也。他顯然早已有了腹案，湊指揮使耳邊說：「大人，小的早已替大人想好，以大人承頭出面，召集幾個靠得住的弟兄，靠不住的雖千戶、百戶也不要他，咱中護衛來個『盡忠會』如何？凡入這盡忠會的弟兄，便都是咱王爺的忠臣勇士，為王爺赴湯蹈火在所不惜，王爺要知道咱這番忠義，還能不大大獎譽大人一番嗎？」

孟賢一個目不識丁的大老粗能有啥主見，聽王猴子這一番慫恿，立時滿口應承。不單他出面不說，還拉來他的過命兄弟羽林前衛指揮使彭旭。這幫烏七糟八的軍人們圍坐一堆，七嘴八舌，給這個王猴子起名的「盡忠會」定條款。算得他們之中大文人的老軍高正不動聲色提筆疾書，「刷、刷、刷、刷」須臾寫滿三張整四尺的宣紙。

「喂，高家兄弟，咋寫毬這麼多噢？我記得沒有提幾條嘛！」大老粗孟賢指著那黑麻麻密如蜂巢的宣紙搔著腦袋問道。

高正掃一眼同樣抱此疑問的滿屋睜眼瞎們，不慌不忙地說：「不多、不多。這就是彭大人要的趙孟頫字體，三個字認一個，所以好看。一個認一個的寫出來就少，只是不好看。諸位說要哪種嘛？不成兄弟我寫另一種不好看的字體。」

孟賢、彭旭相互望一眼，日娘賊，這字比人妖嬈，要三個疊一起才好看！這還有啥說的呢，給王爺表忠心用些油頭粉面的小姘頭總比用五大三粗的黑臉漢好，就用這三個抵一個的吧！

高正見二人點了頭，清清嗓子說：「來，兄弟我給大家念一遍，完了就畫押打指印。這個……咳，凡我盡忠軍士，皆皇上、王爺之忠臣勇武也……」

待他唱歌似的把最後一個字念完，孟、彭二指揮使帶頭，在紙末寫有各人名姓處畫押按指印。高正一個個指點該按在啥地方。完了孟指揮要收這幾張紙，高老軍卻說：「大人莫性急，兄弟我帶回家去潤潤色、補補遺漏再給大人送來。」

孟大人一拍腦門，恍然大悟般說道：「噢，我懂，是要給這些小粉頭搽脂抹粉是吧！入娘賊，是婊子都有個講究，你這照貓虎也不例外。」

☆

皇太孫看完這整三張宣紙，滿意地點點頭道：「不錯，這差事你辦得不錯！本宮日後自有重賞。」

馬雲諂笑著說：「嘿嘿，多虧了殿下指點方略。不然，奴婢這腦袋咋想得出喲！請殿下的示，奴婢可以告退了吧！」

馬雲以爲把這些東西交給太孫就大功告成無他的事了，皇太孫卻沈聲道：「汝好糊塗！這事本宮咋能出面？汝帶那個叫什麼王瑜的直接去見皇上，就說姓王的向東廠告變，黑字白紙，人證物證俱在，汝怕什麼？」

馬雲只好諾諾應承，捲好幾張紙離去。

☆

皇帝一字不漏看著這份由趙王護衛軍士王瑜自首上呈的謀逆方案。黑字寫在白紙上，主謀、從謀之人俱畫押按指印，具體內容亦很實在。這幫人密謀策劃如下：

下個月初十，常山中護衛與羽林前衛一同起事，乘夜衝入紫禁城，宦官王儼、江保從中配合，以毒藥弑殺皇帝，劫取內庫兵符璽寶等，然後分兵執拿公、侯、伯五府六部大臣，廢皇太子，立趙王爲皇帝。作爲計劃的重要一環，先擬好皇帝傳位於趙王的遺詔，由宦官屆時交與孟賢向百官頒讀。

馬雲垂手侍立一旁，偷偷用眼觀察，見皇帝太陽穴一陣猛烈跳動後又逐漸和緩下來，最後歸於平復，連青筋也見不著了，心頭不由暗暗捏把汗。果然，皇帝發話了，眼睛卻不看那俯伏在地上的人：「汝所言俱實？」

王瑜連忙碰著響頭回應：「臣所言俱實，聖上睿察燭照！」

「朕問汝，那孟賢何以要萌此邪念？是受誰的蠱惑？汝從實言來！」

王瑜號稱猴子，自有一番機巧善辯，然而皇帝不動聲色嚴若冰霜的語言令他渾身慄然，頭腦便有些混亂，脫口答說：「啓奏陛下，孟賢是受了王儼、江保的蠱惑所以萌發邪念。」

「王儼、江保著何蠱惑他？」

馬雲暗暗著急卻乾瞪眼毫無辦法，皇帝問話哪有他插嘴的份，連使個眼色尚不敢哩，只有眼睜睜看著王瑜被皇帝牽著鼻子走，落入不能自圓其說的境地。這狗雜種枉自還叫猴子，你扯王儼、江保幹啥，你要說孟賢是受了趙王爺的暗示嘛！王瑜果然不能自圓其說了：

「給聖上回，王儼等對孟賢說，說……說皇上要廢太子立趙王，所以孟賢遂生邪念。」

皇帝陡然爆發了，猛掉頭直視王瑜，目光像兩柄利劍，直射得後者俯下身去渾身亂顫。

「好個不會圓謊的東西！要如王儼等輩所言，那孟賢正可坐邀富貴，如何還會鋌而行險呢？朕再問汝，那王儼、江保既爲主謀之一，又何以不在這上面畫押落名？狗子！馬雲，帶下去著實看押！」

皇帝頹然倒在椅內，以手摀著額頭，心頭猶如淌血般難受。他對此事明察秋毫，一開始就看出此乃漏洞百出的誣告。兩個區區指揮使竟然想到去謀逆，組織政變，且具名畫押的參加者全是無名鼠輩人物，實乃可笑之至。

但皇帝的感慨並不止於此事的荒唐、可笑，孟賢等是高燧的護衛指揮，竟然被人撥弄得在這漏洞百出的逆狀上具名畫押，這內中名堂顯然還深得很。前些年是告高煦，如今朕對高燧稍加青睞，這告高燧謀反的逆狀緊接著來了，這事還能有誰呵！唉……皇帝直覺得心亂如麻，一個皇位竟把親親一家子搞得這樣，全然非他當初所能逆料，較之永樂初年立太子那會兒還讓人透不過氣來！瞻基呵瞻基，朕對汝失望得很吶！汝把聰明才智全用在這有悖親情的邪道上去了呵！

翌日，皇帝把太子、太孫、趙王全召到身邊，先不動聲色把那幾張紙拿給諸人看，問他們這是咋回事？

年屆三十六的趙王才讀了幾行竟然痛哭起來：「父皇啊，嗚……這是誰要置兒臣於死地呵？如此邪惡悖倫，虧他們想得出啊！兒臣百口莫辯吶！嗚……」

皇帝仍不動聲色，冷眼相看。

皇太子看了幾眼也變了臉色，扶著趙王肩頭安慰說：「燧弟你莫傷悲，這是小人不安好心誣陷，沒有人肯相信的！父皇，要讓馬雲他們用心查一查，看究竟是誰在背後搞的詭計！太不像話！」

皇太孫搔一陣腦門，發了言說：「趙叔，我知道這幫小人咋會想到來誣陷你，他們見你一直在北京未之國，遂想出這些條款來造你的謠，希圖乘混水摸魚。」

他還想再說點啥，皇帝開口了：「高燧是我留他在身邊的，這些人愛咋想讓他們想去吧！哼哼……高燧，汝勿用悲，朕心中有數。」

☆

皇太孫猶如打了個敗仗，可謂得不償失，趙王不但未受半點懲罰，皇帝還親自勸慰他一陣，連江保、王儼都免於追究，只命馬雲好好審問孟賢等，以追查實情。皇太孫一想起那天退下時皇祖那意味深長的目光，心中就不寒而慄。

翌日皇祖當著諸臣給自己的一份賜諭更成了那目光的註釋，諭旨說：「諭皇太孫：立身之道莫先於孝悌忠信……汝爲朕嫡長孫，當以此體之於身。明君臣之義，篤父子之親，厚兄弟之愛，盡長幼之序，重人倫之道矣。」

不用說，這是皇帝對他有悖骨肉親情的權謀活動作出的一個警告。太孫躺在榻上，握成拳頭的手心內捏著那張諭旨，捏得手心都出了汗，咬著牙思忖了一陣，大喊一聲：「海濤！」

海濤是他做長孫時就跟了他的一名貼身內侍，對他無限忠誠。再過幾天，海濤就要到御馬監任少監了。這是太孫爲他謀的一個職務，在諸內監中雖說是個不起眼的衙門，但實則很重要，替戎馬一生的皇帝照料御馬，皇帝一出征，其他太監都可以不帶，唯獨御馬監的內侍不能少，須隨駕照料皇帝騎乘的馬匹。

海濤應聲奔入，問殿下何事。太孫吩咐：「替我把金黑找來，快去！」

金黑就是那朝鮮崔美人的乳媪。當初皇帝一句話把她女兒韓氏的命保下，留在皇帝身邊當了個隨身宮女，金黑就仍住在宮中。海濤一邊走一邊想：「找金黑來幹嘛？」

19

永樂二十年九月，漢王隨皇帝親征韃靼阿魯台，大獲全勝班師後，皇帝並沒有留漢王，而命他返回藩國。漢王生來是個領兵作戰的命，一上陣就興奮無比，天大的煩惱都拋到腦外，回到北京皇帝要他返國，他還餘興未盡地說：「父皇，那阿魯台逆賊未盡殄滅，不定明年又要用兵哩。父皇龍體不能久勞，屆時就由兒臣為父皇代勞吧！」

皇帝卻搖搖頭說：「不用，汝自回藩國去吧。高煦，朕這是為你好呵！朕這番苦心汝將來自知。唉……朕何嘗不想留汝在身邊呵，只是汝一留京，謠言必起，朕是怕、怕這骨肉之間遭離間呵！」

皇帝萬分感慨，漢王只好灑淚離京。果不其然，今年阿魯台又死灰復燃，開春以來屢屢犯邊。接到常駐北京的漢王子瞻圻所報，漢王頓覺熱血沸騰，盼星星盼月亮似地盼著皇上召他從征，結果令他沮喪萬分，皇帝七月間又統六軍親征阿魯台去了，卻並未要他同行。自建文元年靖難起兵以來，迄今二十五年，父子倆還沒有一次不是併肩作戰的，哪一次征戰皇帝都少不了漢王，這次卻獨獨把他撇下。想到六十四歲的父皇一個人去冒矢石彈雨，漢王熱淚盈眶，遙望北斗喃喃道：「皇上呵，你咋把臣撇下啊？」

唯一還能使漢王感到稍好受點的是，據兒子瞻圻來信報稱，皇上也沒有要太孫同行，否則漢王真受不了。他極端痛恨這個不可一世的侄子，自己就是栽在他手頭的。據瞻圻所報，這小子又設計誣陷燧弟，結果被皇上識破，討了個老大莫趣。漢王現在自知與皇太子之位是絕然無了緣，他從心底寧可父皇傳位於高燧，不爲別的，就爲那可惡的東西，想到有一天或者要向這個小東西稱臣，漢王直覺渾身毛孔都在豎立，脫口怒罵道：「休想！小東西，你要寡人給你稱臣，只怕是做夢吧！」

其實太孫哪裡還小，已是年屆二十六的青年，只不過漢王瞧不起他，便在背底一直叫他「小東西」。

「王爺，你在罵誰喲！一個人喋喋不休呢。」

來者是漢王妃。王妃小漢王一歲，今年四十二，爲漢王生下六個兒子，顯得有些憔悴，看上去彷佛比漢王還要大好幾歲。他們夫妻結髮二十五年，前十五關係尚不錯，雖談不上相敬如賓，倒也是夫唱婦隨。自打十年前漢王爺有了外遇，與王妃之間就起了隔閡。王妃並不敢在漢王找女人的事上吃醋，丈夫這一生找的女人無計其數，大不了好個十天半月就膩味，難得聽他把哪個女人掛嘴上，所以王妃無所謂。他是王爺，咋少得女人呢。然而令王妃震驚的是，漢王自從遇到那個莫名其妙的女人，聽說原來還是個有夫之婦的俞氏，整個兒就變了一個人，對那女人那份殷勤、體貼，令王妃又心酸、又生氣、又妒忌。王妃逆來順受慣了，他要把那女人弄進府來住她無法，起初還自己安慰自己，無事體，權忍個半年一年，他一厭了那女人自會滾蛋的。孰料這次漢王似乎沒有個厭煩之期，那女人在王府一住就住到如今，究竟她替王爺養了多少兒女連王妃都不知情。她單獨住一個院子，下的那些崽崽又討不了朝廷一個字的封號，連名字都是胡亂取的，三娃子四娃子之類，滿院亂跑，被王妃瞧見過幾次。

王妃把這事跟王爺提起過，結果討多大個莫趣。她酸酸言道：「王爺啊，你是天潢貴胄，金枝玉葉之身哩，你相好一個女人，妾不敢反對，然造出那些孽來又何苦嘛！終不成他們一輩子就叫個三娃四娃？」

不叫三娃四娃又叫啥，本朝制度，宗藩生子俱要上聞，由宗人府按各支各派從太祖皇帝替他們擬好的行輩美辭中撿一個字出來，湊成雙名登玉牒，皇帝頒旨親賜嘉名。然而那都是王妃或者側妃們生的才有此待遇，像俞氏這種漢王自己動手找來的女人，生子是背著朝廷幹的違法事，注定只能叫個三娃子之類。這事說來是漢王的傷疤。

俞氏不懂皇家這些森嚴的規矩，幾次對漢王說：「大王，小兒女一個七歲一個五歲了，總得給他們個名吧！他們可不是妾前頭帶的那些，是滿尊滿貴的王子嘞，咋能沒個名字？王爺，你找有學問的人給他們起個吧！」

俞氏共替漢王生了四個，前兩個夭亡，故爾後面便叫「三娃」、「四娃」，喊起到滿順口，可惜不是個名字。這其中的苦衷漢王咋給她說得清，只好糊掩、推諉，支吾了事，心頭總覺得有些對不住大人與小人。

見王妃絮叨個沒完，漢王變臉了，咆哮著說：「你給我滾遠些，我不要你來管這多閒事！老子偏生喜歡他叫三娃、四娃，你有哪些稀奇？告訴你這個蠢女人，太祖皇帝小時候被人叫豬兒，中山王小時放牛叫牛兒，他們是尊貴還是不尊貴？哼哼……」

王妃被他罵得灰溜溜不敢應聲。

今日遠遠見王爺一個人站這兒唉聲嘆氣，畢竟是二十多年的夫妻，王妃走過來關切地問他。漢王卻想起另一樁事，答非所問地說道：「我給你說件事，今年七月十五祭廟她要來噢！」

王府與天下宗藩一樣，都有自己的王國宗廟。漢王這個時候，他的王府宗廟祭祀的還是太祖皇帝，要等他將來作了古，就成了漢府宗廟的始祖，受他這一支子孫的香火祭禮，當然前提條件是他這漢藩封號能始終傳承下去。七月十五是春、夏、秋、冬四月仲的大祭之一。還有兩天就是七月十五。

王妃癟嘴道：「王爺，王府祭祖宗先人她來幹啥？她以個啥身分去，再說她去了穿啥？她有命服嘛？終不成王爺給她造一件？」

祭祖是大典，王爺、王妃、世子、郡王、王子、郡主等，俱要全套命服加身以祭，所以王妃理直氣壯質問。這事是漢王爲補償三娃四娃的名字對俞氏欠下的一份內疚，自作主張定的，在制度而言他是完全理虧，若有人爲此揭發他，一傢伙扔他到鳳陽去是完全可能的。

正因爲他也有些心虛，所以才難得地帶個和和氣氣的微笑，半是商量半近求人的口氣：「王妃，你也替她想想，好歹她也是漢府的有功之臣嘛，她爲寡人生養二子哩。這個……命服嘛，便要求王妃給她開個恩，借她一套穿穿，完事便一毫不損還與你如何？」

王妃把頭一掉：「做夢！哼哼，王爺不要祖宗禮法、國家制度，難道妾也不要它不成？一個哪旮旯鑽出來的女人，要穿祖宗給妾的命服，虧王爺想得出！」

漢王恨得牙癢癢，恨不能立時給王妃一個大嘴巴，冷冷道：「你窮嚷個啥！你不答應就當我沒說，當我放屁，看你這窮凶極惡相，只怕你有本事便要向朝廷告我的忤逆哩！」

這正是漢王毫不畏懼王妃的原因之一。無論漢王在府中如何行事，王妃也莫奈他何，因爲王妃無法向朝廷告狀，她沒有向朝廷奏事的權利，除非她哪個兒子要幫她的忙，爲她代奏還差不多。但漢府這幾個王子包括世子瞻圻在內，哪一個見了漢王不是老鼠見貓一般，借十個膽子給他們，也不敢爲了護母親而告漢王。

祭廟之事以漢王退讓而告終，他由此而恚恨王妃臻於極點，最終釀發一場悲劇，並因此造成他與皇帝父子之間再也未能見上一面。

☆

八月中秋又至，天上明月圓，地上闔家歡，雖是小小的樂安州，闔城亦不分貴賤人等，家家極盡喜慶之色，來歡度這上天賜予兆民一年一度的團圓之節。樂安州東南百里之遙便是水波浩渺的大海，月亮掛在東南天隅，顯得分外大分外明，連從不近文墨的漢王仰望那中天冰輪之際，也拈鬚嘆出頗難得的一句文謅謅的話來：「嗯，海上生明月，這話一點不假！」

八月十五，王府自家賞月，因王爺與王妃的不快與隔閡，席間一家人毫無團圓的樂趣。在漢王而言，本來也算不得完全的團圓，因西院還有三口人不能在這闔府的正式聚會上露面哩。世子瞻圻知悉父王悶悶不樂的心事，頗懂事地吩咐王府太監：「去，把月餅、西瓜等挑好的給西院夫人送去！」

王府的世子、王子們俱稱西院的女人爲夫人。這些東西在西院不會少，然而世子的話是一種體貼與溫情，漢王亦用感激的目光看了兒子一眼，嗯，這娃娃比他娘懂事！

王妃照例癟癟嘴。她其實也有她的感嘆：「唉！闔家團圓，就少我的圻兒一個呵！也不知他在北京……」

王妃以袖掩目語哽。瞻圻是漢府的少子，今年方十七，奉漢王之命長駐北京，等於是他放在北京的眼線。漢王六個兒子，之所以要把瞻圻派出去，因爲少子親近娘，有他在府，漢王對王妃便不得不有所顧忌。瞻圻是諸子中唯一敢頂撞漢王的人。俗言虎毒不食子，漢王再暴再躁，對兒子他又能怎樣，況瞻圻是王妃所出的最小一個王子，小時備受寵愛，漢王也要讓他三分。他臨去北京前就當著闔家的面不客氣地給父親辦了交代：「父王，我可是先把話說前面噢，若我去後母妃受欺負吃了虧，可別怪我做事絕情呵！」

漢王唯有在這個兒子面前不咋說得起硬話，顯得底氣不足地回敬說：「那你會咋樣？你把我這爹吃了！」

瞻圻不理他，悄悄貼著娘說：「母妃，有啥事你忍著點，孩兒回來自會與你做主。」

王妃含淚說道：「娘的兒，娘聽你的。你在外面一個人，娘好放心不下呵！」

中秋之夜月圓如鏡，王妃遙望北天，著實想煞兒子，不由唏噓感嘆。漢王其實又何嘗不想瞻圻，只是王妃這樣說，他就偏要唱反調，冷冷說道：「好端端一個八月十五，你無病呻吟幹啥？天下就你一個人有兒子，別人生的兒子就是泥水和出來的？他死不了，你窮嘆個啥！」

漢王是想著西院的娘兒母子有感而發，王妃講忌諱，聽他月圓之夜說出死呀活的話，急了，平生極為難得地衝漢王叫嚷發脾氣：「你胡說，好端端你咒他你太沒良心！他是朝廷封的郡王，像你養在府裡那些野物，說收，黑痘子就收去了！」

「嘩啦！」漢王怒不可遏，撐身而起，雙掌一抬，將擺滿月餅、美酒、瓜果的一張石桌掀翻。事出突然，世子瞻垣與一幫郡王、王子們驚得目瞪口呆。父王與母妃時常鬧點不愉快拌點嘴之類，但終不過爭吵幾句便以一方的退讓罷兵收場，今晚這樣破臉是頭一遭，大家面面相覷，竟然無一人敢開口。王妃又驚又氣又怕，愣了片刻掩面痛哭。漢王臉青面黑，猶如一個雄赳赳欲與誰拚命又找不到對手的勇士，咬著腮幫木然站立場中。還賞什麼月，團什麼聚？那砸地而裂的石圓桌，猶同天上的明月一般碎成兩半，明月碎在眾人的心中，好端端一個闔家團圓的八月十五，被漢王這雙手砸碎了。王子們低著頭扶了悽悽慘慘的王妃退去，漢王瞪一眼環跪在側嚇得瑟瑟直抖的內侍們，仰天大吼一聲，奮然一拳砍向旁邊一棵榆樹：「啊……老子在外邊不得意，在府中還受這種鳥氣呵！」

☆

樂安州知州與國朝同姓，單名一個烜字，自漢王封在樂安州後，他極盡奉迎之能事，成了漢王爺甚賞識的一個人，說是心腹也不過分。照慣例朱知州備好帖子，親自登漢府恭請王爺王妃、世子等於八月十六蒞臨州衙賞月，以示宗藩與民同樂的意思。

漢王瞪一眼那大紅請帖，虎著臉說：「什麼王爺王妃？我告汝一句，自今後漢府沒有王妃了！哼！」

知府大人哪裡知道漢府昨夜那場風波，陪了笑臉道：「王爺眞會開玩笑，賤內前不久還入府給王妃娘娘請了安哩。」

「前不久是前不久，寡人是給汝說今後。汝這帖子不成，寡人不受！」

善於察言觀色的朱知州見王爺說得頂認眞，不像是氣話，暗暗搔頭費思量，囁嚅著試探道：「這個……那王爺的意思是……」

「寡人意思是什麼，汝自下去思量！」

知州大人退下去挖空心思思量了一陣。噢，王爺的意思是要州帖上請她。然而沒有這個先例啊，將來萬一出了事還不是我這州官背過。他正焦悶，夫人出言了：「老爺你死心眼，樂安州誰不知道漢王爺寵著誰？他乃朝廷至親的王爺，一句話可以要你的命，你跟他牛著幹有你的好處？他都不要朝廷的制度，你還死抱著幹啥！」

知州大人頗爲難道：「夫人所言極是，下官也是這意思。只是這帖子不好落筆呵，將來有個事，黑字落白紙，這罪過還不是下官來背。」

「噉，枉自老爺還是讀書人，這丁點主意都拿不出，還是妾來教你吧！老爺，你這帖子就這麼寫……」

夫人一句話解了朱知州的難，他重新恭備一份請帖送到王府，上書：「恭請漢王伉儷殿下蒞臨州衙……」云云。

這「伉儷」二字就由漢王自己去把握了，他帶王妃還是帶誰來是他自己的事，將來有個啥也怪罪不到朱知州頭上，州帖上寫明是恭請漢王伉儷，也就是請漢王夫妻，那不是王妃是誰？但並未寫明是王妃，就給漢王留下迴旋的餘地，所以而言之，知州夫人之計就是胡文穆公之類常用的那種八面玲瓏之計。

漢王把這個喜訊告訴俞氏。這個在王府小天地關了七八年的女人又喜又驚，羞澀地言道：「大王，那妾穿什麼去呢？」

這也並非她的虛榮，既要在公衆場合露面，總得有套表示身分的衣服，這樣素服一身跟王爺去算個啥，是奴僕還是傭婦？漢王胸有成竹道：「寡人爲你備有衣服，你就穿了它去！」

王府有各色針線成衣匠人，上個月借王妃服飾碰釘子後，漢王一狠心，便命成衣匠人們趕製了兩套王妃命服、常服。眞紅大衫，深青繡翟霞帔，紅羅裙套織金繡鳳衣，假鬢花鈿，金玉釧鐲，山松特髻，犀帶玉革，硬是不折不扣一套親王妃服。俗言三分容貌七分打扮，又說人是樹樁，全靠衣裳，本來就長得不錯的俞氏把這全套服飾一穿戴，活脫脫換了一個人，容光煥發，千嬌百媚，富貴雍容集於一身，連她自己在大銅鏡前一照都不敢相認自己了：「大王，這是妾嗎？嘻嘻。」

漢王也樂呵呵，像是欣賞一件藝術品地細細打量一番，拈鬚讚道：「呵……卿卿這一打扮只怕月裡嫦娥也要妒忌了！這個……」

「這個」的意思是還有一樁遺憾。衣服可以十天半月趕製出來，那頭上的鳳冠可就不是一兩個月可以奏功的了。而這鳳冠又絕不能缺，俗云霞帔鳳冠嘛，有了它才成一套，才能滿月生輝。缺了它猶如五彩孔雀頭上少了那頂五色冠子，就是灰溜溜的山雞一隻，反顯得不倫不類。

按本朝的制度，親王妃的鳳冠下皇妃一等，初定爲九翬四鳳冠，永樂三年又定爲九翟四鳳冠，那冠上鑲翡翠綴寶石，銜玉珠插金花，翊翠葉墜珠結，描鸞繪鳳，稱得是輝耀日月巧奪天工，哪裡是餓忙了的人打急抓所能對付的。俞氏妖嬈了半天也終於發覺少了點什麼，猶如趕場子的長靠武生匆匆上去，一番手舞足蹈，待得亮個相時才發覺頭上光禿禿沒插野雉翎子，抖不出威風便要洩氣。

「大王吔，妾還是不穿這身好，是個木偶人也要戴個冠巾，妾這樣……」

漢王搔搔頭，沈吟道：「莫急，卿卿莫急，待寡人來想想法子吧！這個……」

法子是明擺著的，只有一條，偷或者借王妃的鳳冠。借是決然不可能的，今晚赴會本來就是背了王妃或者說是鳩占鵲位，讓俞氏占了她的位子去，更何況上個月已爲這種事與她鬧翻，昨天才掀了桌子。只有偷或者叫竊，暫時竊爲己有，完事再送回去。

漢王踱出來，遠遠看見一人，抬手就招呼他過來：「瞻域，汝過來！」

瞻域是漢王第三子，平常既怕他也聽他的話。瞻域幾步趕過來，討好地問：「父王，叫孩兒有何吩咐？」

「域兒，父王要你去辦樁事，汝肯不肯爲父王辦？」

瞻域有些奇怪，父王平常叫王子們辦事從來都是說一不二的命令，今日爲何如此客氣，像是在討商量。當下轉著眼珠回道：「只要能辦的事，孩兒定爲父王辦！」

「你這傢伙，父王叫汝去辦的事當然是能辦到的嘍。你聽好……」

瞻域摸摸腦袋，頗有些遲疑：「父王，這事……孩兒怕將來圻弟找孩兒的麻煩喲。」

「放屁！你怕他還是怕我？他一個青皮毛孩有啥好怕！瞻域，汝想不想得郡王封？」

漢王這些兒子早過了封郡王的年紀，只因他的藩國太小，區區一個樂安州，咋容得下四五個郡王，所以迄今瞻域還未得封。封郡王瞻域咋不想，哪怕郡國只有一個鄉一個里，好歹也是個王，就是郡國內說一不二的太上皇，有司俱要看這王的臉色行事，比這長住父王府內一舉一動俱要聽命於人強了不知幾多倍。

這個誘惑力太大，瞻域便點頭應承。他往王妃處半個時辰不到，也不知他用了個啥法，居然將王妃服用的鳳冠偷出一頂，塞在袍服內，鼓囊囊跑來見漢王。後者一見得手，腦袋上拍他一掌道：「好兒子，有出息！父王我將來虧不了你！」

州衙後花園內，滿園銀輝，一根燭光也不用就照得滿座亮堂堂、喜洋洋。今晚的主角自然是那假王妃俞氏，不過既然王爺都拿她當眞，衆人又咋敢說她是假。

知州滿斟一杯：「王爺、夫人，請滿飲此杯！不是卑職阿諛奉承，夫人今晚可謂奪月魄之光彩，艷照州人嘍！」

俞氏笑得頭上金花亂顫。她今晚這份興奮，猶同三十年媳婦熬成婆有種重見天日的心情，哪還想到頭上戴的是竊來之物，身上穿的是贋品。她說不來官場上的應酬言語，更怕說差錯惹人笑話給王爺丟臉，便只一個勁兒傻笑不吭聲。一幫州、縣誥命，鄉宦夫人便使勁恭維說俞夫人謙虛、穩重、儀態萬方。

倒是漢王今晚興致頗高，不似昨晚在府內悶悶不樂。舉頭皓月當空，不由大發感嘆：「唉，寡人一見今晚的圓月，便想起當年之事呵！二十五年前，建文元年，也是八月十五，那晚月亮也是這麼圓這麼亮，黃燦燦掛在空中，寡人才十八歲，便做了皇上手下的馬軍都指揮使，跟了皇上去打雄縣。說起來嚇死你們噢，南軍幾萬人窩在縣城內吃月餅，譚壯節譚將軍領一幫選鋒敢死，硬給他狗日的從滿地月光下爬上城牆去，嘿，殺了他個不亦樂乎呵！」

他這一番講述令滿座之人伸長了耳朵，尤其一幫婦人更是嚇得掉了魂。大家都在想十八歲的漢王爺是個啥樣子。俞氏簡直嚇得發了呆，眼癡癡望著講得眉飛色舞的漢王，竭力幻想要當初這十八歲的王子遇見她該多好，全然忘了她那時才十一二歲。當漢王講得興高采烈煞不住口，脫口講出他與耿炳文大將軍一家那段恩怨時，婦人們臊得臉緋紅，以巾袖掩口偷笑不停。俞氏也不好意思嬌嗔一聲：「王爺，你好壞！嘻嘻……」

漢王卻滿不在乎，大聲言道：「好也罷壞也罷，寡人反正就抓了他耿老雜毛這個把柄。嘿嘿，評話上講的諸葛武侯罵王朗，想不到我朱高煦陣前罵耿炳文，竟比他那個還要痛快喲。呵……」

就在熱鬧得不可開交時，王府內侍氣急敗壞奔來，伏在漢王耳邊一陣嘰咕。後者臉色大變，連俞氏也顧不上招呼、安排，離座大步而去。衆人相顧失色，漢府出啥事了？

☆

漢王匆匆奔回府內，裡面已是哭聲一片，王妃吞金自殺已然斷氣好一陣了。望著面色如紙硬挺挺躺在床上的王妃，也不知漢王此時是個啥心情，咋說也是二十五年的夫妻，更何況當初曾有過不短的恩愛日子。他又是跌足又是搥打床沿，非要問死者一個究竟：「你咋這麼糊塗呵！不就是一頂帽冠嘛，你要肯借出來我又何至於派人來拿你的呢？你這樣糊里糊塗一死，我咋給朝廷說得清楚喲！」

漢王終歸還是掉了幾滴眼淚，紅著眼睛把王妃貼身宮女叫來訊問。據那宮女說，王妃先是問了咋今年州上未來請呢？又問王爺上何處去了，宮女答不出，王妃就去翻撿她的東西，一翻果然少了一頂鳳冠，便鐵青了臉派宮女上西院去，回說俞夫人不在怕是出了府，王妃就跌坐床上痛哭起來。

「後來呢？汝還聽她說些啥？汝見她心緒不好何以要離開？汝是死人豬頭呵！」

宮女嚇得面無人色，囁嚅道：「娘娘說……」

「說啥？死婢子快講！」

「她說王爺拿她不當個……」

宮女以手掩著臉，似乎漢王隨時會給她一巴掌，說到此又停下，怯怯偷瞟漢王不敢再說下去。見漢王咬牙一舉手，才趕忙說下去：「說拿她不當個野女人，活著沒意思……奴婢當娘娘說的氣話，便沒在意，所以娘娘吩咐奴婢出來奴婢就出來了……」

漢王一陣搖頭嘆息。當晚吩咐闔府之人，誰敢透露半個字出去，活活打死。更吩咐世子以次，王妃呑金之事絕不能向瞻圻漏一點風聲；對於王妃的死，漢府以王妃得暴病而亡上聞朝廷。諸子紅腫著眼睛諾諾而應。

☆

皇帝於塞外出征回來後得聞漢王妃薨於王府的奏報，當即把瞻圻召來問：「汝母妃可是有隱疾在身？著何遽亡？」

瞻圻哭著回奏：「皇上呵，你要給臣母做主啊！臣父虐待臣母非一日之事吶，臣母遽亡中間必有隱情，乞皇祖准孫臣回樂安奔喪，並查明王妃暴卒之情上聞！」

皇帝長嘆一口氣：「朕准汝回樂安為汝母奔喪。唉……汝父大負朕望呵！汝家這一檔子事咋會搞成如此噢！見了汝父傳朕的話，叫他好好替王妃辦喪事，朝廷也要遣官來致祭。朕原說還要召汝父來京，不定明年還要出征，汝家出這樣一樁事，汝父哪還能來呢？眞是……」

☆

瞻圻匆匆趕回樂安，先把皇帝的話傳給他父親聽。漢王是又後悔又失望，此時他還不知道，失去了這最後一次的機會，他就再也見不著皇帝了。他明年嚎哭著奔去北京見的只是一副盛有皇帝遺體的冰冷棺材而已。漢王此時感到強烈後悔的是，咋會為了滿足一個女人的虛榮釀出這樣一樁大事來喲！不用說父皇會為王妃的死在心頭責備他，原來抱的父皇會重新信任他的希望自然破滅，這下又不知啥時才能挽回信任。失望者不用說，又失去一次與父皇併肩作戰躍馬疆場的機會，那小東西此刻不定正在北京暗暗嗤笑哩！

然而世上並無治後悔的藥，漢王唯有垂頭喪氣懊惱一番。

瞻圻回來時，王妃早已入殮一個多月，棺槨停在樂安州玉華寺，和尚道士成日誦經不止，要做滿一百天的法事，然後才落葬入土。瞻圻去寺內母妃靈柩前哭臨回來，把幾天來老躲著的漢王擋住，沈聲問他：「我母妃究竟是因啥病而亡？嗚……父王你要給我說清楚！我在北京爲你當耳目、坐探，不求你褒獎我，只求你善待我母妃，嗚……」

漢王有些心虛，給兒子陪個笑臉說：「父王我知你在北京辛苦了。唉……你母妃怕是得的追心瘋吧！喊了幾天心口疼就不行了，圻兒，父王也難過呵！」

漢王舉手擦眼睛，實則在偷瞟瞻圻的表情。當然他心頭也是有那麼一絲難過。

「追心瘋！我未聽說過，但願是追心瘋才好，我只怕這府內有人得喪心病！」

「你這孩子，說話無個分寸，要讓你王兄他們聽見，又要生些口角出來。」

漢王內心十分尷尬，瞻圻這孩子不體他，說話言辭鋒利，人也機靈，正因漢王心頭有份寵他的心，所以也才有些怕他。不然，換成其他幾個王子講這話，篤定是被漢王狠狠踹上一腳外加個大嘴巴。

「哼哼，王兄他們……母妃不在了，父王有啥打算呢？莫非要把那女人扶成王妃不成？」

漢王招架不住了：「小祖宗，你把我逼得太急了不是，我啥時說過這話？王妃可是我說立就能立？不過，你若能在北京替你父王活動一番，在你皇祖面前爲父王說些好話，父王也感激你不盡呵！」

「父王，你是夢還未做醒吧！你還提皇祖，皇祖說起這事就搖頭，說若不是念你當年立了大功，早就把我們一家子送鳳陽去了哩。虧了父王你還未死這條心吶！」

☆

漢王把這事跟兪氏一說，欲安慰她幾句，後者紅著眼睛說：「大王，你從今後再勿提這事了！王妃的事令妾好難過，都怪妾一時圖慕虛榮……大王，妾早就跟你說過，妾不圖任何名任何分，只唯願平平安安侍奉大王一生便知足矣……」

兪氏話未完，院門「砰」的一聲被踢開，綠眉毛紅眼睛闖進來一人，正是瞻圻。他不顧二人的詫異，手指漢王厲聲道：「我與你從今再無父子情，一刀兩斷！喪心病，臭女人！」

罵畢不等漢王有所反應掉頭去也。雜種，哪個該死的給這小忤逆漏了風！漢王鐵青著臉在心頭想。

20

「皇上，快初更了，奴婢侍候你安歇吧！」

韓宮人一旁小聲對皇帝說。六十五歲的皇帝近來睡得晚，常這樣一個人站在乾清宮的大天井裡悶聲不響踱步，時而仰望夜空，時而搖頭嘆息。內侍們不知道他在想什麼，不敢貿然打岔，只有遠遠侍立。韓宮人今年二十五歲，自那年皇帝一句話救她一命後，就一直做皇帝的貼身女侍，頗得寵信，也只有她敢在皇帝面前隨意說話而不必擔心受責。她甚至於敢帶點責備的口氣埋怨皇帝，比如早上她進寢宮為皇帝拾掇時，就會邊為皇帝拾起滑出御榻一截的被子邊說：

「皇爺，你昨晚又做噩夢了吧！這被子又被你蹬下地囉！」

皇帝就帶著老年人在小孫子面前做錯事的那種歉然的笑分辯說：「朕這被子是剛才不小心才滑下去的，你可別冤枉朕噢！」

「還說剛才，明明這半截兒被子都涼了嘛！皇爺呵，你召個人晚上來侍寢嘛，你這樣一個人又睡不好又孤零，奴婢都覺著冷清。」

皇帝撐起身，把她的手抓來放在手上，長長地嘆口氣，感嘆道：「唉……你這小妮子，心眼好，不枉朕一番看待你。只是朕這心整天被諸種煩惱大事糾纏著，你又何嘗明白呢？再說這宮中又有誰還值得朕疼護呵！朕倒是有幾分喜歡你，看見汝，朕又彷彿見到了朕的賢妃，唉！」

韓宮人被皇帝捏著手滿臉緋紅，卻又不敢掙扎，從內心講她眞是十分崇拜皇帝，不是他君臨中華的權勢，也不是他擁有一句話可以讓人飛黃騰達、富貴加身的權力，而是他受萬民景仰的武略，那份較青壯年人有過之而無不及的威猛、果決及膽識。近十年來，皇帝在國人心目中的威信簡直登峰造極，無以復加，京師老百姓常常自豪地說：

「咱們皇上眞比漢武帝還厲害哇！親自率軍五出塞外，蒙古人只要一見他的龍鳳旗，屁滾尿流就開跑。嘿嘿，這份威猛哪朝哪代的皇帝敢比喲！」

因之，皇帝在宮人的心目中簡直成了天神，使她們不敢仰視。韓宮人服侍皇帝這麼多年，從不敢有非分之想，把這份崇拜、景仰偷偷藏在心裡。今天，冷峻、剛毅的皇爺對她說出這種令她心跳的話，她多盼望皇帝再有點表示，說需要她的溫存，那樣她就會毫不猶豫投進皇帝的懷抱。然而，皇帝就止於此，輕輕放下她的手說：

「妮子，汝還年輕，朕來日已不多了，朕若寵了汝，汝就永無回國之期吶！汝懂嗎？」

韓宮人淚水奪眶而出，皇帝的意思她完全懂，是在爲她考慮。按本朝的制度，像她這種普通宮女若受雨露之恩，皇帝一旦駕崩，就只有殉葬的命。若未受過寵幸，過兩年出宮便可回朝鮮故國。按說韓宮人已到了出宮的年齡，只是因爲皇帝習慣了她的服侍，離不開她，所以還留在宮中。若按她初時的衝動，韓宮人眞想說，皇爺我不在乎呵。但皇帝這份眞摯融化了她，剎那間她只感到皇帝很可親，像個慈祥的老祖父，使她只有感激莫名含淚點頭的份。她頓時沒了最初的衝動，手腳麻利地服侍皇帝穿衣，口裡又絮叨著：

「哎喲皇上，你咋又不穿件貂皮坎肩，要有它才護得著背心呀！你可不能跟太子爺他們比噢，人家是……」

「是什麼？比朕年輕是吧？你這妮子小瞧朕，你讓太子來跟朕比比，朕哪樣都不輸他！」

皇帝不服輸的心性到老亦然，他居然邊說邊挽袖子，還鼓鼓胳膊，一副老還小較眞的模樣，韓宮人不敢再說，低頭嘻嘻直笑。

皇帝對她報以友善的微笑，算是對她催促的回答，見她臉色有些陰沈，始笑道：

「你把朕管得太緊不是，朕老了，進去也睡不著。你沒聽人說前三十年睡不醒，後三十年睡不著？朕今年六十有五，哪能像你們年輕人一樣貪睡呢？朕給你講個笑話，靖難那會兒，是建文三年吧，朕帶了幾名衛士去盛庸營前探視，夜裡在他營邊露宿，結果太貪睡，一覺醒來，已困在他的營中了。改元後盛庸還百思不解問過朕，說陛下那次帶幾個人闖進我營中來究竟是爲了啥呢？他哪裡知道是我睡過了頭，不知道他就移了營呵！哈……」

皇帝爆發出一陣爽朗的大笑，沈浸在回憶往事的樂趣中。

韓宮人大睜充滿欽佩目光的眼睛，帶著某種嚮往的神色說：「皇上，奴婢那會兒才出生哩。宮裡奴婢都說，皇爺是天上眞君下凡，有百神佑護，刀槍不入，箭矢不傷吔！」

要說還眞是，皇帝戎馬一生，居然連皮也未碰傷一塊兒，他頗有幾分得意地大笑道：

「胡扯！眞君下凡？哈……朕告訴你，戰陣之上，箭弩銃石怪得很，專撿懦弱軟蛋的欺，你愈躲愈怕它愈找你！像朕這樣不怕它，迎著它往上衝的，它反而怕朕爲朕閃道，你信不信？哈哈！走，進去安歇，瞅空朕再給你講這些。」

☆

睡不著的何止皇帝，今晚這後宮裡起碼還有另外兩個人睡不著。一向心寬體胖拿諸事不當回事的皇太子就是其中之一，他也輾轉反側難以入眠。

一連串的事使太子再超脫也超脫不起來，前年繼解縉等出事以後，皇帝居然將一向受他親信的諸文臣之首領戶部尚書夏元吉也逮進牢獄，眞正致禍的原因很簡單，就是夏元吉爲太子說好話，皇帝大發脾氣，拍著桌子說：

「夏元吉好膽大，他難道記不得耿通之事嗎？莫非他以爲朕只能殺耿通之輩？哼！」

耿通是永樂十年時的大理寺右丞，當皇帝北巡讓太子監國之後，耿通幾次上書行在，向皇帝力諫說：「陛下以監國重任畀付東宮，則當任之信之，使東宮得以從容歷練也。今事無巨細，監國雖已裁處，卻又屢奉行在諭旨更改之，臣以爲大可不必也。如是，臣民以監國爲何如人？伏望陛下深思！」

耿通用心、動機本無可非議，是勸皇帝不要事事遙控，損害太子在臣民心目中的威信。

豈料皇帝厭惡東宮，看了耿通奏章後「叭」一聲擲於地，恨恨地對內侍們道：「姓耿的不是東西，朕必殺他！」

皇帝殺人也得找個罪名才行呀，然而他動了殺心何愁沒有罪名，很快抓個小小的把柄將耿通置之重典。

耿通職司大理寺，尋常事務便是審犯人。一次某個人犯量刑在可贖可不贖之間，耿通按慣例就輕不就重判爲可贖，這下給皇帝抓到把柄，一聲令下逮進詔獄，御筆親批斬立決，還怕臣下不明白，親自曉諭諸臣說：「朕殺耿通非因他審案之故，那不過小咎，罪不致死。其不可恕者，妄爲東宮關說，亂了祖法，汝等俱要引以爲戒！」

自那以後，朝臣們明哲保身，幾乎無人敢爲太子說話，夏元吉一時不愼，犯了皇帝的忌諱，步了耿通的後塵。稍微不同的區別是，皇帝念夏元吉乃多年的大臣，暫未要他的命，只是長繫詔獄。

前幾天，歷受皇帝信任的兵部尙書金忠謁見太子，憂心忡忡地對太子說：「殿下，臣冒死斗膽言一句，皇上心中的疙瘩，殿下要想法把它解開才是呵！不然……」

不然會怎麼樣，金忠愁眉苦臉未說，皇太子卻不用他說也明白，總是父皇又召見金忠說了自己什麼吧。確實，皇帝在去年底就交給金忠一項差事，要他密查太子諸不稱儲君之任的事以奏，金忠當時心頭就打個寒悸，皇上要對太子怎麼樣了？一個人悶在心裡也不敢對誰講，只以爲皇帝一時氣話，過些日子自然就忘懷。

豈料皇帝並未忘，那天上午在乾淸宮召見他一個人，見面就問：「金忠哇，朕去年要汝辦的事辦得如何了？如何也不給朕回個話呢？」

金忠硬著頭皮答說：「皇上交辦之事，臣豈敢一日或忘。然……然臣密查至今，未見太子殿下有何不妥之處，臣不敢欺君妄奏。」

「胡說！」皇帝生氣了，一拍御案，厲聲道：「汝等都護著他，他究竟有什麼好處給汝等？連馬雲那奴才也為他說話，朕要汝去密查奏來，汝又是這腔調，氣煞朕也！」

皇帝滿腹心事說不出，太子畢竟不是朝臣，總得找出個實在的錯處才好有理由下廢儲之令，不然，天下不服就會招致動盪、分裂。然而東廠、錦衣衛這幫鷹犬、耳目不知暗中受了太子多少好處，居然不能替皇帝找出一件廢太子的口實或證據。皇帝無奈才密令金忠替他暗查，結果還是一事無成，怎能不令他萬般惱怒。皇帝金口玉言，一句話就是天下的法律，唯有在太子的廢立上，他的無上權威受到挑戰，使他感受到是在被一種無形的強大力量牽著鼻子走而又無可奈何，一句話，絕不是他想立就立，想廢就廢。當初他不想立而不得不立，現在他久存廢儲之念卻又無法言廢，他眞想對空大吼一聲：究竟誰是皇帝呀！皇帝隱隱感受到那些個死了幾千年的人才是眞正的權威，遠遠凌駕於他這個皇帝之上，就因為他們說了立嫡以長這句禮法，皇考當年也好，他現在也好，俱不得不遵從，想反抗也是徒然。

皇帝這頓申斥很重，非臣下可以安受，金忠「噗通」跪下。肅然摘下自己的頭冠，連磕三個響頭，帶著哭聲說：「至尊聖明，臣若敢有絲毫欺隱，天地鬼神共棄之！陛下若查出臣所言有絲毫不實，臣願以闔家性命連坐認罰！」

這等於是對天起誓，拿全家性命來保太子，皇帝看一眼趴在地上流涕叩首的金忠，無奈地搖搖頭自語道：「不可理喻，不可理喻……」

他說的不可理喻是指群臣包括金忠這樣的人，何以會爲了幾千年前死人的一句話這樣死心塌地的保太子，而毫不考慮他是怎樣想的？

皇太子感激地聽了金忠的敍述，默然送走後者，在感到事態遠比想像嚴重的同時，心裡也委屈得不行。太子今年四十七歲，打洪武年間做世子到現在，爲嗣爲儲的身分已是三十餘年，他不明白父皇何以這樣對待自己。同是一件事，一樣的做法，讓煦弟或燧弟去做，父皇就說好，或者雖不說好，也不會呵斥。放到自己頭上，那就無論怎樣都是一個差字，絕不可能從父皇嘴裡得個好字。爲了啥？不就是自己不喜弓馬厭武事嘛！

皇太子想不開，暗自垂淚不已，張妃知道他又是受了委屈，勸慰說：「殿下，你也該找個人請教請教，看看有啥法能討父皇歡心？」

翌日，皇太子果然在文華殿召見一向受他信賴的左春坊大學士楊士奇，向後者請教這方面的事。

士奇說：「殿下，皇上春秋已高，身邊多年又無個人，殿下早晚問安之外，可勤去侍奉，一可解皇上的寂寥，再者日子一長，感情自篤矣。」

太子搖頭擺手：「沒用，沒用，先生所言不管用！去問安，父皇至多應一句臉就掉一邊去，你說本宮是坐還是站？父皇寧可與奴婢們說笑，也不願與我多交談吶！前些日子，去請安時本宮提到仁孝皇后陵寢周圍發現有無知愚氓採樵之事，原想這是個好話題，父皇再怎樣也要與我談談吧，結果如何先生猜猜，父皇竟板著面孔說：這事不用汝操心！

唉……」

「這個……皇上上了些年紀，飲食喜炬軟，殿下不妨親為操持，每日孝敬……」

皇太子手擺得更厲害，打斷士奇的話：「先生再勿提這事！送去不單討不了個好字，只怕申斥得更厲害呢！說什麼只知享受、奢華、排場啦，要不就說吃慣窩頭不受，純是自討莫趣。」

楊士奇也計窮了，皇上對太子的做法頗令人費解，咋會這樣一個釘子一個眼呢？瞧太子這仁厚相，誰不誇他是純孝天成，偏偏不能見容於親生父親，眞是怪事。

「殿下……容臣再想想，總應該有條道吧！」

楊士奇無奈之餘暫找句話來安慰。滿心淒楚的皇太子一陣嘆息後帶點賭氣的味道說：「唉……這是命，先生不用去想了！本宮只要捫心自問盡了人子之心，再也不去管他有道無道了！」

所以皇太子夜裡思前想後，咋睡也睡不著。

趙王也睡不著，信步宮中，走到一棵老柏樹下，眼睛潮濕了。這棵樹樹齡至低在百年以上，乃故元宮人所栽，當初這宮殿還是燕邸那會兒，一到熱天先皇后就常牽了幼小的高燧到這樹下的石凳來乘涼消暑。如今一晃幾十年過去，趙王已是三十八歲的壯年，母后賓天也十七年了，往事歷歷在目，憶來如昨，怎不令趙王傷感不已。在石凳坐下，也不管這初春的夜晚寒氣逼人，趙王淚眼模糊禱祝有聲：「母親吶，孩兒該如何辦哪？你在天之靈垂示兒臣吧！」

從內心講，趙王並不想當太子，倒不是他完全不想，而是他頗有自知之明，覺得無論怎樣也不該輪到自己來享這位子。論功論勳，這儲位非漢兄莫屬；論長論秩，應是長兄無疑。總之，咋說也不該是自己。自前年父皇對他有所倚重，假以辭色以來，一張無形的羅網就向他張開、襲來，使他防不勝防，不寒而慄。使趙王痛心疾首的是，去年他自己護衛的軍士竟然告發他謀反，幸虧父皇與長兄明察秋毫，認定是遭受誣陷而置之不問，然而經此一擊，趙王已是心灰意冷。

不料當年與母后議論過的事如今竟初見端倪。那時還在靖難，母親有次誇他說：「我的兒你好聰明！好好努力用功，將來怕不是曹子建之才嗎！」

高燧卻答說：「母妃，兒可不願做曹植喲！兒縱有七步之才，也不願賦豆萁之詩呵！」

高燧清楚記得，當時王妃的臉一下陰沈下來，許久不說話，後來極認眞地問他：「兒吶，你覺得你長兄像子桓嗎？依娘看，他爲人厚道，不會做出那種悖骨肉親情的事來。」

高燧當時年輕，脫口答道：「兒也如此認爲，不過只怕時勢使然，在其位者不欲爲也必爲之噢！」

王妃一聽這話，臉色蠟黃，彷彿她視爲心肝的幼子已變成爲兄所逼的曹子建，忙不迭聲說：「不會的，我兒放心，你父王將來若得了位，娘要他傳位於你。」

母后的擔憂並非多餘，長兄雖然仁厚，可那太孫卻咄咄逼人吶，先前針對漢兄，如今瞄準自己，他將來要即了位，不定是個啥樣哩！

趙王三思過後覺得唯一的解脫是抽身以退，離開這能吞食骨肉親情的漩渦遠遠的。前天見了父皇，他就小心翼翼地問：「父皇，兒臣有句話想奏明。」

皇帝見這眉眼之間都帶有先皇后影子的兒子吞吞吐吐，不敢直說的樣子，慈祥地笑說：「燧兒，有啥事直說，朕聽著哩。」

「那兒臣就斗膽啓奏了。父皇，兒臣受封二十年，蒙父皇垂愛，命常侍晨昏，日瞻慈顏。然兒臣久不之藩，恐授人以柄，滋生無端謠言，於宗社不利。故兒臣請父皇恩准兒臣擇日就藩！」

皇帝臉色微變：「哪個不知死的東西又在下邊嚼舌頭了？燧兒，你莫聽他們的，你不能下去，朕還有厚望於汝呵！朕知汝擔心誰，汝莫懼，一切有朕爲汝做主。你母后要知道朕打算全她的心願，也不知該有多高興呵！」

趙王不敢再多說，叩頭退下。前天父皇對他說這話，昨天他就差點出事，這事他還只能隱在心裡，不敢跟父皇說，怕惹老父徒然煩惱。

昨天他去城外玉清庵爲母后還願，庵主凌虛道姑接待趙王一行，奉上茶果後幾句閒聊，偶然聊到前任庵主清然，凌虛道姑頗顯幾分凄然說：「家師已於三年前仙逝。唉……種瓜得瓜，種豆得豆，她老人家種瓜卻得了豆啊！無量壽佛，報應報應！」

聽庵主的口氣及她言及師父的神色，似乎清然未得善果而終，出家人言語閃閃爍爍，似玄非玄，趙王未聽出究竟也不便再問。拈香焚表禮拜之後，趙王辭別凌虛而回，行了約莫二里，拐過前面樹林便是回城的大道，趙王在座騎上回味庵主之言，緩緩而行。猛然，身邊侍衛大呼：「殿下當心！」

呼喊的同時，兩名侍衛奮不顧身撲向趙王，虧得這一撲，那馬受驚，昂嘶一聲蹶起前蹄，半個馬身直立起來，但聞「嗖嗖」兩聲，兩支弩箭正正射在馬頭上。若無這一撲一驚，中箭的就不是馬而是趙王，幾十名侍衛紛紛圍了上來保護，竟然無人想到去緝凶，眼見得前面林中一陣馬蹄響，刺客逃之夭夭。

回到宮中，趙王洗去一身冷汗，啥話也沒說，一個人關在房裡，心事重重翻撿一陣，撿出一紙正是漢王高煦前不久來信，仔細重讀，方體會到漢王兄所言確非過激。

漢王在信中坦誠言道：「……愚兄窮處僻壤，豎子所謀者惟弟矣，且必除弟而後快之。望吾弟凡起居、飲食、外出等俱加留意，以杜豎子之險惡也！」

趙王真不知該如何辦，留京不是他的本心，之藩父皇又不准，不得已成了那個不計骨肉親情之人的眼中釘、肉中刺。這滿腹悲愴煩惱唯有這夜靜人寂時向先皇后傾訴。

21

瞻圻回到北京就來見皇太孫，太孫見他滿目淒楚，明知故問道：「圻弟，王妃喪事就已辦妥了嗎？漢叔必是悲痛過分，也不給朝廷支個信，朝廷還等王妃下葬後好議謚哩。」

瞻圻淚水奪眶而出，「噗通」跪地哭訴：「殿下呵，你要給弟做主哇！先王妃死得不瞑目啊！嗚……弟對不起殿下啊，弟受那奸王支派監視、偵探了好多太子殿下與太孫殿下的事喲……」

皇太孫猶如意外撿到至寶，內心喜不自禁，面上卻做出悲憤、同情、憐憫的神色，雙手扶起瞻圻：「圻弟勿悲，萬事有朝廷替你做主，叔嬸暴薨，朝廷也有疑問哩，這事愚兄會向皇祖奏明。弟請起，今後你我就猶同親兄弟一般。」

翌日，太孫便把瞻圻所言添枝加葉向皇帝奏稟，皇帝並未像太孫所希望的那樣青筋凸突暴跳如雷，只是頹靠椅上閉目搖頭不已，半晌感慨出語：「高煦，汝負朕吶！瞻基，汝下去吧，此事汝與瞻圻勿許向外人亂講，事情青紅皂白究竟如何，朝廷不能單憑瞻圻一面之辭定奪，將來朕自會要漢王說個明白。」

雖未全達到目的，太孫也很滿意了。至低，漢王在朝廷心目中又損了幾分信譽，絕無東山再起的可能。況且瞻圻因此事倒向自己這方，漢叔就等於成了半個聾子，趙王雖要向他遞傳消息，總不如原來他自家兒子那般詳盡周到。

皇太孫躺在臥榻上，以手枕頭，腦海裡反覆浮現出前些年他與三個女人見面談話時的情景。

☆

風低鳴，樹搖曳，院冷落，人空寂，早年香火鼎盛的玉清庵一派頹寥景象，寺前幾十株老槐樹上宿鴉呱呱亂叫，入庵的小徑雜草蔓生。推開虛掩的庵門，但聞「咯吱」聲空轉久迴，竟無個人出來支應。庵內石板徑上苔蘚錯落，走起來滑膩膩，得分外小心。

輕騎簡從的皇太孫三人站在這猶同幽谷的玉清庵中，生種不寒而慄的感覺。太孫環顧四周，吩咐說：「海濤，汝進內院去看看，這庵中究竟是有人還是無人？奇怪，這模樣竟還是當年仁孝皇后常臨幸的香火地？」

海濤壯著膽子一個人闖進後院去，好半晌喜孜孜回來稟告說：「殿下，有人有人，內院有個老道姑，與她徒弟在一起，奴婢也是叫了好一陣才尋著，那屋子又潮又暗，她兩個活像幽靈！」

老態畢露的清然道姑斜靠在躺椅上，她那個叫凌虛的徒弟忙不迭支應，大聲嚷嚷：「師父，有貴客來了，是當朝的皇太孫殿下看您老來了！」

凌虛尚未把師父扶起，皇太孫已進來，嘴裡直說：「免禮，免禮！清然師父不必起來，本宮是特爲代先皇后來看你這個故人哇！」

清然聽清來者的身分，深凹的枯目中竟然湧出兩滴渾濁的老淚，顫巍巍硬撐起來，滿布皺溝的老臉不知是喜還是悲，拉住皇太孫的手顫語道：

「難為你這個大貴人還記得貧道，說句不知高低的話，貧道可是看著殿下落地的呵！唉……看見殿下貧道就想起當年，就想起先皇后那個音容笑貌，嗚……」

老道姑提起仁孝皇后，竟然嗚咽起來，足見當年皇后對她的寵信。

太孫正是為此而來，做個手勢要海濤等退出去，口中並說：「清然師父，本宮今日造訪正是為了朝廷要顯彰先皇后懿行，搜集仁孝皇后早年慈訓而來，請令徒也退下吧，本宮好洗耳恭聽。」

摒退衆人，皇太孫以手支頸靜聽清然講述往事，海濤等守護門外。

燈影幢幢，人影昏昏，雲陣重重，暮色暝暝，風吹落葉滿庭院，牆冷寒蟲聲嗚咽。

清然與太孫不知談了多久，皇太孫淚流滿面，不時用手拈鼻涕。清然道姑最後說：「殿下，貧道所言無一句是虛。貧道八旬老嫗，富貴於我已如浮雲，咋會杜撰這等大事來誆騙殿下呢？不瞞殿下說，貧道這些年來心頭還常內疚，覺著有些對不住先皇后哩。」

皇太孫突然跪下一拜道：「清然師父，請受本宮一拜！本宮代先帝、后、妃拜謝你了。仁孝皇后不會怪你，她多年鞠育本宮，也是本宮的嫡親祖母呵！此事師父萬勿洩漏出去，不然本宮也有殺身之禍呵！」

皇太孫在玉清庵門口止住出送的凌虛道姑，感嘆說：「這玉清庵也委實頹敗得不像樣了，咋稱副本朝皇后的香火地呢？本宮不日遣人給你庵中送來銀兩，凌虛師父，你要光大師門吶！」

銀子果然送來不少，然而尙未等玉淸庵修葺一新，八十二歲的淸然道姑突然暴斃，凌虛那日早上進師父的臥室時淸然早已氣絕身亡，頸上還有巾帛的勒痕。凌虛不敢聲張，對外只稱師父功德圓滿，駕鶴而去矣。

☆

馮曉梅不知皇太孫妃胡氏召她進宮何事，備了車馬，著上一品的伯夫人誥命裝進了紫禁城，到了太孫所居的宮殿。胡妃笑盈盈延見，行過參拜之禮，馮氏拘謹受座，等胡妃垂問。大家雖都是女流，然君臣之禮不能偏廢，太孫妃不開口垂問，伯夫人是不可隨便答問的。胡妃是山東濟寧人，自永樂十五年冊爲皇太孫妃後便大病不生，小病不斷，整天病懨懨的，說個話聲音低微，顯得有氣無力。

「賈夫人吶，今天其實倒不是我找你，是太孫殿下有幾句話要問你，怕你府上不方便，所以召你進宮。」

馮氏一愣，太孫召她？對皇太孫她倒滿有感情，當年小王孫呱呱墜地，還是她一手抱到徐王妃跟前的。說來一晃就是二十三四年，自離開燕邸嫁到賈府後，她眞還從未見過皇太孫哩。男女有別，儀制所在，她尋常奉詔入宮，見的不是皇后就是諸妃，要不就是太子妃、太孫妃，咋能見到皇太孫呢？當胡妃座后軟簾一動，一條瀟灑身影一閃而出時，馮氏離座下地，內心抑制不住激動，屈身施禮：「臣馮氏見過太孫殿下！」

「哎喲，免禮免禮！左右，再取個軟墊給賈夫人加座，那椅子太硬。賈夫人勿要拘束，你與別家勳眘不同，你是潛邸時的老人，是後宮的老前輩，本宮襁褓時就是你照料，還講什麼迴避！」

是這話，要在民間，太孫就該甜甜地叫馮氏一聲大娘哩，尿片子屎片子都給他洗換過無數，還有啥迴避可言。馮氏心頭暖洋洋的，太孫不忘舊人知疼知暖，怕她椅硬特多賜座墊一個，事雖小暖人心。她充滿關懷之情說：「殿下，請恕我直言，殿下幼時身體不咋好，要珍攝才是。我見殿下氣色不咋好哩，怕是要多進點補吧！」

她咋知道皇太孫近來氣色不佳是爲心事所困呢？只是見了太孫面色有些憔悴，心頭生疼的，便起了個長輩的呵護心情。皇太孫借話吩咐說：「嗯，本宮近來睡眠有些不佳。妃子，煩你去爲我把那酸棗仁取些來，本宮聊當瓜子嗑吧。賈夫人，你自請用茶用瓜果哇！」

酸棗仁吃了安神助眠，爲宮中常備藥物，太孫睡眠不好，常拿它當瓜子嚼，此刻支開胡妃，卻是他有話須單獨問馮氏。

當年的馮小妹如今的伯夫人聽太孫殿下聊家常似的問起他出生時的情形，以手加額一陣追憶，帶些歉然說：「哎喲殿下咧，不怕你嗔怪喲，你出生時不咋順嘍！嘻嘻，哭起來硬像那……」

馮氏完全沈浸在往事的追憶中，一走嘴差點說出像小耗子，猛想到太孫已是瀟灑一青年，就坐自己面前，這話太不敬，遂煞住話頭。皇太孫並不以爲忤，反倒滿有興趣催促：「夫人但說無妨，你說來是本宮長輩，請直言無諱！本宮尤想聽那清然道姑如何做那法事？」

「噢……殿下，你還眞別說，那會兒還眞虧了她，連先皇后當時都沒了主意。她那法事做了十來天，就只有臣與一個奶娘隨侍。嘻嘻，說來臣都辜溺了先皇后的恩命，後三天堅持不住，成天昏昏沈沈打瞌睡，清然師父不叫醒我二人，還不知法事已畢哩。」

皇太孫心頭有些失望，清然講的那些關鍵言語靠賈馮氏的話無法證實，她與奶娘在昏沈的瞌睡中過了後三天，等於是一無所知。無奈中太孫只好隨意問句：「先皇后如此信賴清然，她做的法事可有成效？」

馮氏來了精神，滿認眞地回答太孫，彷彿在爲清然辯護，說：

「咋無成效呢，當初殿下遭邪魔纏體，眼看是氣息奄奄，全賴她以道術爲殿下去邪消災，硬將殿下腳板心一塊紅胎痣褪去哩！她說那就是邪氣所聚呵。」

總算有點收穫，皇太孫親親熱熱送走其實毫不知內情的賈馮氏，下殿階時還親自攙了她一把，令後者感動莫名，回去後天天把個太孫掛嘴裡，說殿下知恩知報將來必是個仁君，惹得丈夫不耐煩說句：

「畫虎畫皮難畫骨，知人知面莫知心。兩句甜言蜜語你就昏昏然，眞是婦人之見！仁君？他要有個仁慈之心就不會把漢王爺整得那麼慘了！哼哼！」

☆

圭庶人知趣地退了出去，臨出屋時還怯生生回頭看了一眼，他不明白太孫殿下何以要單獨與貞娥姑娘談話，但他不敢問，雖然太孫兩次來對他都很好很客氣，他心頭還是怕貞娥姑娘一個人在裡面吃虧，這話不能說，只能藏心裡。

貞娥也不知爲何事，頗有些忐忑不安地看著太孫，別的事她不擔心，她是怕有對文圭不利的事太孫要單獨對她講，不然咋會支開圭庶人呢？

皇太孫面色凝重開了口，舉動令對方恐惶不安，他鄭重其事向貞娥一揖說：「貞娥，我知你是個大忠臣，今日我不拿你當奴婢看待，只當你是個長輩，請受我一揖，再說話。」

貞娥誠恐誠惶手足無措，邊阻止邊還禮，口裡急聲道：「殿下使不得，使不得！殿下如此要折殺貞娥了！」

「使得，誰說使不得？待本宮問明一切後，你只怕還要受本宮一拜哩。貞娥姑娘，本宮問你一件事，請你好好回憶後告訴本宮。當初建文君次子文垚由朝天宮抱回後，他身上與送出時可有啥異樣之處？」

太孫見貞娥一臉茫然，又具體提醒說：「比方說身上多出個什麼記號呀，少了個印記什麼的。你好好想想！」

太孫殿下問文垚之事幹啥？貞娥內心一百個不解，那麼多年的事也讓她一時難以理出個頭緒。多虧了皇太孫後面的提醒，貞娥心頭電光石火一閃，當年的一樁小事歷然在目，彷彿那雙小腳板就在眼前，她抹抹眼睛說：

「圭庶人的哥哥文垚當年抱回宮有啥變化，過了這多年我一時記不清，說不好。但有一件小事我卻記得很牢，當初文垚送去朝天宮時身上沒有啥胎痕印記，送回來後腳板心卻長出個紅胎痣，這事是我一個人發現，文垚下地是我洗的，隨即就送走，所以只有我一個人清楚。當時我也拿不準，更不當它是回事，因此也未給……」

她正斟酌措辭，太孫一把抓住她手替她說出，聲音又急又顫：「未給先帝奏明是嗎？」

貞娥好驚訝太孫這稱呼，咬了嘴唇默然點頭做答。熱淚兩行滾落太孫面頰，他一發力竟然將不知所措的許貞娥按到椅中坐下，「噗通」跪了下去，手還壓著貞娥不讓她起來，哭著說：

「貞娥姑娘你受我一拜！嗚……你就權當我是那文垚吧，才好安受我的禮。我給你講個故事，你聽了心中就有幾分明白。當今太子殿下那年也生了個兒子，對，你莫吃驚，就是我。我這樣說，是為了方便講故事。太子殿下的兒子生下來，玉溓庵的道姑說他受邪魔所侵，與那文垚一樣為他做法事，十天密室單處的法事下來，這孩子腳板心原有的一個紅胎痣不翼而飛，說是消邪消褪去。貞娥姑娘啊，這故事你聽懂了嗎？」

許貞娥大張著嘴，頭腦一片昏暈、混亂，紅胎痣，紅胎痣！她心中一遍又一遍重複這幾個字，終於咀嚼出個味道來，啊……不敢相信，咋也不敢相信！皇太孫淚光閃閃的眼睛使她猶同夢境中一般打消了疑慮，忘情之下竟然撲到太孫肩頭痛哭起來，太孫任她嚎啕，只用手輕輕堵她嘴，在她耳邊說：

「記住，從今以後你要忘掉這個故事，不然，那死裡逃生的孩子就有殺身大禍臨頭。貞娥姑娘，我叫你一聲貞娥姨，但只能叫這一聲，此後我就只能是他們說的那個我，你記明白了吧？」

貞娥悲戚哽咽不能出語，只一個勁咬住嘴唇點頭，心頭卻在狂號悲呼：先帝、先后妃呀，你們的文垚還在啊！他會替你們復仇啊！

☆

皇太孫從回憶中驚省過來，抓過一張汗巾抹去滿臉的淚痕，從內心而言，他也矛盾得很，那些事對他來說確實像個故事，只有夜深人靜他獨然孑處完全沈浸在這個故事中時，他才咬牙切齒把這闔宮之人恨得要死，才竭力幻生著先帝后妃的音容笑貌，並且一遍又一遍地呼喚他們，一任淚洗悲心。但當天明日出，沐浴在溫暖的陽光中時，他又完全從那個陰影中走了出來，尤其是聽到母妃那充滿愛意的呼喚，他又覺得自己就是朱瞻基，是從小受皇祖皇祖母母妃呵護的那個人！但現在他在內心對父親連半絲溫情也沒有了，尤其把漢王高煦痛恨切齒，趙王也不是好東西，他恨死了他們！

清晨，皇太孫還未起來，太子妃張氏就來了，她這幾天見兒子神思恍惚魂不守舍的樣子，不放心，一早就過來看望。抓起一角被子，拿手去試太孫的胸腹，又用額頭貼貼太孫的腦門，口裡說：

「基兒，你哪裡不舒服給娘說！你這額頭有些燙，起來讓太醫們瞧瞧，抓副藥吃就好了。唉，你父親也是，百事不管，連自家兒子有個疼痛冷暖也不放心上！」

太孫自己都有些不好意思，他今年已二十七歲，母親老拿他當個小人，這份慈愛溫暖卻令他感懷不已，貼了母妃的臉哽咽說：「母妃，你這分疼愛兒臣咋報答得了呵！你……你今後不要再疼孩兒成不成？」

「傻孩子，娘不疼你誰疼你？你妃子病懨懨的，連自己都照顧不過來還照顧得了你？

唉，她這身子噢，娘不知何時才……」

張妃戛然而止，眼睛生出潮潤，太孫知道她說的啥，反而哄勸她說：「娘，你勿要傷悲，過二年你總會抱孫子的！」

原來胡妃體弱多病，一直未有生育，所以二十七歲的皇太孫迄今未有合法子嗣，太子妃今年已四十五歲，卻還做不成祖母，難怪她要生感傷。當年她生王孫時，仁孝皇后才三十八歲就做了祖母，兩相比較，張妃自嘆無福了。

22

皇帝今天去天壽山省視，在仁孝皇后陵前拈炷香後，他興致勃勃帶了幾名宮女沿山遛轉，並要衛士、太監們遠遠隨扈，勿用跟得太緊。原來皇帝有事要宮女幹，嫌太監手笨，所以只要宮女。幹啥呢，採菌子。皇帝喜食蔬菜，年輕時在江南度過，尤喜食那蘑菇，又叫蕈，也叫菌子，說那鮮味勝過山珍海味，非別樣時鮮可比。他對菌子頗有研究，知道有關它的好多學問，此刻，他一邊指揮韓宮人及其他宮女採摘鮮蕈，一邊給她們講解：

「江南人呼菌爲中馗，大者稱中馗，小者稱菌，實則一物異名耳。生於木者爲木蕈，生於地者爲地蕈。民間又呼爲地雞，汝等只撿那內外全白色口未開者採，食之絕佳也。」

宮女知道皇上此時興致最高，七嘴八舌嚷嚷道：「皇爺嘞，奴婢等怕採到毒菌哇！」

皇帝自得地笑說：「是噢，若無有朕一旁指點，汝等難免要將有毒菌子採回，有朕在此，便百毒不侵了。朕食此物幾十年，它有無毒朕一眼便知。」

皇帝於是耐心告訴她們，凡山間林木中生的香蕈、合蕈、松蕈、稠膏蕈、玉蕈、黃蕈、紫蕈、四季蕈，草叢穀物中生的粟穀蕈、麥蕈等等，俱係可食的無毒菌，並說有毒之菌煮成羹後照不出人影。

宮女們嘻嘻哈哈，半個時辰左右，竟然採了一大堆，皇帝吩咐全部帶回，並有感觸而言：「汝等片時之勞，朕即可享用三日，取之自然，純係天賜，太子日糜萬錢，所享乃人工之物，何嘗能得自然天趣！」

☆

晚膳之前，御廚內掌杓的太監正聽一位前來串門的太監好奇地問他：「咦，老兄，我聽人說菌子誤食要中毒吔！你咋敢隨意烹爲御用呢？」

掌杓太監白他一眼說：「海兄弟，你還嫩得很噢！皇爺吃過的菌比你這輩子吃過的蔬菜還多！你看，這專門拿幾只來熬成羹，照不出你鬼影子的便是毒菌，嘿嘿，你小子又長番見識不是？」

海濤故意伸伸舌頭，扮個鬼臉而去，回到太孫宮中如數稟告。待海濤退下後，太孫良久不語，最後自語一句說：「照不出人影？」

☆

皇帝用完晚膳，照例背了手踱出乾清宮去散步，二個御前牌子，幾名宮女帶上宮燈，拎件加冷熱的披衫緊緊隨了去。其他人都悄聲屏息或前面兩側引路，或後面尾隨，俱與皇帝保持一截距離，唯有韓氏經御口親許，散步時可攙挽皇帝而行。

年過六十五歲步履尙健的皇帝笑說：「汝不必把朕扶得太緊，朕還不致摔跟頭呢。」

韓氏有說辭，不但不撒手，反而攏得更緊，吃吃笑道：「皇爺，奴婢知你龍行虎步不會閃失，奴婢是想聽你訓示開導，講些趣聞哩。」

皇帝老了，喜歡他順眼的人與他絮叨，嘿嘿笑說：「你這妮子，一天光聽朕的，再多也不夠講與你聽嘛！你咋不講你國中的事與朕聽聽呢？」

「哎喲，賢妃娘娘當年還沒有把皇爺講膩哇？」

「賢妃是賢妃，你是你，一樣菜還有兩樣做法，況乎人情世故，各人所見有所不同呢。快與朕講來聽聽！」

「遵旨！嘻嘻，講得不好，皇爺可要原諒奴婢喲！」

於是韓宮人就給皇帝天南海北講些朝鮮國中的逸聞，不過是些異鄉情味、風土人情罷了，然而她講的一樁事卻引起了皇帝的重視。原來，韓氏乃朝鮮與大明朝遼東地面接壤的平安道人士，她就出生在與中華僅隔一條圖們江的朝鮮境內，站在自家院子門前便可熟睹中華河山。然而就在永樂初，她家所在的朝鮮會寧地區陸續遷徙來一些女眞人，到前年時，韓氏從家人信上得知，整個女眞的兀都里部都從大明朝的奴兒干都司地面遷至圖們江流域來。這些女眞人喜掠人爲奴，平常居留不定，來去無蹤，韓氏的兩門親戚家就有人遭了殃，被女眞人擄去，至今杳無音信。

皇帝沈吟片刻，面色凝重自語道：「噢，野人如此猖獗，倒是不可不問吶！朕去年聽聞遼東都司地面天朝百姓也有遭野人擄掠者。唉……」

大明朝與朝鮮人將所有女眞一概稱之爲「野人」，實則是錯誤的。明朝定鼎之初，在遼東都司與後來設置的奴兒干都司地面廣袤地域活動的女眞人，大致分爲三大部，一曰海西部女眞，一曰建州部女眞，一曰「野人」部女眞。在永樂二十年舉部大遷徙至婆豬江與圖們江流域的，即是建州女眞胡里改與兀都里部，大約因其不事農耕唯知漁獵採集，加之野蠻擄掠大明與朝鮮邊民爲奴，故兩國概稱之爲野人，是貶其蒙昧落後的意思。永樂改元後，皇帝爲了綏靖關東地面，特在遼東都司以北的廣袤地域設置奴兒干都司，以宣化、撫慰、羈縻各部女眞，又設置建州衛與建州左衛，分封胡里改及兀都里部酋長爲衛指揮使。

皇帝或者也意識到野人即女眞人將來會在邊陲地面爲患，但此時他咋顧得這些將來的隱患，令皇帝頭疼的是久剿不滅的蒙古韃靼和瓦剌部，尤其是前者，皇帝數次親征都讓阿魯台漏網而逃。今年一開年，阿魯台又糾集餘部在邊境侵擾，彷彿在同大明朝的皇帝較勁，說：你還能來親征嗎？皇帝其時已暗暗下了決心，只待天一轉暖，他要以六十五歲的高齡再率六師親征，給阿魯台逆賊一個顏色看看，朕非滅此朝食不可！

☆

此時在北京城內就正有十來名韓宮人向皇帝說起的「野人」。他們是建州左衛的女眞人，奉酋長猛哥帖木兒之命來向朝廷進貢品。女眞各部每年要向朝廷進貢大量的人參、貂皮、東珠、蘑菇、木耳等等，以換取朝廷賞賜的布匹、綢緞、食鹽，以及少量的鐵器等。進貢者除非是大酋長本人，皇帝是不會賜見的，這次帶隊之人叫李古老赤，乃建州左衛有朝廷恩命的一名千戶。說是千戶，並不是說他就猶同朝廷的衛千戶一樣，能管轄上千的人，女眞胡里改部也好，兀都里部也好，一個部族尚不足千人，部族之內活動亦很分散，或幾戶或幾十戶任意聚散活動，像猛哥帖木兒這種大酋長，所統也不過百十戶人家。李古老赤這個千戶在他所在的部族內也就管得十來戶人家，通常由禮部派一名郎中就算是較賞臉的接待他了。今天李古老赤很露臉，朝廷的皇太孫破例延見他並賜筵款待。

皇太孫內心十分厭惡地看著拘謹地坐於下面的這些面孔黑裡透紅的漢子，隔著三丈遠都能嗅到他們身上散發出的某種氣味，定是難得沐浴的緣故。太孫從他們簇新的袍服裡審視那垢膩發黑的手肘，印證了他們難得洗澡的結論。

「野人」畢竟不是中原臣民，他們懂不得那許多禮儀規矩，眼見座前酒香撲鼻，珍饈炫目，一個個放開手足狼嚥虎嚼起來，嘴裡還毫無顧忌發出「嘖嘖」的聲響，引得四周太監、宮女暗自掩袖竊笑。皇太孫哪裡還有動筷的胃口，只冷眼瞧著這幫「野人」大快朵頤。

李古老赤撕嚼一隻雞腿，不時用嶄新的袖口抹擦油膩的嘴巴、手指，偶抬頭瞧見紋絲不動的皇太孫，忙中偷閒用生硬的漢話說：「國、國王不、不七？好七！好七得很喲！」

他們居於中、朝接壤之地，也向朝鮮進貢求賞賜，朝鮮也封他們的官，如什麼都萬戶、萬戶之類，他們知道朝鮮的君主叫國王，是大明朝皇帝敕封的，國王自然要下皇帝一等，想當然便管皇太孫叫國王。皇太孫自然不會與這種不知詩書禮儀的夷狄計較，反而一揮手吩咐立侍的太監：「這野酋能吃，將本宮這些也拿去賞與他一併吃掉！」

野酋李古老赤居然向太孫翹起油垢的大拇指，不斷點頭說：「國王好得很嘍，好得很嘍！能七嗎力氣才大喲，國王不七力氣……」

他很知趣，把後面的話嚥到雞腿中去不說了。

太孫鼓勵道：「汝再吃那蘑菇湯，味道如何？」

李古老赤一口氣將半盆香菇湯喝進肚裡，拍著肚子說：「好七、好七！大朝嗎有油氣嘛，香菇嗎好七了嘛，我們那地嗎沒得油氣嘛，香菇嗎不好七了嘛！嗝……」

「李古老赤，本宮問汝，汝等居於山野林莽，慣採菌蕈，那有毒之菌是否成羹就照不出人影？」

李古老赤愣了好一陣，待太孫又用通俗的言語慢慢再問他一遍後，始明白所問話的含義，頭搖如擺答說：

「國王嗎上當了嘛，有毒的菌子嗎也照得出人影嘛！我的菌子中就有嘛，療蛇傷，遭蛇咬，嚼爛，敷上去嗎好了。國王明白了嘛？」

太孫聽明白了，李古老赤帶有一種他們用來治蛇毒的毒菌，就是熬成羹也能照出人影的毒蘑菇蕈。太孫煞了話頭，吩咐一聲：

「取錦緞來，賜與李古老赤千戶一行！」

☆

春暖花開，北雁南來，大地又是一片欣欣向榮景象。太液池畔的垂柳綻出新枝，宮人們三三兩兩，結伴踏青。海濤每日牽著四匹天子乘用的御馬來西苑遛馬，這是備受皇帝寵愛的四匹戰馬，每匹俱有一個響亮的名字，乃御口親賜，一曰龍駒，一名赤兔，一名雪騮，一匹叫黃駿，都是萬裡挑一的名駒。內侍們見海濤一匹匹調馴、騎遛御騎，整日忙個不停，便知皇爺又要征戰了，紛紛以羨慕口吻對海濤說：

「你小子前世胎投得好，成了萬歲爺的馬屁精。皇上馬上一跨，你小子也跟著威風噢！」

海濤不買帳，以教訓口氣回敬道：「雜種些莫亂嚼蛆！軍機大事可是你等背後瞎猜的，揍不揍韃子是萬歲爺才定得的事，小心割你幾個的舌頭！」

海濤儘管咋呼，京師北京的城民也逐漸看出朝廷又要對北邊用兵，往德勝門外一站，從早至晚，一輛又一輛的大車，人推的武剛車，如流似奔北路而去，車上不用說載的糧草、軍械等。自永樂八年皇帝親征蒙古後，朝廷北至開平附近，沿線建有軍需貯備點，用兵之前，大量的糧草、軍械便先期運於沿線貯存，屆時供應、支援出征大軍。所以而言，這種大規模的軍事行動連老百姓也瞞不過。但年屆六十五歲的皇帝是否此番還披掛上陣，他們就不得而知了。

乾清宮內，皇帝正指點韓氏拾掇各樣物品，一會告訴她這夾襖、坎肩要放進去，塞外不似中原，雖到初夏早晚也有涼意；一會兒告訴她清涼膏要多帶一些，塞外蚊蟲個頭大，咬上一口就是個大疙瘩。韓氏邊往大箱小包內放物件，還不時與皇帝說笑幾句：

「皇爺，你這麼仔細倒不像個打仗的人嘞！這種心眼是奴婢們的嘛！」

皇帝心緒好時真稱得循循善誘，開導她說：

「你這話就不對了，領兵作戰，運籌帷幄，哪還能粗心大意？要心細如髮嘞。粗心大意者有之，遠的不說，那當年的淇國公丘福就是一個，結果身敗名裂，斷送朕十萬大軍，阿魯台逆賊至今爲虐，丘福難辭其咎呵！」

韓氏心悅誠服點頭，又說：「這才二月，塞外尚寒冷，皇爺就讓拾掇，莫非就要用兵？」

皇帝猶豫一下回答：「凡事有備無患，兵馬未動糧草先行，你替朕收拾，也就是這個意思。至於何時用兵，朕自有籌謀，汝就不必多問了。」

韓氏背著皇帝伸伸舌頭，她還不知道這對她已是格外優容了，要換個其他宮人如此明目張膽動問軍國大事，遇到皇帝心緒壞時可以立時招致殺身之禍。

韓氏問了不該問的話，其實也正是皇帝正費躊躇拿決斷的事。按他去年親征回京的考慮，今年無論如何要把儲位廢立的大事處置停當，不能再拖。然而阿魯台死灰復燃，邊患又緊，再次親征勢在必行，國家易儲朝廷更嗣這麼大個變動，萬一他出征之後天下發生動盪著何辦？所以而言之，此時易儲，御駕就絕不能親征，要親征阿魯台易儲之事就要暫緩，得凱旋班師後再辦不遲。孰輕孰重好費躊躇，倒不是說出征比重定國本重要，而是皇帝有無必要爲此親征，命將出征他就可以安心來辦這大事，然而丘福的慘敗給他留下的陰影太深，以至於他不放心任何一名勳臣來擔此重任。擔得此重任的倒有一個，漢王高煦，但這不爭氣的兒子又給他鬧出一件事，漢王妃不明不白薨寢，要按皇帝早些年的脾氣，立時就要嚴旨高煦明白回奏，拿個說法給朝廷，說不明白就趕他到鳳陽去。

「難吶難，爲臣易爲君難呵！」皇帝邊踏著碎步散心邊發出感慨，回想當初在燕邸，哪有這等煩心事，與王妃談不完的卿卿我我，聊不盡的花前月下，芝麻大件事都有王府長史料理，何嘗用得當王爺的操心。而今心繫兆民，日理萬機，連對北虜用兵次次都得自己披掛親征。皇帝於是想到了姚廣孝姚少師，當初就是遇了這個和尚才有了後來的一切，以至於今天。他默默於心祀祝：

「道衍師父，姚少師，卿何以教朕呵？」

23

永樂二十二年春夏之交，三月將盡四月將臨，北國大地另有一番景象，用上古先民的話來形容，就是：桐始華，虹始見，萍始生，鳴鳩拂其羽，戴勝降於桑；螻蟈鳴，蚯蚓出，王瓜生，苦菜秀，靡草死，麥秋至。正是季春孟夏時候，再有半月，萬民企盼的麥收時節就要到了。

垂柳央央，遍地麥黃，北京城民扶老攜幼湧出德勝門外。大明朝皇帝六十五歲的朱棣率六師再次遠征塞外，這已經是他在位以來的第五次親征了，算上洪武時期那次統兵出塞，朱棣便是第六次遠征，這恐怕是自三皇五帝以來歷代帝王所無有的一項紀錄。故而京師民衆備牛酒犒送王師，感頌天子替他們遠禦夷狄，恭祝六師旗開得勝，凱旋班師。

車轔轔，馬蕭蕭，德勝門外向北的官道上，大軍前不見頭後不見尾，旌旗招展，塵土瀰漫，軍士們群情激昂，喊著劃一的口號，踏著整齊的步伐向前。皇帝坐在張著華蓋的大輅上，正在接受京師耆老恭獻的牛酒，老者們都是七十以上的人，今天淸一色著上象徵吉祥的絳紅衣衫，領頭的是兩名耄耋老人，一邊一個少年小童攙扶，顫巍巍獻上一盅美酒，口稱：「臣等恭祝陛下蕩平虜塵，永靖沙漠！」

皇帝立於車前，宣諭免耆老們參拜，接過酒盅，象徵性往唇邊一碰，隨即酹之天地，嚴肅言道：

「朕上託宗社福佑，下託萬民企瞻，此番出征定將逆虜芟滅，汝等耆民可坐待朕之捷報也！」

於是，諸耆老，恭送的皇太子、皇太孫、趙王、百官、親軍侍衛，隨征的公、侯、伯們齊聲高呼皇帝萬歲萬歲萬萬歲。

耆老們吩咐一聲：「獻牲！」

這牲不是犧牲的牲，而是二十餘頭頸披紅綢結的大黃牛，乃京師父老恭獻御營的牲畜。自古以來，皇帝出征或凱旋，京師民衆都要備牛酒迎送，沒有這大黃牛，就不能成牛酒的禮數。要說它還眞能有些大用處。備在御營中宰之可供享用，驅之可代挽車馬匹。

皇帝頷首嘉許之後，卻毅然下令：

「汝等民衆禮數，朕已心領，麥秋將至，稭積搬運不可缺牛，大春耕耘更不可一日少之，朕但取牛頸紅結，以全萬民之願，其牛畜汝等自牽回！」

這下嵩呼之聲響徹入雲，耆彥們感動得聲淚俱下，嗚咽哽泣，俯伏頌曰：「吾皇眞堯舜之君也！陛下知農、恤農之仁澤足以超古邁今！」

☆

北京城牆逐漸模糊，在遠處的地平線外消逝，皇帝才戀戀不捨收回一直眺視的目光。要說他對這北京眞有感情，自洪武十三年之藩北平，迄今四十四個年頭，他這一生最輝煌最令他留戀的時光都在這北京城度過，此番離別竟有一絲說不出的惆悵，彷彿那紅牆綠瓦一在天邊消逝，便再也見不著似的。

然而皇帝畢竟是飽歷滄桑的老人，那傷離傷別的兒女情長愁緒很快就消失得無影無蹤，他吩咐隨騎車外的掌東廠太監馬雲道：「傳朕旨，叫韓女史上朕這車來！」

皇帝寂寞，途中需要一個人，一個在他面前無拘無束的人同他閒聊解悶，韓宮人正是這樣一個人。龐大的御營中，文臣隨扈的有文淵閣大學士金幼孜、楊榮；武臣隨同出征者更多，有張玉之子英國公張輔，朱能之子成國公朱勇，安遠侯柳升，寧陽侯陳懋，成山侯王通，譚淵之子新寧伯譚忠，武安伯鄭亨等等；內臣有東廠提督太監馬雲，御馬監少監海濤等等，但皇帝不想與這些人閒聊，他們談話只知唯唯諾諾，毫無興致可言，不但不能解悶，反而添心煩。

本朝定制，天子有五輅，曰玉輅、金輅、革輅、象輅、木輅。所謂金、玉、革、木，主要是指車內的裝飾區別，曰象輅，是指車用象馭之，其實五輅都用象馭，但並非眞正的大象，而是畫象之形蒙於馬也。皇帝現在乘的既可以叫輅，按宮中的說法又可以叫大馬輦，天子車輦中有大步輦，係用人力推挽，輅與馬輦用畜力。車輅中寬敞得很，其高達一丈三尺，寬八尺餘，輅座置於一塊整木修製而成的平盤上，高約四尺多，輅亭高達六尺，圍以檻座，四柱二門，俱是雕花文錦，抹金塗銀，蓮花寶石墜，五彩雲龍紋，內鋪金線花毯，足可容納八人。

韓氏領有女官職，乃女史之類，奉旨登上這天子的車輦，不敢去與皇帝齊肩而坐，便盤腿坐於地毯上。皇帝皺眉說：「汝這樣，朕咋好與汝講話？汝來坐於朕側吧！」

這也倒是個實話，韓女史坐在墊毯上，皇帝要與她講話便須半彎腰，既彆扭又累人，她一想也就不再謙辭，大膽坐到天子身邊，口裡笑說：「皇爺，要讓外人瞧見奴婢是死定了，這制度是皇上違的，將來受罰是奴婢領，不公正！」

「胡鬧，又胡鬧了！朕讓你坐的，哪個敢說你半個不是？你爲朕排遣愁悶便是天大的功勞，將來凱旋，朕也要敍你一份勞績。」

韓氏半開玩笑半認眞說：「那皇上是要升奴婢的官嘍？」

宮中女官有六局，曰尙宮局、尙儀局、尙服局、尙食局、尙寢局、尙功局，每局各領諸司不等，共二十四司，各局掌局女官如尙宮局的左、右尙宮等，俱爲正五品，稱之爲內命婦。韓氏就領著尙寢局的女史之職，論品秩比未入流好一點，是個從九品，所以她戲言皇帝給她升官。

皇帝也不嘴軟，說：「你這婢子好無良心，還嫌朕給你的官小了？你想想，宮中的內命婦哪個有你威風？同朕比肩而坐，當得三品還是二品？」

韓宮人吃吃笑著無話可說，確實，她雖是個從九品的小小女史，論實際所享卻非他人可以望其項背，莫說五品的尙宮們，就是三品以上的夫人、美人們也企羨不已，不折不扣是妃子的待遇。這御輦之內能同皇帝比肩而坐者，除了皇后就是受寵的宮妃，像她先前的同胞權氏一樣。想到權賢妃，韓氏既感到皇帝對他所喜愛的人那份癡情，又有一種不寒而慄的感受，因爲他對所恨者的報復是那樣的無情，毫無一絲寬恕的仁慈。韓氏自己當年親眼見到了那種殘酷，前幾年國中來人還說起大明朝在這件事上給朝鮮加的壓力，硬逼住朝鮮國王逮治呂氏等的家人。

據韓宮人的同胞告訴她，皇帝懲治呂、崔等後，派人去朝鮮宣他的聖旨，他是這樣告訴朝鮮方面的：

「諭朝鮮國王知道：皇后沒了之後，教權妃管六宮的事來，這呂家和權氏對面說道：『有子孫的皇后也死了，你管得幾個月？』我這裡內官二個和你高麗內官金得、金良，他這四個做實兄弟，一個銀匠家裡借砒霜與這呂家，永樂八年間回南京去時，到良鄉，把那砒霜造末子，胡桃茶裡頭下了，與權氏吃殺了。當初我不知道這個緣故，去年兩家奴婢肆罵時節，權妃奴婢和呂家奴婢根柢說道：『你的使長藥殺我的妃子。』這般時才知道了。問出來呵，果然。這幾個內官、銀匠都殺了。呂家便著烙鐵烙一個月殺了。這個緣故備細的說與你國王知道。」

國王無奈，只好下令將呂氏寡母與親族囚於義禁府。按明朝皇帝的意思是要朝鮮國王比照謀反大逆，盡誅呂氏的親族。然而朝鮮國王李芳遠覺得僅憑明朝方面一面之辭去誅別人九族，實在於心不忍，召集群臣謀議說：

「權氏與呂氏雖有尊卑之別而非嫡妾之分，且其鴆殺曖昧，而吾等遠體皇帝之怒，遽然族誅，予所不忍也。」

國王的意思說權氏不過一宮妃，呂氏的罪稱不上大逆謀反，況且明朝說的那些事情很含糊，讓人難辨眞僞。

其國中右代言，相當於中華的右丞相韓尙德便順著國王說：「權氏未爲皇后，豈可以弒論而夷三族乎？」

而其國中領春秋館事等於是中華聖人在域外的衣缽弟子河崙卻大搖其頭，大扯一通禮義廉恥之後進言說：

「考諸律文，凡爭鬥於宮中者俱死。況肆行如此逆謀，上致天子之怒，下貽本國之羞。其親戚人等雖不與謀，然生此尤物，自是家禍，宜速正王誅，以答天意！」

國王白他一眼，不無揶揄說：「卿家都到中華做得官了。考本國之律，呂氏之罪非弒君謀反，只爲大逆，罪止於誅本身。其既已在中華伏誅，其母連坐發爲官婢，親戚人等釋之。」

無奈河崙正奉命修高麗國史，對這些皆要載於史錄的事情他有相當的發言權，居然不理國王的裁斷，非要正個儒家的大義不成，乃慷慨激昂，引經據典勸諫國王：「呂氏之罪，弒逆之大者，律當連及父母。其父既死，宜殺其母，以懲後人。」

國王爭不過他，只好讓步，先將呂母囚押看管，等權妃的父親時在中華任光祿寺卿的權永均回國後，聽聽他帶回的話再說，假若皇帝不再追問此事，就不用殺呂母。過些時候，國王下令釋放呂母，然而權永均等帶來皇帝大爲不滿的口信，國王不得已於翌年將呂氏之母問斬。

皇帝這才心滿意足。

想到這些令人膽寒的事，韓氏低了頭不敢再看皇帝。皇帝隔著車窗瀏覽外面景色，半晌未聞韓宮人動靜，掉頭一看，帶幾分詫異道：「汝這又是何故？莫非汝冷？」

他見韓氏往角落裡縮成一團，故有此問。後者囁嚅言說：「四月天奴婢咋會冷。奴婢是……」

「是什麼，大膽言來！」

「是偶憶幾位同胞，萬歲爺明鑑！」

噢，這婢子腦袋轉得遠呢，一會兒天南一會兒就海北了。是啊，賢妃多可憐吶，棄朕而去彈指便是十四年，若還在今年該是三十四歲的人了，那年還是即位以來的頭次親征哩。皇帝眼角生些潮濕，拉過韓氏手道：

「汝有這份良心甚好，朕就喜有良心之人。唉……朕要汝家國王與權妃立了祠，優恤了她家的族人，朕也算對得住她了。汝將來回了國中，替朕去看看權妃的出生地，也不枉朕知遇了汝。」

韓氏要回國除非皇帝賓天，所以這話在韓氏聽來猶同皇帝在給她交代後事，竟哽咽出語說：「皇上想得太遠，皇爺萬壽，不定奴婢還走在前頭，咋完得這個差呢！」

皇帝哈哈大笑說：「什麼千壽萬壽，不過是哄鬼的一句話。自古到今，有幾個長壽天子？朕皇考享壽七十一，帝王中便是鳳毛麟角了。朕不敢望皇考之壽，食肉之年足矣！哈……汝怕等不及了吧！汝放心，汝之終身大事，朕已替汝留意，待此番凱旋回京，朕即替汝主婚，公、侯、伯子弟中爲汝擇個年貌相當者若何？哈哈哈！」

皇帝能爲宮女著想便算難得之事，他不細想，韓氏十四歲到他身邊，今年已是二十六歲，放到民間是不折不扣的老處女，虧得有他這句話，找個婆家嫁出去不成問題。問題是韓氏若嫁在中華，又著何回得朝鮮呢？當皇帝的不會爲別人想那麼細，韓氏心中有苦，嘴上不能說，面上不能露，只能往好處想。御前奉侍十四載，淸白仍是女兒身，這已經是曠世難遇的優容、理解了，還能咋呢？

☆

文淵閣大學士楊榮、金幼孜跟在皇帝的車輦後面並轡而行。看著金幼孜熟練的騎姿，楊榮開玩笑說：「幼孜兄馭技精進，弟便放心了。不然，再遇胡文穆公，兄則狼狽矣！呵呵……」

金幼孜本名善，以字行。聽好友如此一說，臉色發紅，帶三分尷尬道：「有你勉仁老弟同行，再遇胡文穆又有何懼？是呵，咱們這胡文穆公有些德行，是不足與外人道喲！」

胡文穆就是胡光大胡廣，斯人已於永樂十六年作古，蓋棺論定，諡號文穆，贈禮部尙書，可謂備極哀榮。二人之所以這樣毫無顧忌議論他，是因爲金幼孜吃了他一次大虧，差點把命丟了。

那是永樂八年，胡廣、楊榮、金幼孜等隨皇帝出塞親征。全軍渡過臚朐河後，皇帝率精騎直襲本雅失里，諸文臣隨主力後進。胡、楊、金三人在暮色蒼茫中不小心掉了隊，四望山巒、草原彷彿一個樣，一時搞不淸大隊走的哪個方向。胡廣年齡居長，官職亦高，自然成了三個中的領袖，他略一張望便拿了主意，說：

「大軍宿營，必在有水源處。走，往前面那個山谷去看看！」

言畢，不等二人答話，打馬奔馳而去，二人只好跟進。拐進山谷，但覺森森幽冷，何見大軍蹤影。突聞身後遠處傳來長長的唿哨聲，必是韃靼遊騎過來，三個人慌了神。胡廣連招呼也不打一個，朝馬屁股就是一鞭，欲往山谷對面出口去。金幼孜騎術不精，慌亂中被蹶蹄的戰馬摔下鞍去，急得大聲呼喊：「光大兄，勉仁賢弟，救救我，勿要棄我而去！」

胡、楊已奔出一截，楊榮聽到呼救聲回頭一望，大驚失色道：「不好，幼孜兄墜馬也。光大兄，我二人快回去救他，不然韃子馳來，則幼孜兄危矣。」

胡光大驚恐地望望遠處正馳來的蒙古遊騎，口裡胡亂嚷道：「咦，咦，怪了，這馬勒不住，牠要奔。勉仁老弟，那金善就交與你了！」

話語未畢他已急馳而去。楊榮嘆口氣掉轉馬頭去救幼孜，二人共乘一馬，幸虧來尋找他們的一隊人馬來得及時，將尾追的蒙古遊騎嚇退，不然二人不丟命也要做俘虜。

後來皇帝知道此事，大大獎譽楊榮一番。後者謙虛地說：「皇上過獎，榮與善，僚友也，此榮應盡之責矣。」

皇帝掉頭看一眼故意站得老遠的胡廣，半好氣半好笑地說：「僚友？胡廣與金善不也是僚友？什麼馬不聽使喚，這胡光大眞想得出話來搪塞人！」

從這件小事亦可以看出皇帝的特性，他喜歡、賞識的人，便有天大錯處他也能優容、隱忍，明明知道胡廣是胡謅，他也不過感到好笑而已，要換成是解縉，再有一百個說辭也無濟於事。

自那以後，金幼孜苦練騎術，大獲精進，經常馳馬飛奔，口中得意大叫：「金善乘馬似乘船，天子賜我玉雕鞍。」

隔著十餘丈遠都能聽見皇帝從車輦中發出的爽朗大笑聲。楊、金二人對視一眼，發出會心微笑。

「勉仁賢弟，聖上心緒如此之佳，京師謠傳恐是捕風捉影之論吧！」

金幼孜說的是今年以來京師盛傳的易儲之事，老百姓街頭巷尾紛紛相傳、議論，說皇帝要廢太子立趙王。他二人知道的內情自然比老百姓要多些，但也吃不準有些話是否東廠奉旨故意散布出來的，先造輿論，屆時百姓才不會感到突然，難以接受。

所以楊榮並無這般樂觀，謹慎言道：「這很難說哇，天威難測，得失只在瞬息間，君不見漢藩之事乎？」

金幼孜點點頭，確實如勉仁老弟所言，皇帝恩威難測非臣下所能逆料。漢王以前多受皇帝寵幸，幾次眼看儲位就要到他手上，結果風雲突變，一夜之間莫名其妙便失了恩寵，打發到小小的樂安州去做了個二等王。太子還不能跟漢王比，皇上一天也沒有寵信過太子，二十多年來，那些朝堂之上斥責、貶薄太子的語言，臣下耳朵都聽起老繭，可以說在朝之臣爲太子捏了二十多年的汗，至今亦然。

出征之前，皇太孫摒退衆人延見楊、金二氏，含著淚對二人說：「皇上此次親征，本宮無緣侍行，一切俱拜託二位先生了。本宮替太子殿下給二位先生作個揖。」

二人慌忙阻止，連說：「殿下放寬心，太子與殿下之事，就是天下臣民之事，臣等何敢或忘於萬一。臣等必冒死諷諫皇上，使國本安如磐石。」

所以他二人頗爲注意皇帝的情緒，一旦皇帝心緒惡劣，言及易儲，他二人便要死諫。他們以文淵閣大學士的身分隨侍皇帝，備顧問、諮詢，凡皇帝處理一切軍國大事決然不會瞞他二人，因爲皇帝的詔旨俱要由他們來起草。這有個說法，叫票旨或者叫票擬。皇帝若要在這軍中發出易儲的詔旨，首先就要召見楊、金，把旨意交代後，他二人根據皇帝旨意擬出詔旨，經皇帝認可後始交隨營的翰林院制誥房中書謄清。這草稿及謄清稿俱要留下存檔，正式的詔旨另用眞楷恭書於內府製出的盤龍紋影花黃綾紙上，經皇帝用寶後頒出，一道詔旨的手續才算完成。憑了它，齎詔旨回京的中官或其他人便可重鑄天日，扭轉乾坤。所以而言之，楊、金二人也著實風光得很，天下大事離了他二人還眞辦不成。當然這只是就常規而言，並非絕對，假設皇帝心血來潮，完全不知照他二人，自己就寫了詔旨發出去，他們也只有徒喚奈何乾瞪眼，半絲法無有。皇上此刻心緒如此好，斷無有心血來潮之舉，二人也就安安心心打馬隨大隊而行。

☆

英國公張輔算得是此番出征一人之下萬人之上的全軍副帥，這是就他的地位而言。皇帝率六師而出，軍中便既無有帥，也不會有掛印將軍，無論貴賤、品位，都是天子駕前驅，馬前卒，一般做個爲將之人。此次出征的公、侯、伯中，論爵位應算成國公朱勇最尊，因他這爵位係永樂初大封功臣時所賜，從父親朱能手上承襲而來。張輔是先封伯，後封侯，最後才進國公之位，論爵位，他這後進的英國公就不能與皇帝御極之初首封的成國公相提並論。但張輔一是年齡要長得多，再者他數次掛印出征俱不負皇帝厚望，取得戰果赫赫，如征安南便是張輔的傑作，所以皇帝不論爵秩，把他視為隨征諸將中的第一人。

皇帝此番親征，全軍分為幾部，安遠侯柳升將中軍二萬人馬，遂安伯陳瑛副之；成山侯王通領右掖一萬五千人馬，興安伯徐亨副之；武安伯鄭亨領右哨，保定侯孟瑛副之；陽武侯薛祿領左哨，新寧伯譚忠副之；寧陽侯陳懋領二萬軍馬為前鋒；英國公張輔將左掖二萬人馬，成國公朱能做他的副手。皇帝格外有旨，除中軍以外，餘者各部俱聽英國公張輔節制，所以說他是一人之下萬人之上。

張輔乃張玉之子，因父親的原因受皇帝親信，他本人也是靖難功臣之一，稱得是典型的武將出身。許多年來，張府與漢王的交情不薄，說白了大家是死人坑中一起滾出的。但張輔有種本事，在這飛蜚流長的權力之爭漩渦中，他既能與漢王保持一貫的交情，又能周旋於皇太子甚至於皇太孫面前。當他與太子、太孫在一塊兒時，後者甚至就不覺得他是與漢王有宿交的人。倒不是張輔兩面三刀人前人後一套話，而是他那一貫的行事準則：私交論私交，公事論公事，為臣子者不妄言朝政，只一條忠君就成。

出征之前，漢王給他來過一信，除了大敘舊誼外，言語間要他防範太孫：

「論功，君為勳臣第一人之子。論貴，君乃當朝國戚。此番隨駕親征，皇上安危，防間杜小，俱繫君一身，小王有厚望焉。」

張輔的妹妹乃皇帝的貴妃，前些年已薨，所以高煦稱他為國戚。張輔接了漢王的信，既不回書，也不做任何表示，他心底抱定一個信念：置身事外，不偏袒任何一方，一切唯皇帝的意願爲準。他想也未想這樣一個問題，假若皇帝出了意外，不能按自己意願行事，他張輔該作何辦？

24

烈日炎炎，大漠蒸騰，大軍抵達答蘭納木兒河，御營駐紮半月餘。阿魯台與前次一樣，聞聽皇帝親征，早就帶領親信人馬遠遠遁逃，根本不敢與明軍接戰。英國公張輔、寧陽侯陳懋、成山侯王通等奉命各領一軍，渡河追擊、搜索，以求殲擊阿魯台主力。皇帝率御營屯於答蘭納木兒河畔，以俟各軍回報。他畢竟已六十五歲，再不似從前那般強碩剛勇，已經沒有力氣親率銳卒追擊了，只能靠他的威望來激勵士氣，督促全軍。

萬餘御營將士飲水、沐浴俱要靠這答蘭納木兒河水，盛夏的塞外，白天烈日當頂，連個遮陰處也沒有，軍士們俱蹲在帳篷裡躲避烈日的烤灼。儘管篷內悶熱難當，總比外邊灼人的熱浪好受些。一到日頭偏西，答蘭納木兒河中萬頭攢動，熱了一天的士兵們蜂擁跳、撲進河中，恣意享受這沁心的涼爽，讓河水沖洗每一個毛孔。

隨侍皇帝的宮女有十餘名，她們可苦了，成天汗濕衣衫，垢膩滿身，似乎有無數隻小蟲在毛孔中鑽，又熱又癢又膩，那滋味太難受。皇帝每天用三道冷水兩道熱水，早上起來，保持多年的軍人習性，用涼水擦拭全身。中午最熱時在浴桶中用熱水浸泡一陣，起來通了汗便是午休，午休起來涼水沖身。黃昏時刻再沖次涼水，入寢前浸泡熱水。僅皇帝的用水，就要二十名軍士一人拎兩桶才夠，宮女們十來個人只能日用水三十桶，飲用、盥洗、沐浴全在裡面，就這樣，拎水的羽衛軍士還叫苦不迭，牢騷滿腹說：

「來回三里路，這幾十桶水好拎嗎？皇上那沒得說，累死咱也應該。還要侍候你們這群人，娘娘不像娘娘，誥命不像誥命。嫌少，河裡就多，自己咋不去？」

皇帝的御帳下在距河半里之遙的一座小山包前，從河中取水來確非一件易事。宮女們的抱怨主要是沐浴，這麼熱的天，一人攤兩桶水洗澡管啥用，還不夠沖沖灰哩。眼見得黃昏落日，殘陽如血，遠處的河水中軍士們恣意的享用、翻滾、嬉鬧、追逐，渾身又黏又膩又熱的宮女們羨慕至極，終於忍耐不住，推出韓氏去求皇帝。皇帝聽了韓宮人的請求，看看她熱得發紅，髒得發黑的臉膛，有些爲難道：「汝等想去河中沐浴？那些軍士們野得很吶……」

說到這裡皇帝停頓下來，看看韓氏，故意加重語氣道：「汝等不怕他們將你們吃了？」

韓氏撇撇嘴，說：「怕，咋不怕。所以要求皇爺庇護。」

「噢，這倒怪了，朕咋庇護？難道要朕去爲汝等站崗嗎？」

韓氏笑了，忙搖頭說：「這倒不必，奴婢等咋會有這等非分之想。只求皇爺恩准……」

原來她們想的辦法是求皇帝下令，將御營之前的河道上游讓出一截，不准軍士們接近，專供宮女們沐浴。這段河道既不能太近，又不能太遠，太近軍士們瞧得清諸多不便，太遠又不安全。皇帝看看宮女滿眼企求之色，沈吟片刻，終於同意，傳令馬雲知會安遠侯柳升去辦此事。

河灘上，兩名太監與安遠侯的中軍旗牌手持令箭，策馬沿河奔馳傳令，要軍士們為宮中女眷讓出一段河道。渾身不著寸縷的士兵們一面遵令往下游集中，嘴裡還興高采烈發出各種怪叫，夾雜種種難聽語言。

「啊！弟兄們，毋的要來啦，萬歲！」

「娘的鳥，都是皇上的人，還分啥彼此。跟老子泡一塊兒多舒適！」

「噢，我說兄弟，今兒個要把這水美美喝一肚回去才行啊，這可是騷味十足的喲！」

「你胡扯啥，婆娘們洗屁股的水你還叫美？你要有本事變條魚，鑽她胯下去才叫美哇。」

韓宮人一行在幾名太監的護送下，在隔著百十丈遠那些浪裡白條們的歡呼、鼓噪聲中嬉笑不停向河岸走去。宮女們又興奮、又心怯、又新奇，嘰嘰喳喳說個不停。

「韓姊姊，你看他們那又蹦又跳的陣仗，把我們當啥吔？這幫死軍，眞討厭！」

「哎喲我說姊妹們，我們是不是也要罵幾句才行噢？聽聽，他們那些話多髒！」

韓宮人年歲居長，擺出副大姊姿態，揮手制止道：「別幹傻事，他們正等你答腔哩，你還去招惹。別理他們，只當狗吠！」

到了河灘，太監們遠遠坐坡上放哨，宮女們支上帶來的小圍屏，三兩把卸去衣裙，迫不及待撲入清涼的水中，將多日的塵垢汗漬一洗而盡。連續三日風平浪靜，宮女們俱是沐浴得歡歡快快，清爽一身高興而回。到第四天上，出事了，肇事者乃中軍營中幾名軍士。

軍中有個說法，說做軍三年，老母豬見了當貂嬋，可見他們對異性的飢渴。而現在萬軍叢中真有那麼十來個不亞貂嬋的女人，每日就在他們模糊能見的地方沐浴、戲水。見著遠處的倩影，想像著她們的胴體，令軍士們心癢難搔。絕大多數人不過發洩一陣粗言穢語，至多睡夢中再叫喊兩聲也就罷了，畢竟頭上吃飯的傢伙比那見得著夠不上的東西重要些。然而也有那麼一兩個人整日茶飯不思，一腦門心事都在水中的女人身上，於是三句話聊一起就打主意了。

姓張的軍士說：「雜種，這些騷娘們搞得老子三天闔不上眼了。老子硬想……」

姓王的軍士不知是澆冷水還是慫恿，說：「兄弟，這可不是尋常的娘們呵，是御用品喲！弄不好要掉腦袋嘞。不過，這些婆娘是招人上火，唉……」

他故意嘆口氣不說了。張軍士果然被激，一拍大腿道：「娘的鳥，腦袋掉了碗口大個疤！只當老子們這會兒在英國公手下跟韃子廝殺，挨一槍中一箭不也是個死！摟一回宮中婆娘死了也值得！」

他這番慷慨激昂立時博得其餘幾人的響應，幾個人一拍即合，擊掌為誓，用頭上吃飯的傢伙去摟回宮中的婆娘。

☆

宮女們嬉戲不停，在水中推搡、追逐、澆潑，鬧嚷不休。幾天安全無事，她們自然放心無慮，軍士們再邪火再粗魯，還有個皇上的王法管著他們，怕啥呢，啥也不用怕。

就在她們即將心滿意足上岸時，一名宮女手指上游，口裡興奮地大叫：

「大魚！快看大魚，大魚游下來啦！」

衆人舉目一眺，落日餘暉灑在河面，濺起點點鱗光，水波起伏處黑乎乎幾團逐浪而下，有這麼大的魚嗎？水流似箭行，轉眼到跟前，當省悟得快的幾個宮女驚恐大叫，向岸涉奔時，幾條大魚已然撥浪而起，各自摟撲住一名女人。喊聲與發狠聲同時破空而起。

「救命啦！有強人啦！」

「入娘賊，老子只當你今日是個韃子！」

韓宮人眼尖跑得快，當她與其餘幾名上岸者濕漉漉慌亂披上衣衫，踉蹌而逃時，十幾名太監已聞聲奔來。結果不問而知，水中的翻逐者也確實只來得及摟抱了一會兒，肩上、胳膊上還被抓、咬得道道印痕。

「叭！」安遠侯柳升一掌擊碎一只茶杯，他的營帳距河岸不遠，最先得報。虎牙挫得咯咯響，大聲吼出命令：「綁來營帳前，待本侯請旨後開刀！」

事情涉及到皇上的宮女，他必須請示皇帝後才能下令殺人。死罪是不用說，是否要剖腹挖心曉戒全軍，那還得視天子的震怒而定。

張、王等四名邪火燒天的犯軍赤條條綁在營前，只待御帳傳出旨意便要一命歸西。四個人滿不在乎，不時還與圍觀的熟人玩笑兩句。

「喂，疤子，回去告我娘，就說老子死在韃子陣中。刀砍死，箭射死，銃子打死，隨你雜種咋說都成！」

被叫著「疤子」的軍士不但不對即將喪命的人抱絲同情，反而嘻嘻笑道：「王八崽子，老子對你娘說，你雜種死在那兩奶尖山一馬平川之下的一個勾命深淵。嘻……嘿，怎麼樣？」

王軍士「呸」一口笑罵道：

「去你娘的，那是你家親娘的地盤，老子只有下輩子才去光顧了。」

☆

皇帝秋風黑臉坐御帳內，幾名宮女正哭哭泣泣述說原委。安遠侯柳升奉詔而來，大聲奏報：「啓奏皇上，犯軍張三王二等已綁在營前。請旨：斬立決還是另有嚴懲？」

皇帝臉上的肌肉跳動了一下，一旁的馬雲心想怕是要挖心。但一開口說話，卻不是對柳升的答覆，而是一問：「柳升，朕問汝，那張三王二等可是新軍？以前出過塞否？」

「給皇上回，該犯軍等俱已吃糧三載以上，去年也從陛下親征出塞。」

「噢，」皇帝點頭，嘴裡發出一聲也不知是何用意。又問了：「去年出塞該犯軍等臨陣若何？可有首級之功？」

柳升心內愈發糊塗，皇上問這幹嗎？嘴上趕緊回答：「給陛下回奏，該犯軍等臨陣卻是英勇得很，每人都有三級之功。」

三級之功就是說張三等每個人都取了三個韃靼人的首級。這是萬分不容易的事，去年親征，全軍獲首不過二千餘級，他一人能殺得三個，不用說是仗仗衝在最前面的，所謂的敢死之勇。皇帝突然掉頭，結束與柳升的問答，看著幾名險被張三等強暴的宮女說：

「朕今日破個例，把這事交汝等來裁處。那張三等該殺該剮，朕聽汝等的。」

幾名宮女面面相覷，讓她們來決定殺人，這刀太重了吧！按她們初始那份羞惱氣憤，恨不得活剮了張三等，此時情緒稍稍平靜下來，一時竟不知如何辦。說殺，狠不下這心；說放，又有些不甘心，吞吞吐吐開口便咽住：「皇爺……」

反而是皇帝來開導她們，似乎是教她們該如何辦：

「汝等細細思之，那張三等本係血性男兒，爲朝廷做了軍，來這塞外征剿韃逆，保汝等父母家人一個平安。一時入了邪途，侵凌汝等，罪不可逭。朕不爲張三等所作所爲惜，惜其未死於軍馬陣前，算不得堂堂軍人！」

幾名宮人女人心腸，要殺個人談何容易，聽皇帝這麼一說，便跪地碰頭說：「奴婢等請皇上赦免他幾個，容他們將來爲皇上戴罪出力。」

皇帝滿意地笑了，吩咐柳升：「死罪雖免，活罪難逃，各責五十軍棍！」

張三等聽完聖旨，流涕碰頭高呼萬歲。這麼大個死罪竟然得赦免，他娘的簡直等於重活一回。感恩戴德之餘，挨軍棍時鼻涕眼淚淌一起，口裡只喊一句話：皇帝萬歲萬萬歲。

☆

張輔、陳懋、王通等相繼回報：一路搜索，答蘭納木兒河三百里之內，難睹一人一騎。皇帝召楊榮、金幼孜二人入帳，問計於二人：「卿等以爲如何？」

楊、金二氏乃不折不扣的文人，對軍事可謂一竅不通，所以根本不能談出有用的見解。

皇帝也知他們不通武略，遂傳令全軍齊屯駐答蘭納木兒河，等他思索幾天再下決斷。英國公張輔提出個建議，御駕先班師，由他親率三萬精銳北進覓敵，皇帝搖頭否決。

涼風生，白露降，寒蟬鳴，七月孟秋已至。塞外初秋，一早一晚便生寒意，皇帝在韓氏等的隨侍下在河岸邊散步。是否班師，他一時好難決斷，出塞一次不容易，如此無功而回，未損阿魯台逆虜一根毫毛他實在於心不甘。再說他年逾六十五歲，今後還能否再次親征很難說。若不班師，一是大軍糧草接濟困難，再有二月不接敵就無法支撐。再者秋涼已至，塞外天寒將士衣單，也難辦。

韓氏看出皇帝的矛盾心情，想出話來排解道：「皇爺，隔年把再來吧！再說，皇爺給子孫們留點功建吧，皇爺都把功建完了，子孫們可無事幹了吔。」

「朕有朕的事，子孫有子孫的事。唉……也不知此時他們在宮中幹些啥噢？」

鬼使神差韓宮人便回答了皇帝這句自索其解的話：「皇爺，這個奴婢碰巧又知道吔。太子殿下嗎奴婢不清楚，太孫殿下奴婢是知道的。」

皇帝瞟一眼韓氏，隨口問句：「汝如何知道？太孫俱在幹啥？」

韓氏根本不加考慮，只半當玩笑話說：「皇爺莫笑，太孫殿下肯定在宮中藥耗子。」

咦，這話奇怪，皇帝止住步子，要問個究竟了。韓氏並不當回事，向皇帝一一稟告，去年太孫把她母親金氏召去詢問，問朝鮮可有厲害的毒藥，比砒霜毒但又不是砒霜這類。金氏說了幾樣太孫都不滿意，最後讓金氏退下並告訴她，他要在宮中藥耗子。

宮中耗子比人多，這是誰都知道的事。然而皇太孫哪是視老鼠爲心腹大患的人，他是斬蛟屠龍的人物，豈會醉心於剷除區區鼠輩？皇帝臉色都變了，兀自心驚，這逆子，莫非他要弒叔？朕趙兒危矣！

思慮一定，匆匆回帳，下令：「傳朕旨，全軍即刻班師！」

☆

沒有任何人明白何以一夜之間皇帝變得如此急不可待，一再敦促全軍急行回師，每日行軍百二十里他還嫌慢。

這日黃昏，御營駐紮於一座名叫翠微岡的山谷前。御馬監少監海濤牽著御馬在山前遛轉，他挖空心思也想不明白皇上突然急令班師的道理。太孫殿下千叮嚀萬囑咐的是讓他注意有無廢儲的動靜，若無廢儲之舉，一切則太平無事，若有……海濤每想到此，一顆心便狂跳不已，小腿也在打顫。思忖半天，想不出個頭緒，得不出個結論，得進去看看才行。

皇帝坐在御帳中，二位大學士奉召而入，韓宮人奉上御賜香茶後，退到帳帷後去。楊榮試探性地說：「皇上，這道是不太好走，每日行這多里程著實不容易呵。皇上啥事這麼急呢？」

皇帝嘆口氣，搖搖頭不說。金幼孜小心翼翼言道：「臣等淺陋，不敢妄揣聖慮。然依臣愚見，京師有皇太子、皇太孫兩殿下留守，諸事俱可無憂，臣敢請寬聖慮！」

「哼哼，」皇帝終於出聲了，先重重從鼻孔裡哼出兩聲，才從牙縫裡說：「放心？正是有他二人朕才不放心哩！」

楊、金二人相顧失色，不敢再多言一句。皇上這是怎麼了，如何會出此語呢？他倆滿腹疑慮百思不解。

「海濤，汝進來！」

皇帝人雖上了年紀，眼睛夠尖，一眼瞅見帳門之人便開口叫他。海濤趕緊急趨幾步，躬身垂手，心頭亂跳不止。適才假做整靴，實則在帳門外偷聽，皇爺眼睛如此雪亮，這叫進來是凶還是吉？豈料皇帝根本未留意他的表情，開口問他另外一碼事。

「海濤，汝給朕算算，如此行來，要啥時才能到北京？」

海濤好納悶，本想說皇爺您是六次出塞，奴婢這才來第三次，這路程咋來問奴婢呢。但宮中的規矩，皇帝的問話，做奴才的只能照問回答而絕不可反問。哪怕皇帝問你他有幾隻手幾隻腳，你也得一絲不苟照實回答。

所以海濤抓抓腦門，想了想去年，便如實答說：「給皇爺回，八月中旬可以到北京。」

皇帝不耐煩一揮手，彷彿這八月中旬才能到北京要由海濤負責似的。海濤知趣而退，皇帝這才自我解嘲地笑笑，對楊、金道：

「朕是給急糊塗了。這來程去途朕走了十二次，啥地方有溪流水，有座山梁，長了多少樹，朕早已爛熟於胸。是啊，不到中秋月圓，是到不了北京噢。」

☆

御營柵欄外，張三等幾名軍士已閒逛一陣了，不爲別的，就想遠遠看一眼皇帝。皇帝沒看著，卻親眼目睹了一樁稀奇事，他嘴裡嘟囔道：「那幫婆娘還有那些閹人在幹啥？

埋著個身子就在山邊轉，撿財寶哇？」

守衛營門的羽林甲士告訴了他。張三一拍腦門：「嗨，咱皇上還吃那玩意兒！早知道，那答蘭納木兒河邊有多少，咱還不給皇上採它幾十筐哩。」

王二澆他一盆冷水說：「皇上能吃你這粗腳粗手採的嗎？你雜種哪能幹這種細活，到婆娘胸前去抓還差不多！」

☆

左掖營中，英國公張輔煩躁不安地來回踱步，對成國公朱勇說：

「老弟，我這眼皮老跳，興許要出什麼事吧！」

張輔今年五十歲，比朱勇的父親故成國公朱能小不了幾歲，但因二人父親生前是同僚，便算成平輩。

朱勇不以爲然說：「老兄，你想得太多了吧！車輦所在，做臣子的是要擔些心，然此地距韃虜已遠，御營安全不會出錯的。」

「老弟扯遠了，愚兄不爲此事……」

爲啥事他沒有說。朱勇便要他講出個究竟來，張輔搔著頭皮說：「你要我講個究竟我是講不出來。但我這眼皮跳得厲害，心裡也莫名其妙發慌。給你老弟賣個老，靖難那會兒，東昌大戰家父殉忠時，我在老營中也是這般感受。唉……」

那個時候朱勇才十歲左右。他見英國公說得如此認眞，遲疑道：「如此言來，該不會是令堂太夫人……」

張輔一想到近八十的老母，心情沈重無比，重重嘆口氣道：「皇天庇佑，唯願是我杞憂呵。唉！……」

☆

「勉仁老弟，皇上心緒不寧，我、我眞擔心出事啊！」

楊榮其實也有同感。皇帝心緒惡劣到連走過十多遍的路程都記不得，要問海濤，這突發之事難以逆料。他以手加金幼孜肩上，舉頭遙望星月，心情沈重地說：

「倘若生變，你我只有盡臣下之節，死諫皇上了。」

他們一心想的是皇帝會下詔易儲，卻不知天崩地坼的巨變即將發生。

25

楊、金二人退去後，宮女們奉命準備水酒、紙帛，韓宮人有些不解，但不敢問。

「汝可知今夕是何夕？」皇帝見她滿臉疑慮，問她一句。韓氏茫然搖頭。

皇帝神色凝重地說：「今夕乃民間相奉的盂蘭節，朕要親祭從征將士之亡靈。朕在位以來五次親征，將士爲國捐軀者骸骨俱遺塞外，豈忍伊等無杯酒口飯之受享乎！」

噢，原來今日乃七月十五，農曆丁亥日，佛家所謂的盂蘭節「放焰口」，超度孤魂野鬼的日子。皇帝追念歷次爲國捐軀的將士，要親自爲他們奠上一杯水酒，野祭他們的亡靈。

「民間傳說人死之前要複履其所走過的路，名之曰收腳板印。朕此次出塞無功而返，只當得收腳板印囉！唉……」他祭完將士亡靈後，踏著野徑小道回帳時突然莫名其妙發出如是感嘆。

韓宮人心驚之餘，竟不敢去接這話頭，皇上何出此不吉之言？

皇帝不管她們是否答話，又自顧自說開了，聲音顯得有幾分幽冷：

「人死如燈滅，朕這盞燈亮了六十五年了，也會有熄滅的一天。皇后先前在那會兒與朕相約，說不求同生但求同死，結果她竟早走了十七年，朕昨夜還夢見她。那樣子笑盈盈的，挽著朕手，哪像過去的人？唉！」

他一聲長嘆眼角已然潮濕。韓宮人再也忍不住了，皇爺就這一會兒工夫，嘴裡說了多少個死字，這是七月半吶，總得講點忌諱才成。遂上前一步，扶著皇帝的手肘，聲音顫抖著說：「皇爺，奴婢求你了，說點高興的成啵？」

皇帝帶幾分驚訝地看她一眼，臉上是頗爲不解的神色，說：「朕又哪點惹你了？朕不都說的是高興的事嗎？婢子，朕悄悄告你一句話，再過兩天就有大喜日子啦！」

「大喜日子？奴婢不明白，請皇爺的示，是婢奴們還是皇爺？」

韓宮人糊里糊塗愈發不解，不由自主便問。皇帝喜孜孜與她悄悄說著，這事前的徵兆若按民間的說法，他兩個是在「講鬼話」。

「傻妮子，自然是普天的了嘛。既是朕的大喜，也是汝等的，是萬民的！」

☆

農曆己丑，七月十七，車駕行至蒼崖。宿營過後，用過晚膳尙無半點不祥徵兆，皇帝還把韓氏叫到跟前說些知己話。話說得又親切又溫柔，充滿人情味：

「妮子，你到朕身邊十四年了，朕耽誤了你，將來可不許背後怨朕噢！」

兩天來韓宮人就感到有絲說不出的異樣，剛嚴、威毅、果斷的皇帝對身邊宮人，尤其是對她有種留戀的溫情，溫馨得讓人感到不安。說白了，聽來猶如在說斷頭話，讓人心酸。韓氏與皇帝這多年相處，可謂有一種幾近常人之間的友誼，這友誼是一位萬人之上的寂寞老人與異國年輕女子朝夕相處中建立的，雖有無形的身分阻隔，也無礙它的存在。

韓宮人此時並不知道命運注定了不久後她將永遠留在中華大地，在莊嚴、肅穆的地宮深處與皇帝永遠相處，永司奉侍之職。強做一個笑容，款款上前替皇帝理下纏在椅上的衣帶，想出個說辭來排遣這兩日來令人不安的談話氣氛：

「嘻……奴婢還有個妄想哩，妄想再過二十年在我國中受皇爺的封賜。只怕皇爺那時記不得奴婢嘍，就記得，也吝惜不肯給哩。」

「唉，虧你這妮子好心腸，盡說高興話哄朕。再過二十年？難呵！汝下去吧，朕要一個人躺一會。」

也就是半個時辰的工夫，韓宮人再回帳中，發現皇帝「不豫」。帝王的生死，有一整套專門的說法或者叫術語，天子有疾須諱言生病，叫不豫。病篤垂危叫大漸，病革疾歿就叫龍馭上賓，或者叫晏駕，駕崩，大行。

韓氏離御榻還有三尺，就聽見微微的呻吟，心中一急，幾步撲上前去。她侍候了皇帝十四年，太了解這位天子的稟性，無論他平常御體欠佳或生什麼病，絕不可能呻吟出聲的。就連前年皇帝年老虛火上衝，鬧火牙疼，腮幫腫得發亮，也未聽他呻吟過一聲，那可是年輕人都難忍疼起來要命的病。此刻竟然呻吟出聲，足見他身心有多難受，病得多厲害。韓氏但見皇帝和衣躺在御榻上，雙眼大半闔上，面色蒼白，額頭點點冷汗，雙手正緊緊攢著床單，顯然剛經歷某種巨大的痛苦。她剛剛把手腕伸到皇帝頭下，打算扶起他的頭問問，「哇」，一口紅中帶黑的血從他口中噴嘔出來。

「皇爺，你怎麼啦？你哪裡不舒服？奴婢來給你看看！」

韓氏魂也嚇掉，輕輕放下皇帝，放聲大哭奔出去，口裡大呼：「快來人啊！你們快來人啊！」

皇帝的寢帳是套在三座大御帳裡面的，最靠裡，外面的三座大帳是他延見臣下、商議軍機、休息閱讀之地。平常外臣未蒙宣召，不能擅入御帳，能待這御帳中的，除了太監就是宮女。韓氏與聞聲而入的馬雲碰了個滿懷。平常馬雲等太監是不能入寢帳的，此刻哪還顧得這許多，隨哭叫著的韓宮人進去一看，馬雲也差點丟魂。

但他畢竟是提督東廠的大太監，驚恐萬狀中還能拿出起碼的主意，吩咐道：「你快守著皇爺，我去叫人。」

片刻工夫，楊榮、金幼孜滿臉蒼白，跟在馬雲後邊一路小跑進來。他二人的營帳就在御帳旁幾步遠，所以風風火火地奔入。

不愧是備天子顧問的大學士，楊勉仁奔到御榻前只瞧了一眼，立刻果斷下令，甚至來不及徵詢金幼孜的意見：「快，請御醫！叫羽衛胡指揮進大帳聽吩咐！」

當馬雲領命轉身欲奔出時，楊榮又囑咐一句：「馬雲，汝帶御醫悄悄進來。汝進出俱要從容，勿要慌里慌張，亂了軍心唯汝是問！」

楊榮做夢也未料到一日之間巨變驟生，來得如此突然，毫無半點前兆，幾乎令他亂了方寸。看著半天前還生龍活虎的皇上此刻奄奄一息躺御榻上，他是又急又痛又悲。六軍遠在塞外，皇上的安危繫著大軍的安危，倘若十萬將士知道此刻的情況，軍心不穩生出個變故，他楊勉仁與金幼孜便要成千古的罪人！

所以他毫不客氣板著臉吩咐了馬雲，乘御醫還未來時，他又出來吩咐候命的羽林軍胡指揮使：「胡指揮，有件事我不瞞你……」

楊榮心裡清楚，皇上不豫、大漸，這個巨變要瞞羽衛軍是瞞不住的，他們拱衛御營，裡面的一舉一動俱逃不過他們的眼睛。所以，索性把話給胡指揮挑明，讓他心中有個數，才好一致應付以後可能產生的局面。口氣很溫和，不像剛才吩咐馬雲時那般嚴厲，但卻字字嚴肅、鄭重，使胡某感受得到它的分量：

「汝乃朝廷的指揮，皇上的羽衛，當此危難緊要關頭，便是汝盡忠盡職的時刻。只要不出事，安然返京，便是汝一大功勞，朝廷自有厚賞。」

胡指揮紅著眼睛將胸一挺，帶三分悲壯神色回答：「楊大人放心，職絕不負皇上恩命，大人重託，請大人吩咐好了！」

「好，傳我的令，從即時起，任何人不得擅出御營半步；他營將士無論何人未奉命不得入御營，汝切記！」

胡指揮轉身之前追問一句：「請大人的示，倘是英國公、成國公等前來請安呢？」

他這一問並非多餘，拔營行軍之前，公、侯們每日清晨過後便來御營給皇帝請安，明早當然又要來。按慣例公、侯等入御營是不用請示的，直接到御帳邊候召。

楊榮以截金斷鐵的口氣道：「任何人俱不准入，張、朱二公亦不例外！不過對他們要有個說辭，汝就說奉皇上的口諭，要他們善掌本部人馬，未奉召不得來御營，皇上到開平再召見他們。」

☆

七月十八，農曆庚寅，全營將士在不知皇帝身患急病的情況下行軍至榆木川，黃昏宿營於此。昨晚起皇帝一直在昏迷狀態中，御醫來時，帶血漬的被單已換過，他哆嗦著手號了脈，審視病人的氣色。之後，他不顧大學士們急切企盼的目光，以手堵口奔到寢帳外，跌腳哭出聲來：「天吶，臣、臣回天無力哪！」

臣子們俱擁到寢帳外來小聲啜泣，或揪住自己頭髮蹲地上搖頭嘆氣；或抓住帳繩把頭在自己手肘上碰，口裡哭著講的幾乎是同一句話：這究竟是咋回事，咋會就天崩地坼呢？

拿主意的只能是楊、金，他二人命御醫想盡辦法，保皇上一天算一天，保一時算一時。御醫唯有內心叫苦不迭，出塞征討，帶出來的只是些常備藥物，能救急的多是些住血止疼的金瘡藥類，這古怪的暴症上何處去弄藥？昨晚，楊榮思忖片刻後下了兩道命令：一是全軍繼續行軍；二是暗派人往各營收集錫製器皿，悉數集中到御營來。他已經想到，皇上萬一斷氣，只有熔錫爲棺以殮，不然遺體無以安置。

榆木川邊，韓宮人拖著沈重的步履，將昏脹的頭浸到冰涼的水中，她幾乎一天一夜未闔過眼。今日行軍，她在車輦上守了昏迷的皇帝一天，大學士們想了個法，把一張稍短的涼榻搬到大輅上，鋪上褥子，皇帝就睡在上面。此刻，她出來清醒清醒，今夜還得通宵守著皇帝，不光是她，楊大人金大人還有馬太監等，都不能闔眼，得大睜眼守著皇帝，準確地記下上賓的那一刻。當然，衆人更盼望皇帝能清醒過來一會兒，對大家做哪怕是隻字片語的交代。

韓氏蹲在半乾涸的川中鵝卵石上，抬頭望著滿天的繁星，不禁又痛哭出聲了。她硬想不明白，皇爺一直好端端的，咋會說倒就倒，前後不過幾袋煙的工夫。從昨日到現在她處於極度的困疲、焦急、傷痛中，一直未想過這事，此刻涼水醒腦，倒要好好想想。陡然，她想起皇帝噴出的那口血，那可不是一般的，黏乎乎起黑絲啊！一種可怕的想法襲上心頭，韓宮人渾身打個寒顫，天吶……她頓感自己的渺小與無力，這話她能向誰說呢？離開了皇爺的庇護，她就只是一隻弱不禁風的小鳥，任何人都可以一把將她捏死。她以雙手捣眼，在暝色中不停地搖頭，一任淚水沿指縫長流。天蒼蒼，野茫茫，無人與之話淒涼。

☆

十八日深夜交子時時分，昏迷了一天一夜的皇帝動了一下，再一看嘴唇分明在顫抖、哆嗦、翕動。楊、金二人忙跪榻前，哽咽說：「皇上，臣等在你身邊。你有啥話，嗚……就吩咐臣等吧！」

然而垂危之人所言太輕微、太弱細，根本無法聽清，楊勉仁朝楊對面的韓宮人給個眼色，讓她去聽。皇帝此刻的隻言片語，就是他御口親宣的遺命，做臣子的便應無條件遵從，韓氏居然來擔當這親傳末命之人。

她跪伏榻前，把耳朵貼近皇帝的嘴，一時仍聽不清。便輕輕握住皇帝的手，湊進皇帝耳邊說：「皇爺，是奴婢呵，你給奴婢個交代嘛！奴婢好傳給楊大人他們聽。」

皇帝的手指陡然伸開，抓住她的手，那細微的聲音終於能辨清，是在呼喚兩個人：

「高……熾……高……煦呐……」

楊、金二人迫不及待問韓氏：「皇上說什麼？」

她的一隻手仍被皇帝緊緊抓住，抬起頭來哭著對二位大學士說：「皇上他……嗚……他在叫趙王、漢王殿下啊！嗚……」

楊、金二人心中如遭棒擊，然而他們不愧是密勿大臣，在榻前各碰一個響頭，嗚咽說：「皇上放心，太子殿下仁孝，天下歸心。皇上你就……嗚……」

彌留之際的老人顯然感受到了他們的話，雙手一陣悸攣，猛然一收，那力氣大得差點把韓宮人拉到他懷裡去，燈滅油盡前一刹那，吐出幾個清晰的字來，在場的楊榮、金幼孜、馬雲、韓氏四人全聽得清：

「不！……立……立高、高……」

叫出這幾個字，皇帝手頹然鬆開，頭微微晃動一下，龍馭上賓。

楊、金二人嚎哭著碰頭應道：「臣領旨。立高熾爲嗣君！」

☆

幸虧楊勉仁預有準備，當晚即熔錫爲棺裝殮了皇帝遺體。說是棺並不妥當，按當時的記載，是「熔錫爲椑」殮皇帝。椑本是一種水果，名爲漆柿或油柿，古人以緊身之棺呈圓形，故名之爲椑。大軍翌日還得趕路，這也是沒得法子的法子，兩片錫蓋一合攏，再於接縫處淋上錫水，赫赫一代帝王便暫屈身於內。

楊勉仁、金幼孜睜著胡桃大的紅腫眼睛，把東廠太監馬雲叫到大帳中商議。這也是沒法的事，除了馬雲他們不能再找任何人，駕崩消息絕不能傳出御營之外，否則後果不堪設想。

頭一件大事不用說，三個人幾乎是一致的意見，大軍明早繼續趕路，不舉哀，不發喪，一如大行皇帝還在的模樣以安定軍心。

接下去的事就有些礙難了，楊榮看一眼太監，正色道：「馬雲，大行皇帝的末命你也聽見了……」

他還未接著說，馬雲雞啄米般點頭應承：「是、是，奴婢恭聞了大行皇帝末命。」

「那你說，大行皇帝吩咐我等些啥？」

「這個……吩咐我等傳命皇太子，以皇太子即位。」

楊榮寬慰一笑，大聲說：「好，汝不愧是先帝的忠臣。不過，這個……幼孜兄，這遺命著何向太子頒傳，可得有個講究呵。不然，你我二人將來擔不起千古罪名喲！」

金幼孜點頭贊同。楊勉仁這話的意思很清楚，皇上突兀駕崩，幾乎沒有留下任何遺言，彌留之際倒是吐出幾個不成句的字，對太子卻極端不利。聯繫皇帝對太子的一貫態度，十五日在翠微岡的談話，韓宮人聽到他念叨的詞，他最後的意思十分清楚，就是傳位於太子以外的人。傳給誰？那還用說，就是他臨終闔不上眼，念念不忘的那兩個名字中的一個，不管是誰，反正絕不會是皇太子。做爲親承末命的楊、金二人，當然要假裝不知道有這回事，反正他們並未聽見皇帝以明確的態度表示傳位與高燧或高煦，那就可以問心無愧地按國家的倫序制度來辦，皇帝賓天則太子即位。問題是要把四個人聽見的那幾個字變成傳位於太子的遺命，不能由他們兩個人來描述這一切，也就是說即將由他們撰出的遺詔如何說，怎樣交代這樁事就得大費腦筋。弄不好，將來給人留下個矯詔的嫌疑便要壞千古聲名。

馬雲見二位大學士抓腮搔腦，滿心愁慮模樣，湊上前去討好言道：「二位先生，小人有個主意，不知使得使不得？」

楊榮一聽來了精神：「喔，快說，快說！」

皇帝一晏駕，馬雲今後的富貴、地位就掌握在新君手上，乘這機會賣賣力氣，將來二位大學士在嗣君面前一說，好處自不用說了，遂張口獻策：「二位先生，皇上此番北巡，璽寶俱隨帶在營。先生們何不寫敕用寶頒與太子殿下？」

皇帝之命曰制曰誥曰敕曰詔曰旨，寶就是玉璽。洪武時有十七璽，大行皇帝常用的有「皇帝奉天之寶」、「皇帝之寶」、「皇帝行寶」、「皇帝信寶」、「誥命之寶」、「敕命之寶」、「制誥之寶」等等。馬太監獻的是個膽大包天的計策，說白了叫亂命，他慫恿楊、金二人以皇帝本人名義下敕命讓太子即位。也就是說，把皇帝賓天的日期往後改，當成皇帝此刻還在，下了這道敕命後才賓天。這樣做要說行還真行得通，皇帝崩駕並未發喪，除了他們幾個人，天下無人知道皇帝此刻其實已不在人世。

然而楊榮、金幼孜是讀聖賢書的儒士文臣，一切的封建儀制、規章對他們而言，俱是不能亂逾一步的天條。他們可以不顧皇帝臨終的意願，曲解他的原意，但卻不能接受馬雲這條大悖封建禮制的建議。楊榮竟然忘記了馬太監此刻與他們實則是一路人，出謀劃策也是爲他們解脫困境，大變臉色斥責說：

「胡說！先帝在則稱敕，先帝賓天何人還敢稱敕？念爾出於忠愛暫不責你，哼！」

馬雲碰一鼻子灰，討老大個沒趣，面上發紅嘴上不敢說，肚裡卻在嘰咕，心說：「裝啥蒜呢，先帝的話都可以竄改，寫道敕又有啥了不起！婊子牌坊！」

金幼孜見馬雲狼狽難堪，忙打圓場說：「不必動怒，再商量嘛……」

二位大學士商議一個晚上，終於想出個辦法，這辦法既不更改大行皇帝七月十八庚寅日亥時三刻崩於榆木川的事實，又能使皇太子順利即位，同時他二人還可以不擔任何責任。

天亮之前，楊榮揮筆疾書，寫道：「十八日子正時分，皇上疾發，臣等聞報奔赴御帳，皇上大漸已不能言語。俄頃，龍馭上賓……臣等強忍悲痛，命內臣馬雲備以大行皇帝遺命哀傳殿下……」

好個楊榮、金幼孜，經他們這一寫，事情就成了這樣：大行皇帝疾發時身邊只有宦官馬雲，他二人聞訊趕到，皇帝已是彌留階段。皇帝先前給馬雲交待得有話，他們乃是根據馬雲的轉述撰寫遺詔。一句話，即或將來有人對遺詔的眞實性提出疑問，責任也在馬雲而不在他們。

在楊勉仁等撰寫的這個遺詔中，皇帝是這樣給馬雲交代的，先說些他即位以來的情況如何如何，最後也即最關鍵的地方，說：

福矣。

「朕春秋六十有五，本意返京之後軍國重事悉付皇太子，朕惟優遊暮年，享安和之

「不意夙疾驟發，沈疴勢重遽入彌留矣。皇太子仁孝天成，歷練已久，天下歸心，可即皇帝位……」

天明之前，大軍尙未出發，楊榮身揣撰好的遺詔，翻身跨上御用龍駒馬，向金幼孜一拱手，道聲：「幼孜兄，一切拜託了！」

掉轉馬頭疾馳出御營，消逝在晨霧中向南飛奔而去。御馬少監海濤帶著另外三匹御馬隨楊學士而去，他們要星夜兼程換馬不換人飛赴北京，向皇太子、皇太孫，向京師民衆、舉國人民哀報皇帝之喪。

☆

輦輅駛在熟悉的老路上，十萬大軍在招展的旌旗下一步步向南行進。一切彷彿還是老樣，御營仍然走在大軍的中間，宮女、太監們不時在車輦周圍奔來奔去，遠處的軍士們看見這情形，當然不知道皇帝已經離開了他們。

韓氏還得待在這大輅內，但她陪伴的已不是談笑風生的皇帝，而是一具呈葫蘆形的錫棹。她熟悉、敬仰的這個老人此刻就一動不動地躺在裡面，有關他的一切從此俱成爲過去。韓氏淚早已流乾，心頭卻隱隱痛得不行，她忘不掉御榻前的那個情景，手上的抓痕印還依稀可辨。但這一切何濟於事，溫良恭儉讓的大學士那樣虔誠碰著響頭按他們的意願恭承末命，根本無視臨終之人那一聲最後喊叫。韓氏坐在地氈上，手扶棺榜喃喃道：

「皇爺，奴婢知你不瞑目。但……你叫奴婢著何辦吶？嗚……」

26

八月初二，大軍行至開平以南的雕鶚谷。前隊剛進谷口，遠遠塵沙瀰漫，百餘騎由南疾馳而來。安遠侯柳升正自驚異來者何以俱是一身重孝裝束，百餘騎已到面前翻身下馬，當先一人戚色中難掩渾身英氣，正是當今皇太孫殿下。

柳升大驚失色，心頭飛快閃過一個念頭：莫非太子殿下他……

「臣柳升見過太孫殿下。殿下，莫非北京？」

好笑他渾然不知，竟以為北京的太子殿下出了大事，太孫是來軍中給皇帝報喪的。皇太孫並不理會他的驚愕，面色凝重給他下令：

「傳令，全軍停於雕鶚谷。」

☆

震天的哭喊聲驟然發自寂靜的山谷，從公、侯、伯到普通軍士，俱被這突然的巨變驚呆了。無人肯相信武功赫赫深受軍人們愛戴的皇帝竟然在十多天前就已上賓，這近半月以來十萬大軍是在伴著靈輦以行。

皇太孫一到軍中就向全軍發喪，張輔、朱勇、柳升等乍聞噩耗當場幾乎昏死過去，不顧一切撲向御營中已置於森森冥幡中的靈輦，嚎哭、悲呼、痛泣不已。一瞬間十萬大軍換了樣，白幡素引，遍纏縞素，號哭哀泣重新出發。

張三、王二邊走邊哭叫：「皇上呵，我等還盼著你再領大軍出塞，好效死疆場啊！……」

☆

皇太子率百官恭迎靈輦於德勝門外。偌大一個北京城從接到遺詔的第二天起便成縞素一片，皇帝死在北征返京途中，尤令京師士民感到傷悲。在老百姓心目中看來，天子等於是爲萬民死在沙場上，況且，皇帝以六十五歲的高齡死在弭息邊禍的征伐中，從古迄今還是頭一個。所以格外受到民衆自發的哀悲，家家戶戶俱恭設香案、靈位，路祭這位戎馬一生的天子。靈輦一入城，街巷中哀泣、嗚咽聲便四起，一路響至紫禁城。

這迎靈大衆中，至爲悲痛者莫過二個人，一個是皇太子朱高熾，另一個是趙王朱高燧。

太子的傷悲有兩層原因，一是感懷於父皇最終消除了對他的偏見，讓他即皇帝位。再者，也是他至爲傷痛和內疚的，由於他無能不能替代父皇出塞征討，才使父皇三番五次以高齡涉遠討虜。讀著遺詔上父皇想優遊暮年、享安和之福的那段話，皇太子直如萬箭穿心，在壁上碰著頭痛哭道：

「都是兒臣平庸無能吶！啊……父皇呵，都是兒臣之罪啊！」

還是楊榮一旁勸了好多話才使太子止住尋死尋活的哀嚎。楊榮說先帝在途中一再對他和金幼孜講，言太子乃純孝天成的仁君，以前受奸臣離間挑撥未善待太子，每思之便覺後悔。

他這麼一說，皇太子才止住的淚水又牽線般長流，嗚咽著追問他：「先帝沒有提到過煦、燧二弟麼？」

楊勉仁略加思索張口就答：「提到過，先帝對臣說，太子乃孝友之人，將來必能善待漢、趙二王。」

皇太子頷首點頭。他當然要追奉父皇的遺訓，善待二位胞弟，只有這樣，他才覺得稍稍對得起先帝一番苦心。

趙王突然間彷彿老了十歲，靈輦過來時他傷痛得忘了儀制，越過身軀笨重的兄長，搶步撲前遍地翻滾號咷起來。靈輦爲之暫停，當被人攙扶起時，一眼瞥見縞素隊伍中的馬雲，他又不顧一切撲過去抓住前者，哭喊道：「奴才，你說，先帝還有些啥遺言？」

趙王無論如何也不相信，父皇臨終之前竟無有一句話留給自己與煦兒。

馬雲狼狽至極，又不敢掙扎，只小聲嚷道：「殿下鬆手，殿下鬆手！容奴婢……」

還是皇太子來解圍，他幾乎近於泣求對趙王說：「燧弟，快放了這奴才！靈輦進去才好恭請先帝入梓宮呵。」

高燧衝這句話才鬆了手。靈輦入大明門一路迎入仁智殿，皇太子等親視椑棺加殮納入梓宮，赴几筵哭臨。

☆

八月十五日，皇太子在奉天殿即皇帝位，以明年爲洪熙元年，大赦天下。四十七歲的嗣皇帝即位之後頭一個重要的舉措，就是下詔還京師之名於南京，北京仍稱行在。要辦的事情自然還很多，如先帝的陵葬，上尊謚廟號，冊后立太子，封建諸子等，然而此刻最令他牽掛的是：漢王高煦接到哀詔否，幾時到京？

永樂君臣《霧籠金殿》上冊結束

【帝王系列㉝】

永樂君臣——霧籠金殿〈上〉

作　　者　梁史
出 版 者　巴比倫出版社
發 行 人　花逸文
社　　址　台北市八德路四段六二六號四樓之一
電　　話　(02)2762-2890
傳　　眞　(02)2749-3312
郵政劃撥　14925535／巴比倫出版社
法律顧問　王秋霜律師
電　　話　(04)2204818
美術設計　劉開工作室
電腦排版　凱立國際印前印刷股份有限公司
印　　刷　晨捷印製股份有限公司
登 記 證　局版臺業字第四七五一號
定　　價　新台幣二○○元
香港總經銷　全力圖書有限公司
電　　話　(852)2494-7282
本書繁體字本由四川人民出版社
授權本社獨家出版

ISBN　957-9238-55-3
初版一刷・一九九八年九月